LIZETH PEREZ

Tentación AZUL

LIZETH PEREZ

Tentación AZUL

wattpad
by Montena

El papel utilizado para la impresión de este libro ha sido fabricado a partir de madera procedente de bosques y plantaciones gestionadas con los más altos estándares ambientales, garantizando una explotación de los recursos sostenible con el medio ambiente y beneficiosa para las personas.

Tentación azul

Primera edición: enero, 2025

D. R. © 2025, Lizeth Perez

D. R. © 2025, derechos de edición mundiales en lengua castellana:
Penguin Random House Grupo Editorial, S. A. de C. V.
Blvd. Miguel de Cervantes Saavedra núm. 301, 1er piso,
colonia Granada, alcaldía Miguel Hidalgo, C. P. 11520,
Ciudad de México

penguinlibros.com

Penguin Random House Grupo Editorial apoya la protección del *copyright*.
El *copyright* estimula la creatividad, defiende la diversidad en el ámbito de las ideas y el conocimiento, promueve la libre expresión y favorece una cultura viva. Gracias por comprar una edición autorizada de este libro y por respetar las leyes del Derecho de Autor y *copyright*. Al hacerlo está respaldando a los autores y permitiendo que PRHGE continúe publicando libros para todos los lectores.

Queda prohibido bajo las sanciones establecidas por las leyes escanear, reproducir total o parcialmente esta obra por cualquier medio o procedimiento, incluyendo utilizarla para efectos de entrenar inteligencia artificial generativa o de otro tipo, así como la distribución de ejemplares mediante alquiler o préstamo público sin previa autorización.
Si necesita fotocopiar o escanear algún fragmento de esta obra diríjase a CeMPro
(Centro Mexicano de Protección y Fomento de los Derechos de Autor, https://cempro.org.mx).

ISBN: 978-607-385-415-3

Impreso en México – *Printed in Mexico*

Prólogo

Nathalie Parson se graduó como maestra y tras unas pequeñas vacaciones encontró trabajo en un colegio no muy lejos de su departamento.

Hunter Meyer viene de una familia con poder, palabra y confianza. Con los valores muy marcados, las creencias en la sangre y el peso en lo que hace.

Nathalie y Hunter no debieron unir sus caminos, eso piensa él en cuanto la ve, pero para su fortuna el destino y la vida tenían planeado algo completamente diferente.

¿El peligro se puede vencer? Tal vez.

¿El amor lo puede todo? No siempre.

¿La pasión y el deseo rebasan lo importante? Habrá que averiguarlo.

Una historia llena de:

peligro, amor y pasión.

1

Nathalie Parson

La taza de café en mi mano desprende el típico humo como si estuviera en el rodaje de una película, en una de esas escenas donde el director grita "Corte", pero estás tan sumida en tus pensamientos que te olvidas del mundo por segundos que se convierten en minutos.

Sí, justo así me he sentido esta última semana.

Al volver de casa de mi hermana después de las vacaciones lo primero que hice fue confirmarle al colegio que sí aceptaba el trabajo como maestra de primaria; amo a los niños y desde que tengo memoria me incliné por esa profesión.

Al confirmar, me dijeron que tenía una semana para ir a conocer las instalaciones, aprender las reglas y familiarizarme con los pasillos. Digamos que el colegio es medio privado, se aceptan niños sin importar su situación económica, pero no todos los padres pueden cumplir con las reglas que impone el plantel, según me informaron.

En fin, hoy es mi primer día, lunes.

Termino mi café dejando la taza en el pequeño fregadero. Vivo en un departamento compartido en el centro de Nueva York, mi hermana vive en Nueva Jersey y visitarla la mayoría de las veces no es un problema ya que viajo en tren sin tardar tanto. Ella es siempre la que viene, pero ahora se le complica más porque tiene una hermosa niña de dos meses.

Salgo de la cocina caminando directo al pasillo hasta las habitaciones y antes de llegar a mi puerta, la de mi compañera se abre dejando ver a una rubia con solo una tanga de color rosa puesta.

—Buenos días —saludo apartando la vista de sus atributos—. Con permiso.

Ella me saluda con la mano y entra en el baño. Danielle deja caer su hombro en el marco de la puerta ofreciéndome una sonrisa inocente.

—La hubieras escuchado anoche —comienza—. Toda una belleza de pies a cabeza, no me dejó dormir.

—Con tus ruidos no me dejaste llegar hasta el último nombre de mis alumnos —le reclamo—. Eres una mala compañera.

—¿Mala compañera? ¿Yo? —se lleva una mano al pecho, mirándome ofendida—. Pero si soy yo quien te trae un desfile de chicos y chicas para que te des un buen taco de ojo.

Sonrío sacudiendo la cabeza mientras camino hacia mi puerta.

—¿Vas a sentar cabeza algún día?

Finge pensarlo.

—Tal vez cuando muera y la tenga que dejar caer en el cajón —me saca la lengua entrando en su alcoba.

La quiero demasiado, no sé qué haría sin ella.

Danielle Prince es mi compañera desde hace exactamente cuatro años, nos conocimos en la secundaria y desde ahí fuimos inseparables, ella, mi hermana, yo y sus dos hermanos mayores. Ella es demasiado… extrovertida. La verdad es que no sabría muy bien cómo describirla, tiene una vida muy activa, sale de fiesta casi todos los días, trae todas las noches una persona diferente al departamento, bueno, algunas veces repite y termino cenando con la misma persona con la que desayuné la semana anterior.

Yo no la juzgo, ni lo voy a hacer nunca, ya que tengo claro que cada uno vive su vida como quiere y como puede.

Tiene el cabello rubio, corto de un lado y largo del otro, figura esbelta, es alta, sus ojos son azules como los de su padre, odia los vestidos y solo los usa cuando es estrictamente necesario. Su padre es el alcalde de la ciudad.

Sí, su padre es el alcalde de Nueva York y ella vive en un departamento compartido con una maestra de primaria.

Repito que la amo.

Reparo en mi aspecto una vez más frente al espejo de cuerpo completo que tengo en la alcoba antes de salir. Me habían hecho llegar una playera blanca con el logotipo del colegio, así que la combino con unos jeans negros, tiro alto y mis zapatillas blancas que limpié anoche.

Amarro mi cabello castaño en una cola alta dejando fuera el fleco, el cual cae sobre mi frente. Me prometí cortarlo hasta los hombros, pero aún no me atrevo a hacerlo, debo admitir que amo cómo se me ve suelto hasta la espalda, no me importa que me tome más tiempo cepillarlo.

Salgo del cuarto con mi mochila y un par de carpetas en la mano izquierda. Al pasar por la sala observo a Danielle y a su *amiga* metiéndose mano en el sofá.

—Me voy —me despido.

La rubia asoma la cabeza y levanta el pulgar.

—Suerte en tu primer día, y recuerda que si un niño te harta le das un zape.

—No haré eso.

—Pues deberías.

La ignoro y salgo del departamento antes de que se me haga tarde. No quiero llegar tarde en mi primer día, eso no sería dar una buena impresión en el plantel.

No tengo auto, sé conducir, pero aún no ahorro lo suficiente como para comprarme uno, además de que lo que tenía ahorrado lo tuve que ocupar en otras cosas que en su momento eran muy importantes para mí. Igual me acoplo muy bien en taxi, no estoy muy retirada del colegio y eso es una ventaja muy grande cuando quiera volver a casa caminando.

Le hago la parada a uno y entro indicando exactamente hacia dónde voy. Busco mi teléfono dentro de mi mochila y lo saco para comprobar que no tengo mensajes pendientes de la directora o de mi hermana.

Directora, no.

Hermana, sí.

> ### Zaydaly
> Espero que te vaya muy bien en tu primer día. Te queremos mucho, besos.

Sonrío mirando la fotografía que me envió: ella junto a mi sobrina, ambas recostadas en la cama, mi hermana con la lengua de fuera.

Le respondo con un montón de corazones y termino guardando el teléfono cuando nos detenemos frente a las puertas del colegio. Le pago al chofer y bajo justo donde se encuentra el guardia de seguridad.

—Buenos días, soy Nathalie Parson, la nueva maestra de primer grado, de los alumnos de 2B —le digo esperando a que me busque en la tableta que carga.

—Buenos días, señorita, puede pasar.

—Gracias.

Abre la reja dejándome entrar y camino hacia los escalones. El colegio es bastante grande, incluye salas de actividades extracurriculares y tiene una capacidad para cuatrocientos alumnos.

Hay dos entradas, una de ellas da directo al estacionamiento, donde los padres dejan a sus hijos y donde se les permite observarlos hasta que entren en el plantel. Me apresuro a llegar hasta mi salón, no me es difícil encontrarlo, ya que he venido aquí desde hace una semana.

La puerta está abierta, el olor a aromatizante me recibe y dejo mis cosas sobre el escritorio suspirando al ver a mi alrededor. Alguien toca la puerta provocando que dé un salto.

—Perdona, no te quería espantar, no debí tocar así —un chico de cabello rojo con una chamarra de mezclilla da un paso al frente—. Soy Matt, maestro de quinto grado, 5B.

Le sonrío moviéndome de lugar.

—Nathalie, primer grado, 1B —me presento—. Un gusto conocerte, Matt.

—Igualmente, Nathalie —estira la mano y yo la estrecho—. La directora me comentó que eres nueva y quise venir a presentarme, créeme que los nervios se van más rápido cuando tienes un amigo.

—Gracias —asiento—. Estoy nerviosa y feliz, pero amo a los niños, así que estaré bien.

—Quiero creer que todos los que escogemos esta carrera amamos a los niños.

—Sí.

El timbre suena y ambos nos miramos.

—Me voy o mis alumnos correrán de un lado a otro, y la verdad no puedo culparlos, son niños.

Suelto una risa y él se me queda viendo con una sonrisa en el rostro.

—Está bien —asiento siguiéndolo afuera.

—Nos vemos, Nathalie.

Lo despido con la mano y lo observo trotar hasta cruzar el pasillo. Desvío la atención hacia los alumnos, que comienzan a entrar al salón guiados por otras dos maestras, que son las que se encargan de llevarlos a sus respectivas aulas.

Son un total de veinticinco alumnos en mi clase.

Todos están ya en sus asientos correspondientes y no me sorprende, porque mientras yo venía por la mañana, ellos lo hacían por la tarde durante una semana, todo con el fin de que se familiarizaran con los salones, la cafetería y sus asientos, y también con todo lo que está permitido hacer y lo que no.

Un colegio bastante estricto.

Los uniformes son azul oscuro; las niñas con falda y calcetas blancas y los niños con corbata y pantalón de vestir. Se ven muy lindos con sus uniformes.

—Buenos días, bienvenidos a este nuevo año escolar —hablo parándome frente a ellos.

—Buenos días, maestra —saludan de vuelta, bueno, algunos.

Anoto mi nombre en el pizarrón con letras grandes y dibujo círculos alrededor de cada una. Poco a poco se irán familiarizando con las palabras.

—Mi nombre es Nathalie Parson, seré su maestra durante todo este año escolar, ¿de acuerdo?

Todos asienten, excepto un niño al final de la segunda fila, que tiene la cabeza gacha y parece muy entretenido con el cuaderno en sus manos.

Nervios del primer día.

—Muy bien, ahora vamos a conocernos mejor, ¿okey? —vuelven a asentir—. Vayamos por filas —me acerco a la pequeña que

11

tiene dos colitas y el cabello rizado, sus ojos color miel me miran atentos—. ¿Cómo te llamas, pequeña?

—Melissa —susurra—. Tengo seis —forma la cantidad con sus deditos.

—Hola, Melissa —acaricio una de sus colitas—. El siguiente, ¿cómo te llamas, cariño?

Es un niño con lentes y de cabello castaño.

—Esteban, también tengo seis —responde.

Le sonrío.

Paso por cada fila jurando aprenderme los nombres de cada uno, hasta que llego con el último pequeño, que ahora está dibujando con una pluma negra letras que al principio no logro reconocer, pero luego de unos segundos lo hago.

Es latín.

Aunque me parece algo extraño que un niño sepa escribir latín.

—Hola, guapo —me pongo de cuclillas frente a él—. ¿Cuál es tu nombre?

Cambia la hoja del cuaderno por una limpia y comienza a escribir. Su letra no es la de un niño de primero de primaria. Al terminar me muestra el papel y leo lo que dice.

Ian Meyer, 7.

—¿Tienes siete años? —le pregunto. Asiente—. ¿Eres de pocas palabras?

—Me gustan las palabras, pero me gusta más escribirlas que decirlas —responde dejándome con la boca abierta.

Habla perfectamente como un niño de diez años. Observo la corbata a un lado del cuaderno y la tomo logrando que me mire con unos enormes ojos azules que parecen algo avergonzados.

—Cariño, tienes que usar la corbata dentro del colegio.

Niega bajando la mirada de nuevo al cuaderno.

—No me gustan, las odio.

Miro hacia la puerta guardando silencio un momento pensando en qué hacer.

—¿Qué te parece si en el salón no la usas, pero cuando salgas de aquí o entre la directora dejas que te la ponga?

Tarda en responder, pero al final sacude la cabeza en señal de asentimiento.

—Muy bien, vamos a continuar con la clase ahora que ya nos conocemos, ¿de acuerdo?

—Sí, maestra —Melissa es la que responde.

Tomo una buena bocanada de aire y me volteo para borrar mi nombre del pizarrón, dando paso a otra cosa que anotaré.

***

Las clases terminan a la una y media de la tarde; los niños tienen derecho a dos comidas a lo largo del día, la primera a las diez y la segunda a las doce. Cuando el timbre de salida suena, casi todos mis alumnos ya tienen sus cosas guardadas y están listos para salir. Decidí darles cinco minutos antes de que sonara el timbre para que guardaran sus cosas sin prisa y así evitar accidentes.

Mientras van saliendo en fila, otras dos maestras los esperan y los acompañan hasta la salida, donde están los padres. El último en levantarse es Ian, y me doy cuenta de que trae floja la corbata y encima de la camisa del uniforme lleva una chamarra negra de cuero. Se echa la mochila del mismo color al hombro y antes de caminar hacia la puerta se voltea y viene hacia mí.

Sus ojos azules son un poco más azules que los míos, su piel blanca parece de porcelana y el cabello largo, color carbón, resalta sus facciones. Me mira un momento antes de dejar un papel encima del escritorio.

Lo observo salir y tomo el papel con el ceño fruncido leyendo lo que dice:

Gratias.

Si no me equivoco, significa *gracias* en latín.

Aún no comprendo cómo es que un niño de siete años sabe escribir latín.

Sacudo la cabeza confundida y guardo el papel en el bolsillo de mi pantalón. Termino de recoger mis cosas, guardar los marcadores en su lugar y de paso recojo un empaque de chicle que llevo hasta el bote de basura.

En el pasillo ya no hay niños, pero antes de llegar a la puerta escucho cómo exclaman mi nombre.

—¡Nathalie! —Matt llega a mi lado; es amable al abrir la puerta principal dejándome salir primero—. ¿Qué tal tu primer día?

—Muy bien, la verdad es que me tocaron unos niños muy educados —le respondo bajando los escalones—. ¿Qué tal el tuyo?

—Risas, llantos, discusiones, pero todo bien.

Me río por las expresiones que hace.

—Espero que mañana haya menos llantos y discusiones.

Hace una mueca.

—No, bueno, la niña que lloró fue porque no le salió una multiplicación y la discusión fue porque le dije que no importaba, que podía volver a intentarlo.

—Oh, entiendo.

—Sí, en fin. Supongo que nos veremos mañana —se despide—. Adiós.

—Adiós.

Agito la mano cuando lo observo subir a un coche blanco y salgo a la calle para buscar un taxi. Puedo caminar, pero quiero llegar rápido porque Danielle me llamó diciendo que tenía la comida lista y no quiero hacerla esperar.

Una comida de celebración para mí.

Encuentro uno sin molestia y me adentro dejando mis cosas sobre el asiento.

Estamos a principios de agosto y digamos que el calor es moderado, lo cual agradezco porque odio el calor. ¿Quién no ama la nieve, el fresco y estar arropada todo el día? El invierno es mi época favorita del año, a excepción de cuando me toca limpiar la nieve de la entrada porque no me deja salir.

Más de una vez Danielle hizo uso de su papel como hija del alcalde para que vinieran a limpiar nuestra calle. No sé si eso estuvo bien, pero de vez en cuando no hace daño.

Yo regaño a mi mejor amiga, pero las cosas que le digo le entran por un oído y le salen por el otro.

Para mí no es ninguna sorpresa saber que no se lleva bien con su madrastra; desde que su padre se volvió a casar, ella tomó distancia de su casa, en especial porque comenzó a sentir cosas por su hermanastro, Damon, y según ella se enteró de que no es su tipo de chica. No sé cómo será su tipo de chica, porque Danielle es increíble.

Me alegra que mantenga una buena relación con sus hermanos y que hable con su padre, al final son su familia. Aunque el mundo de la política no sea lo suyo, se esfuerza por asistir a donde es estrictamente necesaria su presencia.

Yo siempre la he apoyado en todo.

Me bajo del taxi cuando se estaciona frente a mi edificio, le pago y entro subiendo las escaleras hasta el tercer piso. En cuanto abro la puerta del departamento un olor a pizza de pepperoni llega hasta mis fosas nasales.

—¡Feliz primer día de clases, maestra Parson! —la rubia levanta la tapa de la caja y puedo ver la pizza dentro.

—Gracias —pongo las cosas sobre la barra y me dejo caer en la silla—. ¿Qué hiciste hoy?

—¿Adivina qué? —me sirve un pedazo de pizza.

—¿Qué?

—Me informaron que el bar está en su mejor punto, las ganancias van muy bien y eso también hay que celebrarlo.

—Me alegro mucho por ti. Entonces la pizza también es para celebrar eso.

Ella asiente, moviendo las manos.

—Sí, pero estaba pensando en salir, ¡hay que salir!

—No voy a salir hoy, es lunes.

Se encoge de hombros.

—Y mañana es martes.

—Mañana tengo clases y el resto de la semana igual —me niego—. Si quieres ve tú, diviértete, no quiero que te pierdas la celebración.

Pone los ojos en blanco.

—No quiero ir sola, además no iremos a mi bar.

Frunzo el ceño.

—¿Por qué?

—Porque lo más seguro es que mis hermanos puedan estar ahí, cosa que no me molesta, pero si están ellos, también estará Damon y no tengo ganas de padecer gastritis el resto de la semana.

—Danielle…

—¿Recuerdas la chica de esta mañana? —asiento—. La voy a invitar, me dejó su número.

—De acuerdo.

Asiente repetidas veces.

—¿Y bien? Cuéntame, ¿algún niño loco te hizo pipí? —me hace reír con su pregunta.

—No, todos fueron muy amables y muy educados —le cuento—. Uno de ellos es muy callado, creo que es muy tímido pero seguro fueron los nervios del primer día.

—Cuidado, a lo mejor es un mini Chucky.

—No, no es así.

Sus ojos azules vienen a mi cabeza, ninguno de los niños en el salón tiene los ojos azules y mucho menos escribe en latín.

Ese pequeño me causa mucha curiosidad y algo me dice que voy a lograr llevarme bien con él.

2

Nathalie Parson

Danielle había insistido en que empacara un sándwich para comer en el almuerzo. Siempre compro algo de comida en las máquinas o desayuno en el departamento antes de salir, pero hoy, gracias a mi rubia y a su insistencia, estaba almorzando un rico sándwich mientras observaba a mis alumnos en algunos juegos del jardín.

—Hola —Matt llega a mi lado con un refresco y una lonchera del Hombre Araña—. Buenos días.

—Bonita lonchera —digo señalándola.

Él asiente sacando una manzana.

—No te burles, me la regaló uno de mis alumnos y la verdad me gustó mucho.

—No me estoy burlando, en serio está linda —le sonrío—. Gracias por hacerme compañía esta semana.

Hace un gesto restándole importancia.

—De nada, Nathalie —saluda a un grupo de niños que pasan—. Espero que tu semana haya sido muy agradable.

—La verdad es que sí lo fue —asiento observando a los niños—. Me gusta lo que hago.

—Ya somos dos.

Mi mirada cae en el pequeño de cabello negro que sigue con su cuaderno entre las manos, sentado bajo la sombra del árbol. Parece muy sumido en lo que sea que esté escribiendo o dibujando.

—¿Hablas o escribes latín? —pregunto sin apartar la mirada de Ian.

—No, no lo entiendo —niega—. ¿Por qué? ¿Te interesa? Tengo un amigo que lo estudió, le puedo decir que te enseñe si lo necesitas.

—No, no, es solo que… olvídalo, es simple curiosidad.

Dicen que todos los niños tienen algo especial y yo soy fiel creyente de eso, pero Ian me sorprende mucho, su forma de hablar es demasiado madura para su edad, también el hecho de que escriba latín, se la pasa escribiendo en ese idioma y sé que lo es porque me compré un libro que la verdad no entiendo mucho.

Lo observo como a todos los alumnos durante la clase, pero él... me causa mucha curiosidad.

Quiero creer que sus padres le brindan una educación especial en casa, después de que llega del colegio, aunque eso también es raro. ¿Para qué enseñarle a un niño de siete años latín? Creo que se puede esperar a que esté más grande o enseñarle otro idioma.

En fin.

Decido dejar de pensar en eso y retomo el camino al salón. Cuando llego agarro el borrador para quitar la última actividad del pizarrón y anoto de nuevo la fecha del día de hoy con la siguiente actividad. Los niños van entrando y le agradezco a la maestra que los trae antes de cerrar la puerta.

—Muy bien, es momento de resolver sumas, ¿de acuerdo? —todos asienten—. Voy a repartir un ábaco a cada uno para que se ayuden, yo les iré diciendo cómo se utiliza.

Paso por los lugares dejándole el ábaco a cada uno y cuando llego con Ian le doy el de color negro, el único de ese color. Levanta la mirada y sonrío sin esperar que haga lo mismo, ya que es un niño muy serio, pero me termina sorprendiendo porque sonríe de vuelta dejando ver un pequeño hoyuelo en su mejilla. No dura mucho, la borra luego de unos segundos volviendo la vista abajo.

¿Será su color favorito?

Apuesto a que sí.

***

El timbre suena y yo misma abro la puerta señalando la primera fila que saldrá. Los niños me dicen adiós con la mano y yo hago lo mismo, hasta que veo cómo Ian deja otro papel sobre mi escritorio y sale sin decir nada.

Cuando el salón está vacío, me acerco para tomar el papel. Lo desdoblo en mi mano e intento leerlo, pero todo está en latín, así que desbloqueo el teléfono para abrir el traductor.

> **Gratias, niger est ventus color.**
> Gracias, el negro es mi color favorito.

Sonrío sin dejar de ver el papel. Repito que ese niño sigue causándome mucha curiosidad.

Guardo la nota en mi bolsillo prometiéndome recordar que tengo que dejarla donde está guardada la primera que me dio. Tomo mis cosas, me cuelgo la mochila al hombro y salgo del salón, momento en que recibo una llamada de Danielle.

—Tú y yo iremos a celebrar, es fin de semana y no quiero pretextos —habla sin darme tiempo de saludarla.

—¿Y a dónde iremos? Sabes que no me gusta beber mucho, por lo que podemos ir a cenar. ¿Te parece?

—No somos ancianas, Nath, somos mujeres hermosas en busca de chiquititas.

Me hace reír.

—Bueno, tú estás en busca de chiquititos —corrige—. Anda, podemos ir a mi bar, ¿sí? Me tragaré el coraje si veo a Damon.

Salgo del colegio diciendo adiós al guardia y camino derecho.

—Está bien, pero no nos quedaremos hasta la madrugada, ¿okey? Quiero dormir.

—A las dos de la mañana estaremos en casa, lo prometo.

Sonrío negando con la cabeza.

—Bien, nos vemos en un rato.

Cuelgo guardando mi teléfono y camino un rato por las calles de Nueva York directo a mi departamento. El martes, cuando me compré el libro de latín, intenté que se me quedaran un par de frases, pero es una lengua muy complicada que ya casi nadie habla, o al menos yo no había escuchado a nadie hablar ese idioma. Solo aprendí a hablar francés en la universidad y me encanta.

Supongo que cuando un idioma no es para ti, por más que quieras que se adentre a tu cerebro, simplemente no se puede.

Suelto un suspiro al llegar al edificio y subo las escaleras hasta mi piso. Danielle es de las chicas que cuando se lo propone, se convierte en tu sombra y se asegura de que no te eches para atrás en algo que prometiste hacer.

Entro en el departamento y la encuentro bailando en la sala, me mira con los pulgares levantados y deja en un volumen medio la canción de "Style" de Taylor Swift.

—Baila conmigo —me jala del brazo—. Mueve esas caderas que, si no lo haces, se te van a oxidar.

Meneo la cabeza siguiéndola encima del sofá. Lleva sus manos a mi cabello y lo sacude echándomelo en la cara.

—Mis caderas no están oxidadas —me defiendo.

—Pues anda, muévelas porque si no vas a quedar en ridículo esta noche.

Le sigo el ritmo cuando le sube más el volumen a la televisión y juntas brincamos de un sofá a otro, y después ella termina en la mesita de centro.

—*'Cause you got that James Dean daydream look in your eye.*

Cierra los ojos al cantar y sé que en el fondo le duele que lo de ella y Damon no suceda. Bajo el volumen cuando la veo apartarse un par de lágrimas que bajan por sus mejillas. La atraigo a mis brazos y le doy un beso en lo alto de su cabeza rubia.

—Todo estará bien.

Asiente.

—Lo sé.

Nos quedamos en silencio con música de fondo hasta que ella se recompone. No es una chica que demuestre sus sentimientos a cada rato, tiene una coraza, como la tenemos la mayoría de las mujeres; unas la tienen más alta que otras dependiendo el daño que sufrieron.

—No le he avisado a nadie que iremos al bar, quiero caer de sorpresa y ver qué tal reciben a su jefa —comenta apagando el televisor.

—Bien, así será entonces.

Nicholas y Andre siempre han cuidado a su hermana, incluso a mí. Cuando salíamos a algún bar, ellos nos acompañaban, y Nick es el típico chico que finge ser tu novio para que hombres groseros y feos no se te acerquen.

Danielle recibió una herencia después de la muerte de su madre, dinero que su padre administraba, hasta que Damon (abogado también) le ayudó a independizarse.

Su padre no es una mala persona, ella lo quiere muchísimo y él a ella, pero que la hija del alcalde de la ciudad pusiera un bar en Brooklyn no fue bien visto por la prensa y eso lo quiso impedir el señor Prince, pero no lo logró.

Danielle abrió su bar y quedó como legítima dueña a sus veinticuatro años. También tiene una socia, quien es la que se hace cargo de la mayoría de las cosas que se necesitan en el lugar, informando a la rubia de cada pago importante o deuda.

Los hermanos de Danielle pasan por el bar de vez en cuando, pero ella no se aparece mucho por allá porque la mayoría del tiempo sus hermanos están con Damon y es al que menos quiere ver.

Yo adoro a esos chicos; Nick en especial se lleva un poco más conmigo, hablamos por mensajes de texto, por llamada, hacemos Skype, incluso lo hace hasta con mi hermana para ver a la bebé.

Me voy directo al cuarto decidida a buscar qué rayos me pondré. No soy de las chicas que tardan mucho en eso, en el aspecto físico, solo busco algo con lo que me sienta cómoda y listo.

Así que tomo unos jeans rotos, un top gris de manga larga y acompaño las prendas con unas zapatillas. Dejo todo encima de la cama buscando en el cajón donde tengo los accesorios un par de aretes, una pulsera y el collar que Nick me obsequió la Navidad pasada.

No tardo mucho en la regadera para darle paso a Danielle, quien es la siguiente en meterse al baño. Me unto crema en las piernas, los brazos y el pecho antes de ponerme el *outfit* que escogí.

Frente al espejo que tengo detrás de la puerta me pongo un poco de base, después añado rímel a mis pestañas antes de pintar mis labios de un mate café. Coloco los aretes, después el collar y la pulsera que reluce en mi muñeca. Una vez lista salgo de mi cuarto y cruzo el pasillo hasta el cuarto de Danielle, la cual está en ropa interior buscando una blusa en el armario.

Ya no es sorpresa para mí.

A veces anda en ropa interior como si nada y ya me acostumbré.

—Oye, ¿me prestas tu chamarra de cuero negro? —le pregunto observando el armario.

—¿La que tiene la insignia? —asiento—. Está en la otra puerta.

La busca mientras se coloca el top de cuero con el cierre por enfrente. Añade un pantalón de cuero negro y en un par de minutos ya tiene el cabello como actriz de cine.

—¿Qué tal me veo? —pregunta dando una vuelta lentamente—. ¿Me veo sexy?

Suelto una risa.

—Te ves hermosa, muy sexy —le guiño un ojo—. Seguro que vuelves con compañía esta noche.

—Siempre tengo compañía —me devuelve el guiño—. Pero tú no te quedas atrás, te ves demasiado ardiente.

—Bueno, solo quiero ir, bailar un rato y volver a casa sola.

Suelta un bufido.

—Vamos, hace mucho que no escucho acción en tu alcoba —me golpea el hombro—. Realmente tiene mucho tiempo, ¿cuándo fue la última vez? ¿Con quién? Fue Robby, ¿no? Hace como dos meses. ¿O tres?

La tomo de las mejillas.

—Sí, fue Robby y sí fue hace tres meses, pero por ahora estoy bien, ¿okey? No voy a buscar con quién pasar la noche, solo quiero divertirme.

—Entonces vas a beber.

—Danielle…

—Yo te cuidare, ¿sí? Solo serán un par de tragos, nada fuerte, vamos, ni que fuéramos monjas, Nath, somos mujeres hermosas, sexys, ardientes, que más de uno desea tener en su cama.

Y no tiene caso negarlo, porque seguirá insistiendo, así que termino por asentir.

—Solo me falta lavarme los dientes y nos vamos —me dice alejándose—. No lleves bolsa, nada de esas cosas, todo lo que vamos a necesitar lo llevo yo.

—Está bien.

Abandono el cuarto y me dirijo a la sala, donde me aseguro de cerrar bien la ventana; nunca se sabe cuándo puede venir una tormenta. Mi teléfono suena desde mi habitación y corro por el pasillo hasta llegar a donde lo había dejado. El nombre de mi hermana aparece en la pantalla.

—Hola, ¿cómo estás? —saluda logrando que sonría.

—Hola, estoy bien, ¿y tú? ¿Cómo está mi sobrina? —salgo del cuarto topándome con Danielle, quien sale del suyo—. No la escucho.

—No está aquí —suelta un suspiro—. Antony la llevó a casa de su madre.

—¿Siguen enojados? ¿Por eso no lo acompañaste?

—*Él tiene una aventura, lo sé desde hace un par de semanas...* —vuelve a suspirar—. Yo solo quiero separarme de él, nada más nos hacemos daño y hay tanto de lo que tenemos que hablar... —se queda callada un par de minutos—. Yo también tengo la culpa, tengo la culpa de muchas cosas, Nath.

Respiro hondo.

—Tú no tienes la culpa de que tenga una aventura, Zaydaly —refuto—. Sabes que tienes un lugar aquí en el departamento, ven cuando quieras y podemos hablar, yo te voy a estar esperando aquí.

Danielle levanta ambos pulgares mientras se abrocha las cintas de sus zapatos.

—Lo sé, pero Rose... —dice—. Necesito un tiempo para meditar lo que haré, más después de que...

Calla.

—¿Después de qué?

—Nada, olvídalo.

—Hermana... ¿Te puso una mano encima?

—No... no es eso. Él jamás me ha golpeado —niega—. Te dejo porque no tardan en volver y seguro Rose tendrá hambre.

—Llámame por cualquier cosa, Zaydaly. Promételo.

—Lo prometo.

Así es la única manera en que cuelgo más tranquila.

—¿Problemas? Podemos cambiar los planes y tomar un tren a Nueva Jersey ahora mismo —Danielle coloca su mano en mi hombro.

—No, caer de sorpresa no sería bueno —niego—. Pero si la cosa no pinta bien con el idiota de Antony, iré allá y le patearé el trasero.

—Iremos las dos.

Asiento dándole un abrazo. En serio agradezco mucho el apoyo de Danielle en cada momento durante todos estos años. La conocí cuando teníamos doce años y desde ese día no hemos dejado de ser amigas.

—Vamos.

Juntas dejamos atrás el departamento.

3

Nathalie Parson

—¡Wow, el ambiente de esta noche pinta para nunca acabar! —exclama mi amiga nada más ponemos un pie dentro del bar.

La rubia tira de mi brazo guiándome por la línea que lleva directo a la barra, donde me deja en un lugar y ella se salta la madera colgándose del cuello de una chica castaña, a quien le planta un beso dejando a todo el mundo mudo.

—¡REGRESASTE, CARIÑO! —le grita la castaña volviendo a besarla.

—Soy tu jefa, recuérdalo —Danielle la señala y ella le saca el dedo medio—. Mira, traje compañía.

—Hola —saludo.

—Supongo que tú no eres de beso, ¿no? —se acerca y yo niego.

—Nah, aún no la convenzo de reforzar la amistad —la rubia le pasa un brazo por detrás de los hombros guiñándome un ojo.

Yo le saco el dedo medio logrando que voltee los ojos. Saluda a las demás personas detrás de la barra hasta que vuelve con dos tragos en la mano, y cruza la madera de nuevo señalando el trago que es para mí.

—Bebe, porque iremos a bailar —avisa.

Me llevo el pequeño vaso a los labios dándole un sorbo, pero ella me lo empina logrando que me lo pase todo. Los deja sobre la barra y me arrastra hasta la pista de baile, rodeada de personas que saltan al ritmo de Ariana Grande con el tema "One Last Time".

Danielle levanta los brazos saltando y yo hago lo mismo. Sí me gusta este ambiente, que no lo haga tan seguido no significa que no me agrade. Permito que me pase un brazo por los hombros y me lleve a su lado, bailando ambas al mismo tiempo y después volvemos a separarnos.

Mi mejor amiga se pega a una chica que se le queda viendo y la toma de la cintura, mientras le mete la lengua hasta la garganta. No me incomoda, yo sigo bailando disfrutando del momento porque en serio se siente bien.

—¡Ahh! ¡"Thank u, Next"! —Danielle deja a la chica para tomarme de la mano—. Mi canción.

Ella adora esa canción.

La canta llevándose una mano al pecho y sus caderas se mueven al ritmo que la canción le permite imitando los pasos de Ariana Grande. Cada vez que dice "Thank u, next", Danielle toma a la chica dejando sus labios sobre ella sin pensarlo dos veces. Niego con la cabeza bailando hasta que la canción termina.

Regresamos a la barra solo para beber de nuevo, llevamos dos rondas y espero que sean suficientes, pero conozco a Dani y ella no es de solo dos tragos. Siempre que bebe me quedo en su alcoba cuidando que no se ahogue con su propio vómito.

—Iré al baño, ahora vuelvo —le aviso.

—Regresa rápido o te perderás las mejores canciones —advierte.

Esquivo a un grupo de amigos logrando pasar hasta bajar un par de escalones. El lugar es grande; más que un bar, es un club, solo que yo lo llamo bar. Tiene una sala VIP al final de uno de los pasillos, otra barra dentro de esa sala y el DJ está encima de una tarima que cuelga del techo.

Qué miedo.

Si yo fuera él, me aseguraría de que mi seguro médico estuviera vigente.

De lejos escucho cómo suena "Closer" de The Chainsmokers.

Los baños están algo alejados de la pista, ya que son el único lugar donde puedes medio hablar por teléfono sin todo el ruido de afuera. Paso el pasillo de la sala VIP y de repente soy atropellada por alguien que me lleva al piso.

Una pelea.

Intento levantarme, pero me es imposible ya que el tipo es grande y me está aplastando la mitad del cuerpo. Otros dos tipos lo toman quitándomelo de encima y rápido me pongo de pie sin saber a dónde mirar. Alguien intenta tomarme, pero me zafo sin ver quién es y camino apresurada al baño. Me reviso frente al espejo y no tengo ningún golpe, tampoco me duele nada, solo tengo el corazón acelerado.

Respiro un par de veces delante de mi reflejo y me echo un poco de agua a la cara para tratar de calmar mis nervios. Lo logro después de un rato y tras hacer pipí vuelvo a salir del baño.

El pasillo está desierto, así que me armo de valor y lo cruzo sin mirar atrás. Vuelvo a la pista donde encuentro a Danielle bailando sola, quien me abraza en cuanto me ve.

—¿Por qué tardaste tanto? —me pregunta acercando su boca a mi oído.

—Por nada, todo bien —le resto importancia—. Iré por agua, ¿quieres algo?

—No, ve.

Asiento dejándola de nuevo en la pista y en la barra pido una botella de agua. Cuando estoy a punto de abrirla, alguien me toca el hombro, lo cual me acelera el corazón.

—Señorita, le envían esto —dice el hombre de traje con una corbata roja.

En la mano trae el collar en forma de corazón que Nick me había regalado por Navidad. Me toco el cuello; no sé en qué momento se me cayó.

Cuando el tipo cayó sobre mí.

Lo tomo dudosa mirando de mi mano a la suya.

—¿Quién me lo mandó? —le pregunto.

—El hombre que está en la entrada.

Se voltea sin decir nada más y rápidamente busco la entrada, pero solo logro ver a un hombre de traje, de espaldas, con el cabello castaño, siendo escoltado por el que me entregó el collar y otros tres más sacándolo del bar.

La curiosidad me gana y dejo el agua sobre la barra, esquivando a las personas para alcanzar la salida. Cuando logro salir el viento me golpea en el rostro, pero busco a esos hombres, hasta que doy con ellos.

Hay dos camionetas estacionadas del otro lado de la calle; en una de ellas suben los tres hombres y en la segunda le abren la puerta al de cabello castaño, quien voltea un momento y me mira antes de entrar al vehículo. No logro detallar su rostro.

Ambas pasan por enfrente del bar y la segunda reduce la velocidad, lo que me hace sentir que detrás del vidrio polarizado alguien me observa.

¿Estoy ebria?

Niego con la cabeza cuando la camioneta gana velocidad y vuelvo adentro, tratando de borrar la curiosidad que me carcome. Camino a la barra y me siento en uno de los bancos desde donde observo a las personas bailar, y después bajo la vista al collar, el cual me coloco esperando que no se vuelva a caer.

¿Quién era ese hombre?

Vuelvo a sacudir la cabeza, le pido un trago a la chica castaña y me lo bebo sin pensarlo mucho. De repente siento cómo me cubren los ojos y me espanto. Dos veces me han espantado hoy.

—¿Qué tiene cabello rubio y es lo más hermoso del planeta?

Sonrío bajando la guardia.

—Danielle Prince.

Nicholas baja las manos y deja que lo vea cuando se recarga en la barra.

—Eres tan mala, Nathalie —exagera—. Pero no me importa esta noche, porque vine aquí a celebrar.

—¿Se puede saber qué?

Saca una hoja de su chamarra negra y me la entrega. La desdoblo y leo detenidamente todo lo que dice. Es un cheque por trescientos mil dólares a nombre de Nicholas Prince por la venta exitosa de tres pinturas hechas por él mismo.

Sí, Nicholas es un artista, es pintor, y no cualquier pintor, es el mejor de todos. Es muy solicitado en Nueva York y en el resto de Estados Unidos. Su trabajo es excelente; no siempre te centras en el cuerpo de la persona, sino en la belleza de los pequeños detalles.

—Me alegro mucho por ti, que tengas tiempo para lo que realmente te gusta hacer —le entrego el papel de vuelta—. ¿Cómo vas con la empresa?

—Todo pinta bien, los Prince siempre hacemos las cosas bien.

Asiento porque sé que es verdad. Harry Prince es un hombre demasiado bueno, si no, no sería el alcalde de la ciudad.

—¿Y el señor seriedad? —indago.

—Allá, observando cómo su hermanita menor se come todo lo que se mueve —señala la pista de baile en una esquina—. La princesa que le causa dolores de cabeza al señor seriedad.

Andre Prince mira fijamente a Danielle. Para nadie es una sorpresa que Andre sea demasiado sobreprotector con Danielle, pero también es el que más la regaña, la devuelve a casa, la lleva a comer cuando tiene resaca...

Nick también hace eso, pero cuando no está o no puede, el de los regaños es Andre. Es el señor seriedad, porque es bastante serio, muy reservado y nunca habla de su vida privada.

—¿Y Damon ahora no anda con ustedes? —curioseo tratando de sonar casual.

—Tenía una cita.

—Oh, no sabía que tenía novia.

—De trabajo —aclara—. Últimamente todos trabajamos mucho, Andre está pegado a mi padre por motivos de política, ayudándole en varias cosas.

—Entiendo.

—Y yo con la empresa no he tenido tiempo ni para una salida casual con una amiga.

—Ay, pobrecito —murmuro—. ¿Qué pasó con la chica que me comentaste el otro día?

Alza la mano para pedirle un trago a la mujer de cabello castaño y se sienta a mi lado.

—No era nada serio —hace una mueca—. Tengo muchas cosas en la cabeza, y una de ellas es cómo decirle a mi hermana que el accidente de nuestra madre no fue eso: un accidente.

Dejo la bebida en la barra mirándolo sorprendida.

—¿Qué?

Mi vista se desvía a Danielle, que ahora le dirige sonrisas a Andre, quien trata de sacarla de la pista.

—El accidente ya estaba en investigación por el hecho de que el auto era nuevo, no tenía ningún daño, y el que haya explotado de repente no tenía ninguna lógica —suspira—. Por lo cual las investigaciones no pararon. Hace tres días hubo una reunión con los investigadores y los de la aseguradora, en donde se descubrió que no fue un accidente, sino un atentado.

No lo puedo creer.

—Lo siento tanto, Nick —apoyo mi mano en su hombro—. Yo voy a apoyar muchísimo a Danielle, igual que a ustedes.

—Lo sé, gracias —se acerca besándome la frente—. Tengo miedo de que Danielle termine siendo una alcohólica, la muerte de mamá la afectó muchísimo, mucho más que a nosotros, pero no quiero que esto… termine por destruirla.

Nos quedamos en silencio un momento hasta que desviamos la vista a la pista, donde Andre trae a Danielle en brazos. Nick es el primero en levantarse y yo lo sigo.

—¿Qué le pasó? —pregunta apartando un par de mechones de su frente.

—Tranquilo, solo se desmayó; supongo que bebió mucho —me mira y yo asiento—. ¿Y si la llevamos a casa?

—No, iremos a nuestro departamento, se pueden quedar ahí toda la noche si quieren, pero Danielle no me perdonaría que permitiera que se la llevaran a su casa —niego.

Andre y Nick se miran entre ellos hasta que terminan por aceptar. Los cuatro buscamos la salida del bar y ya hay una camioneta con un chofer esperándonos, el cual nos abre la puerta. Nick se va adelante dejando el asiento trasero para Andre, yo y una dormida Danielle.

Los Prince son rubios, todos. Harry; la señora Prince, que en paz descanse; después Nick, que es el mayor; luego Andre y por último Danielle. También tienen una belleza que resalta entre los demás, con ojos de color. Ava Prince murió cuando Danielle tenía diecisiete años de edad. A mi amiga le afectó muchísimo; me imagino que no ha de ser fácil perder a tu madre. Esa es una de las razones por las cuales a Nicholas se le dificulta hablarle a su hermana del accidente, pues solo le estaría trayendo recuerdos que no le hacen bien.

Zaydaly y yo siempre hemos sido solo nosotras, nunca conocimos a nuestros padres, simplemente nos dejaron en casa de "una tía", la cual nos dio crianza solo por la pensión alimenticia que nos otorgaba el gobierno. Nos permitió quedarnos hasta que cumplimos dieciocho y desde ese día nos las arreglamos solas.

Mi hermana buscó empleo primero, después lo hice yo, y también teníamos el apoyo de los Prince, quienes le pagaron la carrera a mi hermana como psicóloga y yo conseguí una beca en una universidad, donde me gradué como maestra. Solo hemos sido nosotras dos y con eso nos basta y nos sobra; bueno, ahora somos tres, mi sobrina es nuestra protegida.

Adoro a esa niña.

—No me gusta la manera en la que está bebiendo —comenta Andre negando con la cabeza—. Está de fiesta casi todos los días.

—¿La estás espiando? —lo veo con una ceja en alto.

—No, la estoy cuidando —me mira—. Nath, quiero lo mejor para ella, no que esté desperdiciando su vida.

—No la está desperdiciando, Andre, tiene una carrera, que no la ejerza es otra cosa, estoy segura de que sería una gran enfermera —aclaro—. Si se la pasa de fiesta es porque quiere, pero la conozco y sé que cuando necesiten de ella allí estará al pie del cañón.

Nick la mira a través del espejo retrovisor.

—¿Cómo carajos le voy a decir lo de mamá? —se pasa una mano por el cabello rubio.

—No se lo vamos a decir ahora, claro está.

—Mañana, cuando se le pase la resaca, hablarán con ella, por ahora la dejaremos dormir —sentencio.

Ambos están de acuerdo conmigo y yo dejo caer la cabeza en el asiento soltando un suspiro. Cierro un momento los ojos y recuerdo la figura del hombre en la camioneta.

¿Quién es y por qué me devolvió el collar?

Quisiera saberlo, pero sé que probablemente nunca lo averigüe, así que decido dejarlo pasar y me concentro en mi amiga.

4

Hunter Meyer

Mi pie sube y baja mientras que mi dedo índice forma un círculo alrededor del vaso con vodka. Mi mirada recae en el hombre de rodillas que tengo frente a mí; no me gustan las mentiras, ni las traiciones.

Y él lo sabía.

—Señor, se lo suplico —ruega como el cobarde que es—. Yo no le haría daño al joven Ian.

—No, no le harías daño porque yo jamás lo permitiría —sentencio poniéndome de pie—. Te dejaré vivir, ¿sabes? Pero es obvio que el precio será alto.

Asiente repetidas veces y yo le hago una señal a uno de mis hombres para que se acerque.

—Escoge, ¿cuál de las dos manos utilizas menos? —pregunto logrando desatar la mirada de terror—. Agradece que no te corte la lengua, porque es lo que mereces.

Trata de zafarse de los agarres de mis hombres, pero no lo logra.

—Dime o terminaré cortando las dos, no tengo paciencia —declaro.

Hay quienes son tan cobardes que están más dispuestos a perder una extremidad que su propia vida, aun sabiendo que después de eso el mierdero es infinito, pero eso para mí es lo mejor, ya que un cobarde que se mete con mi familia está destinado al infierno.

—La izquierda —decide.

Asiento.

—Muy bien, la derecha será.

Le indico a mi hombre de confianza que lo haga y los gritos son dolorosos para él, pero satisfactorios para mí, ya que prefiero los de él, que los de mi propio hijo.

—Irás con Ivanovich y le darás un mensaje de mi parte —sujeto su mandíbula—. Quien se mete conmigo, con mi gente o mi sangre, solo tiene un camino y es el infierno. Nueva York es mío.

Les ordeno a mis hombres que lo saquen y salgo del cuarto dándoles paso a las sirvientas, que se encargan de la sangre y el desastre que hay dentro. La propiedad Meyer en Nueva York es bastante grande, como todos los lujos a los que cada Meyer está acostumbrado. Dos de mis escoltas me siguen de vuelta a la casa, donde la cena ya está servida en el comedor.

Mi madre está en la cabecera de la mesa; Ian, mi primogénito, está a su lado; mi hermano menor junto a él y yo tomo asiento en el otro extremo, con Maxwell Russo, mi mejor amigo, a mi derecha.

—¿Novedades? —pregunta mi madre levantando su copa—. ¿Dejaste de nuevo en alto el apellido de los Meyer?

—¿Cuándo te he fallado, madre?

Asiente dándole un sorbo a su copa y mi mirada se desvía a Ian, quien come en silencio como siempre.

—*Quomodo erat dies tuus?* —le pregunto dejando que la sirvienta se encargue de servir la cena.

(¿Cómo estuvo tu día?).

Mueve el tenedor por la comida tardando en responder. La familia Meyer tiene una fascinación por el latín y mi hijo no es la excepción, ya que con nosotros se comunica mayormente en ese idioma. Es un niño de pocas palabras al hablar, pero al escribir es diferente. Su conversación más larga la tuvo conmigo el año pasado, porque cuando era bebé tampoco lloraba ni hacía berrinches.

—*Pater, bene. Magister meus bonus est mihi* —habla en voz baja y mi madre es la primera en sonreír.

(Bien, padre. Mi maestra es buena conmigo).

—*Nomen?* —interrogo cortando el filete de carne.

(¿Nombre?).

Tiene su libreta al lado y comienza a escribir, después empuja el cuaderno hacia mí, donde se lee un nombre.

Nathalie.

Me limpio la boca levantando la copa sin apartar la vista del papel. Si le agrada es porque ella lo entiende y respeta su poca participación en clase.

Al principio no estaba de acuerdo con que fuera a un colegio común, la educación que tiene en casa es superior a la de cualquier colegio de cuarta, pero mi madre insistió en que debe de convivir con otros niños para que sea más sociable.

Necesita conocer personas a su alrededor, hacer amigos, al menos uno leal, que lo acompañe a lo largo de la vida con el destino que le espera. El apellido Meyer tiene que estar vivo y ser respetado como lo es hasta ahora. Los valores de esta familia, el respeto y la lealtad, no siempre se ven en apellidos grandes.

—Bueno, cariño —Esmeralda Meyer, su abuela, le sonríe—. Ahora ya me dio curiosidad tu maestra.

—A mí también —le sigue Leonardo—. ¿Es sexy? ¿O es como las que salen en la tele todas ancianas?

Maxwell y yo reímos en voz baja.

—¿Tiene lentes, Ian? —le pregunta mi amigo—. ¿Cómo se viste?

—¿Cómo es que si trae lentes sabrás si está sexy o no? ¿Sabes que hay chicas con lentes que están súper buenas? —defiende mi hermano.

Le guiño un ojo a mi hijo, quien trata de no soltar una risa por las pendejadas que hablan sus tíos.

—Mi bebé no sabe de esas cosas —sale mi madre en su defensa—. Déjenlo en paz.

—Pero lo sabrá, es un Meyer y los hombres de esta familia siempre estamos rodeados de mujeres con extrema belleza —alardea Leonardo—. Una mujer digna de nosotros, inteligente, leal y, sobre todo, buena.

—¿Y por qué tú aún no la has encontrado? —indaga Esmeralda—. No he visto más que zorras que salen por la puerta y entran por la ventana.

—¿Será porque aún no llega la indicada? —devuelve—. No te desesperes, madre, muy pronto encontraré a alguien.

—Eso espero.

Siguen hablando mientras que Russo me voltea a ver.

—Colin te espera en el bar de la otra noche, dice que tiene algo urgente que hablar contigo —me informa—. Sabes que no confío en ese tipo, pero es nuestro medio en Rusia para saber de los Ivanovich.

—Entonces iremos allá para ver qué se trae entre manos.

—Bien.

La cena termina, mi hijo baja de su silla, viene hasta mí y deja que le dé un beso en lo alto de la cabeza. Se retira con el hombre que siempre cuida de él y yo me pongo de pie.

—Nos vemos, madre —me acerco a ella besando su frente—. Descansa.

No dice nada, solo me observa salir seguido de Maxwell y mis hombres de confianza. Leonardo siempre se queda con ella para encargarse de los otros negocios.

—Mira esto —Russo me pasa la tablet donde se muestra una cámara de seguridad—. Es el hijo del alcalde, el mayor, lo acorralaron en la avenida Brooklyn.

—¿Y eso qué me importa? —trato de devolverle el aparato, pero se niega.

—Mira la marca en el cuello.

Le hace zoom al video y el tatuaje de la cruz que representa a los Ivanovich resalta en la piel del atacante.

—Si toman al alcalde de las pelotas les dará entrada a la ciudad, y es algo que no podemos permitir, Rusia es territorio enemigo y suficiente tenemos cuando nos arriesgamos a traer mercancía, pero si llegan a Estados Unidos nos vamos a joder.

—Pues no nos vamos a dejar —sentencio—. Nadie nos va a joder.

—Entonces necesitas una reunión con el alcalde, Hunter —declara—. A él no le conviene tener a una mafia como los Ivanovich en la ciudad y a nosotros tampoco si queremos seguir seguros y a salvo.

—No le tengo miedo a Jordan Ivanovich ni a nadie de la Mafia Roja.

—No se trata de que le tengas miedo o no, se trata de que entiendas que no solo tienes a un enemigo.

Me pellizco el puente de la nariz harto de todo.

—No estamos solos, tenemos más alianzas que ellos.

La enemistad entre los Meyer y los Ivanovich proviene desde hace mucho, pero hace siete años fue el detonante de todo. Jordan Ivanovich asesinó a la madre de mi hijo, y aunque él asegura que no fue así, no le creo.

—Sí, pero sabes perfectamente que si toman el territorio donde estamos nos vamos a joder, así tengamos al presidente de nuestra parte —suspira—. Esto es poder contra poder y si interfieren terceros, solo van a complicar las cosas, más de lo que ya están.

Tiene razón.

—Si él pudo comprar parte del Gobierno ruso, yo puedo comprar parte del estadounidense —digo seguro—. Encárgate de organizar una reunión con el alcalde y el gobernador.

—Bien.

Las camionetas se detienen enfrente del bar y bajamos. Me abotono el traje siguiendo el paso por la puerta principal, donde me dejan pasar sin problemas. La música retumba, las personas saltan de arriba abajo con la mezcla del DJ y paso de largo hasta la sala VIP, donde tomo asiento con Max a mi lado y mis hombres rodeando el lugar.

Una chica entra para dejar una botella de vodka y varios vasos. Uno de los escoltas se encarga de servir, ya que soy muy estricto a la hora de beber. Nadie que no sea de mi confianza toca la botella sellada.

Las cortinas se abren dándole paso a Colin. El hombre de un metro ochenta de altura y con un abrigo negro hasta las piernas me mira alzando la cerveza que trae en la mano.

—¿Sigues vivo? Me sorprende que una escoria como tú siga respirando el mismo aire que yo —le digo tranquilo mientras extiendo los brazos en el sofá—. ¿Qué mentira te trae aquí?

—Ninguna mentira, solo la verdad.

—Suéltala.

Le da un trago a su cerveza sacando algo de su abrigo, son fotografías que lanza sobre la mesa. Maxwell las toma y me las muestra.

—Una bodega llena de mercancía a las afueras de San Antonio, un poco de todo, y eso es lo primero de mucho que va a llegar ahora que los Ivanovich quieren mudarse de territorio —comenta—. Me enteré de que ellos tienen planes de instalarse aquí.

Las fotos muestran una bodega con armas, desde la más pequeña hasta la más grande, droga, autos y una avioneta.

—¿Quién te dio esta información? —me pongo de pie—. ¡¿Quién?!

—Primero mi dinero —se ríe en mi cara.

Asiento sonriendo y sin pensarlo le meto un cabezazo para después empujarlo hacia afuera, donde cae, pero no solo, sino que cae encima de una chica. Le hago una señal a uno de mis hombres para que se lo quite de encima y salgo para asegurarme de que no haya más personas. Solo es ella, tiene el cabello suelto y le cubre el rostro; trato de tomarle el brazo, pero lo retira y pasa de largo.

Ignoro el hecho y vuelvo mi atención a Colin, a quien le meto otro golpe.

—Lárgate y si quieres mantenerte con vida, quiero toda la maldita información que puedas darme.

Se limpia la sangre y se larga sin decir nada. Me paso la mano por el cuello y mi mirada cae en algo que brilla en el suelo, es un collar; me agacho para tomarlo y veo el pasillo por donde se fue la chica.

Seguro es de ella.

—Larguémonos de aquí —Maxwell me palmea el hombro.

Se adelanta por el pasillo y yo lo sigo, pero al llegar afuera me quedo parado observando el collar. De repente la chica sale del pasillo y detengo a uno de mis hombres.

—Entrégale esto —le ordeno.

Me voy con mis otros hombres sin prestarle atención a nada más y alcanzo la salida. Maxwell está afuera fumando un cigarrillo y ambos cruzamos la calle para subir a las camionetas.

Antes de subir volteo la cabeza hacia la entrada del bar y la veo afuera, parece buscar algo y trae el collar en la mano; cuando da conmigo no aparta la vista, pero soy yo quien entra en el auto sin más.

El chofer pasa por delante del bar y miro por detrás del vidrio polarizado cómo ella se queda quieta en el mismo lugar. Trae el cabello suelto hasta por debajo de los hombros, su fleco es delicado y la chamarra de cuero negro le da un aire de maldad.

Maldad que apuesto no tiene.

La camioneta gana velocidad y yo vuelvo la vista al frente.

—¿Quién era ella? —pregunta mi amigo.

—No tengo idea.

Pero es muy hermosa.

5

Nathalie Parson

Salgo de la cama dejando a Danielle durmiendo aún. Me tocó dormir en su habitación para que sus hermanos descansaran en la mía. Abro con cuidado la puerta del cuarto esperando no hacer mucho ruido. Sigo de largo por el pasillo hasta el baño, donde me lavo la cara, los dientes y me recojo el cabello en un chongo mal hecho.

De vuelta en el corredor llego a la sala, donde está Nick hablando por teléfono cerca de la ventana. Lo saludo con la mano y me dirijo a la cocina, donde un Andre en bóxer y camiseta negra me recibe.

—Buenos días —saludo llamando su atención.

—No tienen comida decente —se queja—. ¿Cómo sobreviven?

—Como lo hacen todas las personas, comiendo —le respondo abriendo el refrigerador—. ¿De qué hablas? Está lleno, hay carne, jamón, huevos, pollo.

—Soy vegetariano.

—¿Desde cuándo? —indago tomando leche y cereal—. En la cena de Navidad del año pasado comiste filete de carne a término medio hasta que no pudiste más.

—Era el Andre del pasado —responde—. Tenemos que cuidar a los animales si no queremos que se extingan.

—Creo que exageras.

—No, no lo hago —le da un sorbo a su café—. Mandaré a surtir su despensa con más frutas y verduras y menos carne.

Lo señalo.

—No, este es nuestro refrigerador, con el tuyo haz lo que quieras —digo seria—. A nosotras sí nos gusta la carne, y mucho.

—Inconscientes.

—Sí, lo somos —le saco la lengua.

Nick entra directo por una taza que estaba llena de café en la barra y se apoya en esta misma.

—¿Pasa algo? —le pregunta Andre—. ¿Papá está bien?

Asiente pero tarda en responder.

—Danielle tenía razón —dice de repente—. No le creímos porque tenía solo diecisiete años, pero decía la verdad.

Andre deja la taza a un lado y se acerca a su hermano.

—¿De qué diablos hablas? —se le planta enfrente.

Suspira.

—Me dijo que una noche antes del "accidente" de mamá la vio hablando con un hombre y escuchó cuando le dijo: "Tienes que huir, tómala y vete lejos" —murmura—. No me lo describió bien, solo dijo que era de cabello castaño, con un abrigo y tenía dos anillos en la mano derecha. Yo le dije que no comentara nada, porque si era un amante, papá se haría una idea diferente de ella, pero ahora no sé qué diablos pensar…

—Chicos… —susurro mirando a Danielle parada en la puerta.

La rubia entra pasando de largo hasta arrebatarle la taza de café a Andre y se para a su lado, apoyando la cabeza sobre su hombro.

—En la mano izquierda, era la izquierda —corrige—. No te preocupes, yo tampoco me hubiera creído estando en el estado que estaba, ahora hablen…

—Lo de mamá no fue un accidente, la asesinaron —responde Nicholas—. Está en investigación, pero todo apunta a que durante este tiempo solo hemos creído una mentira.

Ella se voltea y esconde el rostro en el pecho de su hermano y este la abraza con fuerza. Nick deja la taza a un lado y se acerca a ellos. Los dejo a solas, sé que me quieren y me tienen la suficiente confianza como para que esté a su lado, pero un tiempo entre hermanos no cae nada mal.

A mí me gusta tenerlo con Zaydaly.

En mi habitación busco ropa para cambiarme; me decido por unos jeans, una blusa sencilla y unos tenis blancos. Me amarro mejor el cabello en una cola y cuando salgo ellos están en la sala.

—Hola —entro por completo en su campo de visión—. ¿Preparo algo de comer?

Danielle señala a Andre.

—Él nos invita a comer hoy, no creo que le guste algo de aquí.

Nick niega con la cabeza y Andre levanta ambas manos.

—Yo no tengo la culpa de que no tengan comida sana.

—Toda la comida es sana, idiota —la rubia le muestra el dedo—. En fin, iré a cambiarme.

Se pierde en el estrecho pasillo y yo me volteo para ver a los chicos.

—¿Cómo se lo tomó? ¿Le explicaron bien las cosas? —pregunto mientras tomo asiento en el reposabrazos del sofá.

Nick se pone de pie para buscar su saco.

—Se lo tomó bien, al parecer, pero no quiere hablar del tema por ahora —suspira—. Es difícil y lo será más cuando encontremos a la persona que hizo esto, porque lo va a pagar.

—Sé que no me corresponde a mí opinar sobre esto, pero… creo que se tienen que concentrar en la justicia y no en la venganza —los miro—. Eso es lo que hubiera querido ella.

—En realidad no sabemos qué es lo que hubiera querido ella. Está muerta.

Ya no digo más y mejor guardo silencio.

Mi teléfono suena en la bolsa trasera de mi pantalón y lo saco; miro el nombre de Zaydaly en la pantalla.

—Hola, ¿cómo estás? —pregunto, pero no responde—. ¿Zaydaly?

—Ey, sí, hola —habla agitada—. Perdón, es que estaba poniendo a Rose en mi pecho.

Nick me mira, pero después desvía la vista hasta su teléfono.

—Oh, está bien —camino por la sala—. ¿Y Antony?

—Salió, como siempre —suspira—. Lo único en lo que me concentro es en mi hija, Nath, ya no me voy a estresar por él, por ambos. Solo sé que tenemos una conversación pendiente y vamos a resolver los problemas como personas adultas.

—Vente para acá un tiempo, unos días, si quieres, Antony no te puede impedir eso.

—Sé que no, pero… tengo a mis pacientes aquí, mi trabajo, no puedo irme así.

Niego con la cabeza cansada.

—Sea cual sea la decisión que tomes, yo voy a estar aquí, lo sabes —digo en voz baja mirando por la ventana—. Mejor iré la próxima semana a verte, ¿de acuerdo?

—No tienes que venir, estoy bien, en serio.

Alguien me arrebata el teléfono y es Nick, quien ahora lo sostiene en su oreja.

—Llegaré esta tarde, ¿tienes tiempo? Necesito verte y platicar contigo —le dice serio—. Zay, solo dime si puedo o no, porque si no me dices me tendrás tocando la puerta toda la madrugada.

Andre se encoge de hombros cuando lo miro.

Zaydaly también es una gran amiga de los chicos, más de Nicholas.

—Nos vemos en unas horas —se despide y me pasa el teléfono.

—Lo escuché estresado, ¿está bien? ¿Han estado bien todos? —pregunta ella desesperada—. No sé si sea buena idea que venga.

Ni yo.

—Supongo que él te lo contará más tarde, no me corresponde a mí decirlo.

—Lo entiendo, te dejo, le pediré a la señora Timothy que cuide de Rose un momento mientras yo salgo por unas compras.

—Dale, hablamos luego.

Me despido mirando a Nick y él simplemente toma sus cosas y se encoge de hombros.

—Ustedes vayan a comer, yo tengo otros asuntos que atender —se acerca a Danielle que acaba de entrar en la sala y le da un beso en la frente antes de venir hacia mí—. Cuídala —susurra solo para nosotros dos.

—¿A dónde vas? —le pregunta su hermana.

—Ya te lo dije, tengo asuntos que atender.

Se despide de Andre con un medio abrazo y sale rápido del departamento.

A veces no entiendo a este hombre.

—Bien, pues nosotros nos vamos a comer —el rubio nos abre la puerta.

Su hermana lo mira.

—Llévanos al menos a un restaurante que tenga de todo, Andre —le dice—. No salgas con tus ocurrencias de restaurantes vegetarianos, ¿qué es eso?

—Eso es buena y sana comida —responde serio.

Siguen discutiendo sobre comida durante todo el camino hasta el restaurante. Danielle celebra que sirvan carne y yo choco las palmas con ella.

***

El lunes llega en un abrir y cerrar de ojos. Vuelvo al colegio en taxi y al llegar al salón me encuentro con una rosa negra y un regalo. Parece un libro envuelto. No lo alcanzo a abrir porque los niños van entrando e Ian mira directo al escritorio un momento antes de volver la mirada a su cuaderno.

—Buenos días, niños —saludo y me volteo hacia el pizarrón, en donde coloco la fecha—. ¿Cómo pasaron su fin de semana?

—¡Bien! —responden al unísono.

Bueno, no todos, como siempre.

—Okey, hoy vamos a repasar el abecedario, ¿de acuerdo?

Asienten sacando su cuaderno.

La mayoría sabe repetirlo a la perfección, pero hay uno que otro que se tarda, lo cual es normal. Ian pone demasiada atención y cuando le pido a cada uno que señale su letra favorita, él señala la N.

No me sorprende, ya que es la inicial del negro. Continuamos con la clase hasta que el timbre del primer receso suena y la maestra a cargo de guiarlos a la cafetería los espera afuera.

Observo cómo cada uno sale y yo me quedo sentada en mi lugar para abrir el regalo. Hay una tarjeta completamente negra y la letra M está en tinta blanca con unas alas a los lados.

La volteo y hay un pequeño mensaje:

> Gratias, magister bone.
> Ian
> (Gracias, buena maestra.
> Ian)

La dejo a un lado con una sonrisa y me concentro en el libro o cuaderno, no sé qué sea. Le quito el papel color café en el que está envuelto para ver el contenido. Es un libro de traducción, del inglés al latín y viceversa. El que yo compré solo estaba en latín. Lo hojeo un poco y me doy cuenta de que no está nuevo, un par de hojas tienen rastros de lápiz y otras están manchadas de color negro.

Repito, Ian tiene algo especial, algo que…

No sé describir con exactitud. Todos mis alumnos me causan orgullo y curiosidad, siento que todos son inteligentes a su manera, son amables y llevan una buena educación, pero Ian…

Él es diferente.

No salgo del salón hasta que busco la traducción de la nota y me aprendo las páginas de dichas palabras. *Buena maestra.* Estiro los labios hacia arriba y me percato de que se siente bien que tus alumnos se expresen así de ti.

Cuando vuelven a la clase continúo con la lectura, son pocos los que participan, pero me gusta que todos sonrían. Melissa es muy inteligente también, le gusta mucho participar.

El resto de las horas pasa y les ordeno que guarden sus cosas antes de que suene el timbre. Se despiden con la mano y me apresuro a ponerme de pie cuando veo a Ian.

—Oye —me pongo de cuclillas frente a él—. Gracias por el libro.

Asiente y yo le sonrío.

Respira profundo y levanta la mirada dejándome observar el azul de sus ojos.

—Gracias por no enojarte —su voz es apenas un leve susurro.

—¿Por qué me enojaría?

—Por no hablar mucho —responde sin bajar la mirada—. *Gratias, magister.*

Le aparto el cabello medio ondulado de la frente y acaricio su mejilla.

—No te preocupes, no tienes nada que agradecer, ¿sí?

Asiente y sale casi corriendo sin decir nada más. Tomo mis cosas dejando atrás el salón yo también. Desde el primer escalón logro ver varios autos en el estacionamiento, pero una camioneta llama mi atención.

Me recuerda a la que vi en el bar de Danielle, pero estoy segura de que hay muchos modelos iguales. Suspiro y sin apartar la mirada bajo un escalón, donde veo cómo Ian es recibido por la mano de un hombre con el cabello rubio oscuro, otro hombre le abre la puerta al pequeño y después rodea el auto esperando que el primer hombre suba.

¿Será hijo de algún empresario?

Es lo más probable, tal vez de algún político. Nunca había escuchado el apellido Meyer en la política, pero nunca se sabe. Me prometo recordar preguntarle a Danielle si conoce a algún amigo de su padre con ese apellido, porque ahora, más que antes, quiero saberlo.

Suspiro bajando el resto de los escalones y salgo de la propiedad del colegio con rumbo a casa.

Necesito aprender a decir *gracias* y *¿cómo estás?* En latín.

6

Nathalie Parson

—Dime qué tal sueno —le pido a Danielle quitándole la sábana de encima. Coloco el libro delante de mí y leo—: *Salve, quid agis? Dios, eso sonó horrible.*

—¿Quieres invocar al diablo? —exclama volviendo a cubrirse.

—¡Danielle!

—No entiendo tu terquedad de aprender un nuevo idioma, suficiente tenemos con el nuestro —se queja—. Se te hará tarde, vete y déjame dormir.

La dejo tranquila y salgo de su habitación, y al pasar por la cocina tomo el termo con café antes de salir del departamento. Llevo el libro en una mano y el termo en la otra. Bajo las escaleras hasta el primer piso aprovechando para salir cuando una mujer entra y deja la puerta medio abierta y esta vez, como me levanté más temprano, puedo caminar hasta el colegio.

Le echo algunas miradas al camino y otras al libro mientras repito mentalmente la frase que estuve ensayando gran parte de la semana. Hoy es jueves, llevo cuatro días estudiando latín y solo esa frase suena en mi cabeza, pero cuando la digo no me hace sentir muy segura, siento que digo una cosa totalmente diferente.

Cruzo la calle corriendo y esquivo a varias personas afuera de un local para tratar de apresurar el paso. Cuando por fin llego a la puerta del colegio el guardia me abre y yo le agradezco con un movimiento de cabeza.

Veo tres camiones escolares en el estacionamiento y Matt me está esperando en las escaleras. Me apresuro a guardar el libro en mi mochila para encaminarme a su lado.

—Creo que no llegué tarde —digo haciendo que sonría—. ¿Qué pasa? —señalo los autobuses.

—Hoy es día de salir, ¿lo olvidaste?

¡Maldición! La directora me había comentado que, al principio de clases, luego de una semana o dos, los niños tenían derecho a un paseo para que se sintieran más relajados.

—Lo siento, lo olvidé por completo —me disculpo—. Esta semana ha sido… algo complicada.

Él le resta importancia y sonríe de oreja a oreja.

Es muy amable.

—No importa, vayamos a ordenar a los niños para que suban a los autobuses.

Asiento entrando por completo al edificio y paso de largo hasta mi salón, donde los niños se encuentran sentados, a cargo de una maestra suplente. La saludo y en cuanto me ve se marcha.

—Bueno, ¡hoy es día de salir! —les digo y ellos sonríen—. ¿A dónde iremos?

—¡Al zoológico! —responden al unísono.

—Exacto, así que vamos a formar una fila —indico—. Y en orden saldremos haciendo caso a las indicaciones de las maestras que están fuera, ¿okey?

—Sí.

Todos salen y observo al último, quien trae los pantalones del uniforme y una fina sudadera gris con la capucha puesta. No me mira, solo pasa de largo.

Sigo a todos afuera cargando solo con mi teléfono y el gafete que me identifica como maestra de este colegio. Matt ahora está ayudando a que salgan los de primero también, ya que hoy les toca solo a ellos, pero se va a necesitar ayuda para cuidarlos a todos. Con cuidado suben al transporte y yo me siento al lado del pelirrojo comprobando que todos estén en sus asientos y sin problemas.

El camino no es muy largo, ya que el colegio está en el centro de la ciudad y el recorrido solo tarda veinte minutos por el tráfico. Al llegar todos bajan, Matt y otra profesora se encargan de la entrada y él me indica que los niños pueden abandonar el autobús.

Lo hacen en fila y ordenados; yo soy la última. Le muestro mi gafete a la seguridad del zoológico. El recorrido comienza viendo a las tortugas y a las ardillas, después pasamos por el acuario, donde la mayoría de los niños se emociona. Llegamos a ver a las focas, luego a las aves y más de uno queda encantado con el mapache. A continuación pasamos a ver al león, donde todos se quedan quietos.

—Tranquilos, está encerrado —les digo mirando cómo más de uno se hace para atrás.

Siento cómo alguien trata de tomar mi mano y pienso que es Melissa, pero me sorprendo al ver a Ian con la vista puesta aún en el león y su mano queriendo abrirse paso por la mía.

La tomo sin pensarlo mucho y me quedo con él el tiempo que quiere ver el animal. Luego de un par de minutos mueve un pie y esa es la indicación de que quiere seguir adelante, así que lo hago con su mano aún entre la mía.

Ya que a los niños se les indicó traer una fruta o algo para almorzar, lo hacemos todos juntos sentados en unas bancas. Ian se sienta a mi lado izquierdo y Melissa al derecho.

—¿Cuál es su animal favorito? —les pregunto.

Melissa es la primera en levantar la mano.

—A mí me gustan las cebras, maestra —sonríe.

—Las cebras son animales muy bonitos —le digo y ella asiente. Me volteo hacia Ian—. ¿Y el tuyo?

Él mira sus manos un momento, antes de responder.

—Me gustan los animales que vuelan, el halcón en especial —susurra con el inglés que muy poco le he escuchado.

—Oh, muy bien —asiento—. Oye, ¿puedes ser honesto conmigo? —sacude la cabeza—. Bueno, dime qué tal pronuncio esto —me aclaro la garganta y compruebo que no esté Matt cerca para hablar—. *Salve, quid agis?*

Él abre mucho los ojos y después lleva una mano a su boca ocultando detrás una sonrisa, para darle paso a una risa que, puedo jurar, es la más bonita que he escuchado.

—¡Tan mal soné! —le digo haciéndolo reír más.

Melissa me jala la mano.

—¿Qué dijo, maestra? —me pregunta ella, quien también ríe—. Sonó feo.

Me río con ellos y es Ian quien se calma primero.

—Sí, sonó feo —dice y añade—: ¿Está aprendiendo latín?

—Eso creo.

Asiente y se pone de pie volviendo a colocarse la capucha de la sudadera.

—Es difícil al principio.

—Ahora lo veo.

No dice nada más hasta que llega una de las maestras a decirnos que el recorrido terminó.

***

Luego del colegio paso por una panadería que está de camino. Danielle me dijo que quería cenar spaghetti y a ella le gusta acompañarlo con pan francés. Salgo de la tienda con la bolsa en la mano y mi teléfono vibra en mi bolsillo. Lo saco y me doy cuenta de que tengo dos llamadas perdidas de un número desconocido.

Respondo porque puede que sea del colegio.

—¿Hola? —digo cambiando la bolsa del pan a la otra mano.

—¿Señorita Parson? —preguntan del otro lado.

—Sí, ella habla.

—Somos del colegio Placett, solo queremos recordarle la junta que tendremos todos los profesores mañana por la tarde.

¡La junta!

—Eh, sí, sí, gracias por hacerlo —respondo algo apenada—. Allí estaré.

—Bien, que tenga buen día.

Cuelgo y guardo el teléfono en la bolsa de mi pantalón. *Necesito dejar de olvidar las cosas.*

Llego al departamento y encuentro a Danielle mirando televisión tirada en el sofá de la sala. Cuando no está aquí, está en el bar resolviendo asuntos, o puede que algunas veces vaya a visitar a su padre a su oficina.

—Llegué —saludo pasando directo a la cocina para dejar el pan.

Vuelvo a la sala con una botella de agua en la mano.

—¿Cómo estuvo tu día? ¿Invocaste al demonio en el camino? —se burla.

Me dejo caer a su lado.

—No, de hecho, pasó algo mejor —sonrío—. Hice reír a uno de mis alumnos, al que habla latín.

—A tu favorito —sigue.

—No es mi favorito, amo a todos mis alumnos —defiendo.

—Ajá —pone los ojos en blanco—. ¿No estarás enamorada de él?

—¡Danielle! —la regaño recargando la cabeza en el respaldo—. Él es muy serio, ¿sabes? Pero hoy después de casi dos semanas de clases se rio.

—¿Puedo ir a tu colegio para conocerlo? —le adelanta a la peli cuando pasan una escena cursi.

—No creo que eso esté permitido, pensarán que eres una acosadora —me encojo de hombros. —Oye, ¿en serio no conoces el apellido Meyer?

Llevo preguntando eso desde el lunes, porque tengo curiosidad sobre Ian.

—No, ya te dije que no —niega—. Seguro, como dices, es un empresario de esos que casi nadie los ve. Pero igual le puedo preguntar a papá o a Nick.

—No, no te preocupes —doy fin a ese tema—. Llamaré a Zaydaly para ver qué tal está y tú vas a preparar el spaghetti, ya te traje el pan.

Me levanto y camino por el pasillo donde dejo la mochila y desde la cama conecto la videollamada con mi hermana. Tarda más de lo normal en responder y cuando lo hace veo que está en el baño, con una ¿sábana? que cubre su cuerpo y le deja los brazos fuera.

—¿Qué haces? —pregunto.

Trae el cabello suelto, tiene las mejillas rojizas y sus ojos se desvían a cada rato por encima del teléfono.

—Eh, nada —se apoya en lo que parece ser el lavabo—. Es que estaba tomando una siesta, acabo de despertar.

—¿Desnuda? —pregunto al no ver los tirantes de su bra—. ¡Zay, volviste a tener sexo con Antony! —aseguro en un medio grito.

Ella niega y después asiente, pero vuelve a negar.

—Nathalie, no digas tonterías —me regaña—. Además, no es un delito dormir desnuda.

—Vale, sé que no lo es y no te juzgo porque lo hagas —le digo—. Como tampoco te voy a juzgar si quieres tener sexo con Antony, sigue siendo tu esposo.

No me está mirando, sino que su mirada está de nuevo por encima del teléfono y trata de decir algo con los ojos.

—¿Zay? ¡Zay! —llamo su atención—. Estoy segura de que es Antony, ¿a quién más le dejarías a Rose?

Suspira y sin mirarme responde:

—Sí, es Antony —dice por fin y la puerta del baño se cierra de golpe—. Lo siento, tengo que colgar, Rose comenzó a llorar.

—Vale, te llamo… —cuelga dejándome con las palabras en la boca.

No sé qué diablos le pasa.

Me recojo el cabello en una cola, me cambio de ropa a una más cómoda y salgo para ayudarle a Danielle. La encuentro en la cocina dejando caer un cubo de mantequilla en la sartén.

—¿Cómo está Zay? —pregunta.

—Bien, tuvo que colgar porque Rose comenzó a llorar —digo—. Oye, ¿has hablado con Nick? Hoy le envié un mensaje, pero no me contestó.

—Sigue fuera de la ciudad, me devolvió la llamada en la mañana y me dijo que estaba ocupado, tal vez vuelva esta tarde o mañana.

—Bien —asiento—. Se me olvidó preguntarle a Zaydaly por él, me preocupa al igual que a todos —me acerco pasándole el brazo por detrás de los hombros—. Sabes que estoy aquí para ti, ¿cierto?

—Lo sé, Nath, gracias.

Preparamos la cena para las dos mientras charlamos de temas triviales; me cuenta que el bar está teniendo un buen progreso y que, si sigue así, piensa poner otro en Nueva Jersey.

Al terminar de cenar vemos un maratón de películas de Marvel, nuestras favoritas, y pasamos así un buen rato. Desde el día en que la conocí, supe que no volvería a encontrar una amistad tan buena y sincera como la de ella. Amo cómo nos complementamos tan bien, somos sinceras la una con la otra y nos queremos como si tuviéramos la misma sangre.

La quiero como si fuera mi hermana y siempre será así.

***

Casi siempre llevo el cabello medio recogido al colegio, pero esta vez lo dejo suelto y con el fleco bien peinado. Me coloco unos aretes sencillos junto con el collar que Nick me regaló y que estuve a punto de perder la otra noche.

Recordar eso me hace pensar en el hombre que me lo devolvió, mentiría si dijera que no he pensado en él, pero me hago a la idea de que es un completo desconocido que solo quiso tener un gesto amable con alguien.

Me echo un último vistazo en el espejo antes de tomar la mochila y salir del cuarto, y me encuentro a Danielle en la cocina.

—¿Qué haces despierta a esta hora? —voy directo a la cafetera.

—Es día de paga, tengo que ir al bar para firmar los cheques de los proveedores —hace una mueca—. Andre me trajo el auto anoche, ¿te llevo?

—Sí, no quiero llegar tarde —acepto—. Hoy voy a regresar como a las cuatro, hay una junta con los demás maestros y no sé cuánto me vaya a demorar.

—Esperemos que no mucho.

Vacío el café en el termo y ella toma su saco antes de salir del departamento.

—Quiero salir mañana a Nueva Jersey para visitar a Zaydaly, espero que nada impida mis planes.

—Seguro que no, si quieres te acompaño —me dice—. Tengo ganas de ver a Rose.

—Estaría bien, si no estás ocupada, vamos.

Me deja en la puerta del colegio y me despido rápido para que no esté mucho tiempo estacionada donde no debe, ya que es casi a mitad de la calle. Entro al edificio directo a mi salón quince minutos antes. Los niños aún no llegan y yo aprovecho para poner encima de cada pupitre una hoja con los ejercicios de hoy.

Borro la fecha de ayer y escribo la de hoy en el pizarrón, también el tema de la clase y al final dibujo una carita feliz. Los niños inundan el aula al sonar el timbre y los saludo cuando van entrando.

Estoy por cerrar cuando la mano de alguien me lo impide, lo cual me pone nerviosa.

Es un hombre.

—Hola, buenos días —saluda.

Tiene el cabello negro, los ojos igual, y trae un abrigo largo.

—Hola, ¿le puedo ayudar en algo? —pregunto amable.

Sonríe dejando ver arrugas a los lados de sus ojos y se lleva una mano a la barbilla.

—Sí, mi sobrino acaba de entrar a este salón, ¿cree que pueda hablar con él? —señala dentro.

Pongo una mano en el borde del marco.

—Lo siento, señor, pero no puedo darle información de ningún alumno hasta que no pase a la dirección y demuestre que es pariente con autorización.

—Claro, sí, lo entiendo —asiente repetidas veces y no sé por qué, pero no me da buena espina. —Solo, ¿le puede dar su mochila? La olvidó en casa.

La tomo dudosa.

—A Ian Meyer.

Se marcha y asomo la cabeza al pasillo esperando que salga del corredor y, hasta que lo hace, cierro la puerta con seguro.

Me paso la mano por el cuello tratando de calmarme y voy directo al asiento de Ian.

—¿Es tu mochila? —le pregunto y niega—. ¿Seguro?

—No conozco a ese hombre —vuelve a negar.

No le entrego la mochila y no pienso dejarla en el salón, así que le envío un mensaje a Matt pidiéndole que le diga a una de las maestras que venga, y en seguida llega.

—¿Puedes cuidar a los niños un momento?

—Sí, no hay problema.

Salgo del salón con la mochila en mano caminando hacia la dirección. Hablo con la secretaria y ella me deja pasar.

—Buenos días, directora.

—Maestra Parson, ¿cómo está? —la mujer con un par de canas y unos lentes sobre el puente de la nariz me mira—. ¿Está bien?

—Un hombre entró diciendo que era tío de uno de mis alumnos, Ian Meyer, y le dejó esto —pongo la mochila sobre el escritorio—, pero el niño dice que no lo conoce. No lo dejé pasar al salón, pero, directora, le pido por favor que haya más vigilancia sobre a quién dejamos pasar al colegio.

Ella se pone de pie y asiente.

—Claro que sí, maestra —toma la mochila—. Yo me encargo, vuelva a su clase.

Asiento y abandono rápido la habitación para volver al salón. Cuando estoy de nuevo con mis alumnos, mi mirada cae en Ian, quien también me ve y asiente.

7

Nathalie Parson

Recojo las hojas del pequeño examen que les puse a los niños unos minutos antes de que salgan y ellos proceden a cerrar su mochila listos para salir. Cuando el timbre suena, salen en fila como siempre y yo también me apresuro a guardar mis cosas.

—Ian —lo llamo, ya que es el último—. ¿Te puedo acompañar? —le pregunto.

Quiero que me diga que sí, porque aún me sigue molestando que ese hombre haya venido haciéndose pasar por su tío. ¿Por qué lo hizo? Observa a la maestra que lo espera, pero termina por asentir en mi dirección. Le indico a la profesora que yo lo llevaré y me cuelgo la mochila en el hombro antes de tomar su mano.

Los niños siguen saliendo en fila mientras que yo bajo los escalones junto a Ian, y me detengo en el último.

—¿Ya llegaron por ti? ¿Reconoces a alguien? —él le echa un vistazo al estacionamiento, para después negar—. Entonces esperaremos aquí.

Juntos tomamos asiento en los escalones y mi vista se desvía a un carro color gris con los vidrios polarizados que está estacionado al otro lado de la calle. Se logra ver hacia las calles porque el colegio está rodeado de rejas que dejan ver hacia fuera.

Espero que algún niño salga para que se suba al auto porque supongo que está esperando a alguien, pero casi todos los alumnos ya se han marchado y el coche sigue ahí.

—¿Y si mejor vamos dentro? —le digo—. Sí, vamos dentro porque nos puede hacer pipí algún pájaro, ¿no crees?

Él también está mirando el auto, asiente y es el primero en ponerse de pie. Vuelvo a ver atrás y el hombre de hace un rato sale junto con otro más.

Esto no me gusta.

Apresuro el paso hacia adentro jalando a Ián y llego al pasillo rumbo a la dirección, pero por alguna razón siento que es mejor escondernos.

—Ven —Ian me jala de la mano señalando la puerta del cuarto de limpieza, donde el conserje guarda sus cosas—. Aquí.

Le hago caso y ambos nos metemos y le pongo el seguro a la puerta. Apago el foco y solo con la luz que entra por la pequeña ventanilla logro ver la cara de Ian. Me siento en una esquina y le extiendo mi mano, la cual toma sentándose a mi lado. Pasamos un par de minutos allí, hasta que escucho unos pasos afuera que me alarman.

No sé qué está pasando.

Atraigo a Ian para abrazarlo contra mi pecho y siento que el corazón se me quiere salir por la boca. Los pasos se alejan y puedo soltar el aire que tenía retenido, cuando de repente un leve pitido capta mi atención, y es Ian quien se mueve para buscar su mochila, de donde saca un pequeño reloj color negro. Presiona la pantalla con su dedo pulgar y este se abre con una palabra en latín.

Pater.
(Padre).

Oprime dos veces un botón a la izquierda del aparato y después lo guarda. Me mira dejándome ver el azul de sus ojos y por instinto le aparto los mechones rebeldes que tapan su frente. Tiene unas facciones muy delicadas, las mejillas redondas y pestañas largas.

—Voy a echar un vistazo, ¿sí? —le digo y no responde—. Quédate aquí y no le abras a nadie.

Me pongo de pie y con sumo cuidado abro la puerta asomando la cabeza para observar el pasillo. Está desierto y eso me convence de salir. Al cerrar tras de mí, camino por donde llegamos y no hay nadie, sigo más adelante y solo veo a un profesor salir de una de las aulas, el cual me saluda con un movimiento de cabeza antes de marcharse.

Creo que estoy exagerando.

Sí, tal vez esos hombres se confundieron de niño y solo querían hablar para aclarar las cosas o solo...

Mi pensamiento se detiene al ver al mismo hombre que llegó a la puerta del salón. Cuando me mira se queda quieto y a pesar de que la distancia es grande, logro ver cómo sonríe. Un escalofrío me recorre el cuerpo, el cual me deja helada.

Doy un par de pasos atrás y me volteo para echarme a correr. Paso por el armario de limpieza y abro la puerta para sacar a Ian.

—Corre, vamos.

Agarra su mochila y salimos a toda prisa, siguiendo de largo hasta cruzar varios pasillos. Siento los pasos detrás de nosotros hasta que veo la puerta trasera del colegio, la cual empujo sacando a Ian primero, veo hacia atrás cómo el hombre corre en dirección a nosotros.

Salgo mirando hacia atrás por momentos y al final del escalón siento cómo mis pies se enredan, obligándome a cerrar los ojos para asimilar la caída contra el cemento, pero no llega, al contrario, soy recibida en un par de brazos fuertes que me envuelven sin permitirme caer.

Solo es un momento, porque salto de esos brazos sin ver a la persona que me sostenía y busco a Ian, quien está al lado de un hombre de cabello rubio oscuro y de ojos claros que me hace una señal para que me ponga detrás de la camioneta cuando deja a Ian.

El otro hombre que está dándome la espalda espera algo, no sé qué con exactitud, pero mis dudas se aclaran cuando el tipo que nos perseguía minutos antes sale bajando los escalones ciego por encontrarnos, tanto que no se percata cuando lo toman del cuello deteniendo su paso hasta estamparlo contra la pared.

El hombre que me sostuvo en brazos lo aprieta tan fuerte por un par de minutos que temo que lo mate y es por eso que decido darle la espalda y mantener a Ian junto a mí.

La situación me aumenta mucho más los nervios.

Estamos juntos un par de minutos y no escucho voces hasta dentro de un momento más, y cuando volteo ya no está el tipo que me seguía, solo los dos que nos recibieron.

El segundo, el de ojos claros, choca la mano con Ian cuando se acerca a él y yo miro al otro. Es alto, un poco más alto que yo, lleva una camisa negra bajo un saco sin corbata; veo una barba de candado, sus ojos azul grisáceo llaman por completo mi atención y le dan paso al cabello medio castaño en un corte mediano.

—Es mi papá —aclara Ian.

No sé por qué, pero siento que ya lo había visto antes. Me saco esa idea de la cabeza porque es absurdo.

¿De dónde lo voy a conocer?

Él me mira fijamente, bajando la vista a mi pecho; no sé qué es lo que observa, hasta que llevo la mano ahí y siento el collar. No quiero hablar, al menos no con él directamente porque siento que la voz me saldrá temblorosa, por lo cual me volteo y me pongo de cuclillas frente a Ian.

—¿Estás bien? —le pregunto—. ¿No te jalé muy fuerte la mano?

—No, respira —me dice y lo hago, porque de verdad que lo necesito.

—¿Puedo? —abro mis brazos sintiendo la barbilla temblar.

Nunca había pasado por un susto así, nunca me habían perseguido de esa manera como tampoco había sentido que la situación se me salía de las manos y ahora solo quiero un abrazo.

Asiente y yo lo atraigo a mi pecho descansando mi cabeza en su pequeño hombro, donde sin poder evitarlo se me resbalan un par de lágrimas. Lo mantengo conmigo un par de minutos hasta que me separo tratando de limpiar el agua salada de mi cara, pero él lleva su mano a mi rostro y con sus deditos limpia la humedad, provocando que sonría.

—*Gratias* —pronuncio segura de lo que digo.

—Lo dijiste bien —murmura y me hace reír.

Asiento sonriendo y él levanta un pulgar.

—Vamos a la camioneta, jovencito —el de ojos claros se lo lleva y yo me incorporo—. Gracias, maestra.

Muevo mi cabeza cruzándome de brazos, pero cuando mis dedos tocan la piel de mi brazo izquierdo me arde. Le echo un vistazo y me doy cuenta de que tengo un rasguño que me sacó sangre.

—Déjame ver —el hombre parado frente a mí me toma el brazo y saca un pañuelo negro para limpiar la sangre.

Ni siquiera recuerdo dónde me hice el rasguño.

—Estoy bien —digo—. No es nada.

Él mira mi brazo y yo a él sin poder evitarlo, está cerca y siento cómo puede escuchar los latidos de mi corazón acelerados. ¿Por lo que pasó? O *¿por él?*

Su perfume se adentra en mi olfato cuando comienza a limpiar el hilo de sangre que recorre mi brazo; no me mira, está concentrado en la herida y soy yo quien repara en la finura de su perfil, su nariz, su mandíbula adornada por la barba y las largas pestañas que acunan sus ojos.

—¿Dónde están los hombres? —pregunto—. Si usted es el padre de Ian, necesita hablar con la directora del colegio para que ponga más vigilancia, está claro que alguien se lo quería llevar y…

—Y no lo hicieron gracias a ti —suelta clavándome la mirada—. El hombre es un pariente lejano de mi hijo, ya está todo aclarado, no es necesario hablar con el plantel.

Sacudo la cabeza.

—Pero esto no se puede repetir, no pueden entrar…

—No se repetirá —deja claro—. Yo me encargaré de eso —permite que yo tome el pañuelo contra mi brazo—. Ahora, ¿puedo llevarte a tu casa?

Niego.

—No puedo, tengo una junta de maestros —me alejo un par de pasos hacia atrás—. Cuide de Ian, señor Meyer.

Me volteo para subir los escalones y su voz me detiene.

—Hunter —suelta su nombre.

Hunter Meyer.

—Nathalie —digo de vuelta girando un momento para verlo una vez más—. Gracias, Hunter.

Entro en el edificio y lo pierdo de vista.

***

Luego de mojar mi cara con un poco de agua logro calmarme para asistir a la junta. Tomo asiento al lado de Matt, quien me sonríe y mira con el ceño fruncido el pañuelo que está atado a mi brazo.

—Me hice un pequeño rasguño, nada grave —le aclaro rápidamente.

—De acuerdo.

Cuando la directora entra nos entrega una hoja a cada uno, donde se lee el nuevo reglamento. Supongo que algunas cosas van a cambiar.

—Buenas tardes. El principal tema de esta junta era que cada uno me dijera cómo percibía a los alumnos, si estaban teniendo un buen rendimiento y todo lo relacionado con eso —habla paseándose de un lado a otro—. Pero eso quedará para la próxima reunión, ya que apenas tenemos dos semanas de clases y los niños se están acoplando.

Todos asentimos, ella inclusive, para que pueda continuar.

—A partir del lunes de la semana entrante se añadirá más seguridad al plantel, y después de la hora de entrada a nadie se le permitirá el paso —levanta la hoja que nos dio—. Habrá guardias en las dos entradas y dos más dentro del colegio. ¿Está claro? No voy a permitir que la seguridad de ningún alumno esté en riesgo, así como tampoco la de ningún profesor.

Estoy de acuerdo con eso, porque si eso garantiza la seguridad de los niños y de nosotros, está perfecto. Me preocupan más ellos, no quiero pensar en que lo de hoy se repita. Si el padre de Ian no hubiera venido, no sé qué habría pasado.

La reunión se alarga por tratar otros temas hasta que la da por terminada casi a las cinco de la tarde. Me levanto y salgo del aula junto con los demás profesores y es Matt quien me alcanza.

—Te llevo a tu casa —ofrece cuando ambos bajamos los escalones—. Es un poco tarde.

—Sigue siendo de día —señalo el cielo—. Además, no quiero molestar.

—No es molestia, anda, ven.

Baja de dos en dos el resto de las escaleras y lo sigo hasta el estacionamiento, donde un Volvo S60 color blanco queda a la vista. Me abre la puerta del copiloto y le agradezco.

—Bien, me dijiste que no vives lejos del colegio, ¿verdad? —pregunta al arrancar el motor.

—Sí, de hecho, vivo a diez o quince minutos —respondo.

Asiente y me indica que ponga mi dirección en su GPS, así que lo hago marcando el camino.

—¿Vives sola?

—No, vivo con mi mejor amiga —observo sus manos en el volante—. Somos compañeras desde hace varios años.

—Ah, está bien —me sonríe—. Siempre es bueno tener compañía.

Es guapo y muy simpático, el cabello rojo le luce en un peinado hacia arriba, solo un poco. Trae su chamarra de mezclilla y tamborilea los dedos sobre el volante.

Siento que debo decir algo más, pero no soy buena sacando temas de conversación.

—Eh… ¿y tú? ¿Vives solo? —inquiero, tratando de no sonar metiche.

—¿Es tu manera de preguntar si estoy soltero? —gira un momento la cabeza para mirarme. Trato de hablar, pero se echa a reír.

—Estoy bromeando, está bien. Vivo solo, mi madre y mi hermano vienen de visita a veces, pero la mayor parte del tiempo estoy solo con mi perrita.

—Okey…

Se detiene frente a mi edificio y bajo del coche cuando él también lo hace. Rodeo la parte delantera observando cuando se acerca.

—Gracias por traerme —aparto un poco el fleco de mi frente.

—De nada, Nathalie —me sonríe de nuevo.

Sin nada más que decir, me doy la vuelta mientras me cuelgo la mochila en el hombro, pero él habla provocando que detenga el paso.

—Espera —me volteo—. Mañana es sábado, podríamos salir por ahí, a cenar o tomar algo, no sé…

Está nervioso.

—Me encantaría, Matt, pero saldré de la ciudad mañana —muestro una sonrisa ladeada.

—Oh, está bien —hace un ademán restando importancia—. Otro día.

—Sí, otro día.

Me despido de nuevo y esta vez sí entro en el edificio dejándolo atrás.

Cuando pongo un pie en el departamento lo primero que hago es ir al baño para quitarme el pañuelo negro que tiene rastros de sangre seca. Me lavo el rasguño, me pongo un curita y tapo la coladera del lavabo para lavar la tela, que tiene leves manchas de sangre.

Lo tallo y mi mirada cae en las letras bordadas en una esquina.

H. M.

Hunter Meyer.

Pensar en el nombre me hace recordar los pocos segundos que estuve en sus brazos y en cómo el azul de mis ojos se mezcló con el azul grisáceo de los suyos. Aún siento el aroma de su loción y el calor de su rostro cerca del mío cuando me miró fijamente.

¿Quién eres, Hunter?

8

Hunter Meyer

Ian está sentado frente a mí y con un trago en la mano le pido que se ponga de pie para que se acerque.

—Quiero detalles —le pido.

Se toma su tiempo escribiendo cada cosa y yo lo observo en silencio. Ha llevado una educación diferente a la de los demás niños de su edad porque la familia a la que pertenece lo requiere. No será ningún cualquiera y eso les tiene que quedar claro a muchos.

Aprendió a escribir sin faltas de ortografía a los seis años y dominó el habla a los cinco. Yo estuve detrás en cada paso, su educación es mi prioridad y su bienestar es por lo único que voy a velar siempre.

Mi madre me recalca que no puedo negarle que conviva con los demás niños y sé que es cierto, pero afuera corre peligro; creía que tenía todo en mis manos, pero lo de hoy me comprueba que no es así.

La maestra.

Es la misma chica del bar, estoy seguro de ello porque no puede ser casualidad que tenga el mismo collar. La forma en que se acercó a Ian me hace pensar, me hace dudar y deseo aclarar esas dudas antes de que mueva mis cartas.

Me llevo el vaso a los labios al mismo tiempo que la puerta del despacho se abre. Es Abel, mi hombre de confianza para la seguridad de Ian.

—Seguí a la maestra como usted mandó; un hombre, creo que un profesor, la llevó a su casa —informa—. Dejé a otro de mis hombres para que vigile su edificio y me informe si sale.

—Muy bien, ahora lo otro —me pongo de pie terminando el líquido del vaso—. ¿Cómo es posible que uno de los hombres de Ivanovich se te pase por las narices?

No es un cobarde, sabe cuándo comete un error y me lo demuestra porque no se aleja al ver que mi mano golpea su mandíbula.

—Habla.

—Con todo respeto, señor, no puedo parar a cada persona que entre en el colegio; puedo, pero eso solo llamaría la atención —dice sin apartar la mirada—. Me entretuve impidiendo la entrada de otros dos hombres, y no se preocupe, que ya no están respirando. Le pido disculpas y le aseguro que no volverá a pasar.

—Quiero que redoblen la seguridad de todos en la familia, en especial la de mi madre y mi hijo, ¿está claro? —asiente—. También vigila a la maestra, no quiero sorpresas.

—Sí, señor —mira a Ian, quien ahora está de pie esperando a mi lado—. No me quite su vigilancia, llevo cuidando de este niño seis años, por favor.

Miro a mi primogénito, quien también mira a su guardaespaldas de toda la vida. No le es fácil acostumbrarse a personas nuevas y conoce a Abel desde que nació. Si existe alguien además de mi familia a quien le tengo la suficiente confianza para cuidarlo es a él.

—*Vis me ut te incolumem servet?* —le pregunto.

(¿Quieres que te siga cuidando?).

—*Si, pater* —responde.

(Sí, padre).

—Está bien, pero un error más y lo pagas con tu vida —le advierto.

—No será necesario, señor, un error más y yo mismo me la quito —deja claro, se agacha frente a mi hijo y choca los cinco con él.

Se retira y yo camino al escritorio con Ian a mi lado. Lo dejo frente a este mientras leo lo que escribió en la hoja. Detalla absolutamente todo. Su maestra lo llevó adentro cuando vio a los hombres, se llevó la mochila lejos de él, les impidió el paso al salón, lo escondió en un armario de limpieza, pasó por él cuando los hombres la perseguían hasta que llegó a mis brazos.

No sé por qué, pero creo fielmente que otro profesor hubiera abandonado al niño y se hubiera largado, pero ella no lo hizo. Le dijo gracias en latín y él parece cómodo con ella, aunque aun con todo eso hay algo que no me convence y no sé si estoy paranoico con la situación o tengo razón.

—*Est bonus magister?* —dejo la hoja a un lado para verlo a los ojos.

(¿Es buena maestra?).

—*Si, pater* —sacude la cabeza—. *Discere latin.*

(Aprende latín).

Está aprendiendo latín para hablar con su alumno en el idioma que más le gusta.

Me llega de golpe el azul electrizante de sus ojos y los temblores de su cuerpo cuando la sostuve, la suavidad de la piel de su rostro que parecía llamar mi mano, pero no la toqué, no tenía por qué hacerlo.

¿Quién eres, Nathalie?

—¡Esto no puede pasar, Hunter! —la voz furiosa de la mujer que me dio la vida resuena nada más abre la puerta del estudio—. ¡Hijos de puta los Ivanovich!

—Lo sé, no tienes que recordármelo, madre.

Se me planta enfrente pasándose una mano por el cabello negro que le cae a los lados.

A pesar de los años no tiene una sola arruga en el rostro y sigue siendo esa mujer que recuerdo cuando era un niño. Una mujer con demasiado coraje, ya que se necesita coraje para enfrentarte al apellido Meyer y a los enemigos que cargan desde generaciones atrás.

—¿Qué vas a hacer? —mira de reojo a su nieto—. No lo quiero en peligro de nuevo.

—¿Y qué hago? ¿Lo saco del maldito colegio al que tanto me exigiste que lo inscribiera? ¡Esto no es un puto juego!

—¡No me grites! —me señala—. Los huevos frente a los demás, pero a tu madre la respetas —respira hondo—. Supongo que ya hablaste con la seguridad, ¿no?

—Sí, todo está bajo control —asiento—. Habrá el doble de hombres cuidándolos a todos, yo saldré la semana que viene, tengo asuntos que arreglar con mis socios en Italia.

—Llevaré suficiente dinero a ese colegio para tenerlo bajo la mira; lugar donde esté un Meyer, es lugar que debe estar bajo nuestra protección —sentencia—. No creo que sea difícil tener acceso a cada cámara de ese mugroso edificio.

Me pellizco el puente de la nariz.

—Haz lo que te deje más tranquila —le digo besando su frente—. Ahora vamos a cenar.

Ella es la que toma a Ian y este se deja guiar por su abuela.

Vuelvo a leer la hoja de mi hijo y la guardo en el cajón prometiéndome averiguar quién es Nathalie Parson.

**

Maxwell me está esperando en la camioneta y me pasa la tablet cuando el vehículo arranca.

—Es todo lo que pude averiguar —dice—. Veinticinco años, huérfana de padre y madre, tiene una hermana que vive en Nueva Jersey, ¿y adivina con quién vive? —lo miro esperando que responda—. Con la hija menor del alcalde.

Conoce a los Prince.

—¿La siguen vigilando? —pregunto.

—Sí, no queremos que le pase nada a la maestra favorita de tu hijo —me codea—. Es sexy, tal vez le diga a Ian que la invite a cenar.

—Cállate —le entrego el aparato—. Quiero la mochila que dejaron en el colegio y la quiero mañana mismo.

—Ya tengo gente en eso, relájate —enciende un cigarrillo y me ofrece uno solo para hacerme enojar. Odio el cigarro—. La tendrás.

—¿Dónde será la reunión con el alcalde? —inquiero mirando por la ventana del auto.

—En una propiedad fuera de la ciudad, es un lugar seguro, tengo vigilancia rodeando todo —comenta—. Tuve que, bueno… ya sabes, obligar al alcalde.

—No me importa cómo, solo necesito dejarle claro que si un Ivanovich vuelve a pisar esta ciudad, a él también me lo voy a llevar por delante —aprieto el puño—. Estoy harto de esos hijos de puta, Maxwell.

Baja la ventanilla para sacar el humo.

—Lo sé, yo también lo estoy y muero de ganas de colgar a todos de los huevos —espeta—. Mientras viajas a Italia me haré cargo de la bodega que mencionó el imbécil de Colin, iré junto a Teo Calvers, traerá su gente y servirá de apoyo.

Asiento dándole la razón.

Maxwell Russo ha estado a mi lado desde que el peso del apellido Meyer cayó sobre mis hombros, justo veinticuatro horas después de la muerte de mi padre, Bruno Meyer.

—Explótala, saca solo lo que podamos usar y lo que creas que les pueda interesar más a ellos —digo—. Lo demás lo vuelves cenizas.

—Como mandes.

Las tres camionetas se detienen dentro de la propiedad, se logra ver un techo a unos cuantos pasos y la guardia de confianza del alcalde también rodea el lugar. Me acomodo el traje y camino hacia él.

—Buenas noches, señor alcalde —finjo hacer una reverencia y él me tiende la mano—. Un placer volver a verlo.

Frunce el ceño.

—Que yo sepa nunca nos hemos visto —replica.

Max suelta una risa.

—No, bueno, no directamente —señalo la silla que está frente a mí para que tome asiento, niega, pero Russo lo toma de los hombros obligándolo—. Ya sabe, en televisión se le ve seguido; bonitos discursos, permítame decirle.

—Gracias, pero vayamos al punto, señor Meyer —su mirada se dirige al anillo que tengo en la mano derecha—. ¿Para qué me citó aquí?

Muevo un dedo esperando que me pasen el sobre que pedí y uno de mis hombres se acerca a entregármelo. Recargo una de mis piernas sobre la mesa y saco el contenido del paquete.

—Supongo, alcalde Prince, que tiene conocimiento sobre las mafias, ¿no? La mafia italiana, los Icarhov; la Mafia Roja, los Ivanovich, y la Mafia Negra, los Meyer —asiente pasando saliva—. No se preocupe, que usted y yo no somos enemigos, si colabora, claro está.

—¿Qué es lo que quiere?

Coloco las fotografías sobre la mesa y sostengo una frente a él.

—Pues tiene a la Mafia Roja pisándole los talones, señor alcalde —le muestro la imagen—. Su hijo mayor, Nicholas Prince, está siendo seguido por un miembro de la familia Ivanovich y créame que no es para conversar —niego—. Están a nada de tomarlo por las pelotas, señor.

—No entiendo, nosotros no tenemos tratos con nadie…

Me pongo de pie rodeando su lugar hasta apoyar mis manos sobre sus hombros.

—Aún —aclaro—. Porque usted me va a ayudar para que esos hijos de puta se larguen de mi territorio —sigo el paso hasta estar de nuevo frente a él—. No quiero gente pendeja, quiero los mejores, ¿de acuerdo? Piense en sus hijos, su hija menor no la pasará bien si uno de ellos la toma, créame que la Mafia Roja es despiadada, y mucho, pero si la tomo yo antes que ellos seré mucho peor.

—¿Me está amenazando con mis propios hijos? —se pone de pie furioso—. Aquí la autoridad soy yo y tengo todo el derecho de arrestarlo.

Sus hombres sacan las armas y los míos igual, pero en una milésima de segundos Harry Prince queda rodeado de puntos rojos. Baja la mirada observándose el pecho y comprobando que sus hombres están en la misma posición.

Qué bien se siente el poder.

—Usted no puede contra mí, alcalde —doy un paso al frente—. Y tampoco podrá contra los Ivanovich, pero si me ayuda, yo lo ayudo —arreglo su corbata—. Nueva York es mi territorio, al igual que el resto de Estados Unidos, mi enemigo es su enemigo, por lo tanto, si me jodo yo, se jode usted también. No nos hagamos tontos, no es su primera vez siendo un corrupto, lleva siéndolo toda su vida.

Le hace una señal a sus hombres para que bajen sus armas.

—¿Qué es lo que quiere con exactitud?

Le doy la espalda recibiendo el maletín negro con el sello de la familia Meyer en él y lo coloco sobre la mesa.

—Accesos, quiero acceso a absolutamente todo —abro el maletín para dejar ver su contenido. Un teléfono inteligente, una memoria USB y una tablet—. Quiero saber quién entra y quién sale de la ciudad, ¿de acuerdo? Mi gente se pondrá en contacto con la suya. Quiero saber todo, miembro de los rojos que entre, miembro que quitamos del camino, ¿está claro?

Se pasa la mano por el cabello rubio y se afloja el nudo de la corbata. No es idiota, sabe que, aunque estés bajo el cargo que estés, cuando te toman de las pelotas no puedes hacer nada, así funciona esto.

Una vez que tienes alianzas con el poder, las tienes de por vida, hasta el día que mueras, y él lo sabe. No descarto la posibilidad de que Ian utilice a un Prince a su antojo, justo como lo estoy haciendo yo ahora mismo.

Mi hijo será más inteligente que cualquiera.

—Necesitaré más dinero, tengo que comprar el silencio de muchas personas —sentencia y sonrío—. Y no quiero que les toquen un solo pelo a mis hijos, a ninguno de ellos ni a mi mujer, tampoco a mi hijastro.

—Créame, alcalde, que su mujer y su hijastro no están bajo la mira de nadie —cierro el maletín para entregárselo—. Aquí corre peligro solo el apellido, lo demás no es seguro, porque, aunque usted crea fielmente en su esposa, es consciente de que la pondría enfrente para que no lastimen a sus hijos, ¿o me equivoco? —no responde—. En fin, por el dinero no se preocupe, usted siga siendo la imagen intachable de esta ciudad.

Me acerco dándole unas palmadas en el hombro y hablo solo para los dos:

—Esto es de por vida, no lo olvide.

Me retiro con Max, quien me sigue el paso, y una vez dentro activo el GPS del teléfono, que me da acceso a los datos que necesito.

9

Nathalie Parson

Los golpes en la puerta me hacen levantarme rápido. Veo el reloj en mi mesa de noche y son las seis de la mañana del sábado.

¿Quién es a esta hora?

Salgo del cuarto descalza y paso por la habitación de Danielle, quien también sale furiosa. Al ser sábado se supone que vamos a dormir hasta tarde. Vuelven a tocar y abro jurando gritarle a la persona detrás, pero me quedo quieta al ver a mi hermana con mi sobrina en brazos. Trae una maleta y una mochila en la espalda.

—Hola —saludo confundida—. ¿Qué haces aquí? ¿Por qué no me avisaste que venías? Pude ir por ti y ayudarte con Rose.

—Lo sé, yo… solo quería venir de sorpresa. ¡Sorpresa! —me da un abrazo y pasa con Danielle.

Mi mejor amiga asiente ayudándole con la maleta y la suelta una vez dentro para mirar a Rose.

—Ven aquí, amor mío —le hace mimos tomándola en brazos cuando mi hermana se la pasa—. Te extrañé tanto. ¿Quién es la más hermosa? ¡Pues tú!

Danielle y todos los Prince quieren demasiado a Rose, eso no es ninguna sorpresa, hasta el alcalde le tiene cariño y le envía obsequios costosos.

—Lamento haberlas despertado, en serio.

—No pasa nada, tranquila —le resto importancia y la miro a los ojos—. ¿Está todo bien?

Mira a la rubia que tiene a Rose en brazos y parece que quiere echarse a llorar, pero solo asiente.

Mi hermana no suele ponerse nerviosa o triste tan fácilmente, siempre ha sido la más fuerte de las dos. Suele afrontar los problemas con valentía y es ella quien me dice que no hay nada que no se pueda reparar en este mundo.

La observo. El cabello negro lacio hasta los hombros ahora lo trae recogido hacia atrás, sus ojos cafés están ligeramente hinchados y tiene ojeras bajo la piel blanca. Su rostro perfilado la hace lucir como una muñeca.

Pero sé que algo no está bien.

—Ey, ¿puedes llevar a Rose a tu habitación? —miro a Dani—. Seguro estará mejor allí.

—Claro que sí, vamos a dormir un buen rato —asiente—. Vamos, vamos.

Sigue por el pasillo y yo aparto la vista cuando la veo entrar en la alcoba. Zay se deja caer en el sofá y yo me siento delante de ella.

—¿Qué pasa? —le pregunto—. Zay, sabes que puedes confiar en mí, ya dime qué sucedió.

Se pasa las manos por el cabello mirando toda la habitación. Sus dedos chocan entre ellos, sus piernas suben y bajan y, ahora que la veo más de cerca, puedo notar que hasta bajó de peso.

—Te juro que creí poder con esto, que todo estaría bien, te lo juro que sí —comienza—. Yo quiero a Antony, tengo sentimientos por él porque me casé enamorada, de novios siempre fuimos inseparables y un año después de casados también, nada cambiaba.

—Sé que sí, Zaydaly.

Tomo sus manos y ella las aprieta.

—Pero antes de Antony hubo alguien más, Nath —susurra—. Estaba alguien que amenazaba con ser el amor de mi vida, pero me alejé, corté eso de raíz porque no podía estar con él —niega—. Así que conocí a Antony, me gustaba estar con él, pasar tiempo juntos, hasta que todo se formalizó, pero… de repente mi matrimonio fue cambiando y ese hombre aún seguía en mi vida como un amigo, uno con el que quise poner distancia, pero él no me dejó.

Se suelta una mano para limpiar sus mejillas, respirando hondo.

—Un día ese hombre fue a mi consultorio, estaba mal, insistió en que charláramos y yo acepté —pasa saliva—. Fuimos al bar de un hotel y sé que estuvo mal, porque yo era una mujer casada, pero no me pude negar. Así que seguí adelante, lo escuché, platicamos y con tantas copas encima terminamos en la cama. Me fui antes del amanecer y cuando me buscó, le dije que lo que pasó no se repetiría y que no había significado nada.

Se echa a llorar con más fuerza.

—Está bien, si lo que te preocupa es la reacción de Antony, yo estaré apoyándote…

—No, eso no me preocupa, porque Antony ya lo sabe —suelta poniéndose de pie—. Un mes después de haber tenido el encuentro con ese hombre me di cuenta de que estaba embarazada. Te juro que me convencí de que nada pasaba, de que… de que Rose era de Antony, pero, Nath… mi bebé es mía, principalmente es mía…

Asiento dándole la razón, porque la tiene, es su bebé y nadie se la puede arrebatar.

—Lo es, Zay, es tu bebé y yo no te juzgo por nada, sabes que tienes mi apoyo siempre.

—Nath… Rose, Rose es… —se apoya en la pared soltando los sollozos que le sacuden el cuerpo—. Prométeme que no le dirás nada a nadie.

—Te lo prometo, sabes que jamás diría algo que tú me cuentes.

Asiente respirando profundo.

—Rose es hija de Nicholas.

Eso… vaya, yo… estoy en blanco.

—¿Prince? —pregunto mirando hacia el pasillo asegurándome de que Danielle no esté.

—Sí, es una Prince —asiente—. Pero eso no lo sabrá nadie, ni siquiera Antony lo sabe, le dije lo del hombre, pero no lo de Rose.

—Zay, yo te voy a apoyar en cualquier decisión que tomes, pero creo que debes decírselo a Nick —coloco mi mano sobre su hombro—. Sabes que es un buen hombre, él lo aceptará, además de que, si tu matrimonio con Antony no está bien, es mejor terminarlo aquí.

Se tapa la cara deslizándose por la pared; se niega a esa posibilidad.

—Lo es, pero no es el tipo de hombre que quiero en mi vida ahora, ni en la de mi bebé —niega—. Solo te diré que tengo mis razones para no estar con Nick y para mantener oculto lo de mi hija —desvía la mirada—. Antony no sabe que volví a estar con Nick y es mejor que no lo sepa, porque no volverá a pasar.

—Zaydaly, ambos se están engañando y nada bueno saldrá de esto —le recuerdo—. Me contaste que querías dejar a Antony, hazlo, déjalo y así se dejarán de mentir.

—Lo sé, pero si quiero a Nick lejos, necesito a Antony a mi lado, aferrarme a algo, y lo siento, Nath, pero yo ya tengo claro lo que es mejor para mi hija, que es lo único que me importa.

Respiro y me doy un minuto para procesar todo. Nicholas Prince no la hubiera dejado sola, estoy segura de que se hubiera hecho cargo, de que se hará cargo en cuanto se entere, pero...

Ahora entiendo todo un poco más. El apego de Nick hacia Rose, las veces que preguntaba por ella. ¿Y si él lo presiente? No creo.

—¿Y cómo es que Nick no sospechó que Rose era de él, o Antony?

—Porque le dije a Nicholas que ya estaba embarazada cuando me acosté con él y Antony jamás me ha preguntado nada, ni me ha dicho nada sobre Rose, para él ella es su hija y lo es, lleva su apellido.

Veo a Andre cargándola días después de que naciera, Danielle llenándole la carita de besos. No puedo estar muy de acuerdo con mi hermana, pero no puedo hacer nada ante sus decisiones.

—¿Entonces piensas seguir mintiéndole a Antony? —es más una seguridad que una pregunta.

—Sé que está mal, pero Antony es el único que mantiene a raya a Nick —suspira—. Era él quien estaba conmigo cuando me hiciste la llamada, era Nick —admite—. Quiere algo formal, pero yo no, Nathalie, yo no puedo porque el miedo me sobrepasa.

—¿Miedo a qué?

—Hay muchas cosas que no te puedo decir —me mira—. Cuando de mi boca salió que era Antony con quien estaba, él salió furioso de casa y desde ese día no me habla, lo cual es lo mejor.

Camina a la cocina y la sigo, observando cómo se sirve una taza de café.

—Antony podrá ser muchas cosas, pero un mal padre no —golpea sus uñas contra la taza—. Estaba tan emocionado con el embarazo, estuvo sosteniendo mi mano en el parto, era él quien se desvelaba para cuidar de Rose y aún lo hace, no soy capaz de arrebatarle eso —se limpia las lágrimas—. Quiero que mi hija tenga una vida normal, que no la estén siguiendo o…

—¿O qué?

—Nada, solo quiero que mi hija esté bien —cambia el peso de su pie a otro—. Gracias por escucharme, en serio lo necesitaba.

Me acerco a ella y la vuelvo a abrazar.

—Me tienes aquí para lo que necesites.

Siempre, siempre voy a estar para ella.

***

Pasar el sábado con una bebé de dos meses puede ser lo mejor, Danielle le cambió el pañal, yo le di el biberón y Zaydaly tomó una siesta. Mi hermana en serio necesitaba descansar o se volvería loca. Puedo jurar que lo único que impide que se arranque los pelos es su hija.

No me gusta verla así.

—Creo que tenemos que sacarle los gases —le digo a Danielle tomando a Rose.

—Oye, no es un refresco —me hace reír—. Es una bebé preciosa.

—Los gases que tiene la bebé cuando le das de comer, mensa.

El timbre suena y la rubia es quien va a abrir. Pongo a Rose sobre mi hombro y palmeo su espalda tratando de que deje de llorar, no quiero despertar a Zay.

Cuando volteo para ver quién llegó, veo a Nicholas quitándose el abrigo, y en cuanto mira a Rose, busca a alguien más, y ese alguien es mi hermana, ahora lo tengo claro.

—Hola, hermosa —se acerca y sin pensarlo me la quita para cargarla—. ¿Está todo bien? —me mira.

—Sí, Zaydaly vino de visita —explico—. ¿Qué haces aquí?

Coloca a la bebé sobre su hombro, besa su cabeza y palmea su espalda con suavidad logrando que Rose se calme de inmediato.

—¿Dónde está? —pregunta y sé que se refiere a Zay—. ¿Está bien?

—Está durmiendo.

Asiente y Danielle vuelve de la cocina con un refresco en la mano.

—A este sí se le saca el gas —bromea haciéndome reír.

Observo a Nick, la forma en que sostiene a la bebé, su manera de susurrarle cosas y de calmarla, me hace pensar en cómo no me di cuenta antes; creo que tal vez para terceros esto era demasiado obvio, pero yo jamás lo vi así, estaba tan centrada y convencida de que el papá de mi sobrina era Antony que no me percaté de que no se parecen y que el cabello de Rose es rubio. Y ahora Nick está aquí con ella.

Es su hija, está sosteniendo a su hija.

La verdad que ambas estamos guardando no nos va a traer nada bueno, las consecuencias de una mentira son mucho más grandes que esta misma. Es como un globo que cuando está al tope, te explota en la cara.

Pero no voy a revelar algo que no me concierne a mí, la decisión es de mi hermana, es ella la única que puede decidir qué es lo mejor para su hija y confío en Zay cuando me dijo que tenía razones para no decir la verdad.

Me gustaría poder comprender esas razones.

—¿Se quedará el fin de semana?

La pregunta de Nick me trae de vuelta.

—No lo sé…

—No, nos vamos mañana —responde mi hermana, quien camina directo hacia el rubio—. Mi esposo vendrá por mí.

Él no responde, solo le da un beso a la bebé y se la entrega.

—Me alegra —asiente en su dirección.

Danielle lo mira cuando se pone de nuevo el saco.

—¿Ya te vas? —le pregunta su hermana.

Nick mira de nuevo hacia Zaydaly y esta aparta la mirada caminando con Rose hacia el pasillo.

—Sí, saldré de la ciudad.

Se despide y sin mirar atrás sale del departamento.

—Qué raro día estamos teniendo —comenta la rubia—. Necesito tener sexo, creo que saldré esta noche, ¿vienes?

—No voy a dejar a Zay sola, pero ve tú.

Hace una mueca de negación.

—No, mejor mañana vamos juntas —se pone de pie—. Ordenaré pizza y le diré a Andre que Zay está aquí.

***

Antony es el tipo de hombre que prefiere ver un documental a un partido de futbol con amigos, es el tipo de hombre que prefiere el vino a tomar una cerveza en el bar de la esquina y creo que eso fue lo que más llamó la atención de mi hermana, eso y que es muy guapo.

Sus padres son franceses y aunque él nació en Francia, le tiene más apego a Estados Unidos que a su propio país y decidió quedarse cuando conoció a Zay. Creo que fue amor a primera vista. Es alto, cabello medio castaño, ojos verdes y casi siempre trae una sudadera debajo de un saco con el cuello alzado.

Me saluda nada más pone un pie dentro del departamento.

—Cuñada —besa mi mejilla—. ¿Cómo estás?

—Bien, ¿y tú? —le pregunto al cerrar la puerta—. ¿Qué tal las cosas en la oficina?

Tiene una pequeña compañía de autos y, según me había comentado mi hermana, tuvo problemas hace unos meses.

—Todo bien, salimos de la crisis.

—Me alegra.

Zaydaly se deja ver en el pasillo con la maleta y la mochila donde trae las cosas de Rose. Antony se apresura a ayudarle, pero ella le pasa a la bebé, la cual recibe con alegría.

—Hola, mi amor —le besa los cachetes—. Hola, ¿cómo estás? —besa la mejilla de Zay y ella le corresponde.

—Bien, creo que tenemos que irnos porque quiero pasar a una tienda de ropa que conozco para comprarle algo a Rose.

—Sí, como tú digas —toma la mochila que Zay le pasa y él se la cuelga al hombro—. Te espero en el auto. Nos vemos, Nathalie.

—Cuídense.

Me despido de mi sobrina y los observo salir.

—Llámame si necesitas algo, Zay, cualquier cosa —coloco un mechón de su cabello detrás de su oreja.

—Estaremos bien, no te preocupes.

Me da un último abrazo y la observo perderse por el pasillo hasta las escaleras. Danielle sigue dormida, ya que se había despedido de ellas ayer por la noche.

Suelto un suspiro volviendo a mi habitación, me siento frente al pequeño escritorio que tengo cerca de la ventana y subo ambas piernas a la silla con el buscador encendido en la pantalla.

Miro de reojo el pañuelo debajo de los papeles que tengo que llevar al colegio y vuelvo la mirada a la computadora.

Desde el viernes por la noche quiero buscar el nombre de Hunter Meyer. Mentiría si dijera que no he pensado en él, en cada parte de su rostro, la forma de tomar mi brazo y de ofrecerme el pañuelo, absolutamente todo.

Todo de él me intriga y me causa cosquillas en el estómago.

Él es el hombre que me devolvió el collar en el bar, no hay que ser muy inteligente para deducirlo, ya que fue lo primero que miró en mí. Cosa que me trae otras preguntas: ¿por qué tanta seguridad? ¿Es un político importante? ¿Un empresario? ¿Algo más?

Tomo el pañuelo acariciando el bordado de las letras, lo dejo en mi mano y sin dudarlo más escribo su nombre en el buscador. *Estoy nerviosa.*

No tarda mucho en arrojar el resultado de mi búsqueda, pero ninguna de las fotografías que aparecen es él y la única información que sale está relacionada con una noticia del año 2009.

Leo la noticia.

> Bruno Meyer, líder de una organización, muere bajo una contienda en Rusia. Se dice que el Gobierno ruso intervino para acabar con ambas mafias, la Mafia Roja, liderada por los Ivanovich, y la Mafia Negra, liderada por los Meyer.
>
> En el enfrentamiento murieron setenta y ocho soldados y hombres de ambos bandos, entre ellos una mujer identificada como Kamille Ivanovich.
>
> ¿Será este el fin de la organización sin su líder?

La noticia es de un periódico que el día de hoy ya no existe y eso me hace deducir que tal vez no sea del todo genuina. Imagino que hay muchos apellidos Meyer y no todos tienen que ver con mafias. Sacudo la cabeza para sacar esa idea de mi mente porque no creo que el padre de Ian sea un delincuente.

Cierro la ventana, apago la computadora y camino de regreso a la cama, donde me dejo caer mirando el pañuelo y me pongo de lado metiendo el pedazo de tela bajo la almohada.

—Hunter Meyer —susurro mirando el techo—. ¿Quién eres?

El reloj de mi mesa marca las nueve de la mañana y me digo que no está mal tomar una pequeña siesta, así que me pongo a la tarea de recuperar el sueño que perdí ayer.

10

Nathalie Parson

Me peino el fleco y me ato el cabello en una cola dejando dos hebras a los lados de mi cara. Aún tengo parte del cabello húmedo ya que acabo de salir de la regadera y me apresuré a peinarme rápido porque Danielle quiere salir ya.

Me convenció de ir de nuevo al bar, le dije que no porque mañana temprano tengo que presentarme en el colegio, pero insistió y prometió que volveríamos a las doce como Cenicienta.

Eso espero.

Comienzo a ponerme el *outfit* que escogí. Es una falda de cuero, un top blanco y una chamarra negra. Me miro frente al espejo una vez vestida y me gusta el resultado. Me siento cómoda, me gusta un poco de todo. Lo sencillo, lo extravagante, lo negro, lo rojo, lo azul. El azul resalta mucho en mí, en especial el color de mis ojos, pero el negro siempre me ha favorecido.

Me gustan los vestidos cortos, las faldas, los tops, todo lo atrevido, y me siento cómoda con ello, me siento bien con el guardarropa que tengo. No soy de las mujeres que dejan de usar una cosa solo porque a otros les causa problema, si a mí me gusta, me lo voy a dejar sin importarme lo que digan los demás.

Vivo para mí, no para darles gusto a las personas.

Me coloco un anillo como decoración y también un par de aretes con brillantes. La puerta del cuarto se abre dejando ver a una Danielle muy sexy.

—¡Estoy emocionada! —exclama dando una vuelta.

Lleva una falda corta color gris con brillos, un top del mismo color y unos tacones negros de aguja.

—Te ves muy bonita —digo y me planto frente a ella—. ¿Qué tal yo?

—Tú y yo estamos muy calientes el día de hoy —se acerca a mi espejo mirándose una última vez—. Vámonos o llegaremos tarde.

—¿Tarde para qué?

—Para el mejor ambiente.

Niego con una sonrisa en el rostro y tomo mi teléfono, un poco de dinero y salgo con ella del departamento. Las llaves las guardo yo, ya que siempre soy la que vuelve un poco más sobria. Tomamos un taxi y en el camino Danielle charla con el chofer debido a que él la reconoce. La mayoría del tiempo la reconocen por ser la hija del alcalde y más de una vez ella se ha aprovechado de eso.

—Su padre es lo mejor que le pudo pasar a esta ciudad, señorita —le comenta el chofer—. Se lo digo con toda sinceridad, le deseo todo lo mejor a usted y a su familia. Su padre es un hombre honesto con las personas.

—Gracias, yo le diré a mi padre.

No es extraño que la llenen de comentarios así, ya que la mayoría son ciertos, Harry Prince es un buen hombre, tanto para la ciudad como para su familia, para mi hermana y para mí también lo fue.

El auto se detiene un par de coches detrás de la puerta del bar y ambas salimos luego de pagarle al chofer. El viento fresco de la noche me llega de golpe y agradezco haber traído chamarra porque parece que hará un poco más de frío. En la entrada el guardia reconoce a Danielle y nos deja pasar, dentro la música está lo más alto que se puede, resonando por todo el lugar. Sigo a la rubia hacia la barra, que ahora está más llena que la última vez que vine.

Mi mejor amiga solo le guiña un ojo a la castaña, que ahora sé que se llama Lía, y esta nos pasa dos tragos para iniciar la noche. Me prometo no beber más de cinco, ya que no quiero despertar mañana con una reseca que deje a mis alumnos sin tarea todo el día.

La hija del alcalde me insiste en que deje la chamarra al cuidado de su amiga y lo hago porque si voy a bailar, me dará calor. Me jala del brazo hacia la pista donde todas las personas ya están saltando, mirando hacia donde está el DJ, quien tiene a Sia sonando en un remix que mueve a todos.

Le sigo el ritmo disfrutando de la música por un largo rato. Un chico se acerca ofreciéndole a Danielle otra ronda de tragos, el cual yo niego, pero ella se bebe el mío sin molestia y le susurra algo al chico antes de que se vaya.

No sé por qué, pero mi mirada se desvía hacia la barra, donde logro reconocer a alguien. Levanta el trago en mi dirección y mi instinto es jalar a Danielle para salir de aquí, pero ella ya tiene los ojos clavados en él.

Damon Sorien.

—¿Quieres marcharte? —le pregunto.

—No, quiero seguir bailando.

No le insisto porque después se enojará, y además no tendría por qué irse de aquí, no está haciendo nada malo. Damon se pone de pie, se termina su cerveza y camina decidido hasta nosotras; Danielle ya está bailando de nuevo y yo le sigo el ritmo, pero Damon ya está cerca.

—Hola —se acerca a mi oído para que lo escuche—. ¿Cómo estás?

—Bien, ¿y tú? Hace mucho que no te veía —le respondo de la misma forma.

El hijastro del alcalde es alto, cabello negro, barba de candado, ojos negros y fornido. Es guapo y amable, eso no tengo por qué negarlo.

—Estoy bien, con el trabajo hasta el cuello, pero bien —hace una mueca y mira a Danielle, que aún está bailando, dándonos la espalda—. ¿Está enojada?

—No, para nada —niego con la cabeza.

Me indica que se acercará a ella y yo asiento. Mi amiga sigue bailando, pero sé que ya sabe que él se acerca, porque se echa hacia atrás moviendo las caderas y Damon se ve obligado a ponerle un mano en la cintura para evitar que caiga.

Ella se voltea, le sonríe y se inclina hacia un lado para darle un beso en la mejilla. Los dejo de ver y me concentro en seguir en lo mío durante el resto de la canción hasta que me siento cansada y vuelvo a la barra, donde pido una botella de agua.

Me siento en un lugar vacío y es Lía quien me pasa una botella sellada. La abro para darle un trago y giro el banquillo para ver hacia la pista. Entre tanta gente no logro ver a Danielle, pero sé que está ahí. Paseo mis ojos por el lugar. Hay parejas disfrutando de la noche, grupos de amigas, chicos sentados en el área de mesas.

Una pareja llega a la barra, el chico le planta un beso en la mejilla y ella se le cuelga del cuello llenándole la cara de besos. Mi última relación fue un año antes de graduarme. Estuvimos juntos dieciocho meses y la verdad es que me gustaba estar con él, me trataba bien y era muy atento, pero él tenía otros planes.

Él quería vivir en Europa y yo aquí, así que nos separamos en buenos términos y hasta hace poco seguíamos teniendo contacto, pero cada vez menos.

—¿Te invito un trago, preciosa?

Un tipo se detiene a mi lado y se acerca tanto que me obliga a echarme hacia atrás.

—No, gracias.

—Solo uno, después podemos ir a mi casa…

Lo veo.

—Ya te dije que no, por favor no insistas —le pido con amabilidad.

Está por tomarme del brazo cuando un hombre lo agarra de la nuca y lo aleja de mí. Me quedo quieta con la idea de que puede ser un guardia de seguridad del bar, pero no me convence del todo y no tengo a quién preguntarle porque parece que la situación pasa por alto para todos menos para mí.

Qué raro.

Bebo otro trago de la botella, la cierro y la dejo sobre la barra. Desvío la mirada hasta el pasillo que da a las salas VIP y es entonces cuando el corazón se me acelera con la persona que veo ahí parada.

Hunter Meyer.

No sé si me está mirando a mí o a alguien detrás, pero tiene la atención en mi dirección y por un momento siento que no soy ese centro de interés, sin embargo, aun estando a unos metros, percibo sus ojos sobre los míos. No hace nada, solo está ahí, acompañado por tres hombres que supongo son su seguridad. Uno de ellos le susurra algo en el oído y él asiente sin apartar la mirada.

Es el padre de uno de mis alumnos y está mirando a la maestra de su hijo en un bar un domingo por la noche. ¿Qué pensará?

¿Que soy una desobligada que probablemente llegue tarde a clases mañana? ¡Ay, qué vergüenza!

Miro hacia la pista deseando que Danielle salga de entre el gentío, pero no lo hace y yo estoy a punto de cometer una locura.

Me volteo hacia la barra y le hago una señal a Lía.

—Dame un trago, de lo que sea.

—¿Lo que sea? —se ríe.

—No, mejor no —niego y vuelvo a mirar por encima de mi hombro. *¡Sal de mi vista!*

—Bien, ¿lo vas a querer o no? —me insiste la castaña.

—Sí, ¿qué es lo peor que puede pasar?

Me lo da y sin pensarlo dos veces me lo bebo haciendo una mueca debido a lo fuerte que está. Le ordeno a mi cabeza que no voltee a ver si sigue ahí, pero no me hace caso y termino viendo de nuevo.

Sigue ahí.

—El hombre que está a mi derecha, justo por encima de mi hombro, ¿está viendo hacia acá? —le pregunto a Lía.

Ella mira en la dirección que le dije y sonríe.

—¿El guapo con traje? —asiento—. Sí, te está viendo. ¿Es tu novio?

—No, es… olvídalo, tengo algo que hacer… creo.

Quiero culpar al alcohol por ponerme de pie y caminar hasta donde está, pero no es el alcohol, porque no he consumido lo suficiente y el trago que acabo de tomar aún no me hace efecto.

¿Qué haces?

Me pregunta mi cerebro y no logro tener una respuesta, debido a que yo tampoco sé qué diablos estoy haciendo.

Viste formal como el viernes, trae un pantalón de vestir, una camisa negra y un saco desabotonado encima. Sus manos están hundidas en los bolsillos de su pantalón y me mira caminar dudosa hacia él.

Regresa, regresa, regresa.

No logro hacerle caso a mi subconsciente y sigo avanzando. Solo voy a preguntar por Ian, solo eso, le preguntaré cómo está y me daré la vuelta hacia Danielle para pedirle que me saque de aquí antes de perder la dignidad.

¡Soy la maestra de su hijo! Tengo que recordar eso.

Seguro él tiene esposa, está casado y tiene una vida feliz y aquí voy yo de entrometida. No, es mejor darme la vuelta y regresar.

Estoy por hacerlo cuando…

—Maestra —su voz fuerte y decidida me detiene. Estoy a solo tres pasos de él, y aunque la música es fuerte, su voz me llega.

Me obligo a hablar porque ya no tengo salida.

—Señor Meyer —devuelvo el saludo pasando saliva.

Subo el escalón que nos separa y ahí, en medio de la entrada hacia el área VIP, nos detenemos uno frente al otro. Sus ojos azules resplandecen bajo la poca luz del bar y el atractivo que se carga me hace pensar que no soy la única boba a la que tiene mirándolo.

—Hunter, por favor —su mirada se clava en la mía—. Solo Hunter.

—No sé si sea correcto, ya que soy la maestra de su hijo, usted mismo lo ha dicho —señalo algo dudosa—. No quisiera problemas con…

—No los tendrá y ahora mismo no estamos en el colegio, ¿o sí? —le echo un vistazo a mi alrededor cuando él lo hace.

—No, no estamos en el colegio.

Estamos en un bar donde se supone que no debo de encontrar a los padres de mis alumnos.

—Nathalie, soy solo Nathalie, no maestra, aquí no soy maestra —aclaro algo apenada cuando la música queda en silencio para cambiar a otra canción.

Sonríe y el aire de guapura que se carga con solo ese gesto me deja la boca seca. Se le achican los ojos levemente, las cejas se le juntan solo un poco y la curva de su boca deja ver sus labios gruesos ligeramente húmedos.

—Nunca se sabe, porque siempre hay algo que enseñar —responde con un ligero movimiento de hombros—. No pude evitar notar que le hablaste a Ian en latín, ¿lo estudias desde hace mucho?

Me cruzo de brazos colocando un mechón de mi fleco detrás de mi oreja y niego con una sonrisa.

—No, nada de eso —hago un ademán—. Lo estoy aprendiendo por él. Este es mi primer trabajo como maestra y no quiero decepcionar a mis alumnos, ¿sabes? Si ellos se sienten cómodos con un idioma y si yo puedo aprenderlo, pues lo voy a hacer.

Asiente sin borrar la sonrisa.

—*Magister bonus* —dice mirándome a los ojos—. Ian repite eso en casa, por ti.

Siento las mejillas arder y ni siquiera sé por qué, ya que no conozco el significado de lo que dijo.

—Te informo que solo sé decir *gracias* y creo que *hola, ¿c*ómo estás? —me muevo en mi lugar—. ¿Podrías traducir?

—Buena maestra, eso significa —señala un par de sofás de cuero en una sala que queda a la vista—. ¿Nos sentamos?

Miro hacia la pista de baile, después a la barra y al final vuelvo la mirada a él.

—Yo… no quiero incomodar a nadie ni mucho menos que tu…

—No estoy casado, Nathalie —aclara como si me hubiera adivinado el pensamiento.

No está casado, eso quiere decir que es padre soltero.

Respiro profundo y sigo hasta donde están los sofás. Hay una mesa en el centro con una botella de vodka, dos vasos y un teléfono. Tomo asiento en el sofá que está en medio y él lo hace a mi lado, solo a unos centímetros de distancia.

—¿Puedo decirte algo? —hablo observando cómo cruza una de sus piernas y extiende su brazo izquierdo por el respaldo del sofá.

—Lo que quieras.

Miro mis manos y juego con el anillo en mi dedo índice.

—Estoy muy sorprendida por la educación de Ian, ¿sabes? Solo te lo quiero comentar porque es sorprendente lo inteligente que es —sonrío—. Habla como un niño de diez, escribe como uno de quince y aunque no participa en clase, no es problema para mí, porque está muy atento a todo —levanto la mirada—. Debes de estar muy orgulloso de él.

—Créeme que lo estoy, mucho.

Muevo la cabeza sonriendo y él no deja de mirarme, lo que me pone cada vez más nerviosa de lo que ya estoy. Uno de los hombres de seguridad se le acerca para darle un papel y él le dice algo en otro idioma, que no es latín, más bien parece alemán.

No tengo nada más que decir y es que en primer lugar no debería de estar sentada aquí con el padre de uno de mis alumnos, mucho menos con uno tan sexy y guapo como él, que me provoca cosquillas.

Su perfume me llega a ratos y me doy cuenta de que es la misma fragancia del día en que pasó el suceso en el colegio.

—Gracias, Nathalie —dice de repente.

—¿Por qué? —inquiero.

—Por no abandonar a mi hijo.

Mis ojos recorren cada rincón de su rostro, deteniéndose un par de segundos en su boca, delicada, sexy, apetitosa y que me causa cosquillas en el centro del pecho.

—Jamás lo haría.

La mano izquierda que está extendida en el respaldo del sofá ahora se acerca a mi rostro, donde su dedo aparta las hebras de mi cabello que están sueltas a los lados y las coloca detrás de mi oreja. La música resuena a nuestro alrededor, pero lo único en lo que me puedo concentrar ahora es en la distancia de nuestros rostros que cada vez se vuelve más corta.

Baja sus dedos por mi mejilla acariciándome la piel, que se siente tan suave bajo la palma de su mano. Se acerca lentamente, mis ojos se enfocan en los suyos y cuando está lo suficientemente cerca…

Mi teléfono suena tan alto que me obligo a apartarme, trayendo conmigo las preguntas que surgen en una milésima de segundo.

¿Qué estaba a punto de hacer? ¿Besar al padre de mi alumno? ¡Por Dios!

Me levanto del sofá buscando un lugar apartado para responder.

—¿Hola? —pregunto casi gritando por el volumen de la música.

—¡¿Dónde estás?! —la voz de Danielle resuena del otro lado—. ¡Voy a coger con Damon, necesito que lo impidas!

No puede ser.

—¿Dónde estás tú?

—¡En el baño, corre, corre! —grita.

—¡Ya voy!

Cuelgo y volteo para ver a Hunter, quien ahora está de pie y sus hombres lo esperan unos pasos más adelante. Me acerco nerviosa a él sin saber muy bien cómo actuar.

—Me tengo que ir —señalo el pasillo—. Es… es una emergencia.

—Sí, no te preocupes —asiente—. Espero que todo esté bien.

—Sí, sí, gracias.

Se acerca y por un momento temo que vaya a intentar de nuevo lo del sofá, pero solo impacta sus labios en mi mejilla, dejando un fino beso en ella y el calor de su cuerpo cerca del mío.

—Creo que tenemos algo pendiente, maestra —susurra solo para los dos antes de alejarse y bajar el escalón—. Te veo después.

No lo pierdo de vista hasta que atraviesa todo el bar y sale con sus hombres siguiéndolo, dejándome ahí, con solo una pregunta en la cabeza.

¿Me iba a besar?

11

Nathalie Parson

La directora cumplió su palabra y la entrada tiene más seguridad que antes, al igual que el interior del edificio. Saludo a un par de profesores siguiendo de largo hasta el salón, donde me encuentro con un ramo de rosas azules encima del escritorio.

Me quedo quieta en la puerta sin saber a dónde mirar, sin saber qué pensar, pero sin poder ocultar la sonrisa que se abre paso en mi rostro. Me descuelgo la mochila del hombro y la dejo encima de la mesa. Tomo dudosa el ramo de rosas percatándome de que también hay una tarjeta.

Abro el sobre y leo:

> El agradecimiento puede ser mejor
> Con un ramo de rosas
> Gracias, Nathalie.
> —H. M.

Hunter Meyer.

Hundo mi nariz en ellas y sin poder evitarlo una sonrisa se dibuja en mis labios. *¿Me envió flores? ¿Por qué?* Las miro de nuevo admirando los pétalos y lo suaves que son sin poder creerlo aún. *Me envió flores.* La tarjeta dice que son en agradecimiento, pero no me cabe todavía el por qué tomarse esta molestia si con la conversación de anoche parecía que todo acabaría en eso.

La pregunta que crece en mi cabeza ahora es: *¿qué debo hacer yo?*

Guardo el sobre en la mochila y dejo el ramo de lado cuando escucho el timbre. Los niños entran en fila, se acomodan en sus respectivos lugares y yo me concentro en poner la fecha junto al tema de hoy.

—Buenos días, ¿cómo están? —pregunto paseando la mirada por cada uno.

Melissa levanta la mano.

—Tengo sueño, maestra —hace un puchero y los demás ríen junto con ella.

—Bueno, tal vez participar en clase te despierte un poco, ¿no? —asiente—. Ven aquí —se detiene a un lado de mí—. El día de hoy Melissa será la encargada de ayudar en el grupo —feliz saluda a todos—. ¿Me ayudas a formar equipos?

Sacude la cabeza emocionada. Pasamos por las bancas formando equipos de dos y ella se detiene con Ian. Él la mira de reojo, pero no parece incómodo con ello.

—Ian va conmigo, maestra —sonríe segura—. ¿Qué haremos?

—Vamos a trabajar en las palabras, ¿de acuerdo? —asienten—. Muy bien.

Se sientan en el suelo formando los equipos y les reparto las hojas con las actividades. Me la paso resolviendo dudas, ayudando, riendo con las ocurrencias de cada uno. Hasta Ian sonríe más de dos veces gracias a Melissa, que no se detiene mostrándole cada color, cada garabato y tocando su hombro cuando quiere su atención.

A diferencia de los otros niños, ella es la única que se le acerca e ignora su ceño fruncido o su cara seria. Me encanta que lo haga, porque Ian es un buen niño y quiero que tenga amigos.

La hora del primer almuerzo llega y todos salen dejándome sola. Recojo las hojas, las reviso por encima y las guardo en una carpeta para acomodar los bancos. Vuelvo a echarle una mirada a las rosas y son tan hermosas que no puedo evitar sacar una para observarla de cerca. Están envueltas en un papel negro con el sello de la florería donde las compró, supongo.

Alguien toca la puerta del salón y dejo la rosa con las demás al ver que Matt se adentra.

—Hola —saluda amable como siempre—. No te vi afuera, ¿está todo bien?

Rodeo el escritorio.

—Sí, solo estaba recogiendo las hojas que dejaron los niños —señalo la carpeta.

Él desvía la mirada al ramo que está sobre la mesa y después me mira a mí.

—No sabía que tenías novio —comenta.

—¿Esto? —miro las rosas—. No, yo… no tengo novio —niego—. Son de… —*¿qué diré? ¿Del padre de uno de mis alumnos?*—. Solo las envió alguien que no debió hacerlo.

Sacude la cabeza y le echa una mirada a su reloj.

—Aún falta para que acabe la hora del almuerzo, ¿puedo invitarte un sándwich? Hoy hay oferta de dos por uno…

Me hace reír y acepto poniéndome de pie.

—Bien.

***

Me pongo de pie cuando el timbre suena y me despido de los niños con la mano cuando las maestras los esperan para acompañarlos a la salida. Ian es el último como siempre y esta vez sí agita la mano en mi dirección, provocando que yo le sonría. Me hace feliz que cada vez tenga más confianza.

Me cuelgo la mochila y tomo el ramo de rosas antes de abandonar el salón, siguiendo hasta la salida del colegio. Ya casi no hay coches en el estacionamiento, pero logro ver a una persona esperándome apoyada en el cofre de un auto que brilla como si fuera nuevo, y no me sorprendería que así fuera.

Nicholas.

Muevo la cabeza acercándome hasta donde está, se baja los lentes y me sonríe de oreja a oreja.

—¿Me puedes decir por qué traes un auto diferente ahora? —señalo el coche.

—Porque lo acabo de comprar, es un Bugatti *Chiron Sport* del año —presume—. Y serás la primera en estrenarlo —me abre la puerta—. Solo no le digas a Danielle.

Me río al entrar y lo espero hasta que él toma asiento detrás del volante. Todo es completamente nuevo, así que no dudo de que sí lo haya acabado de comprar justo hoy.

—¿Y esas rosas? ¿Algún profesor detrás de ti?

Arranca el auto y me abrocho el cinturón cuando dejamos atrás la escuela.

—Ignora las rosas, no voy a hablar de eso —sentencio—. ¿Por qué viniste por mí? —inquiero.

Esta no es su actitud de siempre y sé que hay algo detrás.

—Tengo un problema —habla sin mirarme—. Y necesito tu ayuda.

—¿Qué tipo de problema?

—Mi padre dará una fiesta por el aniversario de la ciudad el sábado y no tengo pareja —dice—. Me gustaría que fueras conmigo.

—No creo que sea un problema para ti encontrar pareja, eres el soltero más codiciado de todo Nueva York —le recuerdo moviendo la mano en un gesto exagerado.

—El problema radica en que no me interesa buscar pareja ni mucho menos quiero hacerlo, no estoy de ánimos para eso —suspira—. Me estarías ayudando bastante si tú eres mi acompañante.

—¿Y Danielle?

Sacude la cabeza.

—La llamé y me dijo: "Ya tengo pareja y llevaré a una chica, así que estaré de malas si a papá no le gusta; pídeselo a Nath" —murmura deteniendo el auto en un semáforo—. Así que dime, ¿aceptas?

—¿Tengo opción? —lo miro y después sonrío—. Acepto, solo dime qué tipo de fiesta es.

—Gracias —asiente—. Es para recaudar fondos para varias fundaciones, ya sabes, se aprovecha el evento para recaudar dinero y que sirva para algo bueno —explica—. Es de máscaras, Danielle tuvo mucha influencia en la decisión de mi padre.

—Ya, Danielle tiene unas ideas —me aparto el fleco—. Está bien, tú nada más dime la hora y pasa por mí.

—Pero antes te digo que el vestido corre por mi cuenta —me señala—. Tú solo escoge y yo pago.

—Yo tengo algunos o le puedo pedir uno a Danielle, no es necesario que lo compres.

—Déjame hacerlo —insiste—. Sé que no te gusta este tipo de fiestas y estás haciendo un esfuerzo, así que déjame.

Un vestido nuevo no me viene mal.

—Está bien.

—Bueno, ahora vamos por mi hermana para ir a comer.

Deja de dar vueltas por la ciudad y toma la ruta hasta el edificio.

Es cierto lo que dice, no me gusta este tipo de fiestas, porque suelen asistir personas que solo te miran por encima del hombro, personas que se creen mejor que tú solo por tener la cartera llena.

La mayoría tiene dinero, pero no valores.

Y toparme con Kendra Sorien es una de las cosas que no deseo hacer. Nunca le caí bien y no voy a mentir, ella tampoco me cae bien a mí, fue una de las primeras en decirle al señor Harry que no tenía obligación de pagarle la carrera a mi hermana. Lo cual es cierto, pero la manera en que lo dijo, cómo nos mira y trata, solo me hace no querer estar cerca de ella o topármela.

Supongo que tendré que respirar hondo y abrir la boca cuando esa mujer me harte.

***

Danielle se encargó de elegir el restaurante, Nick le advirtió que no quería que peleara con Kendra el día de la fiesta y yo solo miraba de uno al otro con las excusas que sacaban. Cuando terminamos de comer fuimos a comprar el helado que quería la rubia y aprovechó que su hermano andaba de acomedido para pedirle de todo.

Al cuarto para las cinco de la tarde el mayor de los Prince estacionó su nuevo auto frente a nuestro edificio y Danielle fue la primera en salir.

—Ve a coger, te hace falta con el humor que te cargas —lo molesta ella—. Te puedo presentar a unas amigas que te van a dejar así —abre la boca en exageración—. Piénsalo, hermanito.

—¡Compórtate! —le grita el rubio cuando ella se mete dentro del edificio—. No sé qué voy a hacer con ella.

—Nada, ella es así y así es feliz —me encojo de hombros—. Nos ponemos de acuerdo estos días para lo de la fiesta, ¿sí?

—Sí, de nuevo gracias por aceptar, Nath —me ofrece una sonrisa de boca cerrada—. Me estás salvando porque te juro que no tengo cabeza para nada.

Y presiento que sé por qué.

—No te preocupes, solo cuídate —me acerco a darle un abrazo, pero suelta un quejido cuando le toco el hombro izquierdo—. ¿Estás bien? —me alejo para verlo.

—Sí, sí, me lastimé el hombro esta mañana, pero todo bien —le resta importancia—. Nos vemos después.

—Sí, cuídate.

Lo veo subir a su auto y yo me volteo para entrar al edificio. Subo hasta mi piso donde, nada más pongo un pie en el departamento, Danielle ya está con el ramo de rosas azules encima de la mesa en el centro de la sala.

—¿Qué haces? —pregunto acercándome.

—¿Qué? ¿Creíste que no te interrogaría sobre de quién son? —saca una hundiendo su nariz en ella—. Ya dime. Anoche en el bar desapareciste, me dejaste sola con las ganas que tenía de coger con Damon.

Me río subiéndome a la mesa con ella.

—Promete que no dirás nada y no harás un alboroto.

—Lo prometo —levanta su palma—. Ya suelta la sopa.

Respiro profundo y le quito la rosa.

—Me las envió el padre de uno de mis alumnos, no sé si eso esté mal, pero lo hizo —digo—. Y… me lo encontré en el bar anoche, platiqué con él, pero eso es todo, no pasó nada más porque gracias a Dios llamaste y me fui.

—Diablos, ¿por qué tuve que llamar? —se regaña a sí misma—. A la próxima prometo no hacerlo.

—No habrá una próxima —me bajo de la mesa aún con la rosa en mano—. No creo que esté bien que acepte regalos del padre de uno de mis alumnos.

Se sienta en el sofá conmigo.

—¿Por qué no? No le debes explicaciones a nadie —defiende—. ¿Es guapo?

Demasiado.

—Sí, es guapo —admito—. Pero no va a pasar nada, porque solo fue casualidad toparlo en el bar y ya no creo volver a verlo, a menos que sea en el colegio.

Tuerce la boca en un gesto que me dice que no está contenta con lo que digo.

—Pues tienes que agradecerle lo de las flores, ¿no crees? Vas a quedar como una maleducada y no quieres eso…

—¿Y cómo piensas que le agradeceré? —rebusco en la mochila la tarjeta y se la paso—. Solo dejó esa tarjeta con el ramo.

La lee y me mira.

—¿Por qué te está agradeciendo él? —inquiere.

Danielle no sabe lo que pasó en el colegio.

—Porque impedí que un familiar de su hijo se lo llevara, ya que no tenía autorización —le cuento—. Me persiguió por todo el colegio hasta que él apareció y me atrapó en sus brazos un momento antes de salir de ellos y buscar a Ian para saber si estaba bien.

Me mira sorprendida.

—Vaya, qué fuerte —murmura—. Pero mira, ve el lado bueno, él te agradeció con rosas y tú lo harás con una llamada.

—¿Qué? —frunzo las cejas.

Mi mejor amiga gira la tarjeta y en letras blancas bordadas hay un número de teléfono con las letras H. M. debajo.

—Llámalo y agradécele el gesto de las rosas, si dejó su número es porque espera que le llames.

¿Por qué no había notado el número? Estaba tan embobada con lo que decía la tarjeta, las rosas y demás que no la miré bien. La tomo para observarla más de cerca y desvío la mirada hacia las rosas sobre la mesa preguntándome qué hacer.

¿Debo llamarlo?

No, eso no estaría bien, por supuesto que no.

¿Por qué no estaría bien?

Le devuelvo la tarjeta a Danielle.

—No, estás loca —me pongo de pie—. No voy a llamarlo, olvídalo.

Levanta las manos siguiéndome el paso.

—Admito que las rosas son un gesto muy cursi para mi gusto, pero están bonitas —comenta—. Piénsalo. Por cierto, esta noche invité a cenar a una chica, ¿nos acompañas?

—¿Te vas a comportar?

Sonríe inocente.

—Yo siempre me comporto.

Me guiña un ojo y se adentra en el pasillo hasta que la pierdo de vista.

Mi mirada recae en la tarjeta, muevo el pie con los brazos cruzados y por más que le ruego a mi cerebro que desaparezca la idea que tengo en la cabeza, esta no se va, al contrario, se vuelve más insistente, y termino cruzando de un extremo al otro hacia el cuarto.

Observo el número, las letras, el mensaje que se lee, hasta que ya tengo el teléfono en la mano casi sin darme cuenta.

Solo será un gracias, solo eso.

Me tomo un par de minutos para meditarlo mientras me acerco a la ventana, donde apoyo el hombro en la pared y mi dedo toca la pantalla. Una vez que la imagen se torna gris con el número marcado me llevo el aparato a la oreja, escuchando dos timbres y después silencio.

—Hola —hablo en voz baja cerrando un momento los ojos.

—Maestra —responde, con el mismo tono de voz que escuché en el bar.

Paso la lengua por mis labios antes de responder.

—¿Cómo sabías que era yo? —pregunto mirando por la ventana.

Se ríe. *Dios.*

—¿Intuición? —siento que es más una pregunta que una afirmación—. *¿Te gustó mi regalo?*

Sonrío.

—Sí, de hecho llamaba para agradecerte —digo—. No tenías que haberte molestado.

—Nunca debe de ser una molestia enviarle flores a una mujer —declara.

—Supongo que no —me muevo hacia el escritorio, donde tomo asiento y apoyo los brazos sobre la madera—. En serio gracias, me gustaron mucho, repito que no tenías por qué hacerlo.

—Supuse que si enviaba un collar de diamantes no lo aceptarías —bromea provocando que ría.

—¿Quién sabe? —le sigo el juego—. Todo puede pasar.

Vuelve a reír y mi sonrisa se hace más grande con el cosquilleo que surge en el centro de mi pecho.

—Exacto, todo puede pasar.

Se hace un silencio y se escuchan las respiraciones del otro, hasta que yo soy la que decide hablar.

—De nuevo gracias, Hunter.

—De nada, Nathalie.

Recuerdo sus labios sobre mi mejilla y cierro los ojos sacudiendo la cabeza para evitar pensar cosas que no se repetirán.

—Buenas tardes.

—Buenas tardes —se despide.

El pitido que da por terminada la llamada me hace alejar el teléfono y me quedo viendo la pantalla hasta que se apaga por sí sola.

Le acabo de llamar al padre de uno de mis alumnos, lo hice y espero el sentimiento de arrepentimiento, pero no llega.

Por una única y sencilla razón.

No me arrepiento.

12

Hunter Meyer

Por más que trato de concentrarme en los besos que la mujer que tengo enfrente reparte sobre mi pecho no puedo, porque los ojos azules de la maestra se cuelan sin aviso en mis pensamientos, hasta que termino por apartarla a un lado con rabia.

Jamás me había pasado esto.

Le envié flores y ese mismo día recibí una llamada de su parte que estaba ansioso por responder. Lo poco que sé de ella es que tiene una amistad muy entrañable con los hijos del alcalde y que su hermana, junto con su sobrina, es su única familia.

—Vete —le ordeno a la mujer a la que le aparto las manos—. Ahora.

No comprende el hecho de que la haya rechazado, pero no estoy de humor y el enojo surge de inmediato pensando en que esto se vuelva a repetir. Repito que jamás había rechazado a una mujer y no sé qué me está pasando.

Abandono la habitación de invitados cruzando el enorme pasillo del segundo piso hasta el despecho, donde tomo asiento, y segundos después la puerta se abre para dejar entrar a Leonardo.

—Mandé a investigar el contenido que me diste de la mochila que dejaron en el colegio y sí, cualquier cosa en su interior traía un veneno letal —informa—. Tiene sello de la Mafia Roja, estoy muy seguro; lo que me hace pensar que es el tipo aquel, que no dice ni pío de nada —se sienta—. Lleva cuatro días bajo tortura, mamá se está encargando, y no ha dicho más que *Traidor*.

No me sorprende. Cuando son entrenados en una mafia son leales hasta con el mismo diablo, pero por más leal que sea, bajo los métodos de mi madre cualquiera se doblega.

—El veneno trae sello de la mafia porque es lo que más manejan, pero el hombre no tiene indicios de que pertenezca a ella, al menos no recientemente —me rasco la barbilla—. Investiga su vida, averigua dónde estuvo hace un mes, tenemos que encontrar algo.

—¿Por qué no simplemente vamos directo a Rusia?

—Porque si no estamos seguros de que fue Jordan Ivanovich el que ordenó esto, solo estaríamos quitándole la atención al verdadero culpable —digo guardando el sobre en el cajón—. Busca a Enzo, dile que lo necesitamos.

Mi hermano se pone de pie e Ian aparece en la puerta, quien viene con su cuaderno en la mano. Su tío le impide el paso como forma de jugar con él y la sonrisa que suelta me aprieta el pecho.

—¡El hombrecito de la casa! —lo alza logrando que el pequeño mueva las piernas—. ¿Cómo está tu maestra favorita?

—*Laeta est* —responde Ian.

(Ella es feliz).

—¿Ah, sí? ¿Por qué será? —lo interroga Leonardo sin bajarlo—. Cuéntanos.

—El lunes alguien le dejó rosas sobre el escritorio y es muy feliz —asiente—. *Magister bonus.*

Me saca una media sonrisa que borro al instante cuando me percato de que mi hermano me ve.

—Déjalo ya, tenemos cosas que hablar —le pido a Leo.

Este asiente y baja a Ian dándole un beso en lo alto de la cabeza.

—Nos vemos, hombrecito.

Nos deja solos y yo le hago una señal a mi hijo para que se acerque. Alejo un poco la silla del escritorio y lo tomo en brazos para sentarlo encima.

—Escúchame, necesito que prestes mucha atención a lo que te voy a decir, ¿de acuerdo? —asiente—. Sabes lo que somos, el tipo de familia que siempre hemos sido y siempre seremos. Nos tachan de malos porque nos defendemos de maneras que no están bien vistas, pero es lo que hace una familia, ¿recuerdas lo que te dije?

—La familia y el apellido es lo más importante —responde.

Cuando nació me prometí que si tuviera que matar al mismísimo papa para que él estuviera a salvo lo iba hacer, y lo sigo sosteniendo. Mi hijo es por lo único que yo daría la vida, él es el único ser en esta tierra que tiene mi amor absoluto y siempre será así.

—Exacto, la familia y el apellido es lo más importante —reitero apartando los mechones rebeldes de su frente.

Sus ojos azules son lo único que le heredé, porque en todo lo demás se parece a su madre. Aurora hizo algo bien, demasiado bien, y fue darme una razón más para vivir, para sacar adelante la organización y luchar por apartar las piedras de su camino.

Lástima que ella jamás pudo ver ni verá en lo que se convertirá su hijo.

—El reloj ahora estará conectado también al de tu tío Max, ¿okey? —mueve la cabeza—. En caso de que yo no pueda responder, él lo hará y te protegerá.

—*Si, pater.*

—Ian, tienes claro que eres lo más importante para mí, ¿cierto?

—Lo sé, papá.

Le beso las mejillas antes de bajarlo y lo dejo marchar. Quiero que tenga claro que es el ser más importante de esta familia, de este apellido y de este legado.

Abro la computadora, pero no me concentro ya que el teléfono suena y me lo llevo a la oreja sin ver quién es.

—Señor, la maestra salió del edificio acompañada de la hija del alcalde y subieron a un auto negro con otro hombre.

—Síguela —ordeno finalizando la llamada.

La maestra.

Ese es otro asunto que me tiene con jaqueca. El encuentro en el bar fue planeado, ya que desde el día del incidente en el colegio he ordenado que la sigan, lo que no planeé fue la conversación que surgió después, ni mucho menos que las ganas de querer besarla me fueran a traicionar.

Sus ojos azules son algo que no me puedo sacar de la cabeza, la razón número uno de mis migrañas. Eso junto a su perfecto cuerpo, sus labios, su cuello, todo.

Me sé hasta su tipo de sangre, absolutamente todo, y necesito aferrarme a algo (aunque sea mínimo) para no cometer el error que sé que puedo provocar. Primero está la seguridad de los míos, pero cuando eso quede absolutamente claro será entonces que podré continuar sin culpabilidad con respecto a ella.

O al menos eso espero.

La Mafia Negra basa gran parte de su funcionamiento en el lavado de dinero, las armas y el tráfico de armamento de uso civil. Esto último le fue robado a los Ivanovich, no por mí, sino por mi padre, quien se cargó a Kamille Ivanovich, la madre de Jordan, en el último enfrentamiento que tuvieron.

Empresas, farmacéuticas, televisoras, petroleras, en todo eso tiene cabida un Meyer. No hay territorio estadounidense que no tengamos cubierto, junto a los socios. Como también tenemos empresas con dinero ilegal, también las hay con dinero legal.

En este caso los Russo, los Calvers y los Bramson. Líderes de clanes pequeños, silenciosos y poderosos que a la hora en que los necesite, estarán ahí, principalmente los Russo.

En cambio, los Ivanovich tienen negocios diferentes. Tráfico de drogas, armas y petróleo. Jordan también es muy astuto a la hora de las alianzas y es el hombre más poderoso en Rusia, pero yo lo soy aquí, y tengo que mantener a salvo a los míos.

Me pongo de pie, tomo el saco y salgo de la habitación sin ver atrás. Debajo de la escalera principal pongo la clave y las puertas se abren dejándome pasar. Sigo de largo atravesando una segunda seguridad hasta que camino por el largo pasillo durante un par de minutos.

La última puerta se abre sola y deja a la vista el taller. Tanto hombres como mujeres trabajan en el diseño, otros en la calidad y otros más en el valor. El negocio de la fabricación de armas es la principal fuente de ingresos de esta organización.

—¿Qué tienes para mí hoy, Ezra? —le pregunto al chico de cabello rizado que está frente a la mesa con piezas.

—Señor —se sorprende—. Justo estaba pensando en usted, mire esto —me muestra un arma corta con la empuñadura gris y el resto negro—. Peso liviano, dos balas en la reserva y fácil de ocultar —me la pasa—. ¿Qué dice? ¿Juguete nuevo?

La observo bien, saco y meto el cargador pasándola de una mano a otra y al final apunto directo hacia la pared, vaciando todo el cargador. La mayoría se asusta, pero el chico a mi lado no lo hace.

—Buen trabajo, Ezra —lo felicito—. Se queda conmigo, necesito modelos nuevos, tenemos que hacer entrega en dos semanas a los italianos.

—Pero es…

—Dos semanas dije —lo miro—. ¿Está claro? No me decepciones, Ezra.

—Sí, señor.

Me llevo el arma conmigo abandonando el lugar y una vez fuera voy directo al despacho, donde mi madre ocupa una de las sillas frente al escritorio; Maxwell está con ella.

—Joseph Icarhov mandó un mensaje —me pasa una hoja—. Quiere el arsenal que prometiste dentro de dos semanas.

—Lo tendrá —aseguro dejando el papel de lado—. Además, no puede exigirme nada, aquí solo exige quien paga y él no lo ha hecho, ¿o sí? —Russo niega—. Entonces que espere. ¿Quiere armas? Pues que espere por ellas el tiempo que sea necesario.

Mi madre asiente y se inclina hacia adelante descansando su barbilla en una de sus manos.

—El hombre murió —informa—. No resistió mis juegos y yo no tengo paciencia para mandar a traer un médico.

—¿Le sacaste algo más? —cuestiono revisando algo en la computadora.

—Solo dos palabras —se pone de pie—: *Traidor y hermano* —se cruza de brazos—. Le beso los pies al diablo si me equivoco, pero no lo haré, ya que estoy muy segura de que esto tiene santo y seña de los Ivanovich.

—Jordan atacaría directamente, esos hombres hubieran entrado directo por Ian sin importarles la maestra —digo—. Querían algo más, tal vez no llamar la atención, o no lo sé, pero lo vamos a averiguar.

Asiente y voltea para mirar a Max.

—Lo vamos a averiguar —sale repitiendo lo mismo hasta que cierra la puerta.

Maxwell se sienta en el lugar en el que estaba ella antes y tamborilea los dedos sobre la madera.

—Enzo vendrá a ayudar con lo de Ian, necesito todas las manos posibles en esto —le digo—. No quiero pendejadas en mi casa, ¿de acuerdo?

Pone los ojos en blanco sonriendo cínicamente.

—Pero ni siquiera he dicho una palabra —se defiende—. En fin. Te aviso que tenemos noticias del alcalde.

—Si hace algo malo o fuera del acuerdo sabes cómo proceder.

Reviso las fotografías de las armas que Ezra me envió y selecciono las que cubren el precio adquirido por la mafia italiana y el clan Bramson.

—Dará una fiesta para celebrar el aniversario de la ciudad —dice—. Eso no es lo importante, a lo que vengo es que Nicholas Prince no me da buena espina, algo oculta y lo siento, pero no voy a ser su sombra día y noche, tengo necesidades.

—Tus orgías pueden esperar.

—Ojalá fuera solo eso, pero fui a ver la bodega que mencionó Colin y no me fue nada bien. Había personas defendiendo el lugar y el enfrentamiento que tuve con ellas en San Antonio llamó la atención de la policía y mi foto está por todo Texas, si la noticia se extiende pasaré a ser el más buscado de Estados Unidos —toma aire—. Creo que Colin pertenece o tiene relación con la Mafia Roja directamente y lo que nos dijo no fue del todo cierto.

—A Colin déjalo, no tiene nada para decirles a ellos sobre nosotros, así que ni me va ni me viene —me encojo de hombros—. Y sobre lo otro, si hay que asesinarlo, hazlo, tienes mi permiso.

—No vamos a matarle a un hijo al alcalde, mucho menos ahora que tienes un acuerdo con él —me regaña—. El viejo lo está dando todo, mostró los accesos que necesitábamos y tenemos control hasta del último rincón de la ciudad, será difícil que los Ivanovich o cualquier miembro de la Mafia Roja se cuelen.

Respiro hondo mientras cierro la computadora.

—¿Y si el enemigo ya está en casa? —cuestiono—. No quiero sorpresas, si el tal Nicholas es un problema se elimina; los problemas se eliminan sin dar explicaciones.

—¿Y si es un infiltrado? —me devuelve la pregunta—. ¿Qué tal si está en la mafia por otros motivos?

Me pongo de pie.

—No me importa el motivo, si encuentras indicios de que está relacionado con Ivanovich lo eliminas, o me lo dices y lo hago yo mismo —dejo claro—. Ahora acompáñame a ver la mercancía que trajiste.

Atravesamos la propiedad hasta abordar las camionetas que nos llevan directo a la bodega donde tiene lo que le pertenecía a la Mafia Roja.

Aquí se adueña quien puede, no quien quiere.

—Algo de lo que está ahí no te gustará —advierte Maxwell con cautela.

—¿A qué te refieres? —interrogo girándome para verlo.

—Había piezas…

—¿Qué tipo de piezas?

La camioneta se detiene y sale sin responderme, por lo cual sigo dejando que mis hombres se queden afuera de la bodega.

—¿Qué tipo de piezas? —vuelvo a preguntar.

Camina hasta una caja de madera grande, le quita la tapa y me muestra el contenido.

—Estas —responde.

Me acerco para ver de cerca y no me sorprende ver lo que hay dentro, porque reconozco cada pieza a la perfección. *Una bomba.* Son piezas para una bomba que está a medio armar. Me desabrocho el saco echándole un vistazo más de cerca y sé perfectamente qué tipo de arma querían crear.

Yo también soy experto en bombas. Mi padre decía que la inteligencia es la mejor arma, no importa de qué tipo o en qué seas inteligente, pero si lo eres saldrás adelante dejando a tus enemigos detrás.

—¿Solo sacaste esto? —indago sin dejar de ver la caja.

—El resto del arsenal está por allá, pero son armas comunes —dice—. Esto es lo que no me gusta. ¿Qué piensas?

—Pienso que hay que sacarla de aquí, todo —me rasco la mejilla, mirándolo—. La llevaremos al búnker y me tomaré mi tiempo para averiguar lo que saldrá de esto.

Asiente levantando la mano para ordenar a los escoltas que saquen todo, pero…

—¡Señor, tenemos compañía! —avisan desde las puertas.

—Vete, nadie puede verte —me dice Max—. ¡Largo!

No le hago caso, solo saco el arma y salgo para ver quién demonios es. Las sirenas me detienen a medio camino y me oculto detrás de la puerta de metal, desde donde logro ver cómo más adelante se estacionan tres patrullas. *La policía.*

—¡Carajo, Hunter! —Max llega a mi lado—. Ponte esto —me pasa un pasamontañas.

Desde que asumí el liderazgo, el Gobierno no conoce mi rostro, no tienen idea de quién soy, y quien lo sepa se llevará el secreto a la tumba. Mis enemigos lo saben, pero nosotros nos jodemos de diferentes formas, no chismeando a la policía sobre nuestro paradero.

El que no tengan idea de quién soy es una ventaja y también lo es el que me haya mostrado ante el alcalde de frente y con el gobernador de espaldas, porque así ninguno de los dos puede confirmar nada.

Me coloco el pasamontañas y mis hombres me cubren cuando dos patrullas más se acercan por el lado izquierdo. Desde mi posición me cargo a dos uniformados que amenazan con querer entrar en la bodega.

Nadie sabía de esta ubicación a excepción de mi gente, por lo tanto, quien haya sido el imbécil que abrió la boca tiene las respiraciones contadas.

—¡Saquen esa caja de aquí! —ordeno a mi gente—. ¡Ahora!

Salgo caminando directo hacia una de las patrullas donde me oculto disparando y Maxwell se encarga de cubrir la camioneta en la que van a subir las piezas. Capto por el rabillo del ojo a un hombre que va directo hacia Russo y levanto mi arma preparada para disparar, pero me lo impiden atropellándome y llevándome directo al suelo.

El golpe que recibo en la mandíbula me hace soltar el arma, pero el segundo impacto lo detengo a tiempo y giro hasta quedar encima de la persona, quien también trae un pasamontañas.

En seguida me mete un puñetazo en el estómago y me trago el sofoco, haciendo presión con una de mis manos bajo su cuello. Se retuerce y con la otra mano trato de quitarle la máscara que le oculta el rostro, pero deja caer ambas manos causando que las mías flaqueen y se gira para zafarse de mi agarre.

Me pongo de pie rápidamente deteniendo su ataque cuando trata de atropellarme una vez más, logrando que mi puño se entierre en su nariz y lo lanza hacia atrás, pero se recompone al instante sacando una navaja.

—¿Piensas que con eso me vas a joder? —me río—. Ni cerca estás.

Se lanza contra mí y en un movimiento rápido tomo el brazo en el que trae la navaja, se lo doblo hacia atrás y la tira al piso. Mi rodilla se clava en su espalda y chilla preso del dolor.

No es policía.

—Veamos quién eres —susurro buscando el inicio de la máscara, pero no lo logro ya que siento cómo me clavan algo en la pierna que me obliga a soltarlo.

Me saco al instante el vidrio ignorando el dolor, pero él corre montándose en una motocicleta que sale no sé de dónde. Recupero el arma y sin pensarlo suelto la tanda de tiros mirando cómo se arquea por el disparo que se le clava en la espalda.

Regreso de vuelta a la bodega, donde el tendedero de muertos queda a la vista, pero mi mirada busca con desesperación al primogénito de los Russo, hasta que lo encuentro dando órdenes para que suban todo el arsenal a las camionetas.

—¿Estás bien? —se acerca observándome de arriba abajo.

—Sí, hay que irnos.

Subo a uno de los autos con él a mi lado y hago una mueca cuando me llevo los dedos a la herida, de la cual brota sangre a montones.

—Alguien me atacó y no era un policía —le informo—. Se fue herido, pero sus movimientos me recordaron a alguien y no… no puede ser.

—¿A quién?

—A alguien que se supone que está muerto.

Me paso la mano por la cara soltando un suspiro de frustración.

No puede estarme pasando esto a estas alturas.

—Al parecer el alcalde y el gobernador no han entendido bien las cosas —espeto con rabia—. Necesito recordarles cómo funciona esto.

—¿Qué vas a hacer?

—Presentarme en su perfecta fiesta, conocer a su hija de cerca —me rasco la barbilla— y advertirle que si sus perros vuelven a meter las narices en mis asuntos saldrán volando junto con ellos.

No tengo tiempo para acuerdos a medias.

Soy Hunter Meyer, mi nombre y mi apellido se respetan.

13

Nueva York es conocida como la ciudad que siempre te sorprenderá, es la ciudad que nunca duerme, que siempre tiene algo que mostrar, y esta noche dejará sin palabras a más de uno.

Mientras Zaydaly prepara la mamila de su hija observando cómo su esposo le llena la cara de besos a la bebé, Nicholas Prince lanza el teléfono contra la cama, el cual queda encendido mostrando el fondo de pantalla. Una foto de él y la hija de su amiga el día que la fue a visitar. Se había prometido quitar esa imagen, pero no ha podido hacerlo y no sabe si podrá.

Algo que le hace latir el corazón como si no tuviera la mitad de él podrido: el hecho de pensar que cuando carga a esa bebé, siente que todo va a estar bien, aunque la realidad sea otra. Vuelve a tomar el aparato y busca el número de la persona que tanto quiere escuchar, pero se niega a caer en una mentira de nuevo, se niega a aferrarse a algo en donde no tiene cabida.

Y donde nunca la tendrá.

Así que sale del departamento con el objetivo de ir a buscar a su acompañante.

***

Nathalie Parson termina de ponerse el último arete y se concentra en el reflejo que le muestra el espejo. Escoger un vestido fue una tarea de dos horas en la que se embarcó junto a su amiga el viernes por la tarde.

Al final se decidió por un vestido azul oscuro de tirantes, corto hasta los muslos, tan ajustado que marca las curvas de su delgado cuerpo y con un escote corazón que deja al descubierto gran parte de su pecho. Los tacones de aguja color plateado se atan a sus tobillos sumándole unos centímetros más de altura.

Danielle Prince tiene un buen gusto para la moda y eso lo heredó de su madre, a quien ahora recuerda con una sonrisa en el rostro mientras se aparta un par de lágrimas antes de salir de la habitación y cruzar directo hacia la de la maestra.

—Te ves muy sexy —le dice a su amiga recorriéndola de arriba abajo—. Mira que estoy pensando en dejar plantada a mi acompañante y llevarte a ti.

Cuando está por responder, el timbre suena.

—Pues será para otro día, porque mi acompañante ya llegó —le informa la castaña tomando la cartera negra donde guarda su celular y un poco de dinero—. ¿Vendrá algún chofer por ti?

—Sí, contraté a un niñero —la rubia hace un ademán con la mano—. Vete tranquila y allá nos vemos.

Le guiña un ojo acompañándola a la puerta, donde detrás se encuentra un elegante Nicholas. Se acomoda las mangas del traje esforzándose por que su sonrisa se vea creíble y no de la mierda, como se ha sentido últimamente.

—Cuidado que puedes resbalar con el chorro de babas que van a dejar las mujeres cuando Nicholas entre a la fiesta —lo molesta su hermana—. Ya vi a todas con la boca abierta y con cara de tontas.

—No puedo evitarlo —alardea él—. Se ven hermosas —añade al verlas.

—Nosotras siempre somos bellas, bueno, Nathalie a veces se echa unos gases que… —arruga la nariz.

—¡Danielle! —se enoja la castaña—. Solo fue uno.

Nick se echa a reír y le ofrece su mano.

—¿Nos vamos? —le pregunta y ella asiente—. Uno de los choferes te está esperando abajo, por favor cuídate y compórtate, Danielle.

—Sí, hermano mayor —ella lo empuja—. Ahora largo.

Salen y un par de minutos más tarde la rubia vuelve a abrir la puerta, jalando del brazo a una morena, a la cual besa sin darle tregua y la lleva al sofá, donde comienza a quitarle la ropa.

—¿No que iríamos a una fiesta? —le pregunta la chica en medio del beso.

—Sí, pero no somos las anfitrionas —baja su boca a su cuello aspirando su perfume—. Podemos llegar tarde.

La morena le echa los brazos al cuello sumiéndose en el calor que ambas comienzan a sentir.

***

Al otro lado de la ciudad Hunter Meyer se alisa las solapas del traje negro que le resalta el perfecto cuerpo que tiene. Se coloca el reloj Rolex en la muñeca izquierda y se pone perfume antes de alejarse del espejo.

La mayoría de las mujeres con las que ha estado destaca una sola cosa de él, y es el hecho de que, en la cama, el control siempre está de su parte. No importa cómo, dónde o cuándo, es él quien manda.

Siempre ha mantenido todo bajo control, nada se le escapa de las manos, como lo que tiene planeado para esta noche.

Desde el día en que murió su padre se hizo cargo de la organización; con solo veinte años tenía las ideas claras, las manos de su madre sobre sus hombros y la figura de su amigo al lado como su mano derecha. La familia lo apoyó desde el minuto uno en que de su boca salió la primera orden: proteger a todo aquel que tuviera el apellido Meyer, a todo aquel que llevara su misma sangre. Y esa orden se duplicó cuando nació su primogénito; a sus veintitrés años se convirtió en padre. Nació el motor y el heredero del legado Meyer, su sucesor.

Tiene tanta mierda detrás, mierda que se multiplica día con día hasta el punto en que la única solución siempre es matar, quitarles las piedras del camino a los suyos sin importarle nada.

—Toma —su mejor amigo se le atraviesa en el camino fuera de la mansión—. La fiesta es de máscaras.

—Tanta ridiculez del alcalde —suelta un bufido al recibir la máscara negra con figuras levemente bordadas a los lados—. ¿Tienes lo que te pedí?

Maxwell Russo asiente y le pasa el pequeño artefacto que no duda que va a necesitar.

—Solo aprieta el botón si es necesario, Hunter —le advierte—. No vamos a cagarla cuando nos ha costado tanto ese trato.

Le palmea el hombro.

—Tú solo asegúrate de que las camionetas nos estén esperando donde indiqué.

Se marcha subiendo al Lamborghini negro, en el cual sale de la propiedad a toda velocidad. Mira el arma que descansa en el asiento del copiloto y cierra las manos alrededor del volante con un solo objetivo en la mente: dejarle claro a todos con quién jugar.

**

Harry Prince entra del brazo de su esposa al enorme salón donde es recibido con aplausos. Los flashes de las cámaras se enfocan en la figura política que es y en la mujer de espectacular aspecto que tiene al lado. Algunos la aluden y otros la miran mal al recordar a la verdadera señora Prince.

—Señor alcalde, ¿algunas palabras que le quiera decir a la gente esta noche? —lo detiene una periodista.

—No hay palabras más valiosas que agradecer por su confianza, por su apoyo y por cada uno de sus buenos deseos —responde—. Tanto mi familia como mi equipo estamos haciendo lo mejor para esta ciudad, lo cual es aportar el bien a cada paso, y esta noche estará llena de felicidad para cada una de las fundaciones a las que está dirigida.

Pasa de largo hasta el foco de las cámaras oficiales de los canales y noticieros de la ciudad. El alcalde les indica con la mirada a sus hijos que se acerquen a la fotografía, a la cual Nathalie es arrastrada por Nicholas, Andre llega con una amiga quien le besa la mejilla y Danielle ignora a su padre cuando toma a su acompañante de la cintura.

Damon repara en el agarre apartando la mirada de inmediato y le sonríe a su madre, quien le acaricia la mejilla.

Las máscaras les cubren el rostro, pero aun así se logra reconocer quién es quién.

Una vez terminadas las fotografías la prensa se dispersa dejando que se muevan libremente por el salón, donde la mayoría de las personas con vestidos elegantes, trajes de miles de dólares y con copas de champaña en la mano charlan entre sí sobre la cantidad de dinero que donarán.

—Toma —Nick le pasa una copa a Nathalie, quien la recibe.

—Gracias —le da un ligero trago mirando a su alrededor—. No traje mucho dinero, pero puedo donar un poco, ¿dónde lo hago? —pregunta.

—No te preocupes, ya hice un cheque a nombre de los dos —susurra él bebiéndose el líquido—. Después me invitas a comer.

—¿Pizza? —le sonríe la castaña.

—Pizza.

Andre Prince se acerca a ellos con su amiga de la mano, y le sonríen al verlo.

—Clary, ellos son Nick y Nath; chicos, ella es Clary —los presenta—. Aquí no hay comida vegetariana —informa enojado—. Fui claro con la orden que di, pero parece que se la pasaron por el culo.

—Solo come, Andre —su hermano mayor pone los ojos en blanco.

—Tú no lo entiendes, si seguimos así vamos a…

—… Extinguir todos los animales del puto planeta —el hombre que llega a la reunión termina la frase del rubio.

Andre lo voltea a ver al igual que todos los demás, pero es Nick quien lo reconoce primero.

Ethan Vega viste de traje azul y máscara gris; sus ojos verdes resaltan y llaman la atención del segundo miembro de la familia Prince, quien pasa saliva cuando su mirada se cruza con la de él, trayendo recientes recuerdos.

—Ey, ¿cómo estás? —lo saluda Nick—. ¿Qué tal el trabajo en la comisaría? Me enteré de lo que pasó el jueves, el enfrentamiento que tuvieron, lamento mucho las bajas.

—Yo también, pero no vamos a descansar hasta saber quiénes eran y qué era lo que querían sacar de ahí —responde el ojiverde—. ¿No me vas a presentar?

—Claro, sí, Nath y Clary —las señala Nick—. Él es Ethan, detective de la policía de Nueva York.

—Un placer.

Se acerca besando la mejilla de Nathalie y después la de Clary, quien se ha mantenido callada, ya que no tiene nada que decir.

—Igualmente —le responde la maestra—. Si me disculpan, tengo que ir al tocador —mira a la chica—. ¿Me acompañas?

Clary mira a Andre, quien le sonríe.

—Claro, vamos.

Ambas se alejan dejando a los chicos, pero un hombre se acerca a Nicholas y le susurra algo al oído.

—Ahora vuelvo —se disculpa dejando la copa medio vacía en la mesa.

El pelinegro se queda quieto al lado del rubio, el cual se lleva la bebida a los labios para darle un largo trago.

—Saliste temprano esta mañana —murmura el detective.

—Sí, tenía cosas que hacer —responde el rubio.

Ethan repara en el lugar donde estaban las chicas y le da un trago a su whisky.

—Está guapa tu amiga —comenta pasando saliva—. Buena compañía para esta noche, supongo.

—Sí, ella es lo que necesito —Andre clava la mirada en las personas que entran por la puerta principal.

El detective bebe el resto del líquido y asiente repetidas veces.

—Ya —sonríe con la boca cerrada—. Buenas noches, señor Prince.

Lo mira a los ojos antes de alejarse dejando el vaso en la misma mesa donde lo dejó Nick. Andre se bebe el resto del líquido y tiene que tomar otro rumbo para que sus pensamientos no lo traicionen.

Nathalie busca a Nick con la mirada y Clary no se queda a su lado, sino que se marcha buscando también a la persona con quien vino, hasta que encuentra a Andre junto a la barra peleando por que le entreguen una botella de champaña.

Clary llega hasta donde está el rubio y lo obliga a que la mire.

—No tengo nada que hacer aquí, Andre, deberías de estar con otra persona y no conmigo —le dice ella besándole la mejilla—. Búscalo antes de que sea tarde.

***

Danielle ubica a la castaña a lo lejos y se acerca por detrás dándole una nalgada.

—¡Me asustas! —exclama su amiga—. ¿Dónde está tu cita?

—Recuperándose en el baño —la rubia se limpia la esquina de la boca guiñándole un ojo—. ¿Y la tuya?

—No lo sé, regresé del baño y ya no estaba —frunce el ceño—. ¿No discutiste con tu padre?

—No hace falta discutir cuando solo lo avergüenza —habla Kendra Sorien haciendo acto de presencia—. ¿En serio tenías que llegar con una chica? Cada día estás peor, Danielle.

La rubia pone los ojos en blanco y bebe tranquila antes de responder.

—Pégame —le extiende la mano—. Por preguntar cuánto me importa lo que pienses de mí.

Kendra Sorien no es una persona fácil de tratar, toda su vida se ha dedicado única y exclusivamente a obtener lo que quiere y mucho más cuando su hijo nació. Luchó, lo educó y siempre vela por que su futuro no se vea afectado por nada ni por nadie.

—Oye, no es por ser una perra, pero cuidado con las arrugas, Kendra —Danielle le señala la frente—. Mira que joven no te estás volviendo y mi padre en cualquier momento puede cambiar sus horizontes por una… a la que no le esté afectando la edad.

La cara de la mujer se transforma y la mano le cosquillea por las ganas que tiene de alzarla, pero no se atreve.

—Señora Sorien, le recomiendo que se vaya, porque si no lo hace no voy a detener a mi amiga —murmura Nathalie—. Buenas noches.

—Soy la señora Prince.

La castaña da un paso al frente.

—Solo conocí a una señora Prince y ni de cerca es usted.

Los nudillos se le ponen blancos por la fuerza que ejerce alrededor del vaso de vidrio y se marcha fingiendo una sonrisa cuando un par de periodistas le cortan el camino.

***

Uno de los chicos con esmoquin blanco le recibe las llaves al hombre que baja del Lamborghini negro, el cual se abotona el traje y se coloca la máscara antes de entrar al lugar.

De cerca lo siguen dos hombres más, que pasan desapercibidos entre la gente. Uno de ellos es Abel Connill, quien ha cuidado su espalda y la de su hijo desde el momento en que llegó.

El otro se encarga de ubicar el objetivo por el que vinieron, pero es Abel quien detiene el paso al ver a la chica que se quita el antifaz porque una de las tiras se le enredó en el cabello.

—Señor —habla por el micrófono que está conectado al del líder—. Tenemos un problema.

—¿Qué pasa?

Hunter recibe la copa de champaña que le ofrecen y se la lleva a la boca.

—La maestra está aquí —dice Connill.

—¿Por qué carajos nadie me dijo nada?

—De hecho, se le informó al señor Russo —avisa—. Él nos dijo que le diría.

Russo, Russo.

—Vigílala, no la pierdas de vista —ordena antes de cortar la comunicación.

Su objetivo se cumplirá sí o sí, le importa poco quién se interponga en el camino, pero si algo tiene claro es que no saldrá con las manos vacías del lugar.

Aún con la copa en la mano, camina de largo hasta llegar a la barra, donde espera paciente a que la figura del alcalde aparezca a su lado mientras pide un trago de Jack Daniel's.

—Alcalde —saluda solo para los dos—. Quiero creer que el motivo por el cual no recibí la invitación fue porque se le olvidó.

Se voltea bajando un momento la máscara para que lo vea y después se la vuelve a poner.

—¿Qué quieres? —Harry Prince mira a todos lados.

—Charlar en privado —susurra Hunter—. Mire a su derecha, directo a la segunda columna. Es su hija y detrás de ella, solo a un metro de distancia, está el hombre que, con una orden de mi parte, le puede partir el cuello —se termina la bebida alzando la copa para que le den otra—. Así que usted decide, ¿vive o muere?

El alcalde le echa una mirada a su hija menor y no lo piensa mucho cuando le indica con la cabeza al líder que lo siga.

—Yo sé exactamente el lugar, señor Prince —le señala una de las puertas al cruzar los pasillos lejos del salón principal—. Usted primero.

Dentro, dos de sus hombres tienen al gobernador sentado en una de las sillas. Ambos hombres levantan las armas cuando Hunter se planta en medio de ellos.

—Aquí las cosas son así —comienza—. Uno de ustedes quiere jugar conmigo y lo siento, señores, pero eso no va a pasar. El traidor ya pagó, pero antes de irse al infierno y saludar a Lucifer de mi parte me dijo: "Uno de los grandes piensa que puede traicionarte" —chasquea la lengua—. Lo maté antes de que soltara el nombre, porque el coraje me iba a ganar y terminaría matando a esa persona que piensa que se puede saltar mis órdenes, así como si nada.

—No…

—¡Aquí se calla! —le ladra al gobernador, que trataba de hablar, dándole una cachetada—. Es una mierda la gente que tienen para cuidarles la espalda, ¿dónde están ahora? Sometidos por mis hombres —mueve la cabeza—. La cosa está así, un error más y su hijo, gobernador, será la primera persona que el mío mate, ¿está claro? —el hombre trata de írsele encima, pero las armas de los que están atrás lo detienen y termina asintiendo—. Y usted ya sabe, alcalde, así que no tengo que repetirlo.

Se acomoda las solapas del traje y mira la hora en el reloj. Faltan treinta minutos.

—Me retiro, que lo mejor de la fiesta está por comenzar —hunde sus manos en los bolsillos—. Y mentiría si dijera que siento lo que va a pasar, porque no lo hago. Suerte, señores.

Sale dejando todo atrás y se lleva una mano a la oreja para activar el comunicador.

—La maestra —habla esperando la respuesta de Abel.

—En las mesas del fondo, con la hija del alcalde.

Vuelve a cortar la comunicación y toma una copa, bebiendo al instante el líquido antes de caminar con paso decidido cerca de donde está la castaña de ojos azules que le causa jaqueca.

Se quita la máscara y espera a que sea ella quien lo reconozca.

***

Nathalie cuenta las copas que lleva y, con la que trae en la mano, ya son cuatro, todas hasta el tope porque es Danielle quien las trae.

La rubia se bebe su sexta copa y atrae a la chica que tiene al lado para darle un beso en los labios.

—Eres una morena hermosa —le susurra—. ¿Quieres que vayamos al baño otra vez? —se voltea hacia Nath—. ¿La llevo al baño?

—Yo creo que tienes que estar aquí y dejar de beber, hoy es un evento importante para tu padre —le recuerda—. Y tienes que demostrarle a la perra de Kendra que eres parte de esta familia y que eres una Prince.

—Odio a Kendra —hace un puchero.

—Lo sé, yo también la odio —le quita la copa y mira a la morena—. Vigílala, iré a buscar agua, y por favor, no dejes que beba más.

—Sí, no te preocupes.

En cuanto Nathalie se levanta, Danielle hace lo mismo y arrastra a la morena de la mano, quien le dice que se queden en la mesa, pero no le hace caso.

Es una Prince. Al fin y al cabo, los Prince son tercos.

La castaña se quita el antifaz debido a que uno de los cordones se le enreda en el cabello. Lo ata en su muñeca y levanta la mirada, momento en el que encuentra una figura conocida apoyada en una de las columnas.

Hunter Meyer.

Se detiene a unos pasos y no tiene la menor idea de por qué se le dificulta pasar saliva.

Se arma de valor y camina con la idea de buscar una botella de agua, pero está tan distraída que no mira cuando un mesero pasa cerca de ella, trata de esquivar una de las mesas y es Hunter quien la toma de la cintura atrayéndola a su pecho para evitar que tropiece con el chico que lleva las copas de champaña.

Ella abre los ojos temerosa y el azul de ambos choca entre sí con la mirada profunda que recibe por parte de quien la tiene sujeta. El agarre en la cintura le acelera el corazón y el mareo repentino que le abarca el pecho le sube un poco más el alcohol que corre por sus venas.

—Hunter —susurra apreciando el rostro del padre de su alumno.

—Maestra —la saluda él con ese toque en la voz que le vuelve chinita la piel—. ¿Puedo soltarla o no confía en sus piernas?

Ella asiente y él la libera poco a poco del agarre sin alejarse tanto. El cabello le cae hacia atrás en unas ondas que le dan un toque inocente y la sonrisa que trata de ocultar la vuelve más atractiva.

Creo que nadie en la fiesta es tan ciego como para no darse cuenta de la hermosa mujer que es Nathalie Parson, quien lleva el escote descubierto dejando a la vista parte de sus pechos, los cuales hacen tragar saliva a Hunter.

—Es una gran sorpresa encontrarte aquí —comenta él hundiendo ambas manos en los bolsillos de su pantalón de vestir—. ¿Algún familiar en la política?

Ella niega.

—No, soy amiga de la familia Prince —explica—. ¿Y tú? Supongo que conoces a más de uno, imagino que en tu trabajo...

—¿Mi trabajo? —la interrumpe observando cómo sus mejillas se tornan rojizas.

Se remueve en su lugar lamentando que su boca la delatara.

—Yo... Bueno, en realidad no sé en qué trabajas, pero siempre me he imaginado que eres político o empresario.

La sonrisa que se asoma en el rostro de Hunter la pone fuera del área un par de segundos.

—La política y yo nunca nos hemos llevado bien —niega—. Pero dejémoslo en empresario.

Nathalie sacude la cabeza desviando la mirada hacia la pequeña pista de baile, donde las personas hacen acto de presencia con la melodía que comienza a sonar.

—¿Baila? —le pregunta él ofreciéndole una de sus manos.

Nath lo mira fijamente a los ojos antes de responder.

—Yo... —desvía la vista hacia la mesa donde se supone tiene que estar su mejor amiga, pero no hay nadie. Danielle Prince le da muchos dolores de cabeza—. Supongo que sí.

La acepta permitiendo que la guíe hasta la pista, donde él la deja en el centro siendo el foco de atención de más de uno.

La mano que siente Nathalie en la espalda baja le acelera la respiración a cada paso de baile que da. No sabe de dónde ha sacado los movimientos para la canción que suena, pero lo hace bastante bien, y mucho más con el experto que la tiene entre sus brazos.

Hunter se mueve como un profesional; la cercanía entre ambos permite que Nathalie pueda oler su perfume, el cual le despierta todos los sentidos.

—No soy una experta, pero parece que tú sí —le hace saber—. Pareces un profesional.

—¿Será que lo soy? —ella ríe de manera delicada.

La separa de su cuerpo solo para darle una vuelta y cuando la atrae de nuevo hacia él, el rostro le queda a solo un par de centímetros de distancia.

Los ojos azul electrizantes de la castaña no pasan desapercibidos ante nadie y Hunter no es la excepción. El color es llamativo, y mucho más en una mujer tan hermosa como ella. El cabello castaño le cae por la espalda hasta la cintura, permitiendo que él acaricie los últimos mechones.

La espalda cuadrada y musculosa que siente Nathalie bajo la palma de su mano le provoca una sensación que no tenía idea de que podía sentir en ese momento, pero no lo puede evitar, porque los dedos del hombre frente a ella forman círculos en la parte baja de su cintura.

Mientras las personas disfrutan del baile, cuatro camionetas negras se estacionan alrededor del edificio, de las cuales se bajan cuatro hombres arrojando las llaves dentro.

—Listo, señor.

La noticia que el líder recibe lo hace alejar de nuevo a la mujer solo un leve instante y la regresa, pero esta vez la deja de espaldas a él mientras una de sus manos se adentra en los bolsillos del traje, donde tiene el aparato. La hermosa chica entre sus brazos se voltea y lo mira a los ojos, la parte más llamativa de ambos ahora mismo son los labios entreabiertos.

Ambos detienen el baile y es Hunter quien la toma de la nuca atrayéndola más hacia su pecho. Los nervios de Nathalie aumentan, al igual que su respiración, la cual acompaña los latidos acelerados de su corazón cuando los labios del hombre frente a ella rozan los suyos.

Sube la mano por su tórax hasta dejarla encima de su hombro profundizando el beso. Hunter baja el brazo donde tiene el aparato para rodearla por la cintura y cierra los ojos cuando aprieta el botón pequeño.

Las cuatro camionetas estacionadas afuera explotan cerca de los ventanales. Las personas corren y se dispersan asustadas por lo que acaba de pasar. Hunter sigue sosteniendo a Nathalie en brazos evitando que se mueva, mientras los vidrios rotos quedan esparcidos por el suelo y varias personas auxilian a los que lo necesitan.

***

Andre corre desesperado buscando a una persona en especial; el alcohol en su cuerpo parece abandonarlo al instante debido al susto y cuando divisa la mata de cabello negro a lo lejos corre ansioso por llegar hasta él.

El corazón se le acelera al verlo en el suelo y el temor de acercarse lo paraliza, pero deja salir el aire cuando este se mueve, quitándose de encima de alguien, una mujer que tiene un cristal en su brazo izquierdo.

Ethan Vega mira al rubio, quien observa a su alrededor. No hay personas mirándolo, no hay cámaras apuntando a su rostro, no está su padre, así que sin pensarlo mucho corre y se lanza a los brazos del hombre, que lo recibe.

—No me asustes así, por favor —le pide en medio de un jadeo desesperado—. Promételo.

Ethan se queda callado dejando que hunda su rostro en su cuello.

—¿Estás bien? —le pregunta en un susurro.

—Sí, estaba en el baño cuando escuché la explosión —responde apartándose—. Tengo que buscar a mis hermanos, a Nathalie, a mi padre…

—Lo sé, ve —palmea su hombro—. Yo estaré bien.

Andre observa a su alrededor de nuevo y por las ventanas rotas se logra ver el humo negro que sigue en la calle.

—¿Qué harás?

—Mi trabajo, tú ve y cuídate.

Ambos se miran a los ojos y es el segundo de los Prince quien se retira antes de que todo lo que siente no se lo permita.

***

La castaña abre los ojos mirando el caos que se armó en solo un par de segundos y su vista se cruza con la de Hunter, quien la mueve hasta la barra donde toma una botella de agua para que beba de ella.

—¿Qué… qué pasó? —pregunta y se pone de pie—. Tengo… tengo que buscar a Danielle, a Nick…

—Cálmate, respira —le pide él acercándole la botella de nuevo—. Bebe.

El teléfono comienza a sonar y lo saca de la cartera negra que le cuelga del brazo. La pantalla se ilumina con el nombre de su mejor amiga y no duda en responder.

—¿Dónde estás? —le pregunta—. La seguridad de mi padre nos lleva directo a casa y Nick se quedó a buscarte, pero no te encontró…

—¿Tú estás bien? —mira a su alrededor—. Yo estoy bien, dile a Nick que no se preocupe, me iré a casa, que él se concentre en ayudar a quien lo necesite.

—No te irás al departamento sola…

—Solo… dile a Nick que estoy bien y no te preocupes.

La castaña cuelga cuando escucha más voces del otro lado y esta vez sí se pone de pie.

—Me tengo que ir…

Hunter toma la correa de la bolsa que está a punto de caer y se la vuelve a colgar en el hombro.

—Déjame llevarte —la observa—. No me quedaré tranquilo si te marchas sola.

—No creo que…

—Permíteme, solo te dejo en tu casa y me marcho —insiste.

Nathalie mira a su alrededor, sintiendo los nervios a flor de piel y asiente en dirección al hombre que tiene al lado. Él coloca la palma de su mano en su espalda baja y la guía fuera. El caos está a mil, todo se encuentra revuelto y las patrullas no se hicieron esperar junto a las ambulancias y la guardia del alcalde que rodeaba el lugar.

El comunicador que tiene Hunter en la oreja le abre paso a la voz de Maxwell Russo.

—No voy a gastar mi tiempo en decirte una palabra, porque no me hiciste caso, solo quiero que sepas que las camionetas te esperan afuera.

Corta la línea y el ojiazul sigue de largo hasta cruzar la calle. Se detiene al sentir el cuerpo temblando de la maestra y se apresura a quitarse el saco.

—Toma.

Le cubre los hombros con él y se voltea hacia la camioneta; Abel les abre la puerta y entra ella primero. Le echa un último vistazo al lugar y sonríe de medio lado antes de entrar en el auto, donde la maestra busca su mano para tratar de calmar los nervios que se apoderan de ella.

Al final no salió con las manos vacías.

14

Nathalie Parson

Me tiembla todo el cuerpo, no puedo controlar el movimiento de mis piernas y el calor que genera el saco no me basta porque sigo teniendo frío. La mano de Hunter sigue sobre la mía y no lo miro, tengo tanto en la cabeza que no puedo ordenarlo ahora.

El beso, la explosión, el baile, todo.

¿Por qué lo besé? Mejor aún, ¿por qué me besó él?

Suelto el aire que tengo retenido y adentro mis brazos en las mangas del saco, ya que el frío me sigue molestando. Tengo las piernas congeladas y con la mano trato de bajar la tela del ajustado vestido, lo cual es inútil, porque se sube al segundo siguiente.

Hunter se remueve a mi lado y logro ver el reloj que tiene en la muñeca cuando la tela de la camisa lo permite. La marca Rolex reluce en él, y es que todo el porte que tiene lo hace lucir muy elegante.

—Enciende la calefacción, Abel —le pide al escolta sin mover un solo músculo.

El hombre sentado a la derecha del chofer le pica a una pantalla y no tardo mucho en recibir el aire cálido, que es como un trago de agua en el desierto. Mi cuerpo comienza a entrar en calor y relaja mis músculos.

—¿Cómo está Ian? —pregunto con la mirada puesta al frente.

Como dije antes, no soy buena sacando tema de conversación y, por alguna razón, él me lo hace más difícil.

El reloj vuelve a llamar mi atención y logro ver que son casi las doce de la noche. El evento no duró lo que estaba establecido, nada salió como estaba previsto.

—Muy bien, de hecho me comentó que alguien te envió flores el lunes y te hicieron muy feliz —responde provocando que mis mejillas se enciendan—. Creo que esa persona debería de enviarte flores todos los días.

Dios.

—Qué vergüenza que Ian me haya delatado —digo negando con la cabeza—. Yo… yo solo no me esperaba ese regalo.

—¿Entonces no te hizo feliz? —inquiere y esta vez sí levanto la vista.

Sus ojos son de ese tipo de azul que tiene el cielo en una tarde de tormenta, ese tipo de azul que, por alguna extraña e inexplicable razón, te pone el corazón a mil esperando la lluvia que en cualquier momento puede caer y no sabes qué pueda llegar a provocar.

—Claro que sí, gracias de nuevo —susurro relamiendo mis labios.

Tal acto me hace recordar que ya probé los suyos. Los sentí, suaves, delicados. A pesar de que el beso fue más un simple roce de piel, me gustó y vuelvo a buscar dentro de mí el arrepentimiento, pero no aparece.

—De nada —observa al chofer y después vuelve a mirarme—. ¿Te importaría darme tu dirección?

—Oh, sí.

Se la digo directamente al chofer, el cual asiente, y tras intercambiar una mirada con Hunter toma el rumbo indicado. El saco que tengo sobre los hombros trae su perfume y me es inevitable no cubrirme con él para sentirlo más cerca.

Cuando la camioneta se estaciona frente al edificio mi instinto es voltearme para despedirme, pero él baja rodeando la parte trasera para abrir mi puerta y me ofrece su mano. Deslizo la mía sobre la suya y el cosquilleo que siento me recorre de pies a cabeza.

Sube conmigo los escalones hasta la puerta principal y se detiene justo en la entrada.

—Tienes mi número, cualquier cosa que necesites, solo tienes que llamarme —pide y yo asiento.

No sonríe, solo asiente, y cuando está por dar la vuelta, mi boca se abre:

—¿Quieres pasar? —pregunto hundiendo mis manos en las bolsas del saco.

No debí decir eso.

Ahora mismo deseo que la tierra me trague y me escupa en el rincón más recóndito que pueda existir. No tengo idea de cómo me pude escuchar o qué tipo de impresión le di, pero ahora mismo parece que tengo un *déjà vu* de la noche en que lo encontré en el bar.

No responde, solo me abre la puerta del edificio y yo entro primero dejando que él acompañe mi paso hasta las escaleras. Nuestro piso es el tercero y estoy tan acostumbrada a subir y bajar las escaleras que ni siquiera veo el elevador.

Como ahora.

Lo único en lo que puedo pensar es en la compañía del hombre a mi lado, el cual camina en silencio esperando que introduzca la llave en la cerradura y le dé la entrada a mi departamento. Enciendo las luces y él pasa cerrando la puerta tras de sí.

—¿Vives sola? —su pregunta hace que voltee para verlo—. Lo siento, eso no sonó muy bien.

Me río.

—No, con Danielle, la hija del alcalde —respondo—. Es demasiado terca y prefiere vivir con su amiga la maestra que en la casa de su padre o en un departamento con buena calefacción y al cual no le falle la cañería.

Sonrío con lo último, porque justo hace dos días se nos volvió a descomponer el lavabo y tuvo que venir el plomero por cuarta vez en el mes.

—Tal vez ella aprecia la compañía; una buena compañía vale más que todo —murmura paseando la vista por el lugar.

Dejo caer el bolso en el sofá y me quito los tacones, ya que los pies me están comenzando a molestar. Siento su mirada sobre mí en cada movimiento que realizo, pero trato de no ponerme más nerviosa de lo que ya estoy, aunque probablemente eso es imposible.

—Ella es increíble, juntas buscamos este lugar —cuento para romper el silencio—. Desde el principio le dije que, si se iba a mudar conmigo, tendríamos que vivir en un lugar que pudiera pagar, junto con la luz, el agua, el gas, todo. Aceptó y aunque la he tratado de convencer de que se mude a otro sitio, de que yo estaré bien aquí, no quiere, y ya no insisto más, porque es su decisión y me encanta tenerla a mi lado.

Medio sonríe prestando mucha atención a todo lo que sale de mi boca y yo solo puedo apreciar el porte que tiene. Los músculos se le marcan con la tela de la camisa blanca que trae debajo del traje, no lleva corbata, solo trae los dos primeros botones desabrochados (lo que me hace deducir que se la quitó en el coche), y la fina barba que le adorna el rostro lo vuelve más maduro.

—Suena a que la quieres mucho.

Asiento apoyando mi trasero en el borde del sofá y cruzándome de brazos.

—Sí, muchísimo. La conozco desde hace muchos años y si ella un día me falta, sería como si me arrancaran una parte de mi corazón.

—Me imagino —da un paso al frente—. Yo también tengo un mejor amigo y tampoco deseo que le pase nada malo.

—Exacto, hay amigos que se quieren demasiado, amigos que vale la pena tener en tu vida y volverlos parte de ti.

—Sí.

El silencio se hace entre los dos y vuelve a golpearme la escena del beso cuando se queda a unos pasos de distancia…

Ni siquiera mi cerebro lo procesa, pero mis pies caminan hasta donde está, quedando frente a él, con su mirada sumida en la mía, con el corazón en la garganta y con las ganas de otro beso quemándome la piel.

Subo mi mano acariciando su pecho, continúo hasta llegar a su hombro y tengo que alzar la cabeza para verlo directamente a los ojos. Mis dedos acarician el inicio de su barba sobre sus mejillas y el calor me sube instalándose en el centro de mi pecho.

Una de sus manos se ubica en mi cintura atrayendo mi cuerpo hacia su tórax y ese agarre me enciende la piel de nuevo. La otra la acerca a mi rostro, donde con su dedo índice aparta las hebras de mi cabello colocándolas detrás de mi oreja y baja recorriendo mi cuello.

La caricia provoca en mí un escalofrío hasta que no puedo con las ganas de volver a sentir sus labios.

Es un hombre, un hombre atractivo que me tiene entre sus brazos, y en lo único que pienso es en cómo me puede hacer sentir en la cama. Borro el hecho de que es el padre de Ian, de que es un empresario del cual no sé nada, un total desconocido que me envió flores y que insinuó enviarlas todos los días.

Es horrible cuando las ganas te traicionan.

Solo me concentro en el ahora, en el presente, en lo que estoy viviendo y en que probablemente si no hago nada, me lamentaré toda la noche.

O tal vez toda la vida.

Así que sigo subiendo mis manos hasta tocarle el cabello de la nuca, pero él me gira pegándome contra la pared fría y es ahí cuando se apodera de mis labios y me roba un suspiro entrecortado. Baja sus manos a mi trasero estrujándolo un poco y segundos después sube un brazo solo para rodearme con él y jalarme, provocando que mis piernas abracen sus caderas.

El calor me delata ya que no quiero que suelte mis labios ni ninguna parte de mi cuerpo. Sostiene mi peso como si nada, dándole paso a su lengua, que hace maravillas con la mía. El fuego que se enciende en cada nervio de mi cuerpo me deja bloqueada, sin juicio y con ganas de continuar.

Baja su boca hacia mi mandíbula, después sigue bajando hasta mi cuello dejando besos húmedos sobre mi piel, y el solo hecho de sentir su respiración caliente me provoca la humedad que comienzo a sentir. Siento rojas las mejillas, los labios hinchados y el cuerpo cálido debido a su cercanía.

Camina conmigo hasta dejarme encima del borde del sillón, donde el vestido se me sube hasta los muslos permitiendo sentir el frío de su pantalón de vestir. Una de sus manos baja hacia mi muslo y lentamente sus dedos recorren la piel, lo que me causa un escalofrío por la espina dorsal.

—Maestra… —se aleja un poco para verme a los ojos—. ¿Y si me da una clase de anatomía?

Las palabras que suelta me hacen sonreír mientras que mis dedos se hunden de nuevo en el crecimiento de su pelo. *Solo déjate llevar, después habrá tiempo para arrepentimientos.*

Abandono el sofá tomando su mano para guiarlo directo a la habitación. Es un sábado por la noche, Danielle no está, esto no se repetirá y es solo sexo, nada más.

Cierra la puerta con el pie y solo están encendidas las luces LED que decoran el cuarto. Tanto tiempo que discutí con Danielle porque no quería esas luces, debido a que no me dejaban dormir, y ahora la luz roja le da un toque al ambiente que se forma a nuestro alrededor.

Me volteo dándole la espalda, dejo caer el saco encima del escritorio y me recojo el cabello hacia un lado, invitando a que sea él quien baje el cierre de mi vestido. Siento sus pasos junto a su presencia detrás de mí y el cierre le abre paso a mi piel.

No tengo sostén.

Las palmas de sus manos acarician mis hombros hasta bajar los tirantes y soy yo quien baja el resto del vestido, quedando con los senos al aire y las bragas negras de hilo. La mirada se le ensombrece cuando me volteo para darle una vista espectacular de mi cuerpo.

Me acerco despacio llevando mis dedos a los botones de su camisa, desabrochándolos poco a poco para dejar al descubierto su pecho. Mis manos se pasean por su tórax hasta que le quito la prenda por completo. Puedo ver la tinta negra, pero debido a las luces no logro distinguir de qué es su tatuaje o sus tatuajes.

Vuelvo a mirarlo a los ojos antes de acercar mi boca a su pecho, donde dejo un rastro de besos hasta el borde del cinturón. Quiero seguir bajando, pero el pantalón me lo impide y, al igual que yo, está ansioso por sentir más. Siento el bulto duro bajo mi mano cuando lo toco por encima de la tela.

Me guía hasta la cama donde me deja y le echo los brazos al cuello pegando mi boca a la suya. Al igual que yo, no quiere que nuestras bocas estén mucho tiempo separadas, pero también queremos seguir con lo planeado.

—Quiero estar encima, eso me gusta —susurro.

Se da la vuelta sentándose él en el borde del colchón y yo me arrodillo para quitarle el cinturón negro con la hebilla que reluce. Levanta un poco la pelvis para quitarse el pantalón y estira la mano tomándome de la cintura hasta sentarme en su regazo.

Me abro de piernas y siento cómo jala el elástico de mis bragas hasta romperlas. Las lanza hacia un lado antes de prenderse de mis pechos logrando que eche la cabeza hacia atrás, presa del placer. Me remuevo en el regazo ansiando sentir más y parece notarlo, porque lleva su mano ahí, dando suaves golpes en mi sexo que me ponen a jadear.

Continúa con el mismo ritmo hasta que poco a poco hunde dos dedos con demasiada facilidad en mi interior; la humedad me escurre causándome vergüenza. Es un hombre que apenas conozco y me moja más que cualquier otro que me haya llevado a la cama. Los movimientos de mis caderas me llevan a pegar mi frente con la suya formando una cortina con mi cabello.

Con el pulgar hace círculos en mi clítoris y mis uñas se clavan en su nuca cuando siento el placer nublándome el juicio. Trato de cerrar las piernas, pero no puedo, y cada segundo me suma un ritmo cardiaco más alto que el anterior, hasta el punto en que pasar saliva se vuelve difícil.

—No puedo… —susurro presa de las sensaciones que me arrasan el cuerpo.

—Sí puede, maestra.

Maestra.

Esa palabra me pone los vellos de punta y justo cuando pienso que toco el orgasmo saca sus dedos, me levanta y con cuidado me clava en su miembro erecto, el cual entra en mí causándome una mueca de dolor debido a lo grande que lo siento. Me echo el cabello a un lado mientras trato de que mi cuerpo se acople al suyo.

—Respira —me susurra encendiéndome los sentidos.

Lo cabalgo regalándole una vista de mis pechos, los cuales saltan frente a su rostro. Con un brazo me rodea y con el otro me toma de la nuca volviendo a pegar su boca a la mía.

Los jadeos y las embestidas no me permiten concentrarme en otra cosa que no sea en el enorme placer que crece segundo a segundo en mi interior. Los ojos se me ponen en blanco, los dedos de los pies se me tensan, el pecho me golpea y por alguna razón quiero que me golpee el trasero.

Así que yo misma bajo una de mis manos buscando la que está en mi cintura y la coloco encima de mi nalga izquierda, la cual golpeo con mi propia fuerza, hasta que capta lo que quiero y lo hace.

—Hazlo —jadeo en su oído.

La mirada se le oscurece y la palma abierta choca contra mi glúteo sacándome un grito que acallo con su boca. Aumenta el ritmo hasta que todas las alarmas de mi cuerpo se encienden moviéndome de manera involuntaria sobre él.

La humedad que sale de mi interior bañando su miembro me cansa y me aferro a su cuerpo queriendo prolongar el placer. Me aparta el fleco que está empapado de sudor y me besa la comisura de los labios. Mis brazos no sueltan su cuello, mucho menos cuando él gira conmigo y me deja sobre el colchón, sacudiendo su glande sobre mi estómago y vaciándose encima. Se pone de pie regalándome una vista espectacular de su trasero y veo que busca algo con qué limpiarme.

—Toma esa toalla —le señalo la que está sobre la silla frente al escritorio.

Vuelve con ella para limpiar mi estómago y deja un rastro de besos desde el centro de mis pechos hasta llegar a mi boca y después a mi frente. Estiro una mano para que la tome y se acuesta a mi lado mirando el techo, mientras mi vista se pierde en su perfil.

¿Por qué lo miro? No lo sé, pero me gusta.

Con mi cabeza sobre su pecho, cierro los ojos y me quedo dormida sin tener la más mínima idea de si cuando los vuelva abrir él estará aquí.

Ojalá que sí.

15

Hunter Meyer

Mi dolor de cabeza yace dormida boca abajo, con la espalda descubierta y soy yo quien le tapa el trasero cuando me pongo de pie. El cabello le cubre los hombros y su rostro está contra la almohada, haciéndola lucir como un ángel caído del cielo.

Soy un hombre que siempre se cuestiona los errores que comete, sin embargo, este error lo acepto y lo quiero repetir como un poseso, porque el simple hecho de que esté dormida y con el cabello revuelto sobre sus hombros me engrandece el miembro, me trae el recuerdo de lo que pasó anoche, la imagen perfecta de ella sentada en mi regazo de piernas abiertas.

Quiero repetir.

Todas las cosas que hago tienen un propósito, algo detrás que al final me dice si estaba en lo correcto o no, así que ahora simplemente me coloco el pantalón, me dejo abierta la camisa y salgo al pasillo con el teléfono en la mano, ignorando mis pensamientos.

—¿Qué quieres? —le respondo a Maxwell Russo, quien no ha dejado de llamarme en toda la noche.

—¿Dónde estás? —interroga.

—Estoy ocupado y lo estaré el resto del día, así que, si hay algún asunto importante, habla —ordeno mirando de vez en cuando hacia la puerta.

—¿Cómo que si hay un asunto importante? ¡Hoy tienes que hablar con Icarhov, Hunter! —exclama—. La mafia italiana no se anda con juegos, quiere la entrega y la quiere hoy mismo, así que dime qué hacemos y cómo.

Joseph Icarhov me tiene hastiado con sus maldita dictadura sobre lo que quiere, pero no tiene idea de que eso que quiere no siempre lo puede tener a su tiempo, conmigo no es así.

—Sabes qué hacer, así que dile a Enzo que lo veo en la propiedad para hacer la maldita entrega —hablo—. Saca lo que tenemos en la bodega, también pon el doble de vigilancia a las afueras, no quiero sorpresas.

Cuelgo guardando el teléfono en el bolsillo de mi pantalón antes de entrar en la habitación. Justo cuando abro la puerta, ella se remueve sobre la cama y se voltea, dándome una vista espectacular de sus pequeños pechos.

Son pequeños, delicados y caben perfectamente en mis manos. Tiene una tanda de lunares alrededor de su ombligo y otro en el centro del estómago, que más bien parece una nube café.

Maestra, maestra, maestra.

¿Qué voy a hacer con usted?

Le echo una mirada a la habitación por encima. Tiene carpetas con estrellas pegadas en la pasta, caritas felices y dibujos que traen los nombres de los niños. Una carpeta negra está a un lado y la tomo, pues llama mi atención que tenga el nombre de mi hijo.

Hay varias hojas en blanco con el borde negro y en una de ellas aparece el nombre completo de Ian, su edad, las estrellas (que son cinco) y palabras en latín.

Más abajo se lee:

> El color favorito de Ian es el negro.
> Se siente más cómodo hablando en latín que en inglés.
> Le gustan las hojas con bordes negros.
> (Recordar comprar lápiz color negro).
> (Aprender frases en latín).

Lo último me saca una media sonrisa y la observo un momento.

O es muy dedicada en su profesión, o esto…

Se lleva una mano a la cabeza moviéndose sobre las sábanas. Me muevo hasta ubicarme a su lado, justo en la orilla, y cuando abre los ojos me mira fijamente para después ver a su alrededor.

—Buenos días —saludo—. ¿Cómo estás?

Baja la vista a su pecho y rápidamente se cubre.

—Dios, qué vergüenza —dice, tapándose con la sábana hasta la cabeza—. ¿Qué hice? —se pregunta aún bajo la colcha.

Jalo la sábana con cuidado y ella cede dejando fuera su rostro. Sus ojos azules se achican y niega. Me percato de las pequeñas marcas que tiene en el lado izquierdo del cuello, pero no le digo nada, son poco visibles.

—¿Vergüenza por qué? ¿Está mal tener sexo o qué? —inquiero apoyando las manos sobre la cama e inclinando mi cuerpo hacia adelante.

—No, lo que está mal es que me haya acostado con el padre de uno de mis alumnos —responde—. No debí hacer eso.

Me río y ella me da un golpe en el pecho.

—¡No te rías, no es gracioso! —se queja.

—Sí lo es, Nathalie —sigo—. Además, yo debería de estarle reclamando ahora, maestra.

Esconde un mechón de su cabello detrás de su oreja y me mira.

—¿Por qué?

—Por esto —me quito la camisa dejando ver las marcas que siento en la espalda—. Casi me arrancas la piel.

Se tapa la boca con la mano abriendo mucho los ojos.

—Lo lamento —sacude la cabeza—. Lo de anoche… pasó tanto anoche.

Sí, y la mitad lo provoqué yo.

—Sí…

Desvía la vista hacia la ventana y coloca el brazo sobre su rodilla izquierda, apoya su barbilla en su mano abierta y su perfil la hace lucir como ese tipo de persona que te puede empujar al vacío, pero te impide pensar en la caída.

Anoche, una fiera sin pena para pedir lo que quiere y ahora, una dulce chica que tiene estrellas en la pared de su habitación, las mejillas rojizas y una mirada apenada porque piensa que lo que hizo está mal. Creo que me gustan ambas facetas.

—Tengo que… —señala las bragas rotas en el suelo.

—Te debo unas —me agacho a recogerlas—. Ya que estas no sirven, yo me encargo de ellas.

Las envuelvo y las meto en el bolsillo de mi pantalón.

—Quiero invitarte a desayunar, ¿me dejas? —propongo mientras me abotono la camisa.

—Yo no…

—Un almuerzo no le cae mal a nadie, mucho menos después de la noche que pasamos, maestra.

Se pone de pie con la sábana atada a su cuerpo y se acerca dando pasos pequeños.

—Esto es solo sexo, ¿sí? No se volverá a repetir… porque… —me acerco acortando la distancia y la respiración se le torna pesada—. Porque… nosotros no…

La tomo del cuello plantando mi boca sobre la suya y deja caer la sábana permitiendo que la vuelva a llevar a la cama. La dejo sobre ella bajando mi boca por su cuello hasta llegar a su vientre, luego le abro las piernas queriendo probar una sola cosa.

Su vulva.

Beso el inicio de su sexo hasta que…

—No, Hunter, no…

—¿No qué? —cuestiono—. ¿No quieres esto? ¿No quieres mi boca justo ahí?

La respiración le aumenta y la humedad la delata, por lo cual termina asintiendo.

—Solo poquito.

Me causa risa la manera en que lo dice.

Conmigo nada es poquito.

Le abro más las piernas dejando que las coloque sobre mis hombros, mientras dejo un rastro de besos sobre su sexo para darle paso a mi lengua. La humedad me facilita el movimiento, y puedo escuchar los jadeos que salen desde el fondo de su garganta.

Me embriaga su sabor, su piel, y eso es algo a lo que no estoy acostumbrado y definitivamente no me voy a acostumbrar.

No puedo hacerlo, pero…

Introduzco uno de mis dedos en ella y se retuerce soltando un grito cuando aumento ambos ritmos, el de mi boca y el de mi mano que la masturba. Levanta la pelvis aferrándose a las sábanas de la cama cuando suelta los jugos y me aparto dando suaves golpes que le regalan un par de segundos más en el placer que la toma.

Me subo besando sus muslos hasta su boca, donde dejo que me tome del cuello pegándome a su pecho. No entiendo con exactitud la razón del porqué el corazón me truena en los oídos, pero trato de acallarlo a toda costa.

—Entonces… ¿me dejas invitarte?

Sus ojos azules me recorren el rostro y un pequeño brillo se pasea por ellos un par de segundos más tarde.

—Necesito darme un baño.

Me aparto recogiendo la sábana, la cual utilizo para cubrir su desnudez y me encamino a la puerta, donde antes de abrirla la vuelvo a ver.

—Te espero en la cocina, ¿puedo?

Asiente y le sonrío, sonrisa que desaparece nada más atravieso el umbral buscando la cocina. Es pequeña y mis ojos caen en la cafetera, la cual enciendo mientras me apoyo a un lado sacando de nuevo el celular.

Tengo asuntos que atender.

—Señor —responde Abel al otro lado.

—Quiero uno de mis autos en quince minutos afuera del edificio, también que los hombres se dispersen en la mansión porque no los quiero a la vista, ¿está claro? —digo—. Quiero que te vayas y alistes a Ian, lo quiero esperándome en la sala de la casa, también avisa a mi madre que llegaré en un rato.

—Sí, señor.

—Ah, y también quiero que la seguridad esté a distancia, Abel —dejo claro—. Solo una camioneta, que se retire diez metros antes de llegar a la propiedad. Diles a los del búnker que no los quiero afuera ni tampoco un arma a la vista, barre toda la casa.

—Como usted mande, señor.

Cuelgo, dejo el teléfono sobre el mostrador y me preparo el café, con el cual salgo hasta la sala mientras observo las fotografías en el mueble a un lado de la televisión.

En una está la maestra junto a la hija del alcalde, ambas con las togas y los birretes de graduación. En otra está ella, el hijo mayor del alcalde y otra chica de cabello negro con los labios pintados de rojo.

Dejo los cuadros y me acerco hacia la ventana, ya no veo la camioneta de Abel, pero mis alarmas se encienden al ver un coche negro estacionarse, de donde se bajan dos hombres. No logro distinguir quiénes son y es obvio que no viven en este edificio, es por eso que me quedo viendo lo que hacen.

Las armas que sacan me hacen moverme rápido y sé perfectamente a lo que vienen. *No puedo tener un momento de paz.*

Camino rápido a donde supongo que es el baño y oigo que la regadera sigue abierta, lo que me hace creer que ella sigue bañándose. Al regresar a la sala rebusco en el saco la navaja que siempre cargo y camino a la salida, donde salgo tratando de hacer el menor ruido posible.

Con la camisa medio abotonada bajo las escaleras poniendo todos mis sentidos alerta y me preparo para enfrentar lo que vi. Escucho los pasos y tomo vuelo al salir, sorprendiendo al primero, al cual logro llevar contra la pared, le clavo el codo en el estómago provocando que se encorve por el dolor y lo jalo de nuevo hacia atrás, hasta que con mi mano lo tomo de la nuca estampando su cara contra la barandilla de las escaleras y le rompo el cuello.

Cae al suelo al tiempo que el segundo llega y me toma por atrás, rodando conmigo escalones abajo. Me levanto y él hace lo mismo para después voltearse contra mí, logra empujarme del estómago y me estampa contra la pared. El golpe me deja quieto un par de segundos, pero en un instante me recupero, hundo mi codo en su espalda y le tuerzo un brazos hacia atrás arrebatándole un grito. Coloco la navaja bajo su cuello y la entierro en su piel poco a poco.

—Habla, hijo de puta, ¿quién te mandó? —exijo—. ¡Habla!

—Ni siquiera sabes el tamaño del enemigo que tienes, Meyer.

—No les tengo miedo a mis enemigos, no le temo ni al mismo diablo —digo—. Así que dile que me espere sentado.

La hoja de la navaja se entierra en su piel cortándole el cuello y la vuelvo a clavar en el punto importante. No hay nadie abajo, pero poco me importa; rápidamente abro la puerta donde se lee "Limpieza" y meto el cuerpo hasta el fondo. Regreso por el segundo, al cual le troné el cuello, y cierro la puerta, secando el sudor de mi frente.

Hago la llamada cuando subo las escaleras.

—Quiero que vengan a sacar dos cadáveres del edificio de la maestra, ambos están en el cuarto de limpieza —me rasco la mejilla izquierda—. Quiero que todo esté limpio, revisen si hay cámaras para que borren la grabación, y no quiero fallas.

—Sí, señor.

Cuelgo para volver al departamento, en donde Nathalie aún no sale de la habitación. Tomo de nuevo la taza de café, me limpio el sudor de la nuca y me pongo el saco encima, guardando la navaja sin una gota de sangre.

Echo un vistazo por la ventana y escucho pasos en el pasillo, de donde sale la maestra con unos jeans negros, unas zapatillas y una chamarra estilo militar. Trae el cabello mojado, suelto sobre los hombros y con el fleco que le hace resaltar la mirada inocente.

—Estoy lista —susurra mirándose los pies.

Le abro la puerta para que salga ella primero y la sigo cerrándola tras de mí. Nathalie baja las escaleras y parece no observar mucho a su alrededor; al pasar por el recibidor me adelanto y abro la puerta principal. Le echo una última mirada al rastro de sangre que sale del cuarto de limpieza y al salir encuentro a uno de mis hombres, quien me saluda con una inclinación de cabeza y me pasa las llaves del Lamborghini negro que me espera al otro lado de la calle.

Ella no dice nada.

Coloco mi mano en su espalda baja guiándola hacia la puerta del copiloto, donde la invito a entrar. Rodeo la parte delantera, me deslizo sobre el asiento de cuero y arranco el motor.

—Yo… conozco un buen lugar donde el desayuno es increíble y… —habla removiéndose en el asiento.

—Ya tengo el lugar —sentencio.

—Bueno.

Coloco la mano en la palanca de velocidades y acelero rumbo a mi destino. Observo de reojo sus manos sobre sus muslos, las uñas pintadas de rojo. Sus piernas son delgadas y la tela del pantalón le abraza la piel, que horas antes recorrí con la palma de mi mano.

Es hermosa por donde la mires, sus ojos parecen una maldición, porque desde que los vi por primera vez no salen de mi cabeza. Trato de que nada se abra paso hacia rumbos desconocidos, sin embargo voy a necesitar más que una negación para evitar que pasen cosas, o preguntarme si en serio no quiero que nada se vuelva a repetir.

Lo cual dudo mucho.

Me desvío fuera de la carretera principal para tomar un segundo camino hacia donde se comienza a ver la primera colina. Presiono un botón al lado del volante y la enorme reja adelante se abre, dejándome entrar a un pequeño camino hasta llegar a la mansión pintada de negro que me vio crecer.

—¿Dónde estamos? —pregunta ella aún sin quitarse el cinturón de seguridad.

—Bienvenida a mi casa, maestra.

Se queda muda sin saber qué decir y solo la atraigo hacia mí saboreando sus labios una vez más antes de que tengamos que abandonar el auto.

16

Nathalie Parson

¿Qué hago aquí? ¿Cómo llegué a su casa? ¡Se suponía que solo sería una noche de sexo y ya!

El rostro de Hunter está a centímetros del mío asimilando el beso que me dio hace apenas un par de segundos. Tantas preguntas vienen a mi cabeza, las palmas de mis manos cosquillean recordándome cómo anoche recorrí su espalda con ellas, cómo con esas mismas toqué su cuello, su pecho, su rostro, y tengo que dejar eso de lado, pero me es difícil teniéndolo tan cerca.

—¿Todo bien? —pregunta casi sobre mi boca.

Me relamo los labios y asiento sin moverme. Es él quien sale del auto y le ordeno a mi cuerpo que se mueva, imitando sus movimientos hasta ubicarme afuera del coche. Sigo sin entender qué rayos estoy haciendo en su casa, pues se suponía que iríamos a almorzar, solo eso, y ahora...

Ian.

¿Qué voy a hacer si Ian me ve aquí? ¿Qué va a pensar al ver a su maestra llegando con su padre? Tengo que irme ahora mismo.

Detengo el paso llamando su atención y logro que voltee para verme.

—Lo siento, yo... —juego con la pulsera en mi muñeca—. No sé qué hago aquí, ni siquiera nos conocemos realmente, esto es...

—¿Quieres conocerme? —me mira fijamente a los ojos—. ¿Quiere conocerme, maestra?

Me encojo de hombros sin saber qué responder por un momento.

—Creo que sí... No lo sé... ¡Ay, es que lo que pasó no debió pasar! —me tapo la cara con las manos.

Qué vergüenza estoy pasando en casa ajena.

Es que sigo sin asimilar lo que sucedió anoche, lo de esta mañana, el beso que le di como si… ¿Por qué lo atraje a mi pecho como si fuera mi novio de toda la vida? ¿Por qué me provocó cosquillas que al despertar lo encontrara al pie de la cama?

Cuando él está a punto de hablar, el hombre de ayer, que si no me equivoco se llama Abel, se acerca un poco dudoso de interrumpir.

—Señor.

Hunter no deja de verme y eso me pone un poco incomoda por el hombre que nos observa.

—¿Sí? —espera a que vuelva a hablar.

—El joven Ian no quiere salir de su habitación… creo que no se siente bien.

Eso llama su atención y la mía. Los ojos negros de Abel se pasean de su jefe a mí.

—¿Qué tiene? —pregunto—. ¿Puedo verlo? —busco la aprobación de Hunter.

Asiente tomando mi mano para guiarme adentro. El agarre me toma por sorpresa, pero no digo nada ni me alejo, ya que no es el momento.

Por dentro la casa es tan elegante como por fuera. Hay cuadros que adornan las paredes, un enorme candelabro cae del techo, el recibidor es grande y dos escalones dan la entrada a un enorme salón donde los sofás son de piel; la chimenea está encendida y una barra con un montón de licores queda a la vista.

Seguimos de largo hacia las escaleras negras, que subimos, y la segunda planta es más espaciosa que la de abajo. La primera puerta que miro es en la que nos detenemos, está cerrada y una mujer alta, de cabello negro al hombro, está tocando con suavidad.

Se voltea al ver a Hunter y después guía su mirada hacia mí.

Sus ojos son color avellana, no tiene una sola arruga en la cara y el cuerpo que mantiene la hace lucir atractiva. Me observa de arriba abajo, pero mi atención se centra en la puerta y me acerco poco a poco.

Toco suavemente.

—Ey… soy tu maestra, Nathalie —hablo alzando un poco la voz para que atraviese la madera—. ¿Puedo entrar a saludar?

No obtengo respuesta por un par de segundos, hasta que la puerta se abre, dejando ver a ese pequeño niño con el cabello revuelto, los ojos hinchados y las manos entrelazadas al frente.

Trae una pijama a cuadros negros pero no me sorprende. *El negro siempre será su color favorito.*

—Hola —saludo inclinándome un poco hacia adelante—. ¿Quieres hablar?

Extiende la mano y yo la tomo dejando que me guíe al frente de la cama, donde en el suelo hay una enorme alfombra y sobre ella el cuaderno negro que utiliza siempre.

Tomamos asiento uno frente al otro y permite que le aparte un par de mechones hacia atrás.

—¿Qué pasa? —susurro solo para los dos—. ¿Tuviste una pesadilla? ¿Te duele algo?

Asiente y me muestra las manos, que comienzan a temblar.

—¿Quieres contarme? —niega—. Bien, entonces... ¿Quieres hablar de otra cosa?

—Quiero que dejen de moverse —mira hacia abajo.

Se me forma un nudo en la garganta por la manera en que lo dice, pero me concentro en ayudarlo, así que las tomo entre las mías acariciándolas, las lleno de besos y lo miro a esos enormes ojos azules que resplandecen.

Es un niño tan hermoso.

—¿Sabes? —coloco sus manitas sobre mis mejillas un momento—. Cuando yo tenía una pesadilla, mi hermana me cantaba una canción, yo decía que odiaba las canciones tristes, pero ella decía que esas canciones nos ayudaban a calmarnos —suspiro—. ¿Puedo cantarte una canción?

Asiente y viene hacia mí, donde queda casi sobre mi pecho. Me muevo un poco sorprendida, pero no lo alejo, me acomodo apoyando la espalda contra el borde de la cama y lo rodeo con mis brazos besando lo alto de su cabeza.

—*We let the waters rise / We drifted to survive / I needed you to stay / But I let you drift away* —muevo el cuerpo tratando de regular su respiración—. *My love, where are you? My love, where are you?*

Cierro los ojos escuchando sus respiraciones y me abrazo a él.

—*No one will win this time / I just want you back / I'm running to your side / Flying my white flag, my white flag* —susurro—. *My love, where are you? My love, where are you?*

Cuando bajo la mirada tiene los ojos cerrados, su pecho sube y baja y parece tan cómodo que no estoy dispuesta a moverlo. Le aparto las hebras negras de la frente dejando un beso sobre ella. El corazón se me encoge pensando en si alguien lo apoya cuando tiene pesadillas.

Escucho los pasos de Hunter, quien se pone de cuclillas frente a nosotros y trata de quitármelo de encima, pero me niego.

—Déjalo dormir —le pido—. Necesita descansar.

Mira hacia un lado donde está la mujer, quien trae una cobija que él le quita, cubriendo a Ian y a mí con ella. Medio sonríe antes de levantarse y salir a toda prisa, dejándome en la habitación.

—Esmeralda Meyer, madre de Hunter y abuela de Ian —se presenta extendiendo la mano—. Mi nieto habla muy bien de ti.

La tomo estrechándola un momento y después la suelto.

—Nathalie Parson, soy la maestra de Ian y… —*la chica que se acostó con su hijo anoche*; no voy a decir eso—. Ian es un gran niño, demasiado inteligente.

—Lo sé, la inteligencia viene de familia, del apellido Meyer —dice cruzando los brazos—. Mi hijo me comentó que cuidaste de mi nieto el día que ese familiar se lo quiso llevar —comenta—. Gracias por eso, maestra.

—Dígame Nathalie y no tiene que agradecerme nada, lo haría por cualquier alumno —digo segura.

—Por supuesto, Nathalie.

El tono que utiliza me hace fruncir levemente el ceño. Aparto la mirada para ver a Ian y este se remueve entre mis brazos, soltando un largo suspiro.

—Mamá, Abel me comentó que…

Un chico de cabello negro y ojos azules deja la frase en el aire cuando su mirada se encuentra con la mía. Viste con una chamarra de cuero negra, unos jeans del mismo color y Vans.

Se detiene al lado de Esmeralda, desviando la vista hacia la personita que tengo sobre mi pecho.

—¿Qué le pasó al hombrecito? —pregunta y se agacha acariciando su cabeza—. Abel me comentó cuando estaba con Maxwell.

—No durmió bien anoche, tuvo una pesadilla —le responde su madre—. Ella es la maestra de Ian, Nathalie Parson.

El chico se pone de pie de nuevo y asiente en mi dirección regalándome una sonrisa de boca cerrada.

—Soy Leonardo Meyer, hermano de Hunter y tío de Ian —se presenta—. Así que tú eres la famosa maestra.

No sabía que era famosa.

—Creo que sí, un gusto.

Se ajusta la chamarra y entrelaza las manos al frente sin apartar la vista de mí.

—*Conversari*, Leonardo —habla la mujer logrando que él la mire.

—Tengo claro todo, madre —le responde el chico sonriendo—. Me retiro, tengo asuntos que atender —besa la mejilla de la persona a su lado—. Llámame si Ian necesita algo.

Sale de la habitación y ella se acomoda el cabello hacia atrás cruzándose de brazos.

—¿Necesitas algo, Nathalie?

—No, estoy bien, gracias.

—Bien.

Sale cerrando la puerta y me deja a solas con el niño que tengo entre mis brazos.

Paseo la mirada por el cuarto, está pintado de un color gris y el techo es negro, tiene calcomanías de leones pegadas en una pared al igual que en el techo. No hay juguetes ni las decoraciones que suelen tener las habitaciones de un niño de su edad.

Todo es demasiado serio, como si la alcoba fuera de un adolescente y no de un pequeño de siete años.

La ventana tiene las cortinas recogidas, lo que deja ver el cielo nublado. Al lado está un mueble donde hay pequeñas figuras que no logro ver bien de qué son, también hay un tocadiscos que parece antiguo, pero tiene las orillas plateadas, haciéndolo lucir demasiado valioso.

No hay fotografías, tampoco hay televisión y no sé si es porque no le gusta o porque no le permiten tenerla.

140

Sigue completamente dormido y no deseo moverlo, por lo cual recuesto la cabeza hacia un lado, apoyándola en el colchón, y cierro los ojos un momento. Dicho momento se alarga, sumiéndome en una oscuridad que me relaja.

***

Me remuevo con ganas de bajar los brazos, pero abro los ojos al sentir que tengo algo encima de las piernas. Todo viene a mi cabeza rápidamente y observo a Ian aún dormido en mi regazo.

Me llevo una mano a la cara y me froto los ojos hasta ver la figura de Hunter apoyada en una orilla de la ventana. Ya no va de traje, trae un jeans azul, una camisa blanca y encima una cazadora color caoba.

Es guapísimo.

Luce ese porte de hombre poderoso que te hace dudar de todo. Los ojos, los labios, la mirada, el cuerpo, absolutamente todo lo vuelve un ser demasiado irresistible, una tentación.

Y yo anoche tuve sexo con él.

Siento mis mejillas arder ante el recuerdo y aclaro mi garganta para que voltee a verme.

—Déjame recostarlo en la cama, estará más cómodo.

Acepto, porque necesita descansar en su cama. Asiento y no tarda en dar un par de pasos hasta buscar la manera de cargarlo. Me inclino hacia adelante para ayudar a pasarlo, pero el acto me deja cerca de su rostro y de sus labios carnosos. Nuestros ojos se encuentran un pequeño instante causando cosquillas en el centro de mi estómago.

Me aparto mirando cómo lo toma y rodea la cama hasta recostarlo justo en medio. Me pongo de pie para extender la cobija y lo cubro con ella antes de acercarme a besar su frente.

—Ven, dormiste un par de horas y supongo que tienes hambre —me dice—. Mandé a preparar la comida.

—No es necesario, creo que lo mejor es que me vaya a mi casa…

—Te invité a almorzar y no he podido cumplir con mi palabra, por favor déjame hacerlo.

¿Cómo le digo que no?

Me ofrece su mano y yo la tomo enseguida, permitiendo que me guíe de nuevo hacia las enormes escaleras. Esta vez cruzamos el enorme salón hasta llegar al comedor, que tiene los platos listos esperando que sirvan la comida. Me sigue sorprendiendo lo elegante y costoso que se ve todo.

Ya me dijo que es un empresario, pero aunque la curiosidad me mata por saber un poco más, lo dejo pasar por ahora.

Echa una de las sillas hacia atrás y tomo asiento permitiendo que me ayude. Él se sienta en la silla principal y yo a su izquierda. La servilleta está sobre el plato y es ahora cuando agradezco las clases de etiqueta a las que Danielle me obligó a ir días antes de que el señor Harry se casara con Kendra.

La coloco sobre mis muslos y dos mujeres entran para llenar los platos. Es un filete a término medio, con un poco de verdura y arroz blanco. El vino es tinto, la copa con agua está al lado y los cubiertos me invitan a que los tome cuando las mujeres se retiran.

—¿Te gusta eso? Si no te apetece puedo ordenar que te preparen otra cosa —habla tomando un sorbo de lo que parece ser whisky.

—No, estoy bien, gracias —digo tomando el cuchillo y el tenedor.

Asiente agarrando también sus cubiertos y corta la carne sin ningún problema. Hago lo mismo comiendo en silencio y minutos más tarde es él quien lo rompe.

—¿Puedo hacerte una pregunta? —me mira levantando la copa de vino. Asiento—. ¿Tienes familia aquí en Nueva York? O sea, me refiero a hermanos, tus padres, amigos…

Tomo un trago de agua para aliviar el nudo que se forma en mi garganta.

—Mi hermana vive en Nueva Jersey, es mi única familia —explico—. Mis padres murieron o simplemente nos dejaron, nunca quisimos averiguar sobre ello —cuento—. Vivimos con una tía, ella se hizo cargo de nosotras cuando yo tenía casi dos meses y mi hermana tres años.

—Lo lamento.

—Nunca he necesitado a otra persona que no sea Zay, bueno, también está Danielle, Nick y Andre —pico la verdura—. Conocí

142

a Danielle desde que éramos adolescentes, ella me llevó a su casa, después invitó a mi hermana y desde el primer día todos nos llevamos muy bien.

Sonrío recordando cuando pasábamos las tardes pintándonos las uñas, tomándonos *selfies* y en verano nos marchábamos a los Hamptons. Zay y yo siempre quisimos tener una casa allí, pero es un sueño imposible.

—El señor Harry Prince, padre de Danielle, le pagó la carrera de Psicología a mi hermana y a mí me ayudó a conseguir una beca en la misma universidad que Danielle —añado—. Son buenas personas; la señora Prince también lo era, Danielle era su adoración, siempre quiso a todos, pero a Dani la tenía siempre al pie del cañón. Es la única mujer de la familia Prince.

Asiente mirándome con atención mientras bebe de nuevo de su vino y se limpia la boca con la servilleta.

—Así que tu hermana es psicóloga.

—Sí, una de las mejores —sacudo la cabeza—. Tiene una bebé de cuatro meses llamada Rose —sonrío—. Es tan preciosa…

—No lo dudo, seguro se parece a su tía.

Su comentario me pone la cara como un jitomate y bajo la mirada. Dudo si decir lo que quiero, pero al final lo hago…

—¿Quieres conocerla? —inquiero tímidamente.

Sonríe con la boca cerrada.

—Claro.

Saco el teléfono del bolsillo de la chamarra y lo desbloqueo buscando una fotografía de Rose. Tengo muchas, pero quiero la que tenga mejor calidad y donde muestre sus hermosos ojos verdes.

Iguales a los de Nicholas.

Encuentro una y me inclino hacia su lado para mostrarle la pantalla.

—Solo mira esta preciosidad —hablo orgullosa mientras yo también la veo—. Aquí se metió el dedo por primera vez a la boca y le tomé un video pequeño —cambio de imagen para reproducirlo—. Estas son de cuando cumplió su segundo mes y esta… —la siguiente soy yo junto a ella cuando cumplió dos meses y mi cara está embarrada de pastel porque Zay quiso comprar uno—. Qué vergüenza.

—¿Por qué? Te ves hermosa —susurra sin una pizca de burla. Quiero apartar el teléfono, pero me lo impide tomando mi muñeca—. Quiero seguir viendo.

Sigo cambiando las fotos y en la mayoría salgo yo con ella haciendo caras; cuando cambié su pañal por primera vez, cuando le di el biberón y de todo un poco.

—Bueno, ya no quiero seguir avergonzándome —apago el aparato y lo guardo—. Es suficiente con que miraras mi cara embarrada de pastel y mis muecas cuando cambié su pañal.

Se ríe.

Dios, su risa.

—¿Te agradan los bebés?

Tomo la copa entre mis manos dejando caer la espalda contra la silla.

—Sí, adoro a los bebés, a los niños, siento que son esas únicas personas que no te pueden romper el corazón —me encojo de hombros—. Mi hermana dice que no es el amor lo que rompe nuestro corazón, sino pensar que las cosas no tienen arreglo.

—Tal vez tu hermana tiene razón.

No aparta su mirada de la mía y el hecho de que no hable más me pone nerviosa. Pagaría por saber qué es lo que está pasando por su mente ahora mismo, qué es lo que sus ojos reflejan, porque en serio, no logro descifrar nada.

Me termino el vino y bajo la mirada a la copa observando las gotas que resbalan por el borde. Mi uña golpea el vidrio y no sé exactamente en qué segundo, pero Hunter jala mi silla hacia atrás, me toma de las mejillas y planta su boca sobre la mía.

No me muevo, no respiro, simplemente me concentro en sus labios que se comen los míos. Su loción me llega despertándome lo mismo que anoche y no sé con seguridad lo que es, pero es fuerte y está ahí, se refleja en las ganas que tengo de besarlo y no pensar en nada, porque no quiero arrepentirme.

Busco la manera de dejar la copa sobre la mesa y cuando lo logro me pongo de pie sin separarme de él; sin abrir los ojos le echó los brazos al cuello dejando que baje los suyos a mi cintura, donde una de sus manos se mete debajo de mi chamarra y acaricia mi piel.

Con el otro brazo me levanta permitiendo que le rodee con mis piernas las caderas y barre un espacio para dejarme sobre la mesa. Me recuesto trayéndolo conmigo y dejando que hunda sus dedos en mi muslo izquierdo sobre la tela del pantalón.

El calor y el recuerdo que enciende mi cuerpo me impide pensar en otra cosa que no sea el deseo que carcome mi sexo. Elevo la pelvis en busca de más, ladeo la cabeza dándole acceso a mi cuello, el cual besa hasta luchar con la tela de las prendas queriendo más piel.

Maldice y…

—Esto no… —balbuceo sin completar la frase.

—Sé que no, pero… —susurra mordiendo mis labios—. Me vuelve loco, maestra.

Lo que dice me deja quieta, le acaricio el cuello con mis manos negándome a continuar, no puedo…

¡Para esto! ¡Eres la maestra de su hijo!

Ay, pero no quiero.

—Hunter, quiero irme a casa, esto no… —lo tomo de las mejillas para que me vea a los ojos—. Esto no…

Suelta sus agarres y me ayuda a bajarme de la mesa. Me aliso el cabello y me acomodo la chamarra.

—Te llevo a tu departamento.

Lo sigo afuera y el auto permanece en el mismo lugar que cuando llegamos, me abre la puerta y entro abrochando mi cinturón. El camino se me hace tan largo e incómodo debido al silencio que surge. Cuando por fin llegamos me bajo yo sola y no escucho la puerta de él, por lo cual sigo caminando escalones arriba, pero…

Me volteo y es cuando se baja del coche.

—Yo solo… —me paso las manos por el cabello—. No quiero que pienses que soy una cualquiera que se mete con los padres de sus alumnos, no soy una chica que le abre las piernas al primero que se encuentra y se supone que esto no debió pasar, pero pasó y… Soy una buena mujer, en serio lo soy, y estoy orgullosa de lo que he logrado hasta ahora.

Asiente.

—Eso no tienes que aclarármelo ni a mí, ni a nadie, nunca —afirma—. Buenas noches, maestra.

Se aleja, entra en el Lamborghini y acelera dejándome ahí parada con una estúpida sonrisa en la cara como si fuera el príncipe Harry de Inglaterra quien me trajo a casa. Me atrevo a asegurar, y creo que no me voy a equivocar, cuando digo que Hunter Meyer puede llegar a ser mejor que cualquier príncipe o peor que cualquier villano.

17

Nathalie Parson

El correo que recibí hace una semana me adelantó lo que sucedería hoy. El colegio dará una pequeña asamblea donde los niños de quinto grado para arriba leerán cuentos cortos para medir su nivel de lectura. Los demás grupos se organizarán y los maestros a cargo se asegurarán de que no interrumpan o haya peleas.

Entro en el aula donde aún no hay nadie. No sé por qué, pero cuando veo el escritorio vacío, una sensación que no puedo explicar me invade, recordando las flores que encontré hace unos días. Sacudo la cabeza para concentrarme en lo importante y me coloco el gafete con mi nombre.

Llevo exactamente una semana sin hablar con Hunter, desde el domingo pasado. Hoy por la mañana tomé el teléfono con la intención de enviarle un mensaje, pero me sentí estúpida y al final la línea quedó en blanco.

No tengo nada que decirle.

¿Qué le diría? ¿Que quiero repetir lo de esa noche? Porque no tiene caso mentir al decir que no quiero, porque en realidad sí lo deseo, y mucho.

Me vuelve loco, maestra.

Sus palabras me llegan de golpe recordando que estuve a punto de acostarme con él en la mesa de su comedor. ¡En la mesa de su comedor, por Dios!

Me paso las manos por la cabeza soltando un suspiro y escucho que tocan la puerta.

—Hola.

Es Matt.

—Hola, ¿cómo estás? —me pongo de pie y me acerco a la entrada.

—Lamento no haber venido a saludar la semana pasada, pero es que tenía demasiadas cosas que hacer por lo de la asamblea de hoy y… —hace un ademán con la manos que me hace reír—. ¿Tú cómo estás?

—Bien, y no te preocupes, imagino que todo te trae de allá para acá —le resto importancia—. ¿Tus alumnos leerán hoy?

Asiente emocionado.

—Sí, lo harán, y estoy muy orgulloso de ellos —sonríe.

—Creo que ya somos dos, yo estoy muy orgullosa de cada uno de los niños de este salón, son increíbles —comento.

—No lo dudo.

El timbre suena y Matt se despide rápido porque tiene que alistar a sus alumnos. La maestra que siempre los trae me saluda y yo le correspondo comprobando que todos entren en el aula.

Cierro la puerta, me acerco al pizarrón y coloco la fecha de hoy.

—Buenos días, ¿cómo están? —pregunto sonriéndoles a todos.

Una mano está alzada y me tengo que mover para ver a la personita que la está levantando; es Melissa, quien ahora está sentada al lado de Ian.

Eso no me lo esperaba.

—Dime, Melissa —digo señalándola.

Baja la mano y habla.

—¿Puedo decirle algo, maestra? —se pone de pie—. Pero es un secreto.

—Claro… Ven aquí.

Camina hasta donde estoy con su chamarra morada, su cabello rizado sobre sus hombros y sus ojos color miel que resplandecen.

—¿Qué pasa? —susurro solo para nosotras dos.

—Ian me dio esto —se tapa la boca con la manita—. Mire, está muy bonito.

Desdobla la hoja mostrándome el dibujo. Es una flor, pero pintada sobre una hoja negra con lápiz blanco. Miro hacia donde está Ian y sigo sorprendiéndome con lo inteligente que es y el talento que tiene.

Talentos que estoy descubriendo.

El dibujo es hermoso.

—Es muy bonito —le digo a la niña—. ¿Te gustó mucho?

—Sí, Ian es mi mejor amigo —sonríe mostrando sus pequeños dientes.

—Me alegra que se lleven bien, cariño —le sonrío—. Ahora vuelve a tu lugar.

Ella guarda la hoja en la bolsa de su chamarra y regresa por donde vino hasta tomar asiento junto a Ian, quien tiene la cabeza gacha, con la mirada sobre su cuaderno.

—Muy bien, este día tendremos una pequeña asamblea, por lo que nos pondremos de pie y saldremos ordenados, ¿de acuerdo? —todos asienten—. No haremos ruido, no vamos a interrumpir a nadie y nos vamos a comportar, ¿sí?

Vuelven a sacudir la cabeza y les indico que salgamos.

Ian es el último como siempre y que tome mi mano me remueve algo en el pecho.

Pequeño de ojitos azules.

***

Danielle me está esperando en la salida del colegio luciendo unos jeans blancos, una camisa de botones al ombligo y unas botas militares. Se baja un momento los lentes Ray Ban para mirarme fijamente.

—¿Qué te pasó? —se echa a reír señalando mi blusa—. ¿Quién te hizo popó encima?

Pongo los ojos en blanco.

—No es popó, una niña se sintió mal y me vomitó encima —explico—. Traté de limpiarlo, pero… en fin, ¿qué haces aquí?

Levanta las manos como si mi pregunta la hubiera ofendido.

—¿Ahora no puedo venir por mi mejor amiga? —se lleva la mano al pecho en un gesto exagerado—. Vine porque quiero que me acompañes al bar, y antes de que te niegues, solo voy para firmar unos cheques, así que no te alteres.

—Pero primero pasemos por comida, me muero de hambre.

Asiente y ambas subimos al auto gris que nos espera del otro lado de la calle. Me adentro en el asiento del copiloto y lanzo mis cosas atrás.

—Atrás hay una de mis blusas, por favor cámbiate y tira la tuya, sabes que odio el vómito —dice haciendo una mueca de asco.

—Ay ajá, y cuando la que vomita eres tú no lo odias —me estiro buscando la blusa que dice y la encuentro bajo un par de ropa más—. ¿Por qué tienes tantas prendas aquí?

Sonríe de forma perversa.

—A veces las chicas olvidan su ropa y ya no sé cómo devolvérselas —se encoge de hombros.

Niego con una sonrisa.

Bajo el cierre de la sudadera y me quito la blusa vomitada, para ponerme la de Danielle. Es un top color blanco. Lanzo la mía hacia atrás y me cierro la sudadera. Cuando estoy a punto de hablar mi teléfono suena y la pantalla se ilumina con el nombre de mi hermana. Hace días que no hablamos.

—Ey, hola, ¿cómo estás? —pregunto escuchando el ruido de fondo.

—Estoy bien, tranquila —responde—. Necesito pedirte un favor.

—Sí, dime.

Danielle entra en la avenida Brooklyn y tamborilea los dedos sobre el volante.

—*Sé* que tienes trabajo en el colegio, pero solo necesito que cuides a Rose hoy toda la noche y mañana hasta el mediodía, ¿puedes? Antony no está y esto es importante, no preguntes qué es, pero es importante, por favor.

Ni siquiera lo dudo.

—Claro que sí, Zay, no te preocupes por nada —le digo—. ¿Quieres que vaya yo por ella?

—No, ya voy camino a Nueva York, te veo en el departamento en diez minutos —murmura—. Gracias, Nath.

—De nada, te veo en un rato.

Cuelga y yo guardo el teléfono.

—Necesito que me lleves directo al departamento, Zay me dejará a Rose porque tiene algo importante que atender —explico—. Si tienes que ir al bar con urgencia, bájame aquí y tomo un taxi.

—No seas idiota, yo te llevo —me mira—. Pero ¿está todo bien?

—Espero que sí.

Mi hermana sonaba muy agitada, muy apresurada, y no sé si ese asunto importante tiene que ver con Nick o con alguien más. Cuando llegamos al departamento Zaydaly ya está esperándome en la puerta. Trae con ella una mochila, más la pañalera de Rose, a quien me entrega, mientras Dani toma la bolsa.

—¿Está todo bien? —le pregunto—. Sabes que puedes confiar en nosotras.

—Lo sé, pero ahora me tengo que ir, regreso mañana.

—Zay…

Se pierde en las escaleras, las cuales baja deprisa.

No entiendo nada.

—Hola, mi vida —beso las mejillas rosadas de mi sobrina—. Tendremos noche de chicas.

—Tomaremos vino —celebra Danielle y añade—: Bueno, tú beberás leche.

Abre la puerta y entramos con la pequeña hasta la sala de estar. Danielle vacía todo lo de la pañalera sobre la mesa y hace un desastre cuando el talco se abre dejando las cosas envueltas en una nube de polvo blanco.

—No lleva ni un minuto con nosotras y ya hicimos un desastre —le digo riendo.

—Compraré más, tranquila —se pone de pie—. Iré al bar y regreso lo más pronto posible, ¿de acuerdo?

—Sí, ve con cuidado.

Rose pasea sus ojitos por todo el salón y cuando los clava en mí le sonrío. El cabello le está comenzando a crecer y las hebras son rubias; sus ojos verdes me recuerdan tanto a Nicholas y no sé si es mi imaginación, pero ciertos gestos me hacen recordar a Ava Prince, la madre de Danielle.

—Siempre debes tener claro que tu madre te daría el mundo entero si tú se lo pidieras, yo haría lo mismo —sujeto su manita—. Te amamos mucho, muchísimo, y no me cabe duda de que serás una chica muy hermosa, con el cabello rubio, los ojos verdes y esa bondad que heredarás de parte de tus papis.

La arrullo tarareando una canción y se queda dormida en un par de minutos. Me levanto con ella y camino hasta la cocina, donde abro el refrigerador para sacar una botella de agua. Bebo un poco apoyándome en la barra cuando el teléfono me vibra. Lo tomo con la mano izquierda y el mensaje que me llega me dibuja una sonrisa en el rostro.

> Hunter.
> Buenas tardes, maestra, ¿cómo está?

Lo leo más de una vez y no sé cómo tomarme esto. Hace una semana que no hablamos, solo me dejó en la puerta del edificio y se marchó. No me envió ningún *hola*, o un mensaje de *buenas noches*. Nada.

¿Por qué me enoja eso? No tiene sentido, ni siquiera somos amigos. Se suponía que el encuentro sexual que tuvimos se quedaría en eso, no tenía por qué ir a su casa, cenar con él, conocer a su madre, a su hermano, ni mucho menos estar a punto de tener sexo en la mesa del comedor.

Dios mío.

Dejo el teléfono sobre la barra y decido no responder. Es mejor no responder y cortar todo ahora. Tomo la sábana de Rose sacudiéndola un poco y juntas vamos a la habitación. Cierro la puerta, la coloco sobre la cama y me acuesto a su lado rodeándola con almohadas.

Acaricio sus mejillas y no puedo evitar imaginarme tener una hija o un hijo por el que esté dispuesta a dar todo.

Quiero formar una linda familia. Mi sueño es regresar de dar clases, reencontrarme con mi esposo, preparar la cena juntos mientras un bebé duerme en su cuna esperando que lo llevemos al cuarto donde dormirá en medio de ambos.

Sería perfecto cumplirlo y no fallar en el intento.

***

Me remuevo creyendo que dormí horas, pero en realidad solo fue media hora. Rose sigue dormida y por ello me pongo de pie con cuidado, asegurándome de que las almohadas impidan una caída. Me aliso el cabello hacia atrás, dejando la puerta abierta antes de salir. Danielle aún no regresa y me voy hacia la cocina donde recuerdo que dejé el teléfono.

Cuando estoy por tomarlo el timbre suena y sé que no es mi mejor amiga, ya que ella tiene llave. En calcetines camino a la puerta y al abrirla me quedo helada.

—¿Estás enojada conmigo?

Hunter me mira fijamente y yo no sé cómo pararme, cómo reaccionar, cómo…

¿Qué hace aquí?

—¿Qué? No, nada de eso… —niego llevándome una mano al pelo—. ¿Qué haces aquí?

La barba está rasurada, el cabello lo lleva muy bien acomodado, los jeans negros le combinan con la camiseta gris y la chamarra de cuero le cae encima.

—No respondiste mi mensaje, ¿está todo bien? —frunce el ceño sin dejar de verme.

—Sí, todo está bien…

El llanto de Rose me interrumpe y corro dejándolo en la puerta. Me apresuro a tomarla con cuidado en mis brazos y la arrullo tratando de que se calme.

—Tal vez tiene hambre —habla a mi espalda y me volteo observándolo—. ¿Ya comió?

—Creo que no, mi hermana me la dejó porque tenía cosas que hacer y… no le alcancé a preguntar si ya había comido —me muevo con mi sobrina en brazos—. ¿Cada cuánto come un bebé?

Se ríe.

—Cada tres horas, si no me equivoco, pero depende muchísimo de cómo estén acostumbrados.

Él tiene un hijo, es obvio que sabe de estas cosas.

—Todo está en su pañalera —digo señalando afuera con mi barbilla. Él se hace a un lado en el umbral para que salga—. Tengo que preparar un biberón.

Llego a la sala observando las cosas sobre la mesita con talco encima y me sonrojo al ver el desastre.

Qué vergüenza.

—Tengo que…

—Permíteme —se acerca tomando uno de los biberones, el cual limpia hasta quitarle todo el talco, después toma el bote de leche y camina a la cocina dejando que lo siga—. ¿Tienes agua purificada?

—Sí, está ahí —señalo las botellas encima de la repisa.

Toma una, la vacía en el biberón, después abre la leche, saca tres cucharadas de ella, las cuales vierte en el agua y después tapa el biberón rosa para después agitarlo hasta que todo se mezcla. Lo observo de los pies a la cabeza, no me canso de decir que está guapísimo, pero ahora... aún más.

Le quita la tapa y me lo entrega listo para que Rose lo tome.

—Gracias —susurro.

Rose lo recibe gustosa y se calma al instante bebiendo el líquido.

Mi mirada se encuentra con la de Hunter, quien me observa con la bebé en los brazos y cruza los de él.

—Así que ella es Rose —comenta.

—Lo es —sonrío de medio lado—. Es la hermosura que te mostré en la fotografía.

Asiente mirándola, pero solo un momento, porque devuelve la atención a mí, provocando que me remueva nerviosa en mi lugar.

El paso que da al frente me acelera el corazón y su mano acercándose me corta la respiración. Sus dedos apartan las hebras castañas de mi cabello dejándolas detrás de mi oreja, lo que provoca que cierre los ojos ante el tacto de su piel contra la mía.

—Sí quiero conocerte —susurro volviendo a abrir los ojos—. Quiero hacerlo, quiero saber eso que nadie sabe de ti...

Medio sonríe moviendo la cabeza.

—Te llevaré a cenar el viernes por la noche, pero no vas a volver hasta el domingo, ¿aceptas? —sus ojos están fijos en los míos—. Respóndame, maestra.

—Acepto.

No sé qué me espera, pero quiero averiguarlo.

—Bien —se aleja y sale de la cocina.

¿Qué?

Lo sigo con un atisbo de decepción porque creí que...

—¿Ya te vas? —no suelto el biberón de Rose. Asiente—. Okey…

—Buenas tardes.

Abre la puerta y…

—¿No me vas a besar?

Juro que me quiero dar una cachetada por lo que acabo de preguntar. ¿Cómo es que puedo llegar a ser tan estúpida?

Se voltea con una enorme sonrisa en los labios como si le hubieran dado la mejor noticia de su vida y ahora soy yo la que huye porque siento la cara roja de vergüenza. Solo a mí se me ocurre decir tal cosa. Es un hombre que estoy segura sabe lo que quiere, no es un adolescente como con los que salía en secundaria.

Me toma del hombro con suavidad logrando que me detenga y sigue con esa sonrisa que me estresa.

—¿Qué dijiste? —pregunta acercándose.

—Nada, que te vaya muy bien.

Acaricia mi mejilla y no me da tiempo a decir algo más porque me besa sin dejarme tomar aire. Sus labios se comen los míos y se mueven desesperados buscando más entrada, pero tengo a Rose en mis brazos y no puedo permitir una distracción.

Quiero tocarlo, quiero colgarme de su cuello y…

Se aleja dejando otro suave beso y me sonríe.

—Nos vemos el viernes, maestra.

Ahora no lo detengo cuando sale por la puerta dejándome con el corazón a mil y con los labios hinchados por el beso que me gustaría volver a repetir.

¿Qué me estás haciendo, Hunter Meyer?

18

Hunter Meyer

Me coloco las vendas en las manos de camino al gimnasio, tengo muchas cosas en las cuales pensar y también muchas que quiero sacar de mi cabeza. Cierro la puerta y subo el volumen de la música con la intención de que nadie me interrumpa. El saco de box está frente a mí y el primer golpe lo mueve, lo que me regala un poco de desestrés.

La maestra.

Desde la noche en que la tuve sobre mí, con el cabello sobre sus hombros, sus ojos azules que me sumían a algo que no logro comprender, me di cuenta de que las cosas a veces no salen como las tienes planeadas. Eso fue lo que pasó la noche de la fiesta, no tenía ni la más remota idea de que ella iba a estar allí, ni mucho menos que terminaría cogiendo en su departamento.

Hace tres horas fui a su casa con una sola idea en la mente y era volver a hacerla mía, pero no me esperaba verla con su sobrina en brazos, como tampoco que terminaría volviendo a los tiempos donde preparaba la mamila.

Impacto los puños contra el saco una y otra vez mientras siento las gotas de sudor resbalando por mi tórax. Tengo planes para ella y tengo que dejar de pensar en el placer, porque las cosas ya no se me pueden salir de las manos. La forma en que está interesada en Ian, todo eso…

Espero estar equivocado, y algo me dice que es así, que lo estoy.

El volumen de la música baja y al voltear encuentro a mi hijo parado a un lado de la puerta. Tiene las manos entrelazadas al frente y la mirada baja. Es muy tímido, no lo he escuchado entablar una conversación muy larga a menos que sea conmigo o con la maestra.

—¿Pasa algo? —inquiero quitando las vendas de mis manos.

Niega y después asiente.

—No puedo dormir —confiesa—. Tuve una pesadilla.

—¿Qué tipo de pesadilla? —indago tomando una botella de agua—. ¿Quieres contarme?

Sacude la cabeza.

—No, quiero golpear eso —señala el saco—. ¿Puedo?

—Ven aquí.

Le cubro las manos con las vendas asegurándome de que los nudos no queden muy apretados, lo pongo frente al saco y lo bajo un poco para que quede a su altura y le indico los golpes que puede dar sin que se lastime. Cierra los ojos un momento y al abrirlos impacta sus puños contra el saco como si fuera la pesadilla que acaba de tener.

Observo sus movimientos, utiliza sus piernas que impactan igual contra el saco y cuando lo veo muy agitado lo obligo a que pare.

—Tienes que controlar tu ira; a veces, solo a veces, no es una buena compañera —le digo quitándole las vendas—. ¿Estás mejor?

—Sí.

Se pasea por el gimnasio y se queda viendo por la ventana cómo la lluvia se hace presente.

—Oye —lo llamo. Se voltea para mirarme—. ¿Tu maestra te da confianza? ¿No has notado algo raro en ella?

Se queda quieto sin decir nada por un momento.

—Es muy buena, es amable y me tiene mucha paciencia —responde—. ¿Por qué?

—Simple curiosidad —me revuelvo el cabello—. Vuelve a la cama, trata de dormir.

Duda por un par de segundos, pero hace lo que le pido y sale del gimnasio. Me voy directo al baño pensando en lo que dijo Ian, y es que algunas cosas tienen sentido y otras no. Salgo del gimnasio con una toalla alrededor de la cintura y camino a la alcoba, donde me cambio de ropa para ir a la oficina, al tiempo que me encuentro a Enzo sentando con Max frente a él. *Eso ya no es una sorpresa para mí.*

—¿Por qué no están trabajando?

Max pone los ojos en blanco dejando un mapa sobre la mesa que indica los lugares a los que tienen que ir.

—Lo estamos, pero el viaje no es para eso —comenta—. Bueno, la verdad es que nos merecemos una fiesta en medio de todo este desastre.

Enzo sacude la cabeza con una sonrisa en el rostro.

—La verdad es que tiene razón —apoya él—. Pero también tenemos las cosas claras.

Atiendo los asuntos que son de máxima importancia, tanto el gobernador como el alcalde están cumpliendo con lo que pido al pie de la letra. Isabella (mi hacker de confianza) está recibiendo todos los accesos necesarios para tener vigilada la ciudad, tanto las entradas como las salidas.

Ahora mismo no puedo dejar que se me escape nada de las manos.

—¿Nos necesitas ahora? —inquiere Max.

Lo miro y no hay que ser muy inteligente para saber que quiere una noche libre. Enzo trata de reprimir una sonrisa y lo mira cuando este apoya las manos sobre el escritorio.

—No, largo.

Enzo se pone de pie y es el primero en salir, y Russo lo sigue saliendo también, pero antes me guiña un ojo y me lanza un beso.

Es un pendejo.

Paso gran parte de la madrugada en la oficina, pensando que en tan solo unas horas volveré a tener a la maestra de mi hijo frente a mí y que ella ni siquiera sabe lo que le espera o a dónde la llevaré.

19

Zaydaly Parson

Nunca había dejado a Rose de esta forma, no quería hacerlo, justo ahora me estoy cuestionando por qué voy hacia donde se supone que no debo. Siento frío aun cuando tengo dos chamarras encima, me gruñe el estómago pero no tengo hambre y me duele una herida que no me he hecho.

Soy una mujer hecha y derecha, tengo las cosas claras, tomo las decisiones que creo que son las mejores para mí y para mi hija, porque primero está ella, su felicidad, su bienestar, su amor, todo siempre lo hago pensando en ella.

Como ahora que voy a salvar a su padre... otra vez.

Nicholas Prince es un dolor físico, mental y emocional para mí. Me afecta en todos los sentidos posibles. Si sufre lo siento, porque lo siento en mi hija, los ojos verdes de ella me lo recuerdan siempre, me lo clavan más en el alma.

Si veo una herida en su cuerpo, la siento, si veo que está mal emocionalmente, lo siento, si algo le aterra, lo siento. ¡Y quiero dejar de sentirlo! ¡Quiero dejar de sentirme atada a él porque me duele!

Me limpio las lágrimas en medio de la calle, me ajusto la chamarra y cruzo la calle hasta donde el coche blanco me espera. No tiene seguro, encuentro las llaves en el tablero y echo a andar con las manos temblorosas. Me detengo en una farmacia sacando un par de billetes de mi bolsillo. No hay muchas personas dentro, pero de todas maneras me coloco la capucha pasando de largo hasta que encuentro el pasillo de las cosas que necesito.

Gasas, gel, alcohol, hilo, aguja, desinfectante, vendas, ibuprofeno. Tomo de todo y lo dejo encima del mostrador.

—Tengo una oferta de dos...

—No me interesa —lo corto.

No habla más y me entrega las cosas. Salgo de la tienda y subo de nuevo al auto, donde arrojo todo atrás y respiro hondo antes de volver a arrancar. El camino es largo, tanto que me llega la noche. Muero por tomar el teléfono y llamar a mi hermana para saber de mi hija, pero estoy tranquila ya que sé que con ella está a salvo.

Y siempre lo estará.

El pequeño pueblo de Lake Placid me da la bienvenida luego de cuatro horas de camino; los árboles quedan a la vista, las casas en su mayoría son de madera y el lago tiene el reflejo del sol, lo que le da un toque de que puedes tener una tarde increíble en este lugar.

Sigo por el camino principal hasta dar vuelta a la derecha, justo como la última vez que estuve aquí. La cabaña se asoma detrás del paisaje verdoso. Estaciono el auto cerca de la entrada y bajo conmigo las bolsas.

Miro por encima del hombro para estar segura de que nadie me siguió y es cuando tomo la llave colgada en una de las macetas que adornan el pórtico. La meto en la cerradura y me adentro en el ambiente cálido. Cierro la puerta de nuevo con seguro y paso de largo hasta subir las escaleras al segundo piso. Hay polvo por todas partes y no me sorprende, ya que cada que vengo aquí es igual.

Cinco veces con esta.

La puerta de la única recámara está abierta, ya que la segunda es un despacho. Continúo hasta abrirla por completo y lo encuentro sentado en el sofá, con el cabello rubio pegado a la frente, el cuerpo lleno de heridas y la sangre que brota del costado me hace pasar saliva.

—Gracias por…

—Cállate, solo cállate.

Vacío las cosas sobre la cama, me concentro en desinfectar mis manos, abro la botella de agua sacando una pastilla y se la paso para que se la tome.

Lo hace sin decir nada.

Me agacho metiéndome entre sus piernas, agarro el alcohol empapando los algodones, después tomo las gasas esterilizadas y acerco mis manos a las heridas del costado izquierdo. Son dos cortadas, una de ellas requiere puntos, pero la segunda no, así que primero me encargo de la segunda ignorando los leves quejidos que suelta.

—Yo sé que... —intenta hablar, pero levanto la mirada furiosa.

—No digas nada.

Recarga la cabeza hacia atrás y yo continúo con lo que hago. Saco el hilo especial para heridas y lo paso por la aguja que antes bañé en alcohol. El abdomen esculpido me provoca cosquillas en todo el cuerpo y el hecho de que lo tenga que tocar me afecta más.

Respiro hondo clavando la aguja en su piel y él aprieta los puños. Las lágrimas me nublan la vista y tengo que calmarme antes de continuar. Tardo un par de minutos al cabo de los cuales él termina cansado y su pecho que sube y baja me indica que se quedó dormido.

O se desmayó.

Me pongo de pie tirando todo lo que no sirve a la basura y sigo curando los leves golpes que tiene en el rostro. Le aparto el cabello rubio de la frente con las manos temblorosas y sus labios entreabiertos me provocan mucho.

Todo en él me provoca un millón de cosas.

Le acaricio una mejilla con la palma de mi mano y, antes de que las ganas me tomen, me alejo.

Bajo a la primera planta hasta la cocina. El pequeño refrigerador guarda un poco de comida y saco algo para preparar la cena. No hay mucho, pero me las arreglo para que salga algo bueno.

Preparo café, busco leña en el lugar de siempre, encendiendo la chimenea y me quito la sudadera, dejándome solo el fino suéter. Sirvo un poco de lo que preparé en un tazón, lo acompaño con un poco de café y subo de nuevo a la habitación.

Nicholas ya no está en el sofá y el sonido de la regadera me dice que se metió a bañar. Dejo la bandeja sobre la cama para acercarme a la ventana, que cierro evitando que se cuele el aire fresco de la noche.

Cuando volteo él ya salió del baño, tiene el cabello húmedo y deja caer varias gotas de agua sobre su frente, el pantalón de pijama gris le cae en las caderas dejando ver la *v* que se le marca. Aún tiene las gasas sobre las heridas, las cuales se ve que trató de cuidar mientras se bañaba.

—Te voy a colocar la venda para que haga presión sobre la herida —le digo—. Sécate bien.

Saco la venda blanca del paquete, la doblo cortándola a la mitad y le indico que levante los brazos para poder rodearlo con ella. Le doy dos vueltas y me aseguro de que no lo lastime, pero al levantar la mirada veo cómo su rostro muestra una mueca de dolor.

—¿Te duele? —pregunto aflojando un poco el agarre.

Sacude la cabeza.

—Muchísimo, me duele el hecho de que nunca te podré tener —baja las manos pegándome a su tórax—. Zay...

Me remuevo hasta zafarme y termino de colocarle la venda. Luego me alejo señalando la comida sobre la cama.

—Come, tienes que comer algo —le digo—. ¿No tienes fiebre?

Se encoge de hombros sin responderme y tengo que acercarme a tocar su frente; está un poco caliente, pero espero que no sea nada grave.

—Odio las lentejas recalentadas —habla haciendo una mueca.

Lo sé.

—Y yo odio preparar la comida y de todas maneras lo hago —murmuro recogiendo la ropa sucia que dejó tirada—. Come, Nicholas.

Se lleva solo tres cucharadas de lentejas a la boca y el café sí se lo termina. Me siento en el sofá que está cerca de la cama echándole una mirada al teléfono para ver si no tengo una llamada de mi hermana, pero no hay nada.

—Come un poco más —sugiero—. Necesitas recuperar fuerzas para que vuelvas a meterte en problemas.

Niega y solo quita la bandeja dejándola en la mesita que hay al lado. Se pasea por la habitación y yo, al no tener nada más que hacer, me encamino a la salida, pero el jalón que siento en la muñeca me deja contra su pecho.

—No es lo que piensas...

Me zafo de su agarre porque no quiero caer de nuevo.

—¡No estoy en esto porque quiero, maldición! —grita pasándose las manos por el cabello—. ¿Crees que me gusta en lo que me estoy convirtiendo?

—¡Te dije que te alejaras, te dije muchas veces que las cosas no te iban a salir bien! —lo señalo—. ¡Vas a terminar muerto, cada vez estás más cerca de eso y todo por algo que según tú tienes que hacer! Entiende que ya no vale la pena, Nicholas, si tan solo te dieras la oportunidad de…

Niega con la cabeza sin dejarme terminar y se encamina al baño, de donde saca una carpeta, la cual abre para enseñarme lo que hay dentro.

—Vale la pena si lo que dice ahí es cierto, vale la pena estar metido en tanta mierda si eso me garantiza tu seguridad y la de las personas que quiero —siento su ira—. Ya no puedo confiar en él, no puedo perder el foco ahora que estoy tan cerca…

Leo detenidamente todo y camino a la cama, donde me dejo caer al darme cuenta de lo grave que es todo. Entiendo cómo enterarse de esto le puede doler, pero… esto solo lo dañará y también a las personas que están a su alrededor.

No puede ser.

Lo miro dejando todo de lado y sigo sin entender nada.

—¿Quién te dio estas pruebas? —pregunto—. ¿Confías en esa persona?

—Sí, confío en la persona que me las dio.

—¿Cómo es que…? —niego sin poder creerlo—. ¿Desde cuándo lo sabes?

—Desde hace exactamente dos años —se acerca arrodillándose frente a mí—. Solo pienso en ti, en mis hermanos, en Nathalie, en Rose, en que no quiero que les pase nada, si tengo que unirme con el más hijo de puta lo voy a hacer, porque vale la pena si ustedes no están en peligro. Si ustedes dos están a salvo.

Ustedes dos. *Rose y yo.*

—No es tu trabajo mantenernos a salvo, Nicholas…

Se queda en silencio un momento y sé que mis palabras duelen, pero es que no puedo permitirle la entrada en mi vida de nuevo, no de esa manera.

—Lo sé, pero las amo y quiero…

Me inclino frente a él.

—¿Por qué no vas a la policía? ¿Por qué no te alejas de todo eso que no te llevará a nada bueno? —lo tomo de las mejillas—. Por favor…

—No puedo ir a la policía, cariño —susurra colocando sus manos sobre las mías—. Entiéndeme.

—No, no lo hago, no puedo hacerlo —lloro—. No puedes vivir así, no puedes vivir así… esperando que una de tus llamadas sea para despedirte y no…

—Shhh… ya no pienses más en esto, solo disfrutemos de esta noche —roza sus labios con los míos—. Déjame tocarte, déjame sentirte, déjame hacerte el amor, por favor —se levanta llevándome con él—. Te necesito tanto, Zaydaly.

Pierde sus manos en mi cabello negro paseando su nariz por mi rostro hasta que sus labios se devoran los míos en un beso lento, pero que me despierta toda esa montaña de sentimientos que creía enterrados. Sigue bajando dejando besos en mi clavícula, mete sus frías manos debajo de mi suéter y lo jala hacia arriba hasta quitármelo. Sus dedos dan con el broche de mi sostén y mis pechos quedan al aire. Los pezones se me endurecen casi al instante.

Me dejo guiar por sus movimientos, los cuales me llevan a la cama, donde es él quien se encarga de desabotonar mis jeans y jalarlos hacia abajo para después bajar las bragas de encaje gris que hacían juego con mi sostén.

Pasea su nariz por mi vientre besándome la piel que me cosquillea. Sube por mi pecho hasta mi cuello, al cual le doy acceso ladeando la cabeza. Ahora soy yo quien recorre su torso con las manos, siento su espalda, los bordes de las heridas que antes ya habían cicatrizado.

Esas mismas heridas que yo curé en su momento, esas mismas que ya besé, esas mismas a las cuales les lloré.

Su boca se vuelve a unir a la mía arrebatándole un suspiro mientras lucho por bajarle el pantalón de pijama. Parece darse cuenta de mi urgencia y él ayuda con una de sus manos. Siento su pene erecto cuando lo tomo estimulándolo un poco. Jadea rozando su mejilla con la mía y elevo la pelvis en busca de su glande.

Ambos sentimos que pertenecemos el uno al otro, y si las cosas fueran fáciles no estaríamos en esta situación.

Me penetra sacándome un gemido y me aferro a su cuello cuando comienza con los movimientos. Toma mi muslo izquierdo clavándome los dedos en la carne y me obliga a que lo rodee con él, arremetiendo con más fuerza.

—No me gustaría verte con otra… —le digo clavando mis uñas en su espalda—. Pero sé que puedes tener a otra mejor que yo, Nicholas…

—Siempre serás tú —susurra elevándome al cielo—. La única mujer en mi vida eres tú, Zaydaly Parson.

Aumenta las embestidas, los jadeos de parte de ambos se vuelven más fuertes y lo quiero tan cerca que me aferro a él con tanta fuerza que no me importa lastimarlo. Dos empujones más y me dejo ir sintiendo el líquido tibio que me invade por dentro. Me llena la cara de besos antes de salir de mí y se acuesta a mi lado atrayéndome a su pecho.

—Te amo —me dice—. Siempre ten presente eso, pase lo que pase.

No respondo, solo les doy paso a las lágrimas que me vuelven a tomar.

Esta noche es como una burbuja, una burbuja en donde le digo lo que quiero, en donde me dejo llevar por lo que siento, pero mañana vuelvo a la realidad. Esa realidad donde me convenzo más de que Nicholas nunca debe de saber que Rose es su hija, en donde si él sigue poniendo en peligro a su gente, es mejor que todo siga como está.

Cuando salgo de esta burbuja mi único pensamiento es mi hija, siempre será ella, y después vendrá lo demás, en donde tendré que dejar ir a ese hombre que tanto amo, y tiene que ser para siempre si no quiero estar en peligro.

20

Nathalie Parson

Zay volvió al día siguiente como lo prometió, me dijo que todo estaba bien y no quise insistir porque no me gusta presionarla. Se fue por la tarde y los días siguientes seguimos hablando, pero noté que su voz sonaba diferente.

Nicholas nos visitó ayer por la tarde y trajo pizza, miró películas con ambas y se marchó tarde luego de decirle a Danielle que se comportara y cuidara.

Andre pasó por el departamento el miércoles, pero al parecer no tenía muchos ánimos de hablar, aún estaba estresado por lo que pasó la noche de la fiesta; la policía no había encontrado nada sobre las bombas en los autos como tampoco tenían un culpable o sospechoso.

Danielle me trajo al colegio porque tenía que ir a ver a su padre. No quería levantarse temprano, pero la tuve que sacar de la cama a regañadientes. Por la tarde las clases se dan por terminadas y recojo las cosas metiéndolas en la mochila que me cuelgo al hombro. La última cabecita que veo es la de Ian, quien sale con la mirada gacha como siempre.

Verlo me hace recordar a su padre, con quien se supone que cenaré hoy.

¿A dónde me llevará? ¿Por qué me dijo que no volvería hasta el domingo? Espero que haya estado bromeando, porque no puedo desaparecer así como así todo el fin de semana. Además de que no tengo ni idea de lo que me espera o si debo o no confiar en él.

Camino hacia afuera con los brazos cruzados sobre mi pecho y bajo los escalones despidiéndome del guardia en la entrada. Lo que me dijo sigue rondando en mi cabeza. ¿Qué se supone que haga? ¿Que empaque una maleta con ropa sexy como si fuera a irme a coger? No, eso no va a pasar.

¿Y si…? No, no, borra eso de tu mente, Nathalie.

Camino durante varios minutos hasta llegar a mi edificio, subo las escaleras y llego al departamento. Danielle aún no está de vuelta. Encuentro el correo en la puerta y lo tomo arrojándolo a la mesita de centro; la mayoría son cuentas que hay que pagar.

Enciendo el foco del pasillo y abro la puerta de mi habitación, donde encuentro una caja con un moño azul en ella. Tiro la mochila al piso y no sé cómo reaccionar ante el detalle que está sobre mi cama.

Me acerco lentamente para tomar la tarjeta negra que está encima. La saco del sobre y leo lo que está escrito.

> Espero que esto compense lo que dañé, la veo
> a las ocho, señorita Parson.
> H. M.

La dejo de lado quitando el moño, después el papel blanco que cubre el regalo y queda ante mis ojos un hermoso vestido negro. Lo saco de la caja observándolo con una enorme sonrisa. Es corto, con brillos y un escote dividido que no sé si me cubrirá los pechos. Lo dejo sobre la cama y me concentro en sacar lo que está más abajo en la caja.

—No…

Es un conjunto de lencería de encaje en color negro, las bragas son pequeñas y el sostén tiene los tirantes delgados que se cruzan atrás.

También encuentro una nota y no pierdo el tiempo para leerla.

> Esto lo puedes empacar en la maleta, lo usarás si quieres.

¿Cómo que maleta? ¿Para qué una maleta? ¡Estoy confundida!

Aún con la nota en la mano saco mi teléfono y marco su número. Responde casi al instante.

—Maestra… —saluda con esa voz que me eriza la piel—. ¿Le gustó mi regalo?

Me siento en la cama mirando el vestido.

—Tengo dos preguntas.

—Dime.

—¿Cómo entraste al departamento? Y dos, ¿por qué tengo que llevar una maleta? —me muerdo la uña del dedo pulgar—. No entiendo, Hunter.

Escucho como se ríe.

—Uno, tengo mis trucos, y dos, eso es una sorpresa, querías conocerme y lo vas a hacer —responde—. Quiero que estés conmigo el fin de semana, ¿tú quieres?

—Sí, yo…

Me interrumpe.

—Entonces haz una maleta, prometo que no te vas a decepcionar —dice y no sé por qué, pero le creo—. Pasaré por ti a las ocho.

Sonrío.

—De acuerdo.

Cuelga sin más y yo me quedo como estúpida mirando el teléfono.

Son casi las tres de la tarde y necesito apurarme si quiero estar lista. Tomo una pijama y camino a la regadera, donde dejo salir el agua fría para darle paso a la tibia.

Preparo la crema que uso para depilarme y paso el rastrillo por mis piernas, después tomo uno nuevo para depilar mi parte íntima (no tardo mucho, ya que me depilo seguido), me lavo el cabello dos veces, después continúo con el cuerpo.

Salgo con una toalla alrededor de la cabeza y al llegar al cuarto me la quito para secarme el cabello. Me pongo un poco de crema para peinar y me desenredo el cabello sacándome el fleco. Lo dejo sobre mis hombros para que seque por completo y corro al armario para sacar la maleta pequeña que siempre uso cuando voy a casa de mi hermana.

La abro arrojando lo que tengo dentro a un rincón y me voy al clóset para buscar lo que voy a llevar. Ni siquiera sé a dónde voy. Tomo un poco de todo lo que usualmente uso, un par de blusas, tops, una falda, dos jeans y ropa interior, incluyendo la que él me regaló.

La puerta de mi habitación se abre dejando ver a Danielle.

—Bueno, bueno, ¿te mudas y no me habías dicho nada? —se cruza de brazos—. Habla.

Suelto un suspiro y me arrojo sobre la cama boca arriba.

—¿Qué pensarías si te digo que el padre de mi alumno me invitó a pasar el fin de semana con él, me envió un vestido precioso, también un conjunto de lencería y me dijo que pasaría por mí a las ocho de la noche? —cierro los ojos esperando su respuesta.

—Diría que te estás tardando, tienes que arreglarte —comenta y jala mi mano para ponerme de pie—. Levántate, que tienes que estar lista para coger todo el fin de semana.

Me río.

—Yo no sé casi nada de él, Danielle —me llevo las manos a la cabeza—. Pero quiero saberlo porque... No lo sé, quiero pasar tiempo con él.

—Pues pasarás un fin de semana —me agita de los hombros—. ¿Ya hiciste la maleta?

—Eso —la señalo.

Hace una mueca y quita el suéter cambiándolo por otro, también añade unas prendas más y saca las bragas más diminutas que tengo.

—Eso es más sexy —asiente—. ¿No te dijo a dónde te llevará? —niego—. Bueno, de todas formas lo vas a averiguar.

—Estoy nerviosa.

—Solo respira y pásala bien —me besa la frente—. Ahora deja te ayudo con el cabello.

Me siento dejando que se encargue de mi cabello, yo me encargo de mi rostro, me unto crema y solo me pongo un poco de labial.

Danielle me ayuda con el vestido, el cual no me deja llevar sostén, ya que si me lo pongo se me vería, así que descarto esa idea y me quedo tranquila cuando la prenda se amolda perfectamente a mi cuerpo; es como si hubiera sido hecho exclusivamente para mí.

—Te ves tan sexy —mi mejor amiga se muerde el labio—. Dios mío, qué afortunado será el señor Meyer.

—¿Tú crees? —me volteo para verme—. Me siento un poco... expuesta.

—Estás perfecta, cállate.

El vestido me queda tan corto que temo que se me vea el trasero si me agacho. Tomo nota mental de no agacharme en público. El escote deja al descubierto parte de mis pechos formando una v, que permite ver un poco de piel en mi tórax. Tengo pintados los labios de un mate color piel y solo me enchino las pestañas un poco sin entrar en muchos detalles. Me observo bien y la verdad me siento demasiado bonita y sexy, como dice la rubia.

—No me gusta la idea de dejarte sola todo el fin de semana —le digo a Dani—. ¿Estarás bien?

—¿Y quién te dijo que estaré sola? —chasquea la lengua—. Tengo una morena que me hará compañía, tú tranqui.

Me río.

—Vale.

—Espera aquí.

Corre a su habitación y yo aprovecho para bajar la maleta de la cama sacando la agarradera mientras ella vuelve. Dani me empacó todo, cepillo de dientes, cremas, peine, todo.

Vuelve con un saco negro, al cual le quita el gancho.

—Hace frío afuera y no vas a cubrir esa preciosidad con algo tan grande, así que toma esto —lo coloca sobre mis hombros—. Ay, se te ve divino.

Me volteo para comprobarlo y, efectivamente, se ve muy bien.

—Gracias.

Son casi las ocho y no sé por qué, pero cada vez me siento más nerviosa. Tengo tantas preguntas en la cabeza y ninguna me arroja una respuesta clara. Danielle se acerca a la ventana apartando las cortinas y se asoma hacia abajo, después se voltea para verme soltando un chillido.

—Bueno, si es el que estoy viendo justo ahora, está guapísimo —dice—. Creo que debes bajar ya…

El timbre suena cuando ella se aleja de la ventana.

—Yo abro.

Asiento mientras tomo la maleta y la arrastro afuera, llevando conmigo el celular. Danielle está en la puerta y no es él quien me espera, sino un hombre diferente. Es bastante alto y lleva pantalón de vestir negro con camisa del mismo color. *Es un escolta.*

—Señorita, el señor la espera abajo —habla—. Permítame.

Señala mi maleta y se la paso dudosa. Él camina primero y yo me volteo para despedirme de mi amiga.

—Disfruta, no pienses en nada —me dice—. Y vete ya o te voy a besar por lo hermosa que estás.

—Cuídate.

Asiente y salgo directo a las escaleras. No tardo mucho en bajar y el mismo hombre está esperando en la puerta principal, la cual abre para mí y paso deteniéndome al ver la figura de Hunter a un lado de la camioneta negra que me espera.

Va de traje azul oscuro, tiene alzado el cuello del abrigo y se queda quieto un par de segundos con una mano sobre su pecho, como si estuviera procesando lo que sus ojos ven, y yo siento cómo las mejillas se me enrojecen por ese acto.

Se termina de acercar subiendo los escalones que a mí me faltan por bajar. Alza la mano y me es inevitable no tomarla cuando la veo. La entrelaza con la mía y bajamos juntos el resto de las escaleras y, una vez cerca, me observa de arriba abajo. Su mirada me provoca un remolino en la boca del estómago.

No sé ni cómo pararme.

—Estás hermosa, Nathalie —habla—. Demasiado.

Bajo la mirada un momento y cuando la vuelvo a alzar su rostro revela una sonrisa genuina.

—Gracias, Hunter —susurro—. Me gustó mucho el regalo.

—A mí más —confiesa—. Te imaginé con él toda la tarde, pero superaste mis expectativas.

Levanto la mano hasta colocarla en su hombro y ladeo un poco la cabeza.

—Ah, ¿sí? —relamo mis labios—. ¿Del uno al diez?

Mira mi boca antes de responder.

—Cien.

Quiero que me bese, no sé por qué lo deseo tanto, pero lo quiero y me asusta la manera en que mis labios lo reclaman. No dice nada más y me sujeta de la cintura para guiarme a la camioneta. Abre la puerta y me ayuda a subir. Él rodea la parte delantera hasta subir por el otro lado y el chofer arranca.

Otro hombre va en el lado del acompañante y no sé cómo sentirme con dos desconocidos en el auto.

—¿Puedo preguntar algo? —lo miro y él asiente—. ¿Por qué tienes seguridad? O sea, me dijiste que eras un hombre de negocios, pero… siempre traes seguridad. ¿Estás en peligro o algo?

No tarda en responder.

—Siempre me ha gustado la seguridad, esté en peligro o no —explica—. No necesariamente se tiene que correr riesgo para cuidarte y yo cuido de los míos a mi manera, con suficiente personal para que nunca les pase nada.

—Como el asunto del familiar que se quiso llevar a Ian en el colegio —recuerdo—. Entiendo, perdona mi pregunta.

—No pasa nada —le resta importancia—. Y sí, lo de Ian es un ejemplo. Además de que en el mundo de los negocios siempre se tienen enemigos.

Sacudo la cabeza.

—Tienes razón —miro mis manos.

Extiende el brazo por el respaldo del asiento y ese acto me recuerda a la noche en el bar.

—¿Cómo estuvo tu semana? —pregunta cambiando de tema.

—De hecho estuvo muy bien, tenemos un plan de lectura para los niños de primero la próxima semana, Matt me ayuda con eso y la directora lo aprobó, siempre y cuando los alumnos quieran participar —cuento feliz—. Me emociona muchísimo eso, están aprendiendo a jugar con las palabras y un pequeño párrafo será suficiente para que se vayan abriendo camino en la lectura.

Asiente frunciendo el ceño.

—¿Matt? —inquiere acercándose un poco.

—Sí, él es un profesor y un amigo —explico—. También es muy bueno con los niños.

—No lo dudo —habla en cierto tono, que no sé cómo tomar—. ¿Son muy amigos?

No sé por qué, pero quiero aclarar mi relación con él.

—Lo conocí el primer día en el colegio, me dio la bienvenida y nos llevamos muy bien —digo—. Es muy amable y se podría decir que sí estamos comenzando a ser amigos.

Asiente sin responder y no sé qué pensar. ¿Ahora está molesto? ¿Por qué?

—Ah, ¿y tu semana? —añado—. ¿Qué tal estuvo?

—Se puede decir que bien, uno que otro problema, pero nada que no pueda solucionar.

—De acuerdo —desvío la mirada a la ventanilla—. ¿Me dirás a dónde vamos?

Niega.

—Es una sorpresa. ¿No le gustan las sorpresas, maestra? —me da la cara—. Conmigo tendrá muchas.

—¿Buenas o malas? —inquiero.

Levanta la mano llevando sus dedos a mi mejilla izquierda, la cual toca con las yemas.

—Depende de cómo lo veas, Nathalie.

Mi nombre saliendo de su boca me acelera el corazón y eso solo me aumenta las dudas que sé que voy a tener el resto del fin de semana, dudas que espero aclarar.

21

Nathalie Parson

—Ven.

Hunter me tiende su mano para que la tome cuando la camioneta se detiene frente a un edificio iluminado. Entrelazo mis dedos con los de él y bajo del auto dejando que me guíe.

El edificio no es muy alto, tiene una fachada antigua, los ladrillos parecen recién pintados y las luces cuelgan en el camino de la entrada. El elevador es antiguo; él se encarga de cerrar la puerta y de pulsar el botón. No tardamos mucho en subir hasta que se detiene en el piso correspondiente. Hunter me deja salir primero.

—Por aquí —jala mi mano hacia un pasillo.

Seguimos de largo hasta cruzar dos puertas de cristal que dejan ver una terraza con una vista demasiado hermosa. Las luces de Navidad caen de dos árboles que están a los lados, hay rosas azules y blancas en las mesas de las orillas y solo hay una preparada.

Me acerca hasta ella, saca una de las sillas y me invita a tomar asiento.

—¿Te gusta? —pregunta quitándose el abrigo para dejarlo en el respaldo.

—Sí, todo es muy hermoso.

Dos mujeres entran con una botella de vino y otra de champaña, que Hunter se encarga de recibir. Las dejan y se marchan sin mencionar palabra alguna.

—Me tomé el atrevimiento de elegir la cena, si no te parece…

—Está bien, no pasa nada —lo tranquilizo—. Lo que hayas elegido estoy segura de que me gustará.

Él abre la botella de vino, después acomoda las copas y las llena del líquido rojizo antes de dejarla sobre la mesa. Observo la vista y es que prácticamente estamos en medio de todos los edificios más altos; el paisaje de la ciudad iluminada es tan bello que podría quedarme aquí el resto de la noche.

—Cuéntame más sobre ti —llama mi atención—. También quiero conocerte.

Tomo un trago de vino dejando los brazos sobre la madera.

—¿Qué quieres saber exactamente? No creo que sea muy interesante —me encojo de hombros.

Un hombre se acerca para dejarle un pequeño vaso de lo que parece ser whisky y él lo toma, dándole un ligero sorbo.

Se ve tan guapo y con un porte tan elegante.

—Y yo pienso que eres ese tipo de mujer que siempre deja queriendo saber más a cualquier persona —contesta—. Para mí eres demasiado única e interesante, Nathalie.

Me inclino hacia adelante con la barbilla apoyada en mi mano.

—¿Por qué? ¿Por qué crees que soy única e interesante? —indago con mucha curiosidad.

Cuando está por responder dos meseros se acercan, uno va por la izquierda y el otro por la derecha y dejan los platillos frente a nosotros. El olor de la comida me despierta el apetito y caigo en cuenta de que no he probado un buen bocado en todo el día.

Hunter se limpia la boca luego de terminar el resto de su trago y lo levanta dejando que el mesero se acerque a rellenarlo. No sé si es millonario, multimillonario o billonario, pero se ve que está acostumbrado a una vida llena de lujos, al igual que los Prince.

—Porque lo supe desde que cuidaste de mi hijo —habla frenando el movimiento del tenedor en mi mano—. Porque podrás decirme que hubieras hecho lo mismo por cualquier alumno, pero estoy seguro de que no cualquier profesor lo hubiera protegido como lo hiciste tú.

Mi mirada se clava en la suya y el azul en sus ojos me golpea el pecho.

—Fue Ian quien me dio confianza a la hora de enseñar en mi primer día, ese niño volvió mis días más interesantes —respondo—. Los niños me llenan de energía, pero ese cambio en Ian me hizo querer conocerlo más y lo adoro, en serio lo hago.

Bebe de su vaso y yo aparto la mirada concentrándome en la comida. Siento que le he confesado más cosas de las que le he contado a alguien más y no me arrepiento. Cuando estoy con él las palabras me fluyen como si lo conociera desde hace mucho tiempo.

No termina su cena y yo tampoco, ya que tengo el estómago vuelto un mar de nervios y no me cabe nada más. Me termino el resto del vino que tengo en la copa y paso a tomar un trago de agua.

Él es el primero en ponerse de pie, se abrocha el saco y me tiende la mano esperando unos segundos hasta que la tomo. Me lleva contra él y me hace girar, quedando con mi espalda pegada a su tórax. Me obliga a caminar hacia una esquina, justo donde las luces se avivan más, y a lo lejos se logra ver la Estatua de la Libertad.

La noche completamente negra no le da paso a ninguna estrella, nada brilla, solo las luces de la ciudad. Suelto un suspiro sintiendo sus manos entrelazadas con las mías y mi cabeza cae sobre su hombro izquierdo disfrutando de la calidez de su abrazo.

—Saldremos de Nueva York —susurra en mi oído—. Y si aceptas, si quieres continuar, si quieres conocer lo que puedo darte, dirás que sí, pero ten en cuenta que no cambio, no prometo nada y no sé si lo que sabrás en un futuro te gustará —me recorre un escalofrío—. Así que si quieres volver a tu departamento, dejarás esta noche en el álbum de los recuerdos y le darás cierre.

Cierro los ojos disfrutando del momento, sopesando las palabras y el peso que pueden tener. ¿Qué se supone que debo pensar? ¿Cómo se supone que debo responder? ¿Qué debo hacer?

Algo en el fondo me grita que vuelva al departamento, que me aleje dejando esta noche en un álbum de recuerdos, como lo dice él, pero la otra parte me susurra que acepte, que tal vez lo que sepa no sea tan malo como me lo hago creer y que probablemente no me arrepentiré.

Me volteo y dejo que ubique sus manos en mi cintura y rozo mi nariz con la de él.

—¿Dolerá? —pregunto.

Frunce el ceño.

—¿Qué?

—Si digo que sí, ¿lo que me espera dolerá? —lo miro a los ojos—. Le temo más al dolor emocional que al físico, de ese nunca te recuperas.

Lleva una de sus manos a mi cabello y esconde un mechón detrás de mi oreja.

—Quisiera prometer que no, pero me temo que no está en mis manos —estira un poco los labios—. Así que voy a respetar cualquier decisión que tomes, aunque me gustaría que dijeras que sí.

Le echo los brazos al cuello hundiendo mis dedos en el cabello de su nuca.

—Sí, Hunter —contesto.

Sí, porque aunque me vaya a casa, no podré sacarlo de mi mente, ni tampoco lograré borrar el deseo que me abarca cuando pienso en él. Deseo que no debería de sentir, ya que ni siquiera sé a lo que me estoy enfrentando, ni siquiera sé la mitad de las cosas que él sabe de mí, pero sé que lo voy a terminar averiguando.

—Bailemos.

La noche de la fiesta fue la primera vez que bailé con él, pero estábamos rodeados de personas, después pasó la explosión y no recuerdo ni siquiera la canción que estaba sonando.

En cambio ahora, cuando me lleva con él a una pequeña repisa donde hay un tocadiscos, la canción que suena de fondo es "Close your Eyes" de Michael Bublé. Da inicio mientras me pasa el brazo por la cintura.

—Entonces, si vamos a salir de Nueva York, ¿no piensas decirme exactamente a dónde iremos? —le acaricio el cuello con mi mano mirándolo a los ojos—. Dime.

Sacude la cabeza.

—Te llevaré a un lugar bonito —se mueve al compás de mis pasos.

—¿Solo bonito? —frunzo el ceño, molestando—. ¿Aquí no es bonito?

—Sí, pero es diferente —me hace dar una vuelta cuando la canción va a la mitad—. Aquí tengo problemas, en el mundo donde estoy siempre tengo problemas.

Supongo que en los negocios siempre se tienen problemas.

—Entiendo.

No dice nada y terminamos más unidos cuando la canción se da por finalizada. Mi mirada conecta con la suya despertándome esa sensación que ahora es extraña, pero que en un futuro estoy segura de que le pondré nombre; me temo que si esto sigue el mismo rumbo, tarde o temprano podré ponerle nombre a cada una de las sensaciones.

No nos hemos besado y no sé si es porque se está conteniendo él o lo estoy haciendo yo, pero si fuera por mí ahora mismo ya tendría mis labios sobre los suyos.

—¿Qué pasa? —pregunta acariciando mi mentón.

—Nada, solo… tengo curiosidad de dónde es ese lugar al que me vas a llevar.

—Solo espera, que lo vas a conocer —me besa la frente—. Vamos.

Abandonamos el lugar, toma su abrigo de paso y cuando estamos afuera del edificio la camioneta nos está esperando. Permite que suba primero y en el camino no suelta mi mano, dejando que vea su perfil el tiempo que quiera.

Admito que nunca había tenido la confianza que tengo con él con nadie más. Con mi último novio no llegué a recostar mi cabeza en su hombro sino hasta que cumplimos tres meses y sentí que tenía más confianza.

¿Y ahora? Ahora siento que puedo apoyar mi cabeza sobre su pecho sin pedir permiso, algo que en serio no sé si debería de hacer, pero con él todo es diferente, es como si estuviera haciendo cosas por primera vez y siendo sincera conmigo misma, me gusta.

Me gusta mucho.

No sé a dónde vamos o a dónde llegamos, pero el auto reduce la velocidad, y tras una conversación con un hombre en una reja lo dejan pasar hacia un hangar, que me deja con la boca abierta. La pista está a la izquierda y cuando la camioneta se estaciona observo un jet completamente negro donde espera una azafata y un hombre que parece ser el piloto.

—¿Es tuyo? —pregunto, pero no responde, solo se desliza fuera de la camioneta.

Es tan grande y lujoso que no sé a dónde ver, porque todo es llamativo. Hunter me ofrece su mano y el piloto lo saluda con un asentimiento de cabeza cuando pasamos.

Uno de los hombres que venía con nosotros sube mi maleta y después se baja, entrando de nuevo en la camioneta, la cual se mueve a otro lugar donde la estaciona y vuelve deteniéndose detrás de Hunter.

—Todo listo, señor.

Él aprieta mi mano y deja que yo suba los escalones primero, pero sin soltarme. Una vez dentro, el lujo es mucho más evidente que por fuera. Las ventanas tienen cortinas blancas, los sillones de cuero están ubicados mirando hacia los lados y no al frente como usualmente son, también hay una barra pequeña con la letra M reluciendo en la madera de la que está hecha.

La cabina del piloto se deja ver, pero no logro prestar mucha atención, ya que Hunter me lleva directo por el estrecho pasillo de la derecha hacia el final, donde hay dos puertas, una corrediza y la otra normal. La primera es el baño, supongo, porque la pasamos, y la segunda es una habitación.

Tiene dos ventanillas del lado izquierdo, una enorme cama cubierta con un edredón color caoba, un sofá sin bordes, una pantalla pegada a la pared y encima de la cabecera un cuadro completamente negro.

Esta familia tiene una gran obsesión por el negro.

—El viaje es largo, pero por la mañana estaremos en nuestro destino —habla y se voltea cuando tocan la puerta, es uno de los hombres, que le entrega mi maleta—. Aquí están tus cosas, si quieres descansar, adelante.

Me recorre de arriba abajo y sé que no se quiere marchar, como yo tampoco quiero que lo haga, y solo espera que sea yo quien hable dando el primer paso.

—No quiero descansar —murmuro—. Y creo que necesito ayuda con este vestido.

Sonríe moviendo la cabeza mientras se acerca.

—Maestra, maestra…

Le echo los brazos al cuello, pero el sonido del motor del avión me pone en alerta.

—Tenemos que…

—Sí, pero volveremos aquí.

Me lleva afuera, donde me siento en uno de los sillones, me abrocho el cinturón de seguridad y no puedo evitar mirar por la ventanilla con una sonrisa gigante en el rostro. Había viajado en avión antes, pero jamás en un jet privado con un hombre guapísimo a solo un par de centímetros de mí.

Definitivamente no me esperaba esto.

Una vez que dejamos el suelo atrás, el piloto suelta la información de que podemos quitarnos el cinturón y la azafata es la primera en salir de una cabina privada. Camina hasta la barra y prepara dos tragos, uno más pequeño que el otro.

Le acerca el más grande a Hunter y el otro a mí.

—Gracias —le digo.

Me sonríe y se retira para instalarse detrás de la barra. Hunter extiende su mano y me quita el trago una vez que lo he probado. Se bebe el suyo de un solo sorbo y me lleva de regreso a la habitación, cerrando la puerta a su espalda.

Su perfume me llega, como lo hace todas las veces que estoy cerca de él, e incluso cuando no lo estoy siento que cualquier aroma es igual al suyo.

Me volteo dándole la espalda mientras escucho sus pasos. Me aparto el cabello de los hombros hacia un lado y siento sus dedos bajar el pequeño cierre que tiene el vestido. Con sus yemas me recorre la piel, lo que me provoca un escalofrío que me sacude el cuerpo entero.

—Te imaginé con este vestido, pero más imaginé que llegara el momento en que te lo quitaba.

Sus manos se encargan de los tirantes de la prenda, acariciando mi carne mientras los baja y deja mis pechos al aire. Ya tengo erectos los pezones con el simple roce de sus palmas.

Cierro los ojos cuando pega su boca a mi cuello, después siento cómo baja sus manos por mi espina dorsal hasta quitarme por completo el vestido, el cual libero moviendo los pies.

Besa mis glúteos por encima de la tela de las bragas y vuelve a enderezar su espalda haciéndome girar para quedar de frente. Lo miro a los ojos antes de cerrarlos devorando su boca. Mis manos luchan por quitarle el saco, hasta que logro tirarlo al suelo, y después mis dedos pelean con los botones de la camisa con ansias de tocarlo.

Camino con él hacia atrás y me recuesto sobre la cama, observando cómo se termina de quitar la prenda. Esa noche en mi habitación no miré bien su torso, ya que las luces estaban apagadas, pero ahora veo un tatuaje en el centro del pecho: es un halcón con las alas extendidas.

Luce tan atractivo que mis manos ansían tocarlo y parece captar el mensaje, porque se sube sobre mí abriéndome las piernas. Se prende de mi boca un momento, para después bajar sus besos a mi clavícula hasta llegar a mis pechos.

Se prende de mi pezón derecho dejando que le acaricie el cabello y le muevo la cabeza ofreciéndole también el izquierdo. Baja por el centro de mi estómago hasta llegar al borde de mis bragas. No siento vergüenza ni pena por la humedad que se encontrará allá abajo, porque en serio quiero sentir todo ese placer que puede ofrecerme.

Que ya me ha hecho sentir.

Me baja las bragas y me deja completamente desnuda ante sus ojos. Pasea su boca desde mi tobillo hasta la cara interna de mis muslos, y cuando llega a mi sexo me roba un gemido que me hace apretar las sábanas de la cama.

Da pequeños besos antes de concentrarse en el movimiento de su lengua que me pone a jadear. Parece tomarse su tiempo, ya que cada que siento el orgasmo cerca, para, besa y vuelve a lamer sin apuro alguno, como si en serio pudiéramos pasar toda la noche haciendo esto.

Me concentro en el placer que se acumula en mi zona, pero vuelve a parar, esta vez alejándose para deshacerse de su pantalón.

—La última vez me dejaste continuar sin condón, eso quiere decir que te estás cuidando, ¿no? —pregunta volviendo a subir a mi cuerpo—. Yo estoy limpio, eres la única con la que no he utilizado protección.

Asiento.

—Sí, tengo un método anticonceptivo seguro —digo—. Continúa.

Quiero sentirlo piel con piel como la otra noche. Me besa sin permitirme decir algo más, llenándome el cuello y la clavícula de besos mientras siento cómo se acomoda listo para penetrarme.

Me abro más para él y su miembro entra de golpe, lo que me saca un medio grito que acallo en su boca. Su glande grueso y grande entra y sale a un ritmo que me vuelve loca. Le paso una mano por debajo de su brazo para acariciar su espalda, sintiendo la dureza de sus músculos.

Su lengua danza con la mía en busca de más duración en el beso, de más placer en ambos cuerpos, pero me siento tan al límite que en cualquier momento me voy a dejar ir.

Una de sus manos aprieta la carne de mi glúteo y le suelta un golpe arrebatándome un jadeo lleno de placer. Aumenta más el ritmo, el sonido encharcado de mi entrada me pone más caliente y el calor de su cuerpo me hace desearlo aún más.

Sus embestidas son cada vez más fuertes y segundos más tarde el orgasmo me nubla el juicio cuando me dejo ir aferrándome a sus brazos. Tal vez no hace diferencia, pero esta vez sí quiero que se venga dentro, quiero sentirlo, así que levanto más la pelvis escuchando sus gemidos que me dicen que está a punto de conseguirlo.

Y siento cómo el líquido tibio me baña el interior cuando logra vaciarse. Esconde la cabeza en el hueco de mi cuello mientras lo rodeo con una de mis piernas.

Ambos recuperamos el aliento, y es él quien se mueve saliendo de mi interior para tomar una de las sábanas, con la cual cubre mi desnudez. Se coloca el bóxer, después enciende la pantalla y apaga las luces, dejando solo la luz de la televisión.

Vuelve a la cama donde busca mis pechos y los deja al aire de nuevo, se prende de ellos una vez más antes de atraerme a sus brazos y permite que descanse mi cabeza en su pecho.

El ritmo de su corazón es fuerte, constante y acelerado, tanto que me hace alzar la vista encontrando ese par de ojos color azul tormentoso que mandan muchas preguntas a mi cabeza.

—¿Qué? —pregunta—. ¿Ya se dio cuenta de lo guapo que soy, maestra?

Arrugo los labios.

—No tanto, la verdad.

Me lleva más contra él acariciando mi espalda desnuda con sus dedos cálidos.

—Eres muy hermosa, Nathalie Parson.

—No lo digas así.

Levanta una ceja.

—¿Así cómo?

—Como si no hubieras visto mujeres hermosas antes.

—He conocido muchas mujeres antes, sí —me acaricia las mejillas—. Pero ninguna había llamado tanto mi atención como lo haces tú.

No sé cómo responder a eso, así que solo lo beso y él sonríe dejando que vuelva a apoyarme en su pecho entrelazando mis piernas con las suyas. Estoy en un jet privado, tuve sexo en un jet privado y ahora mismo voy hacia un lugar del cual no tengo la menor idea de dónde está, pero que de seguro no me va a decepcionar.

No sé exactamente cuánto duermo, pero cuando despierto tengo mi maleta abierta sobre la cama y, ya que estoy desnuda, me pongo de pie con la sábana cubriendo mi pecho buscando los jeans que empaqué, junto a una blusa y ropa interior.

Me cambio en el baño que tiene la habitación, donde me lavo la cara, los dientes y me ato el cabello en una cola alta. Cierro la maleta y cuando estoy por bajarla de la cama la puerta se abre dejando ver a Hunter, quien ya no lleva traje, ahora va de ropa casual al igual que yo. Me sonríe y se acerca para dejar un beso en mi frente y tomar mi mano.

—Ya llegamos —avisa.

Ni siquiera me había dado cuenta de que ya no estábamos en el aire. Lo sigo dejando que me guíe de nuevo por el interior del avión hasta que bajamos las escaleras, encontrando el fuerte sol que me hace entrecerrar los ojos.

El clima es diferente al de Nueva York y los colores del paisaje también, por lo que me hace deducir que en serio estamos muy lejos de casa.

—¿Dónde estamos? —pregunto cuando bajo el último escalón.

—En México.

México...

22

Hunter Meyer

México

La mujer que tengo al lado no hace otra cosa que no sea mirar por la ventanilla de la camioneta desde que salimos de la pista. Siempre habrá cosas que se te saldrán de las manos, cosas que tienes que asumir y que debes lograr aclarar o borrar, pero a veces te jode el hecho de que no puedes hacerlo.

Al menos no como se supone que debería.

La enorme propiedad queda a la vista y la brisa del mar nos alcanza cuando la camioneta se detiene frente a la enorme mansión con ventanales y una entrada con figuras extravagantes. La casa es una de las más llamativas y también una de las que tienen la mayor vigilancia posible.

Los hombres que logro ver están vestidos de traje y esa seguridad es estrictamente de la mujer que reside aquí, además de que también hay un poco de mis órdenes.

Los escoltas son algo primordial.

Me bajo colocándome los lentes y rodeo la parte delantera del coche hasta darle la mano a la maestra, quien sigue observando a su alrededor. Le paso el brazo por la cintura atrayéndola a mi costado y el aroma que desprende su cabello me lleva al momento exacto en que anoche hundí mi nariz en él, más de una vez.

—¿Es tu casa? —inquiere sin mirarme a los ojos.

—No.

Le beso la mejilla antes de caminar hacia la entrada, justo en el tercer escalón la puerta se abre mostrando a la chica de cabello negro y ojos grises que se me viene encima enredando sus piernas en mi cintura. Tal acto me obliga a separarme de Nathalie y abrazo con fuerza a la mujer en mis brazos

—Pensé que no llegarías, mamá llegó ayer, pero me dijo que…

—Jamás me perdería tu boda, pequeña —beso su cabeza—. Quiero tener una charla con mi futuro cuñado.

Se separa de mí haciendo una mueca.

—London es un buen hombre, no necesitas tener ninguna charla…

—Ah, seguro es un pendejo —me encojo de hombros—. Pero algo bueno tuvo que haber hecho para ganarse tu corazón.

La mujer que tengo al lado me mira con el ceño fruncido.

—Oye, no digas eso —susurra sonrojándose cuando la miro con los ojos entrecerrados.

La de ojos grises se centra en ella extendiendo su mano.

—Soy Hayley Meyer, hermana de Hunter, ¿y tú eres…? —le estrecha la mano.

—Nathalie Parson, la… —se muerde el labio sin poder terminar la frase.

—No me gustan las preguntas, y lo sabes —miro a mi hermana—. Ella viene conmigo —corto el tema—. ¿Y tú no deberías estar alistándote?

Hayley me fulmina con la mirada aspirando profundo antes de asentir.

—Sí, pero no me iba a quedar sin darte la bienvenida —sonríe—. Gracias por venir.

—De nada, soy tu hermano y somos familia, los asuntos que tenga no son impedimento para no asistir al día más importante de tu vida.

Se le ponen los ojos llorosos, pero no suelta las lágrimas, solo sonríe.

Entramos a la casa donde ya estoy acostumbrado a ver gente yendo de un lado a otro, pero mi acompañante no, porque se pega a mi lado mirando a su alrededor el lugar que no conoce.

La siento nerviosa, hasta que entramos al enorme salón donde se encuentra toda la familia y donde Ian en cuanto la ve abre la boca y corre a su lado como si hubiera visto a su superhéroe favorito.

Ella se agacha a recibirlo y no alcanzo a escuchar qué le susurra, pero él sonríe reemplazando su ceño fruncido.

—¿Cómo estás hoy? —le pregunta apartando los mechones largos de su frente.

—Muy bien.

—Me alegra, cariño.

Pasé de ser el primero al que saludaba a ser el segundo, porque ahora viene hacia mí y lo cargo dejando que apoye su cabeza en mi hombro.

—Te extrañé, papá —susurra solo para los dos y no respondo, solo lo sostengo conmigo.

Ella ya conoce a Esmeralda y Leonardo, pero no a Maxwell, ni a Enzo, ni mucho menos a los demás. No pienso presentársela a cada uno, porque simplemente no se me pega la gana.

—¿Qué no se supone que esto es una fiesta? —hablo—. ¿Dónde está el novio?

—Con su familia, deja de molestar con eso —me advierte mi madre—. Mejor encárgate de que no haya problemas en la boda de tu hermana, y sabes a qué me refiero.

Claro que sé a qué se refiere.

Mi hermana jala de la mano a Esmeralda queriendo que quite la cara seria.

—Vamos, tengo que arreglarme —besa la mejilla de mi madre—. Acompáñanos, Nathalie.

La maestra me mira y asiento, no sin antes acercarla a mí para darle un beso en los labios, dejando claro que viene conmigo, por lo tanto no pueden intentar nada. Ni siquiera quiero que la miren, y que Enzo lo haga ahora me enoja.

Ella se sonroja y se marcha dejando que mi hermana la jale de la mano. Al parecer Ian estaba cansado, porque se queda dormido, y yo me encamino al salón privado donde me siento en el sofá con él en mi regazo.

Últimamente está teniendo pesadillas constantes que no lo dejan dormir, pero al ser un niño demasiado callado se guarda todo, y yo lo respeto, respeto que cada quien hable cuando quiere y yo estaré ahí cuando él decida hacerlo.

—Bueno, bueno —Russo aplaude—. Trajiste a la maestra aquí, ¿qué pasó con solo vigilar?

—Qué te importa —lo interrumpo—. Hablemos de lo importante.

Enzo deja los planos de la propiedad sobre el escritorio y coloca los puntos para indicar qué lugares cuentan con seguridad y cuáles no.

—Creo que es obvio que no queremos sorpresas.

Niego acomodando mejor a Ian sobre mi hombro.

—Hayley ha dejado claro que no quiere llamar la atención de nadie —me pongo de pie observando los planos—. Aquí y aquí son los puntos más vulnerables, con tres hombres y un francotirador en cada esquina estaremos bien.

Todos asienten.

—¿Has tenido noticias de parte de Isabella? —inquiere Enzo.

—No, ella está a cargo de informar cualquier novedad que tenga que ver con Prince o Castrell —lo miro—. Confío en Isabella y en los Calvers.

—Pues yo sigo pensando que Icarhov o uno de los Ivanovich nos está vigilando —Enzo se cruza de brazos.

Max se acerca rodeando el escritorio.

—Hasta ahora no tengo motivos para desconfiar de los italianos, los negocios son negocios y no voy a desviar mi atención hacia las personas equivocadas.

—¿Cómo sabes que son las equivocadas? —me encara—. En esto todos traicionan tarde o temprano, Hunter, y lo sabes mejor que nadie.

Subo más a Ian sobre mi hombro.

—Que no se te olvide quién es el líder aquí, Enzo —doy un paso al frente—. Yo sigo dando las órdenes y si no te gusta puedes decirlo.

Acaricia el cabello de su sobrino.

—Jamás hemos tenido problemas, Hunter, pero en serio espero que nunca tenga que decirte: "Te lo dije".

Maxwell se mete entre ambos y Leo se acerca por mi lado. Es cierto, jamás hemos tenido problemas. Cuando mi padre falleció, tanto el nombre de Enzo como el mío se pusieron sobre la mesa para elegir al nuevo líder, y al final, yo con las manos de mi madre sobre los hombros, quedé como la cabeza principal de la organización y asumí el papel que me tocó.

—Esperemos que no.

Asiente.

—Pues por ahora solo queda disfrutar de la boda —me palmea el hombro—. No quiero problemas y lo que te digo no es por joderte, somos familia y ambos portamos el apellido Meyer con orgullo.

No respondo, solo lo observo salir dejándome con mi hermano y Russo.

—No es por darle la razón a Enzo, pero tienes que admitir que esa apariencia perfecta de Joseph sí jode —habla mi hermano—. En fin, ahora no me importa, como dijo él, por ahora queda disfrutar de la fiesta —mira a Ian—. Me lo llevo, si despierta yo me encargo de ponerlo guapo para las chicas —se lo paso—. Vamos, hombrecito.

Me encamino a la barra, donde me sirvo un trago de whisky y le ofrezco uno a Max, quien se apoya en el escritorio con una mano en el bolsillo del pantalón.

—¿Por qué sonríes como pendejo? —me impacienta.

—Porque este pendejo quiere saber el rollo que te traes con la maestra —señala alrededor—. ¿Acaso aceptó así como así que eres un mafioso y líder de una de las mafias más temidas?

—¿Qué te importa? —me termino el trago y me sirvo otro—. Yo no te pregunté cómo te fue cuando te cogiste a Enzo.

—Pregunta todo lo que quieras, estoy dispuesto a responder —se encoge de hombros—. Dime, ¿ella sabe?

Cierro los ojos dejando ir de nuevo el líquido amargo por mi garganta.

—No, y nadie se lo va a decir, ¿está claro? —lo miro.

Levanta las manos.

—Por mi parte nunca sabrá nada, pero creo que tienes que dejarla fuera de esto o terminará jodida —murmura—. Tus enemigos se vuelven los enemigos de quienes están a tu alrededor.

Le doy la espalda concentrándome en la vista que me ofrece la ventana. La playa está cerca y del lado izquierdo de la propiedad están acomodando todo para la boda.

—No tienes que recordarme eso —contesto—. Tengo claro todo, igual lo de la maestra no es nada serio.

—Muy bien, me retiro —me volteo para verlo—, pues este nene tiene que decirle al atardecer cómo verse espectacular.

Pongo los ojos en blanco y dejo que se vaya.

Si hablamos de personas con el ego en las nubes, Maxwell Russo es el primero. Para muchas mujeres e incluso hombres tiende a ser el hombre de sus sueños, pero no saben que detrás de eso que muestra está el lado oscuro que cada persona llevamos dentro.

Nadie es un santo en esta vida, y quien aún lo es tarde o temprano le hará caso al diablo que descansa en su hombro.

La familia del prometido de mi hermana no sabe de dónde viene, no saben de nosotros y ella prefiere mantenerlo así, porque desde hace mucho no forma parte de ese mundo. Su decisión fue alejarse, la apoyé, la entendí y la voy a proteger siempre, pero desde lejos, porque como dijo Maxwell, mis enemigos se vuelven los enemigos de las demás personas a mi alrededor.

Invirtió su dinero en empresas, en negocios, y en la mayoría de ellos es London quien se hace cargo, ya que el sueño de ella es tener hijos, vivir tranquila y alejarse del peligro al que estamos acostumbrados nosotros.

Más de una vez me rogó que dejara a Ian a su cargo, pero me negué, no porque no confiara en ella, sino porque no voy a llevar a Ian por un camino diferente al mío, no le voy a hacer creer que el mundo es bueno, no le voy a ocultar lo que le espera cuando la muerte venga por mí.

Aceptar que fuera al colegio fue un gran paso, ya que lejos de mí lo siento desprotegido. Si no está con Esmeralda, Leonardo, Enzo, Maxwell o Abel, lo siento en peligro, y no estoy dispuesto a poner a mi hijo en riesgo.

La puerta del salón se abre dejando entrar a Esmeralda con un vestido verde largo, el cabello recogido y con un cigarrillo entre los dedos.

—Ve a alistarte, tu hermana te espera —habla y asiento terminando el trago que dejo sobre el escritorio—. ¿Qué pasa con la maestra?

Me detengo a la mitad del camino.

—¿Qué pasa con qué? —me volteo—. La maestra es asunto mío.
Se cruza de brazos.

—Pues como asunto tuyo, espero que no termine mal —me
mira a los ojos dando un paso adelante—. Eres mi hijo y te amo,
por ello no me gustaría que cometas una equivocación.

Le beso la frente.

—Sabes muy bien que un asunto en mis manos jamás tiene
equivocación.

Asiente dejándome marchar sin decir nada más. Subo las escaleras al segundo piso y paso de largo hasta la habitación que siempre utilizo cuando estoy aquí. Al entrar veo a Nathalie de espaldas hacia la ventana y me acerco a paso lento cuando escucho que
suelta un sollozo.

—Ey, ¿qué pasa? —la tomo del brazo para que se voltee. Tiene las mejillas rojas y sus ojos azules brillan por las lágrimas que
quiere retener—. Nathalie…

Niega apartándose las lágrimas con la mano izquierda, ya que
la derecha la tiene extendida hacia adelante.

—Nada, ignórame —trata de evadirme, pero la tomo de la cintura pegándola a mi pecho.

—Dime —insisto—. ¿Te duele algo?

Me muestra su palma, la cual tiene una roncha entre el dedo
anular y el índice.

—Me picó una abeja, tu hermana me estaba mostrando unas
flores, pero había una abeja cerca y yo… me dan mucho miedo,
entonces me picó y… —respira—. Le dije rápido a Hayley que
tenía que ir a buscar algo en mi maleta, ella me indicó este cuarto,
y… olvídalo, es una tontería.

Sonrío al ver lo tierna e inocente que se ve con la cara sonrojada.

—No es ninguna tontería, ¿por qué no me fuiste a buscar directamente? —pregunto llevándola a la cama, donde me siento con
ella en mi regazo—. ¿Eres alérgica?

—No, pero el aguijón está dentro de mi piel y aún no sale, no
puedo sacarlo…

—Déjame ver —niega intentando levantarse, pero atrapo sus
piernas con una de las mías—. Seguirá doliendo si no sacamos el
aguijón, así que déjame hacerlo.

Cede dejando que vea la zona rojiza, aprieta los dientes y voltea la cabeza dejándola en el hueco de mi cuello, donde la oculta. Hago presión rápidamente sobre el lugar donde está el aguijón y sale.

Lo dejo caer en el suelo plantándole un beso en la palma antes de subir mi mano a su hombro.

—Ya está —aviso—. Tiene que dejar de doler dentro de un rato.

Me da la cara asintiendo.

—Perdóname, qué vergüenza, pero…

Sonrío dejando un beso en su hombro. Tiene puesta una blusa con el cuello redondo y lleva el pelo recogido.

—Todos le tememos a algo, ¿no? —sacude la cabeza—. Entonces no hay nada de qué avergonzarte.

Le limpio las lágrimas y acerco su rostro al mío dándole un beso, y ella lo profundiza cuando me rodea con sus brazos. Bajo mi boca a su cuello hasta el inicio de la tela y quiero bajar más, pero no me lo permite.

Una de mis manos busca más piel adentrándose por debajo de la blusa que cubre su abdomen hasta llegar a sus pechos, trato de subir más, pero ella me detiene.

—Tu hermana quiere que regrese con ella porque me prestará un vestido para la boda —habla, pero no frena los besos que sigo dejando en su cuello—. No tenía idea de que veníamos a México, ni mucho menos a una boda.

—Si necesitas un vestido, dímelo, o cualquier otra cosa, solo pídelo —busco el broche de su sostén—. Pero déjame tocarte un poco.

—Hunter…

—No tardaremos, lo prometo.

Permite que le alce la blusa hasta que logro quitarle el sostén. Sus pechos quedan a la vista y desde que los sentí por primera vez se volvieron mi lugar favorito para tocar. Son del tamaño perfecto de mis manos, caben perfectamente en ellas.

Me prendo del pecho izquierdo mientras masajeo el derecho arrebatándole un gemido que me pone duro el pene. Ella busca el cinturón de mi pantalón y la dejo cuando me toca el miembro sobre la tela del bóxer. Llego a su boca mientras sus dedos rodean el glande hinchado que logra sacar. Quiero encajarla en él, pero si lo hago no voy a querer soltarla y, como dijo, tenemos que volver afuera.

Su mano sube y baja robándome un jadeo que me tensa el cuerpo entero. Chupo, lamo y muerdo los pezones rosados que son tan hermosos buscando que acelere los movimientos de sus dedos, los cuales se comienzan a manchar con el líquido preseminal que brota de la punta de mi hombría.

Subo mi mano a su cuello sumiéndome en su boca, entreabre los labios permitiendo que mi lengua se enrede con la suya y no quiero soltarla, pero el orgasmo me obliga a bajar la cara a su cuello, donde succiono su piel cuando me dejo ir.

Medio regulo mi respiración buscando su cara, está roja y la acerco dejando un beso sobre sus labios, seguido de otro, hasta tumbarla en la cama para seguir, pero ella coloca una mano sobre mi pecho frenando mis movimientos.

—¿Lo hice bien? —pregunta.

—Perfecto —continúo con las caricias.

—Detente, tenemos cosas que hacer.

Ella se pone de pie y yo me visto observando cómo toma el sostén colocándoselo para después terminar de ponerse la blusa.

—¿Dónde hay un baño?

Señalo la puerta que hay dentro de la habitación y camina directo a ella mientras la sigo. Enciende las luces y yo me apoyo en el umbral observando cómo se lava las manos.

El trasero se le marca con los jeans que lleva, los tenis le dan un aire de universitaria, y si fuera una chica que encuentras por la calle, con los libros que suele llevar en los brazos, sí deducirías que es una maestra de primaria.

Se voltea secándose las manos y frunce el ceño sin borrar la sonrisa.

—¿Qué? —inquiere.

—Nada —contesto—. Regresa con mi hermana, pues si nota que tardas mucho vendrá a buscarte.

—Me cae muy bien —camina hacia mí—. Es muy linda, tu madre es muy amable también.

Se acerca pasando sus brazos por mi espalda baja hasta llegar a las pretinas del pantalón.

—Bueno, si te molestan, dime —le aparto un mechón del fleco hacia atrás.

Asiente dándome un beso en la mejilla, después otro más arriba hasta que llega a mis labios.

—Así que… ¿este es el lugar que querías mostrarme? —hace un ademán a nuestro alrededor—. Nunca había venido a México.

—¿Te gusta? Aún no se termina el tour.

Mueve la cabeza en señal de asentimiento.

—Me encanta —me rodea apoyando su cabeza sobre mi pecho—. Me gusta conocer este lugar, a tu hermana, tu familia.

No respondo, simplemente planto mis labios en su coronilla y la dejo entre mis brazos un par de segundos, hasta que ella se aparta avisando que irá con mi hermana.

Tus enemigos se vuelven los enemigos de quienes están a tu alrededor.

Recuerdo las palabras de Maxwell y me jode que tenga razón, por más que quiero buscarle una solución a esto, la única que tengo es la que no estoy dispuesto a usar. Lo correcto no me gusta, no me gusta para nada y no lo voy a seguir, porque cuando algo se me mete en la cabeza no lo saco nunca.

23

Nathalie Parson

No sé cómo terminé dejando que una chica me maquillara, mientras otra me pinta las uñas y una más me muestra dos vestidos. Uno rojo y otro azul. Ambos son muy hermosos y elegantes, dignos de una boda.

—Elige el que quieras, considero que el azul te quedará mejor, pero la decisión es tuya —comenta Hayley mientras se mira frente al espejo y dos chicos le acomodan la cola del vestido—. ¿Qué tal luzco yo?

—Estás hermosa —la observo—. Espero que tu matrimonio esté lleno de mucha felicidad.

—Gracias, Nathalie —sonríe de oreja a oreja—. Yo espero que esté lleno de niños, quiero que esta casa tenga muchos corriendo por allí.

La mirada se le ilumina con lo que dice. Ahora noto que es la única de los tres hermanos que no tiene los ojos azules, pero el gris en su iris le brilla con emoción, y es que ¿quién no se emociona el día de su boda? Cuando Zay se casó con Antony, yo fui una de las personas más emocionadas, porque ella lucía hermosa y contenta y yo adoro que mi hermana se sienta así.

Quiero que sea feliz siempre.

Entro al baño luego de elegir el vestido azul, tomando la sugerencia de la morena. Me lo coloco junto a los tacones que saco de su caja completamente nuevos y salgo para verme en el enorme espejo que hay cerca de la ventana.

Tiene las mangas caídas, un escote corazón, es entallado de la cintura para arriba y suelto hacia abajo, muestra una abertura en la pierna derecha y los tacones negros se dejan ver sumándome un par de centímetros de altura.

—Te ves hermosa, Nathalie —se da la vuelta para verme—. Mi hermano quedará con la boca abierta.

Siento mis mejillas arder mirándome al espejo una vez más.

—Cuando Ian nació, mi hermano estaba muy feliz y emocionado —habla acercándose—. No hay nada en este mundo que no haría por ese niño, igual que todo el resto de la familia Meyer. Yo me enamoré de Ian con esos ojazos azules y ese cabello completamente negro —me sonríe a través del espejo—. Observé cómo te recibió, eso quiere decir que te tiene cariño.

—Es un niño demasiado lindo, es muy callado, pero respeto eso porque si no se siente bien al hablar, es mejor no presionarlo —digo—. Y en el poco tiempo que he convivido con él y Hunter me he dado cuenta de lo mucho que se quieren.

Asiente.

—Solo recuerda que mi hermano es capaz de hacer hasta lo imposible por las personas que ama —murmura antes de alejarse.

A mi cabeza viene querer saber sobre la madre de Ian, pero me abstengo de preguntar, ya que no es de mi incumbencia, ni tampoco es el momento.

Los dos chicos que le ayudaron se despiden de ella junto a las chicas que me arreglaron y solo quedamos ambas en la habitación. Ella toma un ramo pequeño de rosas blancas y hunde su nariz en él con una sonrisa en el rostro.

La puerta se abre dejando ver a cuatro hombres de traje y a Ian con un traje negro puesto. Lo observo a él y después a su padre, quien al verme me sonríe recorriéndome con la mirada de arriba abajo. Me muevo un poco sintiendo que las mejillas me vuelven a delatar.

Me sonrojo cada vez que lo veo.

El segundo es Leonardo, quien se adentra sonriendo y pasando de largo hasta donde está su hermana. Al que está al lado de Hunter lo reconozco porque es el mismo que estuvo cuando pasó lo de Ian en el colegio. Pero al que se encuentra al otro lado, con una mano sobre el hombro de Ian, no logro identificarlo. Tiene los ojos celestes, una barba recién rasurada y lleva un trago en la mano izquierda. Se me queda viendo, pero evito su mirada porque por alguna extraña razón me pone nerviosa.

Me muevo a un lado, para que vean a Hayley, quien debe de recibir toda la atención, ya que está hermosa y es el día de su boda.

—La joya de la familia ha crecido —habla el que tiene el vaso en la mano—. Estás hermosa, Hayley.

—Gracias, Enzo —ella le sonríe—. Y gracias por venir.

Él hace un ademán y se bebe el resto del líquido volviendo a intercambiar una mirada conmigo.

Hunter pasa junto a mí acariciando mi brazo para después guiñarme un ojo antes de acercarse a su hermana. Le ofrece su mano y a ella se le vuelven agua los ojos.

—Hoy me caso —susurra—. Y estoy tan feliz de que estén aquí.

Leonardo le besa la frente y Hunter le limpia las lágrimas.

—Vamos, el día de tu boda nadie va a llorar —se acerca el hombre de cabello castaño—. Y la novia no va a llegar tarde.

—Gracias también a ti, Maxwell —la morena lo mira—. En serio, estoy tranquila porque formas parte de esta familia y nunca los vas a dejar solos.

—Nunca —repite él.

Hunter le hace una seña a Ian, quien asiente y me ofrece su mano, la cual tomo mirando a su padre. Le sonrío antes de mirar al pequeño.

—¿Lista? —le pregunta su hermano.

Ella aspira profundo y asiente.

—Sí.

Hunter y Hayley son los primeros en salir, después lo hace Leonardo, quien al salir se encuentra a su madre, la cual entrelaza el brazo con el de su hijo. Después los seguimos Ian y yo, ya que Enzo nos da el paso, quien me sonríe.

Maxwell viene detrás y al bajar las escaleras logro reconocer a Abel, quien le guiña un ojo a Ian cuando pasa a su lado. Seguimos por debajo de las escaleras y salimos, donde hay una carpa enorme color blanco (donde será la ceremonia), las personas se ponen de pie y una canción clásica comienza a sonar cuando la novia pisa la alfombra de color rojo.

Todo está bello, las flores que decoran el techo son delicadas, las sillas son pequeñas y el sacerdote está justo en medio, y al lado, dos escalones abajo, se encuentra el novio.

Es de piel morena, tiene el cabello rapado y lleva un traje con un moño en el cuello. Hunter llega al final entregando la mano de su hermana y él la ve de una manera tan hermosa que ni siquiera puede haber palabras para describirlo.

Ian me lleva de la mano hacia las sillas de enfrente y nos paramos dejando una libre, ya que Hunter llega a mi lado pasándome un brazo por la cintura. La música termina y el padre da la señal para que nos sentemos.

Cruzo las piernas permitiendo que coloque su mano sobre mi rodilla y me volteo para ver a Ian, quien está atento al frente.

—Estás muy guapo —se sonroja.

Le peino el cabello antes de volver la atención al frente. Hunter me mira un momento y me sonríe. *Me gusta cómo me estoy comenzando a sentir a su lado.*

La ceremonia se da por iniciada. Un par de familiares del novio (supongo) son los que se encargan del lazo matrimonial, después otra chica se acerca llevando un velo color caoba que deja sobre las manos de ambos hasta que lo retira doblándolo.

—Todos de pie para los votos matrimoniales.

Todos nos ponemos de pie.

Hayley es la primera en tomar el anillo, observa al hombre frente a ella sonriéndole con los ojos cristalizados.

—Recibe este anillo, London Hamilton, como símbolo de mi amor, de mi ser y de que nunca, pase lo que pase, dejaré de amarte —comienza—. Prometo estar ahí cada mañana, prometo ser tu amanecer, prometo ser la calma después de una tormenta y, lo más importante, prometo ser esa esposa que nunca se rendirá ante nada —le termina de colocar el anillo—. Te amo y te amaré infinitamente hasta la maldita eternidad.

London toma la mano de ella y antes de acercar el anillo deja un beso sobre su dorso.

—Hayley Meyer, recibe este anillo como símbolo de las promesas que te haré ahora y el resto de nuestra vida —habla él—. Prometo ser el esposo que cuidará de ti, prometo ser el hombre que impedirá tu dolor tanto físico como emocional, prometo ser el amigo que necesites en un día de tristeza o felicidad, así como también prometo amarte ahora, mañana y siempre, hasta que la última estrella se extinga.

Ella recibe el anillo y ambos entrelazan sus manos.

—Hayley Meyer, ¿aceptas por esposo a London Hamilton para amarlo, respetarlo y cuidarlo hasta el último día de tu vida? —pregunta el cura.

Ella sacude la cabeza.

—Acepto.

El padre mira al novio.

—Landon Hamilton, ¿aceptas por esposa a Hayley Meyer para amarla, cuidarla, protegerla y respetarla hasta el último día de tu vida?

Él asiente.

—Acepto, claro que lo hago.

—Muy bien, por el poder y la bendición de Dios padre, los declaro marido y mujer; puedes besar a la novia, hijo.

No tardan ni medio segundo y ambos están colgados uno del otro dándose ese beso perfecto digno de una boda.

Los aplausos no se hacen esperar y de ambos lados de la carpa salen disparados pétalos de rosas blancas que bañan el lugar. Ian se asusta por el sonido y se pasa al frente dejando que lo rodee con mi brazo.

El hombre que tengo al lado levanta mi mentón para darme un beso que me deja sin aliento por un par de segundos, ya que después me jala de la mano para sacarnos fuera de la carpa. Ian viene con nosotros cuando llegamos a un tipo muelle por un sendero lleno de árboles.

Hay una tarima justo en el centro, las mesas están alrededor con la vista al mar y a lo lejos se logran ver las olas chocando con las rocas altas que hay en la orilla, el sol está por ponerse, pero todo alrededor tiene focos que solo esperan la noche para comenzar a brillar.

Hunter me guía hasta una de las mesas con la vista clara a la pista, cerca de la mesa de los novios, y yo llevo de la mano a Ian. El artista (que no logro reconocer) se acerca a Hayley dándole dos besos en la mejilla y saludando al novio.

Tomo asiento al lado de Hunter e Ian se sienta al lado de su padre, quien le guiña un ojo revolviéndole el cabello. Esmeralda viene con Leonardo, quienes nos acompañan, y Enzo hace lo mismo trayendo a una chica rubia que se sienta a su lado.

No la había visto.

—Démosles la bienvenida a los novios —habla el hombre al micrófono—. ¡Un aplauso!

Todos los aplausos se escuchan al unísono cuando Hayley entra a la pista con London, quien le rodea la cintura con un brazo para comenzar el primer baile. Enzo bebe de su trago mirándome por encima del vaso y aparto la vista volteando para ver a Hunter.

¿Por qué me mira tanto?

—¿Hablas español? —le pregunto porque desde que llegamos me causa curiosidad.

Mueve la cabeza.

—Un poco —se encoge de hombros—. Mi fuerte es el latín y el alemán.

Sonrío desviando la vista hacia los novios topándome con la mirada de la rubia, quien mira fijamente al hombre que tengo al lado.

Busco la mano de Hunter y entrelazo sus dedos con los míos llamando su atención.

—Quiero escuchar algo —le pido mirándolo a los ojos.

—¿En qué idioma? —alardea.

—Presumido.

Finjo pensarlo, pero no tardo en responder.

—En español, por favor.

Bebe de su copa para después acercar su rostro al mío apartando mi cabello de mi hombro.

—*Me gusta mucho, maestra* —susurra provocándome cosquillas—. *Y no sé qué hacer con usted.*

No sé qué dijo, pero me gusta.

—¿Qué significa? —inquiero con la esperanza de que me lo diga.

—Es obvio que no te lo diré —frunce el ceño.

—Lo averiguaré de todas formas —digo fingiendo que no me interesa—. Así como estoy aprendiendo latín, puedo aprender español.

Suelta una risa pasándome un brazo por detrás de los hombros.

—Seguro que sí.

La música comienza más alto dándose por iniciada la fiesta. Los meseros se pasean de un lado a otro llevando y trayendo copas, cervezas y champaña que sirven más de una vez. En la mesa piden una botella de tequila.

Maxwell llega palmeando el hombro de Hunter y se sienta a su lado quitando a Ian, pero lo sube a su regazo y lo molesta cuando le revuelve el cabello y le besa las mejillas.

—Tío, basta —se ríe, pero Max continúa—. Ya, ya.

Sonrío al verlos y se ve que se tienen mucha confianza, se nota que Maxwell lo quiere demasiado. Desde que conocí a los miembros de esta familia me di cuenta de que Ian es su adoración y prioridad.

—¿Tienen asuntos que resolver mañana? —pregunta Esmeralda, quien se inclina para tomar la copa de champaña—. Fabio llegó hoy, lo mandé a traer por si lo necesitan.

Hunter asiente.

—Es un negocio que no pasa del mediodía, ¿cierto, Enzo? —lo observa esperando una respuesta.

—Sí, no pasa del mediodía —concuerda él.

Miro a Hunter queriendo que me vea y cuando lo hace frunzo el ceño.

—¿No nos iremos mañana? —hablo en voz baja.

—Sí, pero por la tarde —responde—. Igual, si te quieres quedar un día más, yo no tengo problema. ¿Puedes cancelar la clase de mañana?

—No, no puedo. No es una cita en un salón de belleza, Hunter —susurro tratando de no llamar la atención—. Es un trabajo y no dejaré a mis alumnos sin clases.

No me responde, solo se concentra en ver hacia la pista y observar a su hermana. Aparto la mano que tenía sobre su regazo inclinándome hacia el frente para tomar la copa que está en mi lugar. La chica rubia le susurra algo a Enzo y este frunce el ceño asintiendo. Se saca el teléfono y se pone de pie.

—Hunter, tenemos que hablar —le dice.

—¿Qué pasa? —inquiere él.

—Noticias de Nueva York.

¿Qué noticias de Nueva York?

Rápidamente Hunter se pone de pie y sin decirme nada los sigue, tanto a Enzo como a la rubia que se va con ellos.

No sé por qué, pero de repente los ánimos se me bajan y lo único que quiero es irme a Nueva York, ver televisión con Danielle y convencerla de pintarse el cabello de morado aunque ella no tenga la culpa de mi repentino enojo.

Maxwell se mueve hasta sentarse en la silla que dejó su amigo al lado y trae a Ian con él.

—Soy Max —se presenta—. Mucho gusto.

—Nathalie —le sonrío mirando a Ian—. ¿Desde cuándo conoces a Hunter?

—Desde antes de que naciera este hombrecito —le besa la coronilla—. ¿Y tú?

Miro al frente observando el lugar por donde se fue, pero no está.

—Creo que estabas ahí cuando lo conocí, ¿no? El día en el colegio —le recuerdo.

Asiente.

—Efectivamente, Nathalie —acerca su mano al vaso sobre la mesa con el líquido cristalino en él—. También eres la maestra favorita de Ian, ¿cierto, hombrecito?

Ian sacude la cabeza sonriendo.

No sé qué responder a eso, por eso me quedo en silencio. Esmeralda me sonríe cuando la veo y es Leonardo quien se pone de pie invitándola a bailar.

Hayley llega a nuestra mesa, con la atención puesta en Ian.

—Bueno, llegó el momento de bailar con el hombrecito de la familia —comenta—. ¿Puedo?

Él agacha la cabeza, pero es Maxwell quien le susurra algo en el oído que lo hace ir. Hayley me guiña un ojo antes de llevar a su sobrino hasta la pista.

—Son una familia muy unida —habla Maxwell—. Todos somos muy unidos, entre familia nunca nos damos la espalda —recibe dos copas de uno de los meseros—. Así que cualquier cosa que necesites, no dudes en pedirlo, en mí tienes un amigo, Nathalie.

—Gracias, Max.

Mueve la cabeza en señal de asentimiento y vuelve la mirada al frente. Hunter aún no regresa, Ian sigue en la pista tratando de mover los pies sin pisar a su tía y es cuando me pregunto qué rayos hago aquí.

Me pongo de pie agarrando la tela del vestido, y camino un poco hasta alejarme de la gente y del ruido. El sol está por ponerse y la brisa fresca del mar me hace acariciar mis brazos en busca de calor.

Es que en serio no sé cómo acepté venir aquí, donde ni siquiera puedo decir que conozco a alguien. Cuando acepto ir con la familia Prince a algún lado lo hago porque va Danielle, y conozco a Andre y a Nick, que son mis amigos.

Pero ¿aquí? Ni siquiera sé qué tipo de "relación" tenemos Hunter y yo. El que le abra las piernas por ahora no tiene un significado fijo y tal vez él solo…

No. Sacudo la cabeza evitando ese pensamiento que solo me causará más bajón del que ya tengo. Me dijo que si lo quería conocer probablemente lo que descubriera no me iba a gustar, pero es que si doy un paso atrás, no significa que dejaré de pensar en él.

¿Qué se suponía que hiciera? ¿Quedarme con el "qué pudo pasar"? No tiene caso hacerlo. No voy a mentir al decir que no me gusta estar con él, porque desde que me envió esas flores despertó cierta curiosidad de mi parte que solo crece con cada beso, cada caricia y cada acercamiento.

Puedo dejar que el tiempo transcurra, pero eso no quiere decir que lo que venga no me vaya a afectar, de una manera u otra lo voy a terminar conociendo.

Siento cómo me toman de la cintura y cierro los ojos un momento al reconocer su perfume que me llega de golpe y entra por mis fosas nasales. Me volteo para verlo, pero mi mirada se desvía hacia la rubia con el vestido rojo despampanante que se empina una copa caminando directo hacia la mesa donde estábamos antes.

Él también la mira y yo me muevo a un lado para que la vea mejor.

—Me iré mañana, gracias por el viaje, pero tengo que volver a Nueva York —aviso—. Tengo un trabajo, clases, actividades, y no puedo faltar…

Asiente sin decir nada.

—Si tú no te marchas aún, está bien —me remuevo en mi lugar—. Llamaré un taxi que me lleve al aeropuerto y tomaré un vuelo directo a Nueva York.

No sé por qué me enoja que se quede en silencio, pero no digo nada, porque no tiene caso.

¿Qué diré?

—¿Ya acabaste? —pregunta serio—. Llegaste conmigo, te vas conmigo.

—Pero...

—No te vas a subir en un avión comercial teniendo un jet privado a tus pies, Nathalie —deja claro—. Así que deja de decir eso.

Me deja sin habla.

Teniendo un jet privado a tus pies.

El calor me sube al rostro y aparto la mirada hacia el atardecer. No sé qué decir, no sé...

—Hunter, la respuesta es no, al parecer aún no —nos interrumpe la rubia.

No hagas caso, no tienes por qué quedar en ridículo ni odiar a nadie.

Me repito eso en la cabeza una y otra vez como un mantra. Hunter se voltea un poco para verla, y es que los pechos casi se le salen.

—De acuerdo, infórmale a Enzo —contesta él.

Ella asiente, me sonríe de medio lado y se marcha.

Vuelvo a tomar la tela del vestido para no tropezar y mis planes son alejarme de él, pero me toma de la muñeca atrayéndome a su pecho, donde quedo a centímetros de su rostro.

—¿A dónde vas?

Trago con fuerza.

—Me duelen los pies, quiero irme a recostar —miento—. ¿Le puedo preguntar a Ian si quiere descansar ya?

—Es demasiado temprano para que Ian se duerma —arruga las cejas—. ¿Qué pasa? ¿Por qué estás molesta?

—No estoy molesta —vuelvo a mentir.

Trato de irme de nuevo, pero no me deja.

—Claro que sí, hace un rato estabas pidiendo que te hablara en español y ahora parece como si me quisieras lejos, ¿qué pasa? —insiste.

No quiero hablar, no quiero hacerlo, solo me voy a poner en ridículo con algo que ni siquiera tiene relevancia. No le voy a dar el protagonismo a quien no se lo merece, nunca hay que hacer eso.

—Ya te dije, estoy cansada, pero puedo aguantar un poco más.

Me toma de la cintura.

—Eres pésima mintiendo.

No me dice nada más y no sé si está enojado, ya que nunca lo he visto de esa forma, pero prefiero quedarme callada y no preguntar si lo está o no porque no deseo averiguarlo.

Ambos llegamos a la mesa minutos después, y cuando estoy por sentarme él me toma de la mano llevándome hacia la pista. No logro reconocer la canción que está sonando, solo permito que Hunter me rodee la cintura con un brazo mientras que con el otro entrelaza su mano con la mía.

Me pega más a él mirándome fijamente a los ojos cuando ambos nos movemos al compás de la música. Siento cómo el corazón me martillea en el pecho por la mera cercanía y también por el hecho de tener mis labios casi sobre los suyos.

Inevitablemente subo mi mano por su hombro hasta su nuca, donde mis uñas acarician la piel sobresaliente de su cuello.

—Estás muy hermosa —susurra sin apartar la vista.

—Hunter…

Menea la cabeza soltando una risa.

—¿Qué? ¿Ahora no puedo decirte la verdad? ¿Tan enojada está, maestra?

Por más que trato de evitar que la sonrisa me delate, no lo logro y sonrío como una boba sin poder borrarla.

—No estoy enojada —me defiendo—. No tengo por qué estarlo.

Pone los ojos en blanco.

—Bueno, fingiré que te creo.

Detallo la forma de su boca, el crecimiento de su barba, un pequeño lunar que tiene en la mejilla izquierda y las finas arrugas que se forman cuando sonríe, como ahora. Es guapo, mucho. Me di cuenta de eso desde el primer día en que lo vi y justo hoy caigo en cuenta de que por más que trate de borrarlo no lo lograré. Hunter Meyer amenaza con permanecer en mi vida, en mi corazón y en mis pensamientos para siempre.

Aún sin conocer qué es lo que me espera.

Ya es de noche y los focos iluminan la pista, junto a todo el espacio que ocupan las mesas, las barras de donde vienen los meseros y la comida que está ubicada a un lado, para que cada quien tome lo que quiera. Me sorprendió eso, pero según escuché, Hayley así lo quiso.

Cuando la canción termina le da paso a otra, pero esta vez el ritmo es diferente; Hunter se detiene llevándome con él hacia la mesa, donde no llego de nuevo, ya que alguien me detiene de los hombros por detrás.

—Acompáñame a bailar, mis amigas están ahí —Hayley me hace regresar.

—Yo no…

Ella mira a su hermano.

—Mi hermano no se pondrá celoso, ¿cierto?

Él niega y deja un beso en mi mejilla acercándome a la pista con las manos en la cintura.

—Diviértete —susurra antes de alejarse.

Ya no está la música en vivo, ahora está solo un DJ, quien se encarga de poner una canción latina, pero con un ritmo que en serio está bueno. Hayley se pega a mi lado alentándome a que mueva las caderas recordándome a Danielle. Muevo las piernas dejándome llevar y levanto las manos cuando el ritmo lo pide.

La novia lanza un grito y pasamos de ser cinco a ser más de veinte quienes se mueven. La hermana de Hunter canta en un perfecto español y de repente sale trayendo a Leonardo y Maxwell, quienes también hacen ruido creando más ambiente.

La canción cambia en medio de la mezcla que hace el DJ y el sonido de la siguiente es reggaetón a un ritmo más lento, pero sensual. Hayley toma la mano de su novio para traerlo a la pista y le quita el saco lanzándolo lejos mientras le pasa las manos por el torso.

Le siguen Leonardo y Maxwell, quienes se meten al centro dándolo todo en un baile donde a las chicas se les cae la baba cuando ambos se quitan el saco de forma sexy. Hayley vuelve a mi lado con dos tragos y me invita a tomar uno, me lo bebo y dejo que se lo pase a un mesero ordenando que traiga más.

Desvío la vista hacia la mesa donde estaba Hunter y lo veo de pie con Enzo al lado. El segundo está fumando con la vista fija al frente y el primero bebe de su trago sin quitarme la mirada de encima.

Le hago una señal para que se acerque, pero se niega y no insisto, ya que sé que no vendrá.

Enzo le susurra algo en el oído y él pone los ojos en blanco cuando lo ve alejarse, yendo directo hasta donde está Maxwell, a quien toma por detrás bailando con él pasándole las manos por las caderas.

¿Es gay?

La pelinegra vuelve a llamar mi atención para que regrese al ambiente que aún no se termina. Bailo más de cinco canciones moviendo las caderas y pasando las manos por mi cuerpo sobre la tela del vestido.

Bebo más tragos de los que puedo contar y no sé si estoy ebria o solo cansada, pero mis pies se mueven hacia abajo de la tarima evitando marearme hasta que Hunter me encuentra.

—¿Se divirtió, maestra? —me alza el mentón para que lo vea.

—Creo que bebí de más —apoyo mi cabeza en su hombro—. Me duelen los pies.

Me besa la frente y suelta una suave risa.

—No lo dudo.

Me pasa un brazo por debajo de las piernas, cargándome y dejando que rodee su cuello con mis brazos. No protesto por el hecho de que me cargue, porque sé que no podría dar más de cinco pasos sin caerme y solo quiero una cama.

—¿Estoy pesada? —pregunto jugando con su cabello.

—Para nada —contesta y no le creo.

—¿Estás seguro? —insisto.

—Muy seguro.

Regresamos por el mismo camino que llegamos y dejo de escuchar la música cuando llegamos a la enorme mansión. Nos abren la puerta y él sube las escaleras aún conmigo en brazos.

—¿Dónde está Ian?

—Esmeralda lo llevó a dormir —responde empujando con el pie la puerta. Hace lo mismo cuando entramos.

Camina hasta dejarme en cama y se agacha clavando una rodilla en el suelo para alzar mis piernas encargándose de las correas de mis zapatos. Los quita dejándolos a un lado y masajea las plantas de mis pies, lo que me saca un respiro profundo.

—¿Te ayudo con ese vestido? —pregunta, pero esta vez no lo hace de forma coqueta, ni trata de tocarme—. ¿Y bien?

Asiento levantándome y me volteo para que se encargue de bajar las mangas caídas, después continúa hasta la cintura y al final lo termina sacando por mis piernas. No llevo sostén y el cabello apenas me cubre los senos.

Se quita la camisa que lleva puesta y me la ofrece. Meto una mano y después la otra hasta abotonarla solo de en medio. Él se quita los zapatos y los coloca a un lado y aparta los cojines que hay en la cama.

—Entra.

Me subo al colchón haciéndole un espacio y no tarda en entrar, dejando que apoye la cabeza sobre su pecho desnudo.

—Estoy ebria —digo—. Pero solo así voy a decir lo siguiente —con mi dedo formo círculos sobre su tórax—. Estaba celosa de esa rubia con la que andabas.

Me aprieta contra él y yo busco enredar mis piernas con las suyas.

—No me digas.

Siento que eso fue sarcasmo.

—¿Te besó? —cierro los ojos cuando siento sus labios sobre mi cabeza.

—¿Quién? ¿La rubia? —se hace el bobo—. Sí, besa de maravilla.

Trato de voltearme, pero no me deja, sino todo lo contrario, me sube a su pecho formando un candado con ambos brazos evitando que me pueda mover.

—Estoy bromeando, maestra —me besa las mejillas—. Duérmete.

Ya no digo nada, porque el mero hecho de escuchar su corazón me hace volver a cerrar los ojos dejándome profundamente dormida entre sus brazos.

***

Cuando despierto tengo un dolor de cabeza que me hace voltearme hacia el lado contrario de donde entran los rayos del sol, pero recuerdo que por mi ventana no entran directamente a mi cama.

Me incorporo de golpe y cierro los ojos por la punzada que se instala en mi nuca y me vuelvo a sentar observando alrededor. La cama es enorme, la habitación igual y el recuerdo de dónde estoy me llega.

La habitación de Hunter, en México.

Él no está y en el baño no se escucha la regadera abierta, por lo que me pongo de pie y camino directo a la ducha. Al pasar por el espejo de cuerpo completo que está antes de llegar a la puerta me observo. Llevo la camisa blanca que él tenía puesta anoche y tomo un poco de tela llevándola a mi nariz y aspiro su perfume con una estúpida sonrisa en el rostro.

Me la quito de camino al baño, donde hay batas, toallas y todo lo que pueda necesitar. Abro la regadera hasta que sale el agua tibia y me meto bajo el chorro empapando mi cabello. No tardo mucho dentro, ya que me lavo rápido el cabello, después el cuerpo y termino cerrando la llave para tomar una toalla.

La maleta está a los pies de la cama, la tomo buscando algo para ponerme y encuentro un top de tela en color gris, también unos jeans de tiro alto y me dejo los tenis blancos que tenía puestos ayer.

Me acerco al enorme espejo y me peino el cabello, el cual ato en una cola dejando el fleco fuera y me pongo un poco del perfume que empaqué. Una vez que estoy lista abro la puerta con el teléfono en la mano y abandono la habitación.

Tengo una llamada perdida de Zaydaly y dos mensajes de texto de Danielle.

Cierro la puerta tras de mí y me doy a la tarea de devolverle la llamada a mi hermana…

Pero choco contra alguien y no logro detener mis pies que se enredan, dejando que la persona me atrape entre sus brazos para no caer.

Abro los ojos lentamente encontrándome con la mirada celeste de Enzo Meyer. Me ayuda a ponerme recta aún con su mano en mi cintura, y no sé por qué, pero me alejo rápido como si su toque me quemara.

—Enzo —se presenta.

Asiento.

—Nathalie —contesto—. Perdón por casi caerte encima, pero es que venía con el teléfono y…

—Por eso dicen que la tecnología nos está consumiendo —se ríe—. No te preocupes.

Muevo la cabeza y me paso una hebra suelta del cabello por detrás de la oreja.

—¿Sabes dónde está Hunter? —me acomodo el fleco.

Él coloca ambas manos en su cintura mirando hacia las escaleras.

—Salió, pero no creo que tarde en regresar —responde—. ¿Quieres algo de desayunar?

Dudo en responder, por dos razones. Uno, me da pena, y dos, no sé si tengo que pensar en que Hunter pueda…

¿Pueda qué? Me regaña mi subconsciente. ¿Puede ponerse celoso?

—¿Ian ya se levantó? —desvío el tema—. Me gustaría que desayunara conmigo, si se puede.

Un hombre sale de una de las habitaciones y cuando me ve, viene hacia mí. Es Abel.

—Señorita, Ian quiere verla —se dirige a mí—. ¿Me acompaña?

—Sí, claro —me giro a ver a Enzo—. De nuevo disculpa por…

—Sí, tranquila.

Sigo a Abel hasta la puerta que me dijo y en cuanto la abre la recámara queda a la vista. Ian está sentado a los pies de la cama y no tiene buena cara.

—Buenos días —saludo llegando a su lado—. ¿Qué pasa?

—La tía Hayley me hizo bailar anoche —se queja—. Y me duelen los pies, a mí no me gusta bailar.

Hace un puchero y sin poder evitarlo le lleno la cara de besos.

—Cuando una bella señorita te pida que bailes con ella, no le hagas el desaire —le aparto las hebras negras de la frente—. Qué tal que en un futuro Melissa te pide que le concedas un baile.

Él mira a Abel.

—¡Melissa no es mi novia, A! —lo señala sacándome una risa—. Es mi amiga.

—¿Y yo qué dije? —lo molesta el guardaespaldas.

—Nada —admite en voz baja.

Lo levanto tomando su mano.

—Vamos a desayunar, ¿sí?

Abandonamos el cuarto siguiendo a Abel, quien es el que nos lleva directo afuera, hasta llegar a una terraza con la vista hacia el océano. Esmeralda tiene un cigarrillo entre los dedos, Leonardo una bolsa de hielo en la cabeza y Maxwell bebe su café.

—Buenos días —hablo llamando la atención de la madre de Hunter.

Ella asiente simplemente y le hace una señal a Ian para que se acerque a darle un beso. Él lo hace sin protestar y yo tomo asiento al lado de Max.

—¿Resaca? —pregunto en voz baja.

—Como no tienes idea —cierra los ojos un momento—. Buenos días.

Le sonrío desviando la vista a Leonardo, quien levanta su pulgar en mi dirección.

Una empleada me sirve el desayuno, fruta, jugo de naranja y la mitad de un sándwich. A Ian le sirve otro diferente, solo es plátano con un vaso de leche, el cual tiene un popote negro.

—Si deseas algo más, pídelo a cualquier empleada —me dice Esmeralda.

—Sí, gracias —le sonrío y ella me corresponde con la boca cerrada.

Es una mujer muy seria, ya que no la he visto sonreír muy a menudo, pero al parecer todos están acostumbrados a su modo de ser. Ian mueve los pies en la silla y yo desayuno en silencio.

Maxwell recibe una llamada que no dura mucho, ya que cuelga mirando a Leonardo.

—Vámonos —se pone de pie—. Provecho.

Ambos se pierden dentro de la casa y yo continúo comiendo mirando de vez en cuando el mar a lo lejos. El clima está súper cálido.

—Mi hijo me comentó que se regresarán a Nueva York hoy por la tarde —inicia la conversación Esmeralda—. ¿Es verdad?

Termino de pasarme la comida y asiento.

—Sí, tengo que presentarme en el colegio mañana y no puedo faltar —la miro—. Gracias por recibirme aquí, Hunter no me dijo a dónde me llevaba, pero la verdad me gustó mucho convivir con ustedes.

Estoy siendo sincera, no me esperaba esto, pero tampoco me arrepiento.

—Aquí no tienes que agradecerle a nadie —murmura apagando el cigarrillo en un cenicero—. Solo a mi hijo, si gustas.

—Claro —dejo el vaso sobre la mesa—. ¿Sabe cuándo regresa?

—Antes del mediodía, no pasa de eso.

Miro la hora en el teléfono y son apenas las 8:30 de la mañana.

—*Diligenter* —ella le habla a Ian en latín.

Mi celular se enciende con una videollamada de Danielle y no quiero rechazarla, por lo que antes de ponerme de pie respondo.

—¡Cuéntame cómo estuvo la cogida…! —exclama.

Rápidamente le cuelgo y siento mis mejillas arder deseando que la tierra me trague y me escupa en el hueco más hondo, otra vez.

—Perdón —me disculpo con Esmeralda, ya que Ian tiene la mirada sobre su plato de comida—. Es mi mejor amiga y…

—No te preocupes —bebe de su café—. Y si deseas privacidad, puedes pasear por la propiedad.

—Gracias.

Me pongo de pie cuando el teléfono vuelve a timbrar y esta vez sí respondo porque estoy alejada.

—¿Por qué me cuelgas, estúpida? —se enoja pasándose la mano por el cabello—. ¡Me desperté temprano en domingo por ti y así me pagas!

—Danielle, estaba con la madre de Hunter e Ian —la regaño mirando el camino hacia el enorme jardín—. Me hiciste pasar una vergüenza.

Pone los ojos en blanco.

—Ay, por favor, ¿acaso la suegra no coge? —habla soltando un chasquido con la lengua—. No creo que a Hunter lo haya traído la cigüeña. Esas cosas me las aclaró mamá cuando tenía doce años.

Me río.

—Eres imposible.

Está en el departamento, porque reconozco la habitación.

—Danielle, déjame dormir —se queja alguien desde su cama.

Mi amiga me muestra a la chica que duerme boca abajo entre las sábanas, y no me sorprende.

—Sí, sí, ya me voy.

Abandona el cuarto caminando con el teléfono frente a ella hacia la cocina.

—Ahora cuéntame a dónde carajos te llevó, quiero saber.

Paseo mis manos por las flores que hay en un pequeño jardín.

—Estoy en México, me trajo a la boda de su hermana —le cuento—. Te juro que no tenía idea de esto, Danielle. O sea, de repente estoy en un jet privado directo a México y la verdad es…

—Que no te arrepientes —termina por mí.

—No, no lo hago.

—Tú solo disfruta, tienes derecho a hacerlo.

—Gracias, Dani.

Me sonríe.

—Te dejo, que tengo que volver a la cama para despertar antes del mediodía.

Muevo la cabeza.

—Yo estaré allá por la tarde o noche, no estoy muy segura.

Asiente enviándome un beso antes de finalizar la llamada.

Me doy la vuelta y miro la enorme mansión frente a mí. No he visto a Hayley y a su esposo, por lo cual supongo que anoche mismo se fueron de luna de miel. Es lo más probable.

Camino por el jardín de regreso a la terraza, donde no encuentro a nadie, así que me adentro en la casa. Me desvío al enorme salón, donde está Ian con el cuaderno negro entre sus manos. Me acerco a paso lento provocando que alce la mirada.

—¿Qué haces? —inquiero sentándome en uno de los sofás.

—Escribo.

—De acuerdo… —mueve el lápiz sobre la hoja muy concentrado. El idioma en el que está escribiendo no es latín, sino ruso—. ¿Tu padre te enseñó ruso? —me inclino hacia adelante.

—No, me lo enseñó otra persona.

Asiento dejando que continúe. Tal vez Leonardo o Hayley le están enseñando esa lengua. Le mando un mensaje a Zaydaly, quien me responde casi de inmediato diciéndome que está en la tienda comprando pañales para Rose. Me envía una foto de ella, mordiendo una sonaja.

Es tan hermosa.

Me paso gran parte de la mañana observando a Ian, quien ahora está dibujando, y volteo cuando escucho voces desde la entrada principal de la casa. Es Hayley, quien trae puesto un traje de baño y tiene uno colgando de la mano.

—Te estaba buscando, esto es para ti —me ofrece las prendas—. Pasaremos un rato en la alberca.

—Yo no creo…

Me mira suplicante.

—Solo un rato, en lo que vuelve mi hermano.

Acepto porque no quiero que se sienta mal y camino escaleras arriba hasta la habitación de Hunter, me pongo el bikini en color rojo de dos piezas y me cubro con una de las camisas que encuentro en la maleta al lado de la mía.

Hayley me está esperando abajo con Ian a su lado, quien ya tiene un traje de baño puesto y me dejo guiar por la morena hacia la enorme alberca. Su esposo está recostado en un camastro y la hermana de Hunter me anima a quitarme la blusa.

Ian insiste en que entre y lo hago sintiendo que el calor se apaga cuando el agua me cubre. Meto el cuerpo entero alisándome el cabello hacia atrás y tomo la mano del pequeño. Siento que su timidez no es por mí ni por su tía, sino por el hombre que está recostado en la silla.

Lo animo a que nade un rato y lo hace mientras yo lo observo en la orilla. Hayley sale con un par de bebidas, me ofrece una prometiendo que no contiene alcohol y la acepto dándole un trago.

—¿Hace mucho que eres maestra, Nathalie?

Niego.

—No, este año es el primero —respondo—. Y estoy muy contenta.

—Me alegra, se ve que te gustan los niños.

—Sí, la verdad es que sí.

Pasamos un buen rato en la alberca, le pongo bloqueador a Ian y le pido a una de las empleadas que le traiga algo de comer.

Conversamos Hayley y yo, y me doy cuenta de la increíble persona que es. London le roba besos a cada momento y ella le responde con el mismo entusiasmo.

Al cuarto para la una le comento que iré adentro y ella asiente.

En cuanto entro a la casa y camino hacia las escaleras, Hunter, Maxwell y Enzo entran por la puerta principal. Los últimos dos pasan de largo hacia la barra y cuando veo al primero me acerco de inmediato al ver que tiene sangre en el labio.

—¿Qué te pasó? —me acerco observando el golpe. No tiene más, solo en ese lugar—. ¿Estás bien?

—Estoy bien, me pegué con la puerta del auto.

No sé por qué, pero no le creo nada.

Observa que tengo el bikini puesto, el cabello suelto y las gotas de agua que caen por el centro de mis pechos.

—¿Y ese bikini? —juega con los tirantes del sostén.

Me encojo de hombros.

—Hayley me invitó a pasar un rato en la alberca con ella.

—¿Estaba London allí? —alza una ceja.

Frunzo el ceño.

—¿En serio me estás haciendo una escena de celos?

—Solo hice una pregunta.

Pongo los ojos en blanco y le beso la mejilla, dejando que me lleve con él escaleras arriba hasta la habitación.

—Espera aquí —le pido sentándolo en la orilla de la cama. Camino hasta el baño, empapo una toalla con agua y vuelvo con él—. Déjame…

Tomo su barbilla quitando la sangre seca debajo de su labio izquierdo y después hago presión sobre la herida buscando limpiar mejor.

—Saldremos en tres horas —me informa—. Probablemente lleguemos en la tarde a Nueva York.

—Sí, está bien —dejo la toalla a un lado y le acaricio la mejilla—. ¿Te duele?

—No, estoy bien —niega—. Me encanta ese bikini.

Entrecierro los ojos.

—Hace apenas unos instantes no estabas muy contento.

Se encoge de hombros y yo dejo un beso a un lado de su boca, para evitar lastimarlo, pero no se conforma, ya que me toma de la nuca profundizando hasta que su lengua danza con la mía.

—Vístete, te llevaré a conocer un lugar.

No protesto, simplemente hago lo que me pide y me dejo llevar hasta donde quiera. En el piso de abajo, él llama a Ian en latín y Abel sale con nosotros. Los tres nos subimos a una camioneta que es conducida por el guardaespaldas.

El pequeño no dice nada y yo tampoco, solo me concentro en mirar por la ventanilla los árboles pasar, hasta que nos adentramos a una propiedad y me doy cuenta de que es un hipódromo, las letras H. M. relucen en color oro en la puerta principal.

La camioneta se estaciona y los tres bajamos. Un hombre con un sombrero se acerca a Hunter y le da la mano.

—*Patrón, es un gusto tenerlo por aquí* —le habla en español.

—¿Cómo están mis animales? —Hunter observa el lugar—. Quiero a mi Pura Sangre listo para montar.

—Claro, señor —el hombre llama a un chico, le dice algo y este sale corriendo—. Todo ha estado bien, no hemos perdido sementales hasta ahora, todo va viento en popa.

—Excelente.

Se voltea para ver al guardaespaldas.

—Lleva a Ian a ver a su caballo, si quiere montar déjalo y vigílalo —le ordena.

—Sí, señor.

Le doy un beso a Ian en lo alto de la cabeza y lo veo marcharse con Abel, quien lo carga en la espalda cuando él se lo pide.

Hunter me jala a su lado y caminamos directo a un establo demasiado grande. Las rejas donde están los caballos parecen de oro puro y en todas ellas relucen las letras H. M. Los caballos son hermosos, unos blancos, otros cafés y los negros no pueden faltar.

El mismo hombre sale con un caballo negro, con una trenza tejida a un lado y con la montura color plata. Le entrega las riendas a Hunter, quien le acaricia la cabeza al animal.

—Vamos —me señala arriba.

Niego dando un paso atrás.

—Nunca he montado un caballo y no quiero que hoy sea mi primera vez.

—No lo harás sola, yo subiré contigo —espera mi mano.

Dudo, pero tampoco me quiero quedar con las ganas. Acepto al mismo tiempo que permito que me tome de la cintura empujándome hacia arriba. Caigo de piernas abiertas y suelto un grito cuando el animal se mueve, lo que me pone muy nerviosa.

—Apúrate —le digo.

Sonríe poniendo su pie en el estribo y cuando sube queda pegado detrás de mí. Él se encarga de las riendas y el corazón se me acelera cuando lo siento cerca.

El caballo sale por otra de las entradas que dan a un enorme sendero lleno de árboles alrededor. El sol no está tan caliente y el viento fresco me golpea la cara cuando Hunter acelera el ritmo.

—¿Te gusta? —me pregunta pegando su boca a mi oído.

Me volteo un poco para verlo. *No me canso de mirarlo a los ojos.*

—Me encanta.

Dejo un casto beso sobre sus labios.

Continuamos con el paseo fuera del sendero hasta un pueblo cercano, donde las casas son pequeñas, las personas pasean tranquilamente y hay niños jugando en un pequeño parque que solo tiene dos columpios.

Con una sola mano toma las riendas y con la otra me rodea el estómago pegándome más a su pecho. Me gusta estar así. Apoyo mi cabeza en su hombro y de vez en cuando me volteo para besarle la boca mientras él deja besos a lo largo de mi cuello.

—¿Quieres intentarlo? —me pregunta luego de un rato cabalgando.

—¿Qué? —lo miro con el ceño fruncido.

No me responde, solo me besa la mejilla antes de tomar mis manos y dejarlas sobre las riendas. Me pongo nerviosa y me niego, pero él me susurra que no pasará nada, así que me tranquilizo.

Me echo a reír cuando el caballo se va hacia un lado y él tira hacia el otro logrando que siga el camino.

Luego de un rato damos la vuelta y regresamos al hipódromo, donde Ian ya nos espera con Abel cerca de la entrada. Hunter me ayuda a bajar y le entrega las riendas del animal al hombre.

—Nos vemos muy pronto —se despide y él asiente.

Volvemos a la casa en la camioneta y en la entrada de la mansión está mi maleta, otra más pequeña y un maletín que cuida un empleado. Hunter se acerca hasta donde están su madre y Leonardo.

Maxwell está recostado en una esquina y Enzo fuma al lado de él.

—Ya nos vamos, me llevo a Ian —avisa él.

—Está bien, me iré mañana, pero Maxwell se va contigo —le responde su madre.

Max tira la colilla de su cigarrillo y se sube a la camioneta con Ian.

—Cuidado, por favor —le pide su hermano.

Él asiente y le da la señal al hombre para que suba las maletas. Me acerco a Esmeralda algo dudosa.

—Gracias por todo —digo—. Espero volver a verla.

—No lo dudo, Nathalie.

Me sonríe de medio lado. Desvío la vista hasta Enzo, quien se lleva la mano a la frente en un saludo militar y yo solo agito la mía en respuesta.

Ian se sienta en medio de Hunter y yo mientras que Max está en el lugar del copiloto.

—¿Qué te pareció México, Nathalie? —me pregunta el castaño.

Miro a Hunter un momento antes de soltar un suspiro.

—Creo que me enamoré.

De México.

Trato de ocultar una sonrisa desviando la mirada hacia la ventanilla, pero de reojo logro ver los ojos azules de Hunter recorrerme el rostro y al final estira los labios en una sonrisa ladeada que trata de ocultar cuando se acaricia la barba.

24

Nathalie Parson

Llegamos antes de que el sol se ponga en Nueva York. Aterrizamos en la misma pista, donde Hunter habla con el piloto mientras Maxwell, Ian y yo bajamos del jet. Abel se encarga de las maletas y Max me abre la puerta de la camioneta invitándome a subir.

Ian quiere entrar, pero Max lo detiene.

—Tú y yo nos iremos en otra camioneta, hombrecito —le dice.

—¿Por qué? —pregunto frunciendo el ceño.

—Porque Hunter te irá a dejar a tu casa e Ian tiene que cenar en la suya —contesta dando un paso atrás cuando el mencionado se acerca—. Me lo llevo, nos vemos en un rato. Un placer conocerte, Nathalie.

—Igualmente.

Le hago una señal a Ian para que se acerque a la puerta de la camioneta y lo hace sin dudar. Le aparto los mechones de pelo de la frente y le beso lo alto de su cabeza.

—Te veo mañana en clases, ¿sí?

—Sí, *magister bonus* —responde en latín.

Su tío se lo lleva y Hunter cierra para después rodear la parte delantera del coche hasta subir. El motor arranca y en menos de un minuto una ventanilla completamente negra sube de entre los asientos para dar privacidad a la parte trasera.

Me volteo a verlo y de repente me toma de la nuca pegando mi boca a la suya sin darme tiempo de asimilarlo. Le correspondo el beso moviéndome más hacia él, en serio me vuelven loca sus besos y su cercanía.

Y ese maldito perfume que usa.

Hunde sus dedos en la carne de mi mandíbula ladeando mi cabeza hacia un lado para tomar mi cuello. Cierro los ojos ante la

218

sensación placentera que me comienza desde el centro del vientre hasta el pecho.

—¿Puedo continuar? —susurra sobre mi piel dejando besos húmedos ahora en mi hombro.

—Hunter, no estamos solos… —trato de que mis ganas tampoco me delaten, pero es imposible.

—No te preocupes por eso, nadie verá nada.

Yo misma me echo un poco para atrás y levanto mi blusa dejando que él se encargue de lo demás. Su mirada se oscurece y cuando pienso que me bajará las copas del sostén primero, baja su mano por el centro de mi pecho hasta el botón de mis jeans.

Dios.

Sé que ya estoy mojada con solo ese roce, pero quiero que siga y lo compruebe. Trato de no hacer ningún ruido, pero será imposible con el roce de su piel quemando la mía.

Me baja un poco el pantalón, solo hasta que tiene el acceso dentro de mis bragas. Sus dedos rozan mi piel y cuando llega justo al punto más débil abro más las piernas.

—Hunter…

Baja lentamente su boca por mi cuello hasta que llega a mis pechos, donde con la otra mano baja las copas del sostén y se prende de mi pecho izquierdo provocando que me remueva mordiendo mi labio. Es lento, lo hace tan lento que es una agonía cuando con el mero hecho de sentirlo me puedo venir. Le ofrezco el derecho mientras que mi mano toca la suya que tiene sobre mi sexo y le doy indicios de que la mueva.

Sonríe de lado mirando cómo me tiene y en menos de un segundo mueve sus dedos a un ritmo más elevado. Quiero gritar, porque se siente tan malditamente bien que me voy a dejar ir en cualquier momento.

Lo atraigo a mi boca queriendo acallar mis jadeos, pero no puedo, así que me aferro a él cuando los sentidos se me ponen alerta. Hundo las uñas en el cuero del asiento y tiemblo en sus brazos cuando el orgasmo me toma.

No quiero dejar de sentir esa rica sensación que me nubla los sentidos, quiero seguir, quiero más.

—Más —le pido con la respiración entrecortada.

No sé qué piensa de mí o qué imagen le doy, pero sinceramente ahora no me importa, porque quiero sentirlo cerca, así como sé que él quiere lo mismo.

—Aquí no —sentencia dejando un beso sobre mi boca.

Me abrocho el pantalón y me acomodo el sostén junto a la blusa sintiendo mis pezones arder. No digo nada, porque en serio no sé qué me está pasando. *No me reconozco.*

¿En serio quería tener sexo en la parte trasera de una camioneta y con dos hombres a menos de medio metro de distancia? ¡Soy una maestra! ¡Él es el padre de uno de mis alumnos! Y la verdad no sé si esto sea éticamente profesional.

—Señor —la ventanilla se baja dejando ver a los dos guardaespaldas—. Alguien nos está siguiendo.

Hunter mira hacia atrás rápidamente y yo hago lo mismo, pero veo más de cinco coches y no sé cuál es el que según ellos nos sigue.

—*Verlier es*, Fabio— habla en otro idioma—. *Jetzt.*

(Piérdelo, Fabio. Ahora).

No entiendo lo que dice, pero solo sé que es alemán.

—*Es sind drei Autos, Sir. Ich habe den anderen Männern bereits eine Nachricht zur Unterstützung geschickt* —habla el tal Fabio.

(Son tres autos, señor. Ya envié un mensaje a los otros hombres pidiendo apoyo).

De repente algo impacta contra el vidrio de atrás, pero no lo rompe, me doy cuenta de que nos están disparando. Otro impacto llega y suelto un grito.

—Agáchate —me ordena Hunter, es él quien me cubre con su cuerpo y no sé qué rayos está pasando—. *Schnell, weg von ihnen!* —le grita al chofer.

(¡Rápido, aléjanos de ellos!).

La camioneta acelera su paso y trato de no llorar, porque eso no va ayudar en nada. Tengo miedo. Nos están disparando y ni siquiera sé por qué. Hunter no deja que me levante, echando un par de miradas por el vidrio de la parte trasera.

—¿Por qué nos disparan? —pregunto aferrándome a su mano.

—No te levantes.

El chirrido de las llantas hace que se me venga a la cabeza todo tipo de escenarios. Los disparos continúan y el tal Fabio se da la vuelta y le da algo a Hunter que logro ver muy bien.

Un arma.

Él la toma en su mano derecha y se voltea bajando la ventanilla del auto.

—No, no, ¿qué haces? —me altero—. ¡Hunter, vuelve aquí!

No me hace caso y no puedo incorporarme porque su brazo me lo impide. Logro ver que el otro hombre también baja su ventana y asoma la cabeza hacia afuera, como si lo que está ocurriendo fuera algo digno de ver.

La camioneta frena y yo decido cerrar los ojos porque si veo lo que pasa será peor. Escucho más disparos y sigo aferrada a la tela de la camisa de Hunter sintiéndolo cerca. *No lo quiero soltar.*

No sé exactamente qué pasa, pero cuando él vuelve adentro ya no se escuchan disparos y la camioneta reduce la velocidad.

Me incorporo, lo veo y las lágrimas me brotan obligándome a desviar la mirada.

—Ey, ¿estás herida? —pregunta tratando que lo vea, pero me niego—. Nathalie…

—Estoy bien, quiero irme a casa.

Muevo mi pierna de arriba abajo nerviosa y me abstengo de hacer preguntas de las cuales presiento que no voy a obtener una respuesta, o más bien no sé si quiero obtener una.

En cuanto la camioneta se estaciona frente a mi edificio, soy rápida a la hora de bajar y no me importa no traer mi maleta conmigo, simplemente apuro el paso hasta atravesar las puertas de la entrada, pero justo cuando estoy por subir los escalones me toman de la muñeca y me jalan hacia atrás.

Hunter.

Me lleva directo a la pared y me niego a verlo a la cara porque tengo la mía empapada de lágrimas. *Me siento muy asustada.* Él me acaricia las mejillas limpiando el agua salada de mi rostro.

—Háblame, Nathalie, ¿qué pasa? —insiste obligándome a que lo mire.

Tomo aire antes de empezar a hablar.

—¿Qué pasa? ¡Nos acaban de disparar, Hunter! —exclamo—. Dime la verdad, ¿eres un delincuente? ¿Un mafioso?

Se echa a reír y eso provoca que lo empuje hacia atrás tratando de escapar de él.

No es gracioso.

—¿Por qué cree que soy un mafioso, maestra? —inquiere con cierto tono que me pone mal.

—¡Porque no entiendo qué es todo esto! ¿Qué fue lo que pasó allá afuera? ¡Te dispararon! —grito—. Saliste como si fueras un experto en armas y no sé… no sé qué pensar…

Me paso las manos por el pelo apoyando mi espalda contra la pared.

—Escúchame —esconde un cabello detrás de mi oreja—. Sé utilizar un arma porque nunca se sabe cuándo la puedes necesitar —habla despacio—. No soy un experto, pero si tengo que usar una para protegerte lo voy a hacer, ¿de acuerdo?

Niego a la vez que esquivo su cuerpo y me alejo de él.

—Es que no lo entiendo. ¿Quiénes eran? ¿Qué querían? ¿Por qué siento que me estás mintiendo?

Respira hondo antes de responder.

—¿Yo qué voy a saber? No te preocupes por eso, yo me voy a encargar.

Me volteo a verlo.

—Cuando dices que te vas a encargar, te refieres a ir con la policía, ¿cierto? Puedo pedirle a Nick el número de su amigo el detective, creo que se llama Ethan Vega —saco mi celular—. ¿Sospechas quién pudo ser o por qué?

Niega.

—No lo sé, pero como toda persona en este mundo, tengo enemigos y por eso es que tengo seguridad.

Me rasco la barbilla.

—Eso que pasó no es cualquier cosa, Hunter —cierro los ojos—. ¿Te imaginas qué hubiera pasado si Ian hubiera venido con nosotros en el auto?

—Ya deja de pensar en eso, estamos bien, y sí, yo me encargo de ir con la policía —me toma de nuevo atrayéndome a su pecho—. Lo que me importa ahora es saber si estás bien, si no estás herida.

Su cercanía no me deja pensar con claridad, pero no me quiero alejar y no sé qué me está pasando.

—Estoy bien, solo me asusté porque… en fin, olvídalo —sacudo la cabeza.

—Vamos, dilo —susurra sobre mis labios.

Me rindo, porque no tiene caso mentirle.

—Temí que te pasara algo, ¿de acuerdo? Sé que no debería de preocuparme porque ni siquiera sé a dónde va esto o si irá a un lado algún día, pero yo… solo me preocupo por ti, Hunter.

Deja caer sus labios sobre los míos comiéndome la boca en una fracción de segundo. No puedo evitar echarle los brazos al cuello pegándome más a su pecho y los martillazos de mi corazón hacen eco en mis oídos, disparando todos mis sentidos.

Su perfume me embriaga y debo parar o después no querré hacerlo. Echo la cabeza hacia atrás y respiro por la nariz.

—Dime qué quieres —habla mordisqueando mi mandíbula—. ¿Qué te hace falta para que confíes en mí?

Comprobar, sacarme de la cabeza los caminos que juegan con desviar lo bueno. Los pensamientos me van a traicionar de un momento a otro y es mejor aclarar todo antes de que las cosas pasen a más.

—Quiero saber exactamente a qué te dedicas, quiero conocer tu lugar de trabajo, solo… ver y sacarme estas dudas de la cabeza —le acaricio la mejilla—. Y no quiero que me mientas.

La manzana de Adán se le mueve cuando pasa saliva.

—De acuerdo —asiente—. Vendré por ti el miércoles después de que salgas del colegio, ¿sí?

—Bien.

Se da la vuelta sin decir nada más, pero quiero que se detenga y me diga que se cuidará, y al ver que no lo hace…

—Cuídate —digo deteniendo su paso.

Mi maleta ya está a los pies de la escalera y soy yo la que me volteo. Escucho sus pasos y el corazón se me vuelve a acelerar cuando siento su presencia detrás de mí.

—Lo haré —dice dejando un beso en mi cabeza.

Ya no me volteo, porque sé que esta vez sí se va a marchar. Escucho la puerta cerrarse y subo hasta mi piso adentrándome en mi departamento.

El silencio reina y no sé si es porque Danielle está dormida o salió. Dejo las llaves en la mesita de la entrada y sigo hasta la habitación de mi amiga. *No está.*

Continúo hacia la mía, dejo la maleta a un lado de la cama y me tumbo en ella abrazando la almohada. Quiero pensar que extrañé mi espacio, pero la verdad es que no. Al lado de Hunter siento que son pocas cosas las que extraño.

El fin de semana que pasé ha sido el mejor en toda mi vida. La boda, Hunter llevándome a pasear a caballo, pasar tiempo con Ian, conocer a Hayley, charlar con Maxwell.

Juro que no me imaginaba que el primer día de clases conocería a ese niño del que me estoy encariñando, ni que conocería a su padre. No me arrepiento de conocer a Hunter, es demasiado atento, paciente, y no sé qué parte no me ha mostrado aún, pero espero que no sea mala.

Tomo una larga bocanada de aire y cierro los ojos al sentir la pesadez sobre mis hombros; me quedo profundamente dormida tratando de no pensar en lo que pasó hace un rato.

***

Cuando abro los ojos mi mirada va directo al reloj digital que tengo en el buró, el cual marca las 11:33 p.m. No me quiero levantar, pero tengo que hacerlo porque me voy a bañar y después comer algo.

Salgo de la cama descalza hasta el pasillo. Danielle aún no vuelve y por ello busco mi teléfono para llamarla.

No responde y lo vuelvo a intentar cuando ya estoy en la cocina.

—*¿Sí?*

No es la voz de Danielle, pero sé perfectamente de quién es.

—¿Damon? —dudo, pero sé que es él.

Tardan en contestar un par de segundos.

—Eh, sí, yo… Danielle olvidó su celular.

—¿Cómo que lo olvidó? ¿Estaba contigo? —pregunto sacando el jamón y el queso del refrigerador.

—Sí, es que ella y yo…

—¡NATHALIE PARSON, ME ACOSTÉ CON DAMON! ¡NATH! —grita Danielle desde la entrada.

—Bueno, ya lo sabes. Adiós.

Damon cuelga y yo me quedo con la boca abierta cuando veo a mi mejor amiga entrar a la cocina con una sonrisa de oreja a oreja en el rostro.

—¡AAAHHH! —vuelve a gritar sacudiendo mis hombros—. ¿Escuchaste? Me acosté con Damon.

Está tan feliz que me jala del brazo para sacarme del departamento y toca la puerta de nuestra vecina. *Qué vergüenza.*

La mujer sale atando los cordones de su bata.

—¡Señora Miles, me acosté con el amor de mi vida! —le dice dándole dos besos en la mejilla.

Me echo a reír cuando la señora Miles no sabe qué decir.

—Niña, son casi las doce de la noche.

—No me importa, estoy feliz —sacude el cabello de la pobre mujer—. Es que si le hubiera visto el…

La señora Miles se sonroja y la jala de la mano.

—Entren, tengo sobras de la cena que tuve con Trudy.

La señora Miles y su hermana Trudy viven juntas desde que la señora Miles quedó viuda. Ambas son ancianas y salen poco, más de una vez Danielle o yo les subimos la correspondencia. Son muy buenas personas.

El departamento es igual al nuestro, pero los muebles son diferentes y el enorme sofá que hay en medio de la pequeña sala está tapizado con una cobija de girasoles.

—Pero no soy la única que tuvo acción, señora Miles —dice Danielle de repente—. Aquí mi mejor amiga se fue de viaje a México con el padre millonario de uno de sus alumnos.

—¡Danielle!

Se da la vuelta con una pieza de pan en la mano.

—¿Qué? La señora Miles tiene derecho a saber.

—Tomen asiento, llamaré a Trudy para que nos haga compañía.

Ella se va por el pasillo para traer a su hermana y Danielle rebusca las sobras que le dijo que estaban en el refrigerador. Me pasa un tenedor y ambas picamos la comida.

—Olvidaste tu teléfono en casa de Damon —informo—. Te llamé y él respondió.

—¿Te dijo? —se inclina hacia adelante—. ¿Qué te dijo?

Sacudo la cabeza.

—Nada, cuando estaba por hacerlo tú entraste gritando y colgó —me encojo de hombros—. Hace unas semanas no querías acostarte con Damon y ahora estás feliz. ¿Pasó algo que no me contaste?

Suelta un suspiro.

Siento que después de esto las cosas no irán bien.

Cuando está por hablar, las hermanas Miles entran tomadas de la mano y se sientan en el sofá. Yo me siento en medio de ellas mientras que Danielle se pasea enfrente con el tazón de comida en las manos.

—Bueno, todo comenzó porque mi hermano Andre me llamó para que le llevara unos papeles de casa de mi padre hasta la alcaldía —inicia—. Le dije que sí porque no tenía nada más que hacer, así que fui por los papeles y llegué a la alcaldía, donde me topé con Damon.

—¿Quién es Damon? —me pregunta Trudy.

—El amor de su vida.

—Awww.

Le sonrío y le indico con un ademán a Danielle que continúe.

—Le entregué los papeles a mi hermano y solo lo saludé rápido porque se tenía que ir. Como yo había ido en taxi, Damon se ofreció a traerme al departamento, al principio no quería, porque él no me miraba de esa manera que yo quería que lo hiciera —se encoge de hombros—. Entonces no quería salir herida, nadie quiere eso, ¿cierto? —las tres asentimos—. Bueno, al final acepté y de la nada se me salió decirle: "¿Y si mejor vamos a tu departamento?".

La exclamación por parte de la señora Miles y Trudy me hace voltear a verlas.

—Sí, justo así me miró él, señora Miles —la señala la rubia—. En fin. Fuimos a su departamento y una cosa llevó a la otra, hasta que terminé encima de él —sonríe—. Fue muy lindo, la verdad es que sí. Después yo me asusté, él se quedó dormido, típico de los hombres, y yo salí corriendo porque no sabía cómo verlo a la cara, y heme aquí.

Come más lasaña fría y me ofrece el tóper con el resto.

—¿Y tú, linda? —Trudy jala mi brazo—. ¿También tuviste coito este fin de semana?

Me sonrojo.

—¡Pero si a Nath la delatan las mejillas como un jitomate! —me señala Danielle—. Danos detalles, Nath.

—La pasamos muy bien en México, conocí a su hermana, pasé tiempo con su hijo —suelto un suspiro.

La señora Miles acaricia mi brazo.

—Cuidado, niña, que esos ojitos parecen querer enamorarse —dice en susurro—. Y no digo que esté mal, pero hay que tener cuidado, solo eso.

Muevo la cabeza.

—Solo somos… creo que somos amigos, pero por ahora no pasará a mayores —confieso—. En fin, la pasé bien.

No digo nada sobre lo que sucedió después, porque no tiene caso y no quiero preocupar a Danielle. Yo aún sigo sin asimilarlo.

—Bueno, niñas, mi consejo es nada más que se cuiden si no quieren un embarazo no deseado —habla la señora Miles—. Trudy y yo decidimos no tener hijos, pero no nos privamos nunca de nada.

Trudy asiente.

—Exacto, y tuvimos muchas "amistades" que nos decían —hace comillas—: "Pues si no quieren un embarazo no deseado, deberían tener más cuidado", nosotras nos dimos la vuelta y nunca más permitimos la entrada de personas que solo hablan porque tienen boca.

—¡Eso, Trudy! —Danielle choca los cinco con ella y después lo hago yo—. No, ahora no hay que preocuparnos por eso —le resta importancia—. Tenemos el implante en el brazo y aún nos falta, ¿cuánto?

Me mira esperando la respuesta.

—Creo que cuatro meses, hay que confirmarlo con la ginecóloga.

Fuimos juntas a ponernos el implante, porque, siendo sinceras, empezamos nuestra vida sexual activa desde los diecisiete, y aunque mayormente Danielle solo tenía sexo con mujeres, yo lo tenía con hombres y no deseábamos un embarazo.

El mundo avanzará cuando nos demos cuenta de que cada uno puede tomar sus propias decisiones sobre su vida y que no debemos opinar más allá de lo nuestro.

Terminamos la charla con las hermanas Miles y regresamos al departamento. Danielle se trajo el resto de la lasaña y dos piezas de pan que le dio Trudy.

—Sabes que tienes que ir por tu teléfono —llegamos a la cocina.

—Sabes que me puedo comprar otro —se encoge de hombros.

Eso es cierto.

—Bueno, yo iré por él y lo tomaré para mí —la señalo. Me volteo al refrigerador, de donde saco una botella de agua—. ¿En serio estás tranquila con lo que pasó?

Suelta un suspiro mientras apoya su trasero en la barra.

—Sí, es solo que… bueno, no esperaba que en serio fuera tan bueno —hace sonar sus uñas en el borde—. Ambos lo quisimos y estoy consciente de que probablemente esto no cambie nada, así que solo actuaré normal y ya.

—Dani…

—No, en serio. Estoy bien —sonríe—. Sé que si quiero hablar de algo te tengo a ti.

—Siempre me tendrás a mí —le abro los brazos—. Ven aquí que te extrañé.

Se ríe y se acerca dejando que le dé un abrazo.

—Oye, ¿no tienes ganas de pintarte el cabello de morado? —digo aún sin soltarla.

Ríe de nuevo.

—¿Qué? ¡No! —se aparta mirándome a los ojos—. ¿Por qué haría eso?

—Olvídalo.

Sí la había extrañado muchísimo, y es que ¿quién no extraña a su mejor amiga?

Recogemos la cocina, ella lava el tóper de la señora Miles y ambas nos despedimos entrando en nuestras respectivas habitaciones, ya que yo tengo que madrugar y ella tiene que recuperar el sueño perdido.

Me doy un baño rápido y me meto en la cama con solo una camiseta puesta y sin sostén. No puedo evitar pasarme la mano por los pechos mientras cierro los ojos y recuerdo la boca de Hunter sobre ellos.

¿Qué me está pasando contigo, Hunter Meyer?

25

Hunter Meyer

Observo a Ian desde mi posición; veo cómo Abel se encarga de ayudarle con el arco. Guía sus manos a los bordes de la flecha y lo deja solo cuando dispara dando en el blanco. *Siempre da en el blanco.*

Me termino el trago mientras me pongo de pie cuando lo veo dejar el arma a un lado.

—¿Qué haces? —llego a su lado.

—Me duelen las manos —contesta.

Niego tomando de nuevo el arco y se lo paso.

—Cinco flechas más y te vas —sentencio—. No tardes más de un minuto en tomar otra flecha, ¿de acuerdo? Necesitas ser rápido.

El guardaespaldas le coloca el carcaj de cuero negro en la espalda mientras doy un paso atrás observando cómo se mueve hasta el siguiente punto. Es rápido y ágil al momento de sacar las flechas; las cinco dan en el centro del tiro provocando que choque los cinco con Abel para después venir a mí con la intención de entregarme el arco.

Me agacho apartando los mechones color carbón de su frente.

—Es tuyo, tiene tus iniciales y el símbolo de la familia —le digo—. Quiero que todas las tardes entrenes con él, ¿de acuerdo? Abel te traerá después de clases aquí.

—Sí, papá —asiente.

Se marcha con el escolta y yo tomo una de las armas que hay sobre la mesa. Reviso el recargue, la paso hacia mi mano izquierda y disparo a los blancos dando justo donde quiero.

Recargo de nuevo y vuelvo a descargar hasta que la lanzo lejos pasándome las manos por la cabeza.

Fabio llega con lo que le pedí y le arrebato la carpeta para observar lo que contiene dentro.

—Los demás hombres de seguridad también vieron lo mismo, señor —me informa—. Todos pertenecían a la Mafia Roja, uno de ellos fue capturado, pero bajo tortura solo dijo "traidor" y "hermano".

Lo mismo que dijo el tipo que torturó mi madre antes.

¿Qué carajos significa eso? ¿Algún hermano del jefe lo está traicionando?

—Dile a Enzo que investigue por su cuenta lo que pueda sobre esas dos palabras, si tanto las repiten es porque deben tener algún valor —ordeno—. Busca entre los mejores informantes también y no te limites, sabes lo que tienes que hacer.

Asiente y se marcha. Saco el teléfono para marcar el número de la hija mayor de los Calvers.

—¿A qué le debo el gusto, señor Meyer? —responde Isabella Calvers.

—Necesito informes sobre los Ivanovich, ¿alguna novedad? Me atacaron el domingo al mediodía y no pienso quedarme de brazos cruzados.

—¿Y sospecha de su propia gente?

—Yo sospecho de todo mundo, Isabella —dejo claro—. ¿Hay algo de lo que yo deba estar enterado?

—Ambos sabemos que Jordan, como líder que es, cuenta un sinfín de historias sobre sí mismo, y no sabemos qué es real y qué no—habla—. No es fácil saber nada relacionado con su vida personal; se le vio hace cuatro semanas en uno de los bares a los que suele ir cada tanto, pero la seguridad del jefe de la mafia rusa es de otro nivel y, por lo tanto, no nos podemos acercar mucho —hace una pausa—. Uno de los aviones privados salió de Rusia hasta Polonia y en él iba Thiago Ivanovich, el hermano del jefe.

Thiago Ivanovich. La reputación de ese imbécil se basa solo en mujeres, peleas y asesinatos a diestra y siniestra.

—¿Y ya no lo pudieron seguir? —pregunto mientras sirvo otro trago.

—No es tan fácil, perdimos su rumbo cuando subió de nuevo al avión —suspira—. Tengo a mis mejores mujeres investigando todo; te mantendré informado.

—No quiero fallas, la familia Calvers jamás las ha tenido.

—Y esta generación no será la excepción.

Cuelgo terminando el trago mientras camino de nuevo a la casa. Fabio me espera en la entrada del búnker y en el interior está Enzo, quien tiene el teléfono en la mano.

—Hablé con Isabella Calvers, le perdió la pista a Thiago Ivanovich en Polonia, seguro que allí averiguaremos algo —digo y señalo a Ezra—. Quiero el mejor armamento listo, todo el que tengas, también todo aparato de comunicación que no falle.

—¿Averiguaremos? —Enzo se me para enfrente.

—Sí, si quieres acompañarme, adelante, y si no, te quedas indagando por tu cuenta.

Recibo el aparato que me pasa Ezra y lo observo.

—No, no, no —el castaño vuelve a alcanzarme—. Esto no es de un día para otro…

—Sé exactamente cómo funciona, Enzo —lo esquivo.

—Entonces sabes que no pueden ver al líder de la Mafia Negra en Polonia, cerca del territorio de los Ivanovich, ¿o sí? Voy a ir yo, me llevo a Maxwell conmigo si quieres o a Leonardo para más confianza —sentencia—. Puedes alcanzarnos en Alemania en una semana o dos, pero es mejor que operes desde aquí, donde no eres un blanco fácil.

No me gusta seguir órdenes de nadie, pero tiene razón, yo no puedo simplemente dejar todo aquí por ir a perseguir a un segundón de la familia Ivanovich.

Me paso las manos por el cabello apoyándome en la mesa donde están los cuchillos.

—Está bien, llévate a Leonardo, Maxwell se queda —lo señalo y asiente—. Equípate con lo mejor y quiero mantener el contacto 24/7, ¿está claro?

—Sí, no te preocupes.

Me palmea el hombro antes de que me dirija de nuevo a la puerta. Sigo de largo hasta llegar a la mansión y en mi despacho me está esperando el mayor de los Russo con un papel en mano.

—¿Me puedes decir por qué compraste un edificio en el sur de Manhattan, lo mandaste a equipar y contrataste personal para un día? —lo lanza sobre la mesa.

Tomo asiento desabrochando el saco y me recargo en la silla encogiendo mis hombros.

—Porque quiero y puedo.

Chasquea la lengua y asiente repetidas veces.

—Claro, es por la maestra, ¿cierto? —da por sentado—. ¿Sigues mintiéndole? ¿Por qué no le planteas las cosas como son y te dejas de cosas? Cuando te digo que esto no va a terminar bien es porque tengo razón.

Giro la silla mirando por el enorme ventanal que da al jardín trasero, donde los elementos de seguridad hacen rondines y es la entrada y salida de los empleados.

—Yo sabré cuándo le digo o cuándo no, ¿está claro? —coloco dos de mis dedos en la sien para darme un suave masaje—. Tú no tienes por qué opinar sobre esto.

—Estoy opinando porque me preocupo por ti, idiota, porque sabes perfectamente cómo terminaron las cosas la última vez, cómo…

Me doy la vuelta para que detenga la plática.

—Nathalie no es Aurora, ella sí sabía lo que conllevaba parirle un hijo al líder de la Mafia Negra —me pongo de pie—. Aurora tomó sus propias decisiones y yo lo respeté, lo que hizo después fue por cuenta propia, lo sabes muy bien.

Se pasa las manos por el cabello y se acerca hasta la barra, donde toma una botella de vodka. Se sirve un trago y uno más para mí.

—¿Te gusta? Vamos, Hunter, somos amigos desde hace muchísimo, puedes confiar en mí —se detiene a mi lado—. No se te caerán los huevos por admitirlo. He visto la conexión que está formando con Ian y si se marcha ahora el que más saldrá afectado será él.

Bajo la mirada por un momento al trago que tengo en la mano.

—Es jodidamente sexy, tierna, inocente… —confieso—. La quiero llevar a la cama una y otra vez, pero todo eso solo…

Me quedo en silencio sin poder completar lo que quiero decir. *Esto es una jodida mierda.*

—Sabes lo que tienes que hacer, ¿no? Si no estás dispuesto a decirle la verdad, solo te queda una opción.

Me termino el trago y asiento.

—Sí, cortar esto de raíz antes de que mis enemigos se enteren —camino hasta el escritorio, y del cajón de la derecha saco mi arma—. Ambos sabemos que no sería la primera en pagar los platos rotos de alguien, ¿cierto?

No me responde, solo baja la cabeza y salgo con una sola idea en la mente. La camioneta me espera, es Fabio quien me abre la puerta y le digo la dirección a la que voy.

Nathalie Parson está arrasando con lo que no le compete, pero siento que si no detengo esto en cualquier momento todo se saldrá de mis manos y solo empeorará.

Cuando cortas algo de raíz no hay posibilidad de que retoñe, y eso es lo que yo tengo que hacer. No más fallas, no más nada, simplemente dejar claro lo que desde un principio no debió iniciar.

Es lo mejor, para ella y para mí.

Mi mirada cae en el auto que veo frente al edificio y del cual ella baja. El chico pelirrojo de las fotografías le da la mano ayudándola a subir los escalones y ella le sonríe alejándose.

—Detente, Fabio —ordeno.

Comienzan la charla, ella niega con la cabeza, él asiente y se despiden con un beso en la mejilla. Aprieto los puños, pero espero a que se vaya para respirar mejor.

Me quedo observando cómo entra en el edificio, la ventana de su departamento da a la calle, y aunque no logro ver mucho, agradezco que las cortinas estén recogidas.

—Necesito unos binoculares —digo—. O la lente de un arma larga.

—Claro, señor.

Fabio baja y no sé a dónde rayos va, pero vuelve con lo que le pedí. Bajo un poco la ventanilla observando a través de los binoculares cómo deja un par de libros sobre el escritorio, se soba el cuello cerrando los ojos en el proceso, y no puede ser más hermosa y atractiva porque sería una maldición.

Bajo lo que tengo en la mano y el celular me vibra en el bolsillo. Es un mensaje de la maestra.

> Hola, no quiero sonar impaciente, pero… ¿a qué hora pasas por mí?

Se suponía que hoy pasaría por ella para mostrarle mi trabajo. Si tan solo supiera que mi trabajo no es como lo imagina. No soy el bueno que se está haciendo un lugar en su cabeza, soy el malo que no puede enterrarse en su corazón.

Ignoro el mensaje y les ordeno a mis hombres seguir.

Hay que cortar de raíz.

Me paso la tarde en uno de los mejores bares de la ciudad. Fabio recibe noticias de Enzo desde Polonia y me mantiene al tanto mientras yo rechazo a las mujeres que tienen la intención de tocarme.

Paso la noche bebiendo, tratando de no pensar, cuando el recuerdo de un par de ojos azules me jode con una jaqueca.

Por la mañana recibo el café que una de las mujeres me trae; paso a casa a bañarme; me comunico con Leonardo, quien le sigue la pista a Thiago Ivanovich, y al día siguiente viajo a Detroit para reunirme con Alessandro Bramson, líder del clan Bramson.

—¿A qué le debo el placer de tenerlo por aquí, señor Meyer? —me recibe el mayor de la familia.

—Vamos, somos amigos, ¿tanto te sorprende mi presencia? —me quito los lentes—. Pensé que encontraría una fiesta.

—Estoy de luto desde que Hayley se casó —sonríe de lado y me da un medio abrazo—. Pero haré una excepción al tener a mi cuñado aquí.

—Supera a mi hermana, cabrón.

—Jamás.

Un Meyer deja huella y Hayley no es la excepción, por lo que no dudaría que Alessandro la siguiera esperando todos los años que le quedan de vida.

La propiedad es grande, en un instante el ambiente se forma y el líder del clan me pone al corriente de todo.

—Mira, tengo cubierta esta parte y mis contactos me dicen que ningún ruso que pertenezca a la Mafia Roja ha pisado Estados Unidos —señala la mitad del país—. Calvers tiene la otra mitad, a excepción de Nueva York, que te pertenece a ti y a tu gente. Los Russo están cubriendo parte de Italia, porque bueno... sé que tú tienes negocios con Joseph, pero de verdad que no soy el único que sospecha de su maldita perfección.

Me empino la botella.

—Joseph Icarhov no es mi enemigo por ahora, pero ¿sabes qué? Creo que esa duda ya me la están sembrando, así que adelante —muevo el mapa hasta Europa—. Investígalo y lo que averigües envíamelo, pues si Joseph intenta meterse con nosotros le va a ir muy mal.

—Esperemos estar equivocados, porque no estamos para más enemigos —se recarga en la silla—. Además de que ya tenemos al jefe, bueno, tú lo conoces mejor que yo.

—Ni me lo recuerdes —niego bebiendo de nuevo—. Es un hijo de puta, él y toda su jodida familia.

La llamada de Enzo llega casi al atardecer, mucho antes de bajar a cenar con todos los integrantes de la familia Bramson.

—Habla —le digo abotonando mi camisa.

—Malas noticias. Thiago llegó a Estados Unidos, no sabemos muy bien dónde está, pero el radar lo detectó en cielo estadounidense —dice provocando que me vista rápido—. Si no estás en Nueva York, sal rápido para allá, porque no sé si debes confiar en la seguridad del gobernador y del alcalde.

Cargo el arma, la navaja la ato en mi tobillo y tomo el saco saliendo del cuarto.

—¿Solo Thiago o viene Jordan con él?

—Solo Thiago, no hemos tenido noticias del jefe desde lo que te dijo Isabella.

—Entiendo, deja los hombres en los que confíes vigilando y ustedes regresen mañana mismo, los necesito aquí.

—Entendido.

Cuelgo, guardo el celular en el bolsillo y bajo hasta el comedor, donde Alessandro se pone de pie cuando me ve.

—Thiago Ivanovich aterrizó en territorio estadounidense hoy. Volveré a Nueva York; necesito que te pongas en contacto con los Calvers, y cualquier cosa, avísame, ¿está claro?

—Sí, largo.

En la camioneta ya me está esperando Fabio, a quien le ordeno que conduzca rápido y, al llegar a la pista, el piloto ya tiene el avión encendido en cuanto pongo un pie arriba. El vuelo hasta Nueva York no dura lo que debería, ya que las exigencias de mi parte hacia el piloto lo aceleran. Cuando piso suelo neoyorquino siento cómo estoy en casa.

Me divido en la seguridad de Ian, la de mi madre y mando personal extra a México para cuidar a Hayley. La maestra no queda fuera y también envío gente para que la vigilen de lejos, ya que no quiero cabos sueltos. Me paso una semana entera recibiendo noticias de los Bramson, los Calvers, los Russo y todos los aliados que tengo.

—Señor —Fabio llega agitado.

—¿Qué pasa?

—Ayer por la noche explotó la bodega donde teníamos la mitad de la entrega del armamento que iba directo a Italia —informa—. El lugar ya está lleno de policías, pero no fueron ellos, tiene la marca de la Mafia Roja y dejaron esto.

Me muestra una fotografía con un símbolo. Es una cruz envuelta en púas y por más que quiero hacer memoria para ver si lo recuerdo de algún lado no logro hacerlo.

—Maldita sea —arraso con todo lo que tengo en la mesa—. Dices que fue anoche. ¿Por qué carajos no nos habíamos enterado?

—El personal quedó muerto y los chicos que irían hoy a recoger todo me avisaron.

Yo me tenía que enterar de esto en el segundo después de que pasó, incluso antes, y solo una persona…

—Tenemos que salir —digo—. Tú, Abel y dos hombres más vienen conmigo, ¿está claro?

—Fabio asiente.

El teléfono me vibra con un mensaje de la maestra. Quien me envía uno por día con solo dos palabras.

¿Estás bien?

La ignoro y cierro los ojos apretando el celular antes de entrar al auto. La madrugada está fresca, meto las manos en los bolsillos del abrigo y soy paciente a la hora de llegar a mi destino.

La propiedad del gobernador queda a la vista, dos de mis hombres se encargan de eliminar a los de seguridad, Fabio evita que la alarma se active y yo me adentro en la casa tirando en el piso a uno que baja las escaleras con un disparo en la cabeza.

Subo al segundo piso con el arma en mano, conozco la casa por los planos y sé qué habitación es la que me interesa. El alto mandatario de Nueva York está recostado con su esposa a un lado, le hago una señal a Abel para que se encargue de la mujer.

La levanta tapándole la boca y yo coloco el cañón en la frente del gobernador.

—Buenas noches, señor —lo saludo. Las luces de la alcoba se encienden y desvía la vista hasta donde está su mujer—. ¿En serio creyeron usted y el alcalde que me podían ver la cara de pendejo?

—No, no sé de qué hablas…

La punta del arma impacta contra su boca sacándole sangre.

—¡A mí no me mientas, cabrón! —lo tomo del cuello estrellándolo contra el espejo del tocador—. ¡A mí se me informa hasta lo que vas a comprar! —lo tomo del cuello y lo empujo contra la pared—. ¿Sí entiendes?

—Solo eres un hijo de puta… —escupe.

Asiento sonriendo cínicamente.

—Sí, lo soy —lo pongo de rodillas—. Y este hijo de puta le dejará un mensaje al puto alcalde y a todo aquel que se quiera pasar de listo.

Palidece cuando Abel saca a la mujer de la habitación e intenta ir tras ella, pero vuelven a dejarlo en el suelo de un golpe.

—A mí nadie me va a ver la cara, y ya que quisiste pasarte de listo, llévale un mensaje al diablo —le apunto directo a la cabeza—. Dile que espero que me tenga las puertas abiertas, porque no dudo que lo voy a visitar.

Suelto el disparo que da por terminada su vida. Lo observo una última vez antes de salir de la habitación y en el piso de abajo me espera Fabio junto a Abel, quien tiene a la viuda, a la cual le dejo un maletín lleno de dinero.

—Si quiere mantener a sus hijos lejos de esta mierda, tome esto y manténgase callada —le digo—. Aquí comienza su nueva vida.

Le hago una señal a Fabio para que reactive la alarma y regresamos a la mansión Meyer, donde me quedo en el despacho con la televisión encendida toda la noche.

La primera noticia de la mañana es sobre el gobernador.

"Esta mañana se dio a conocer la triste y lamentable noticia de que el gobernador, Edward Castrell, fue asesinado en su casa la madrugada del sábado 20 de septiembre del presente año —habla la periodista—. Su esposa no ha dado declaraciones, ya que asegura no tener idea de quién realizó este acto. Los hombres que cuidaban del gobernador también están muertos y no se tiene ninguna pista sobre qué fue exactamente lo que pasó".

Cambio de canal.

"El alcalde Harry Prince dio una declaración al respecto de lo que está pasando —la imagen del señor Prince sale en pantalla—. 'No estamos seguros de qué fue lo que pasó, Edward era mi amigo mucho antes de ser gobernador, y quien haya hecho esto se los aseguro que no se quedará sin justicia. No hay que alarmarnos, cualquier cosa yo, como alcalde, se las haré saber, al igual que le daré protección a la familia Castrell. En especial a su esposa, Virginia, y a sus dos hijos, Melissa Castrell y Jonas Castrell' ".

Los siguientes canales solo hablan de lo que pasó y por ello termino apagando la televisión. Esmeralda Meyer entra en el despacho con un cigarrillo entre los dedos.

—¿Fuiste tú? —pregunta caminando directo hasta estar detrás de mí.

—Sabes que sí, ese imbécil quiso pasarse de listo —apoyo la cabeza sobre el respaldo de la silla.

Se queda en silencio un momento hasta que, supongo, termina el cigarrillo y coloca sus manos sobre mis hombros.

—¿Pasa algo? Soy tu madre, puedes confiar en mí —dice dejando un beso en lo alto de mi cabeza—. ¿Tiene que ver con la maestra?

Me pongo de pie evitando mirarla y me encamino a la barra para tomar otra botella.

—Hunter…

—No quiero hablar de la maestra, esto no tiene que ver con ella —doy por terminada la conversación.

Camino fuera del despacho, voy directo hasta las escaleras y, una vez en el segundo piso, paso por la habitación de Ian. Mi hijo yace dormido de lado en la enorme cama con sábanas negras. Me adentro quitándome los zapatos y me recuesto a su lado. Tiene el mismo lunar que su madre debajo del labio, las mismas largas pestañas, y lo único que lleva mío es el color de sus ojos.

Nunca ha preguntado por ella, porque para él Esmeralda es más que suficiente, pero no le voy a negar nunca saber de la mujer que le dio la vida, porque a pesar de todo en el embarazo fue feliz.

Aunque no lo fuera conmigo.

Cierro los ojos queriendo descansar un poco, llevo días sin dormir bien y alimentándome solo con alcohol. No puedo seguir así, debo tener cabeza fría para todo lo que se me viene encima.

***

Despierto comprobando que sigo en la habitación de Ian, quien ya no está en la cama; el reloj en la pared marca las 4:34 de la tarde. Esmeralda se tiene que haber hecho cargo de levantarlo y para esta hora debe de estar con Abel entrenando.

Salgo de la habitación masajeándome la sien y sigo de largo hasta mi alcoba, donde entro directo al baño, abro la regadera, me quito la ropa y me paro bajo el chorro de agua fría queriendo sacarme todo lo que sea que me esté afectando.

No sé qué carajos me pasa.

Cierro los ojos bajando mi mano por el pecho hasta tocarme el miembro buscando un poco de placer, pero tal acto solo me lleva a pensar en el par de iris azul electrizante de una persona en especial y termino abandonando la idea.

Salgo, me cambio y bajo a la cocina donde la empleada se sorprende al verme y sale sin decir nada. Tomo lo primero que veo, me preparo un café observando de reojo el periódico que está sobre la mesa.

Las noticias sobre el gobernador siguen.

—Buenas tardes, bello durmiente —Max entra palmeando mis hombros y besando mi mejilla.

Lo empujo para que se aleje.

—No estoy para tus pendejadas —advierto—. ¿Hay noticias sobre Thiago Ivanovich?

—No, pero… —levanta el dedo índice—. ¿Acaso sabes qué le pasó al gobernador? Lamentable noticia.

Pongo los ojos en blanco terminando el café.

—Sí, lo maté.

Bufa.

—Claro, ya sabía yo —se pasa las manos por el cabello exagerando los actos, como siempre—. ¿Me puedes decir exactamente por qué? ¡Lo teníamos agarrado de los huevos, Hunter!

—Porque estaba aburrido, ¿por qué más va a ser? ¡Es obvio que me dio motivos! —espeto hastiado—. Me robaron en las narices. Sus oficiales se hicieron cargo de la situación y yo no supe nada; alguno de los dos me tendría que haber avisado, ¿no crees?

—¿Y por qué no al alcalde en lugar del gobernador?

—Porque el alcalde me sirve mucho más vivo que muerto, en cambio el gobernador solo estorbaba —me pongo de pie—. Y lo del gobernador me sirve para que el alcalde se lo piense dos veces si no quiere terminar igual.

Salgo de la cocina con él siguiéndome.

—No te entiendo, juro que no.

Sigo de largo hasta el despacho, donde me siento frente al escritorio, abro la computadora y cuando estoy por teclear entra Fabio.

—Señor.

Me pellizco el puente de la nariz.

—¿Qué carajos pasa ahora? —pregunto.

—Usted nos pidió seguir vigilando a la maestra y hace como unos veinte minutos salió en brazos de uno de los hijos del alcalde y creo que llevaba una mano vendada —informa disparándome el pulso—. Están en el hospital, pero no pudimos averiguar más.

—¿Y qué diablos esperas? ¡Ve a averiguar! —grito desesperado—. Quiero que me sigan dos camionetas. ¿En qué hospital está?

—En el NYC Privado.

Abro uno de los cajones, saco las llaves del primer auto que se me viene a la cabeza y salgo de la casa a toda prisa.

Hoy no recibí un mensaje.

Las dos camionetas están listas para seguirme y acelero metiendo el primer cambio dejando atrás la propiedad. Los nudillos se me vuelven blancos debido a la presión que ejerzo sobre el volante.

Escenarios de todo tipo me ponen a hervir la sangre y no quiero que ninguno cobre sentido. No pueden cobrar sentido.

Evado las señales de advertencia en la autopista, esquivo los autos y llego hasta la puerta del hospital privado de Nueva York. Espero a que Fabio baje de una de las camionetas, le hago una seña para que averigüe y su forma es la misma que la mía.

Con el arma en mano.

—La están atendiendo, señor. Al parecer tiene una cortada en el brazo derecho, en la cara interna, ahora mismo tiene la compañía de Andre y Danielle Prince.

Me paso las manos por el cabello.

—¿En qué cuarto está? —inquiero.

—478 B del quinto piso.

Asiento.

—Llévate los autos, el mío déjalo en el estacionamiento subterráneo y espera mis órdenes.

—Sí, señor.

Me coloco los lentes, hundo las manos en el abrigo y me adentro en el hospital pasando por la recepción. Sigo hasta el elevador, pulso el número cinco y me apoyo en la pared esperando a que las puertas se abran.

Una enfermera entra en el cuarto piso y en el quinto me bajo dejándola ahí. Las cámaras están a los lados del pasillo y sé que no tengo que ocultarme, pero más vale prevenir, no quiero sorpresas.

Antes de llegar a la puerta de la habitación esta se abre y me doy la vuelta dándole la espalda.

—Sí, Nick, ella está bien —es Danielle—. Solo es un corte, estábamos en la cocina y ella se distrajo, se cayó al piso un plato de vidrio, Nath se resbaló y se lo encajó, pero todo está bien.

—Iré por cafés, ¿vamos? —Andre Prince rodea los hombros de su hermana.

—Sí.

Ambos se pierden en el pasillo, yo me quito los lentes y entro en el cuarto. Mis ojos la buscan a ella, encontrando la cama vacía y la puerta del baño abierta.

—Danielle, ¿puedes pasarme la blusa que está sobre la camilla? Esta está manchada de sangre —habla desde dicho sitio.

Con solo escuchar su voz el corazón se me acelera.

Busco la blusa, la tomo y camino hasta el umbral del baño. Está de espaldas, solo con el sostén puesto, los jeans azules le resaltan su trasero redondo, y carajo, mentiría si dijera que no la imaginé entre mis brazos muchas veces.

—Danielle… —se voltea y sus ojos caen en los míos volviendo aumentar mi pulso—. ¿Qué haces aquí?

Le ofrezco la blusa y el movimiento brusco de su brazo le provoca que haga una mueca. Observo el vendaje que tiene y trato de acercarme, pero ella da un paso atrás y yo siento como si me dieran un golpe directo al pecho. Trae el cabello atado en una cola, el fleco fuera y sus ojos azules más brillantes que antes.

—Te espero.

Le doy la espalda, porque no quiero que se sienta incómoda y no pienso salir del baño. No dice nada, solo escucho que se viste en silencio, abre la llave, la cierra, la vuelve abrir hasta que volteo para ver lo que hace.

Está secando sus manos.

—¿Qué haces aquí, Hunter? ¿Cómo sabías que estaba en el hospital? —pregunta sin darme la cara.

—No importa cómo lo supe…

—¡Ya no me mientas! —exclama—. Me mentiste haciéndome creer que en serio me mostrarías el lugar donde trabajas, ¿y qué fue lo que pasó?

Doy un paso al frente.

—Eso no es así, no…

—Solo vete, por favor.

Trata de evadirme, pero no la dejo y logro que me vea a los ojos. Los suyos quieren contener las lágrimas que se están acumulando.

—Oye, oye… —tomo su mentón subiendo mis dedos por su mejilla—. Perdóname, te lo voy a explicar todo…

Aparta mi caricia bajando la mirada.

Está temblando.

—He estado tan distraída estas dos semanas —dice—. Pensando en las miles de razones que has tenido para no responder mis mensajes, para no enviarme uno explicando qué fue lo que pasó —evita mirarme—. Y todas ellas solo me llevan a un camino, que has obtenido lo que querías de mí, lo que la mayoría de ustedes quiere: sexo.

—No es así.

—Yo tenía claro todo, ¿sabes? Que solo era sexo, solo fue sexo —asiente—. Pero me llevaste a tu casa, conocí a tu madre, me hiciste pasar un fin de semana hermoso, me enviaste flores y una idea absurda fue creciendo en mi cabeza —ahora niega levantando la mirada mientras limpia sus lágrimas—. No te preocupes, esa idea ya fue borrada, así que, por favor, vete y no me vuelvas a buscar.

El ardor en las venas me quema queriendo borrar esas palabras cargadas de razón.

No me debería de afectar, no debería, pero lo está haciendo y no puedo detenerlo.

—¿Es lo que quieres? —la miro a los ojos.

Tarda en responder. Su mirada se pasea por mi rostro, la cercanía le vuelve pesada la respiración y todo parece indicar que miente, pero...

—Sí, no me vuelvas a buscar —señala la puerta—. Porque si lo haces me vas terminar jodiendo y no quiero eso, de verdad no lo quiero, no lo merezco.

Tiene razón.

Así que no lo pienso dos veces cuando me alejo, salgo de la habitación y una vez en el auto acelero todo lo que puedo queriendo alejar la mierda de persona que me siento.

Nunca debí conocerla.

26

Nathalie Parson

Cierro el libro, lo dejo sobre la cama y me recuesto de lado mirando por la ventana. Hoy está lloviendo y cae una tormenta horrible afuera. Enciendo la televisión en busca de una distracción, pero solo están pasando las noticias del gobernador. Danielle solo me trajo al departamento y se marchó, ya que su padre junto a toda la familia tienen que asistir al funeral de Edward Castrell.

Mis planes por la mañana eran ir y saludar a Melissa, ya que, aunque sea pequeña, puede comprender que su padre ya no estará más. Pero volver a ver a Hunter…

¿Cómo fui tan tonta como para creer que en serio él querría seguir adelante? Es obvio que sus estándares son demasiado altos y yo no estoy dentro de ellos, posiblemente no lo estaré nunca.

Me levanto de la cama sintiendo una punzada en el brazo. Me dieron casi nueve puntos y Danielle insistió en que el mejor cirujano plástico se encargará de no dejarme una horrible cicatriz. Exagera demasiado a veces.

Voy a la cocina, donde me preparo un chocolate caliente, siento frío y ni siquiera sé por qué, ya que la calefacción está encendida. Cuando regreso a la habitación con la bebida en mano, la dejo sobre el buró y mi mirada recae en la tarjeta que Hunter me envió con las flores, junto a los otros dos ramos que ya comienzan a marchitarse.

Juro que quiero romperlas, tirarlas a la basura y olvidarme de él, pero no puedo. Ojalá fuera tan fácil como respirar, pero solo cierro los ojos y vienen a mi cabeza la cena en la terraza de aquel edificio, lo que pasó en el jet, las flores, el viaje a México, el paseo a caballo, Ian.

Dios, Ian.

Ese niño se robó mi corazón, y aunque tengo el consuelo de que lo veré en clases, tengo miedo de que algo pase y no lo vuelva a ver más.

Bebo un poco de chocolate y lo termino dejando de lado cuando las ganas se me esfuman. Regreso a la cama y cierro los ojos quedándome profundamente dormida.

A la mañana siguiente es domingo, no tengo mucho que hacer; cuando me levanto Danielle sigue dormida, así que preparo el desayuno, llevo algunos apuntes a la sala y reviso varias tareas.

Mi mejor amiga entra en la sala con un café en la mano y me sonríe sentándose a mi lado.

—Ya se levantó la belleza de la casa —abre los brazos rodeándome con uno—. Buenos días, compañera.

—Es la una de la tarde —le informo.

—Sí, y es domingo —se encoge de hombros—. No seas aburrida, a ver, dime qué se te antoja hacer hoy.

Suelto un suspiro.

—La verdad, nada —muevo la cabeza—. No tengo ganas, pero si tú quieres salir hazlo.

Hace un puchero apoyando su cabeza en mi hombro.

—Mi padre se puso estricto con la seguridad después de lo que pasó con el gobernador —comenta—. Tengo dos gorilas abajo que no saben hacer otra cosa que no sea espiarme.

—Te están cuidando, Danielle —le digo—. Déjalos, solo hacen su trabajo.

—Uno de ellos es bastante guapo —susurra—. Se me quedó viendo cuando subía hasta aquí.

Sonrío.

—Bueno, pues mejor, para que no te aburras —la animo.

—No te creas, los que se van a aburrir serán ellos, porque no soy una chica muy interesante —contesta—. Bueno, salvo cuando salgo al bar y me beso con la mitad de las chicas que hay.

—Pues no creo que se aburran, ya que ir a un bar no suele serlo.

—¿Será?

Me encojo de hombros.

—No te he preguntado sobre Hunter, pero… ¿quieres contarme algo? —inquiere acariciando las hebras castañas de mi cabello.

Desvío la mirada a los papeles que tengo sobre el regazo.

—Nunca tuvo en sí un inicio, pero sí un final —respondo—. Ya no hablamos, todo acabó. No acabó nada en realidad, porque, como te digo, nunca tuvo un inicio que pueda explicar.

—¿Qué pasó?

Me inclino hacia adelante recogiendo las hojas de la mesa.

—Supongo que no soy su tipo de chica, es mejor así —me trago el nudo que tengo en la garganta—. No quiero hablar de eso.

Asiente observando cómo recojo las cosas y cuando me volteo ella me sonríe de lado.

—¿Te gustaba, cierto?

Respiro hondo.

—Eso ya no importa —le resto importancia—. Estoy bien, en serio.

—De acuerdo —cierra el tema—. ¿Vemos una película, pedimos comida a domicilio y comemos mucho helado?

Es mi mejor amiga y es la única que me puede animar en mis peores momentos.

—Que el helado sea de Oreo.

—Listo.

***

El lunes está cayendo una llovizna horrible, y por lo que miré en las noticias, lloverá toda la semana. Termino de atarme el cabello en una cola, me pongo un poco de crema en las manos y salgo de la habitación con la mochila colgada en la espalda.

Danielle está dormida y si la despierto seguro me lanzará una almohada. Anoche nos desvelamos viendo películas de Marvel y teniendo una profunda conversación sobre quién era mejor, el Capitán América o Iron Man. Obvio Iron Man.

Ella y yo somos súper fans de Marvel.

Salgo del departamento subiéndome la capucha del abrigo al bajar las escaleras y preparándome para correr hasta que vea un taxi. La lluvia está fuerte, pero no puedo faltar al colegio.

Casi al final de la calle una chica desocupa un taxi y yo lo abordo soltando un suspiro.

—Buenos días.

El chofer asiente y le doy la dirección de la escuela. Me peino el fleco que está empapado y trato de que no se me vea tan mal. No estoy muy mojada, pero sí lo suficiente como para que se note.

Espero no enfermarme, sería lo único que me faltaría.

Cuando bajo la lluvia sigue igual y apresuro el paso hasta estar bajo el techo del edificio, donde veo que Matt también llega con el cabello empapado.

Sonrío cuando se sacude como si fuera un cachorro.

—Buenos días, Nath —me saluda—. Qué día, ¿no? Se está cayendo el cielo.

—Eso parece, sí.

Nos abren la puerta del plantel y ambos entramos. Mi salón está antes que el suyo y se detiene a mi lado.

—¿Te enteraste de lo del gobernador? —inquiere cambiando su mochila de un brazo a otro—. Bastante fuerte el asunto.

Asiento.

—Sí, una lamentable noticia —hundo las manos en los bolsillos del abrigo—. No pude asistir al funeral, pero espero ver a Melissa hoy y al menos darle un abrazo.

—Sí, pobre pequeña —suspira—. Parece que la ciudad cada día está más peligrosa.

—Todo parece indicar que sí.

El timbre suena dando por terminada la charla.

—Te veo más tarde —se despide.

Entro en él y dejo dejando las cosas sobre el escritorio, las gotas de la lluvia se hacen presentes chocando con el vidrio de la ventana y trato de ignorar el sonido para concentrarme en lo importante.

La herida en el brazo me duele, pero no es algo que no pueda soportar.

La maestra que siempre trae a los niños se asegura de que todos estén dentro; el último es Ian, quien lleva un abrigo negro y con el cuello alzado sobre el uniforme. Tiene un estilo único y comienzo a creer que todo su armario es negro.

Melissa llama mi atención cuando se sienta al lado del pequeño de ojos azules. Lleva el cabello rizado suelto, la falda a cuadros y una sudadera negra con una M en ella.

—Buenos días a todos —saludo escuchando su contestación—. ¿Cómo están hoy?

Esteban levanta la mano.

—Bien, maestra, el sábado fui a patinar —cuenta feliz.

—Me alegra mucho, pequeño —le sonrío—. Bien, anotemos fecha y día en el cuaderno, ¿de acuerdo?

Todos asienten menos los dos de atrás, ya que Melissa tiene la cabeza en el hombro de Ian y él escribe tranquilo en el cuaderno. Me acerco hasta ellos poniéndome de cuclillas al lado de Melissa. Ian me mira un momento, pero no dice nada.

—Hola, cariño, ¿cómo te sientes hoy? —le pregunto despacio.

Se encoge de hombros.

—Mami llora mucho, mi hermano grita y a papi lo metieron bajo tierra —responde en un susurro—. No sé qué pasa, pero mami dice que papi ya no saldrá en televisión y que ahora estará en el cielo.

Los ojos se me encharcan y le acaricio el cabello.

—No te preocupes por eso, ¿de acuerdo? Seguro tu papi te cuida desde allí y todo estará bien.

El niño a su lado se voltea para verla tomando su mano.

—El cielo es bonito —le susurra él llamando su atención.

—¿Me lo juras?

Ian asiente.

—Te lo juro.

Miro sus manos entrelazadas y solo ruego que el cariño que están comenzando a tenerse no se esfume nunca.

Continúo con la clase, en la que trato de que todos participen; Melissa se anima y pasa al frente a leer un poco, después vuelve a su lugar y le sigue Esteban, quien puedo notar que tiene un poco el problema de Ian, ya que no habla.

Cuando suena el primer receso todos salen y yo me quedo en el salón para revisar las actividades que realizaron. Cada viernes envío un correo a la directora con la puntuación que considero que tiene cada uno.

Y hablando de ella, aparece tocando mi puerta. Me pongo de pie en cuanto la veo. Es una mujer bajita, con el cabello castaño, y se quita los lentes cuando se acerca.

—Buenos días, directora —la saludo moviéndome de lugar.

—Maestra, ¿qué le pasó? —señala mi brazo, y es que no me acordaba que me había quitado el abrigo.

Bajo la mirada y la vuelvo a subir negando.

—No es nada, fue un pequeño accidente —hago una mueca—. ¿La puedo ayudar en algo?

Se pasea por los lugares observando cada uno de los asientos sin decir nada por un rato.

—Estuve leyendo todos los reportes que me envía cada viernes sobre los alumnos —comienza—. Creo que está haciendo un trabajo al 99.9 por ciento.

Frunzo el ceño.

—No entiendo…

Se da la vuelta.

—Nunca menciona la participación de Ian Meyer en clase —continúa—. Tal vez no se siente cómodo con usted. O no le da la oportunidad de participar.

—No, no es eso —doy un paso al frente—. Ian es un niño muy inteligente, sé que la participación en clase es… es importante, pero él no es de muchas palabras, de hecho, le gusta más escribirlas que decirlas —explico—. No me gusta presionar a mis alumnos y quiero que se sientan cómodos…

Ella se cruza de brazos.

—Sé que es así, maestra —asiente—. Pero ¿no se ha preguntado cuál es el problema del niño al no querer participar en clase? Digo, porque la mayoría de los niños responden a preguntas o hacen amigos.

—Él tiene una amiga, Melissa —defiendo.

—Ella acaba de perder a su padre, fue asesinado, en realidad.

—Disculpe, directora, no sé a qué se debe esto —soy sincera—. ¿Qué es lo que pasa en realidad?

Encoge los hombros.

—Quiero que tenga una reunión con el padre de Ian Meyer, que le hable sobre el comportamiento del niño —dice—. Llevo casi quince años al frente de este colegio y ningún niño se ha quedado a mitad de su educación. Necesito que Ian Meyer no sea el primero, porque lo único que busca este plantel es el bienestar del niño.

—Lo sé, pero… Creo que es mejor que hable usted con él, ¿no? Yo puedo estar presente, pero la directora es usted, con todo respeto.

Lo piensa y yo solo ruego por que diga que sí. No quiero estar a solas con Hunter de nuevo. No puedo.

No vas a mezclar lo personal con lo profesional.

—De acuerdo, convocaré a una reunión —accede—. Mañana mismo al terminar la última clase pase por mi oficina.

—Sí, señora.

Antes de salir dice algo más.

—Me gusta cómo trabaja, maestra —me mira—. Me gusta lo que hace y es dedicada en ello, es por eso por lo que no quiero que se tome esto personal, no tengo nada contra usted.

—No se preocupe, todo está bien.

Sale dejándome en medio del salón pensando una sola cosa.

Tengo que ver a Hunter mañana.

Suelto un suspiro y aparto todas esas ideas que se forman en mi mente recordando que no voy a mezclar nada, porque ya no hay nada personal entre nosotros.

***

Arrojo las llaves en el tazón que está a un lado de la puerta y me encamino por el pasillo del departamento encontrando a Danielle con un traje color gris puesto. Tiene el cabello peinado hacia un lado (ya que ahora está un poco más largo) y lleva un solo arete puesto. Muy su estilo.

—Qué guapa, ¿tienes una cita? —le pregunto tomando su mano para hacerla voltear.

Hace una mueca.

—Sí, pero no de las que me gustaría —tuerce la boca—. Andre quiere que vaya a presentarme en la fundación de mamá, tengo que firmar algo y dar la cara como la mujer que sigue en la generación de los Prince.

Hago un puchero.

—Lo siento —acaricio su brazo—. Pero piensa que estarás ayudando a muchas personas, ya que si tú quedas al frente de la fundación esta no será cerrada ni se quedará sin fondos.

—Lo sé —suspira—. Me hubiera gustado hacer esto con mamá por primera vez, pero pues...

—¿Quieres que te acompañe? —sugiero—. Sé que no soy tu madre, pero soy tu mejor amiga y quiero apoyarte.

—¿Quieres? —me sonríe.

—Sí, espera, voy a lavarme los dientes y a cambiarme la blusa.

Asiente y paso de largo hasta mi habitación. Me cambio, me pongo otros zapatos y me lavo los dientes. No tardo más de diez minutos en dejarme el cabello suelto y salir.

—Lista —le aviso cuando estoy fuera.

—Lo más seguro es que Andre y Damon nos alcancen allá —comenta ella, una vez que abandonamos el departamento—. No lo he visto desde que tuvimos sexo, no es que tenga tantas ganas, porque hará preguntas, yo haré preguntas y... —suspira—. Y la verdad no quiero estresarme ahora.

—No te preocupes por eso hoy, lo importante es que te hagas cargo de la fundación y ya lo demás lo irás viendo poco a poco, ¿de acuerdo? —la abrazo—. Estoy aquí para ti, siempre.

—Lo sé, gracias, Nathalie.

El chofer nos está esperando en la entrada del edificio y en todo el camino no dejo de pensar que los minutos pasan, por lo cual no podré retrasar el tiempo para que no llegue el momento de ver a Hunter.

Mi subconsciente me pregunta:

¿Usarías una máquina del tiempo si la tuvieras?

Y mi respuesta sincera es un rotundo *No*.

No la usaría, ya que, aunque no quiera verlo, tampoco quiero evitar a toda costa que las cosas sucedan.

Estoy hecha un lío.

27

Nathalie Parson

Danielle es de las personas que no profundizan un tema, aunque sea importante; siempre dice que si eso va a doler o tiende a ser dañino emocionalmente lo dejemos por encima y ya está.

¿Yo?

Yo no sé si pueda hacer lo mismo que ella, ya que llevo toda la mañana pensando qué rayos voy a hacer cuando vuelva a ver a Hunter. Cosa que no debería de causarme estrés, ya que no es un encuentro en el que estaremos a solas, pero aun así…

El claxon de los autos que vienen detrás me saca de mis pensamientos. El taxista mueve la cabeza y acelera cuando el semáforo está en verde.

Me pinté las uñas de color negro, inconscientemente, porque según yo me las pintaría de rojo. Pero de tanto que las raspo unas con otras la pintura ya va por la mitad, como si me hubieran crecido en segundos.

Me paso la mano por la cabeza y con la pantalla de mi teléfono veo el fleco que dejé libre, ya que me recogí el cabello. Traigo puestos unos pantalones negros de mezclilla, la camiseta del colegio y unos tenis blancos.

Me repito una y otra vez que entre más rápido pase el tiempo, mucho mejor, dentro de unas horas estaré en casa mirando la televisión junto a Danielle y esto quedará en el olvido.

El taxi se detiene frente al colegio y me bajo después de pagarle. Me subo la correa de la mochila al hombro antes de entrar a la propiedad. El edificio tiene la misma fachada de siempre (no sé por qué pienso que todo lo que me encuentre hoy será diferente); el guardia en la entrada me saluda con un asentimiento de cabeza y yo subo los escalones en silencio.

No tardan en llegar los niños y quiero tener todo listo en el salón. Entro dejando la puerta abierta, saco la carpeta con las hojas que tengo dentro y dejo una en cada banca. Comienzo a escribir la fecha de hoy y a la mitad llega la maestra con los alumnos.

La saludo como siempre y cierro la puerta cuando entra el último.

—Buenos días —los saludo—. ¿Listos para comenzar el día?

Asienten y yo procedo a dar indicaciones sobre lo que hay que hacer. Las rutinas son diferentes, un día vemos español, otro día matemáticas, después historia, geografía, y así sucesivamente. Cosas pequeñas y no muy complicadas que puedan absorber.

Hoy es día de matemáticas.

El primer receso llega tres horas después. Los observo salir, menos a Ian, quien está buscando algo dentro de su mochila. Me acerco a él poniéndome de cuclillas.

—¿Qué pasa? ¿Perdiste algo? —inquiero observando sus manos que se mueven dentro de la mochila negra.

—Mi reloj, creo que se me cayó.

—Tal vez lo dejaste en casa, ve a comer, seguro aparecerá después —le digo acariciando su cabello.

Asiente dejando la mochila de lado y lo veo salir mientras yo me doy la vuelta para caminar de nuevo al escritorio, pero esta se cae haciéndome voltear. Está abierta y se salen varias cosas, así que me agacho para recogerlas. Dos cuadernos, un lápiz y, debajo de la tercera libreta, un pedazo de papel con letras en latín.

No sé qué dice, pero la curiosidad me gana y termino tomándole una foto con el teléfono. Dejo la mochila en su lugar y me siento en mi escritorio buscando la traducción en Google.

La familia debe estar siempre unida.

Esa frase se repite en mi cabeza una y otra vez pensando una sola cosa: que los Meyer son una familia unida. Lo comprobé el día de la boda, ya que no se separaban, y al parecer la familia de Landon no se llevaba bien con ellos, o al menos tuve esa impresión.

Suelto un suspiro apoyando la cabeza entre mis manos. No he comido nada y no tengo nada de hambre tampoco, por lo que me paso todo el receso pensando hasta que el timbre suena y los niños vuelven.

Las siguientes horas se pasan lento; Esteban y Melissa pasan al frente para resolver un problema, les ayudo en todo lo que puedo, pero son niños con mucho empeño y no me necesitan tanto.

Ian resuelve todo en su cuaderno y me trae la hoja evitando así que le pida que participe. Me gustaría que lo hiciera, también le quiero decir que si lo hace no le pasará nada, nadie lo va a juzgar si se equivoca, nadie le dirá nada.

Solo tiene que ser él mismo.

El timbre de salida suena, la maestra espera en la puerta a los alumnos y yo me despido de ellos con la mano. No me demoro mucho en recoger mis cosas, colgar mi mochila en el hombro y salir directo a dirección hacia la reunión que me espera.

La secretaria de la directora me indica que pase y cuando lo hago solo está la mujer de ayer sentada detrás del escritorio.

—Tome asiento, maestra, el señor Meyer no tarda en llegar —indica señalando la silla frente a ella.

El espacio es grande, hay diplomas colgados en un lado de la pared, del lado izquierdo está un estante de libros y el escritorio ubicado en el centro, ambas sillas están muy juntas y cuando trato de empujar la que tengo al lado la puerta se abre.

Cierro los ojos buscando la calma de mis nervios cuando siento su presencia detrás de mí.

Siento cómo el ambiente se vuelve pesado.

—Buenas tardes, lamento el retraso —habla a mi espalda y solo su voz me causa un sinfín de sensaciones que no puedo explicar.

—Tome asiento, señor Meyer —le indica ella—. Gracias por venir.

No lo volteo a ver, porque solo quiero que esto acabe para irme a casa y no saber nada más por el resto del día o de la vida.

—Ella es Nathalie Parson, la maestra a cargo del grupo donde está su hijo —me presenta. *Si supiera que ya nos conocemos, y muy bien—.* Maestra, él es el padre de Ian.

Asiento sin moverme y ruego que la directora hable rápido.

—Bien —ella apoya los brazos sobre el escritorio quitándose los lentes—. Primero que nada, quiero decirle que Ian es un niño muy inteligente, se ve que ha tenido educación desde casa, la maestra me comenta que es muy atento, cumple con las tareas e incluso sabe leer mejor que cualquier otro niño de su edad.

—Entiendo.

Hunter tiene la mano izquierda estirada hacia abajo, su dedo índice y el pulgar se rozan con frecuencia dejando ver el anillo completamente negro que tiene grabadas una H y una M con letras color plata.

No lo había visto antes.

—Pero me causa extrañeza que él no participe en clase como los otros niños —hace un ademán con la mano—. Cada semana le pido un reporte a la maestra y en ninguno menciona la participación de Ian en clase, cosa que no debería de ser así. Todos los niños participan, así sea una vez por semana o cada dos, pero lo hacen, y ya llevamos casi un mes y medio de clases…

—¿Él cumple con todo? ¿Le ha faltado el respeto a alguien? ¿No pone atención? —la directora niega—. Entonces la participación sale sobrando. Mi hijo es bastante inteligente, la inteligencia viene de familia y los hijos suelen superar a los padres, Ian no será la excepción.

Ella sacude la cabeza.

—Lo entiendo, señor Meyer, pero si Ian participara o se llevara mejor con sus compañeros le ayudaría a crear vínculos, progresar mejor para que en un futuro…

Hunter se inclina hacia adelante, vuelve puño la mano donde tiene el anillo y muevo rápido la mía tomándola antes de que la levante. Busco entrelazarla y la aprieto evitando que haga algo de lo que se pueda arrepentir.

Desde donde está ella no mira nuestras manos, cosa que agradezco.

—No voy a obligar a mi hijo a participar si no quiere hacerlo, no lo voy a obligar a nada, ¿de acuerdo? —deja claro y se voltea para verme—. Maestra… ¿a usted le molesta la poca participación de Ian? Dígame y lo sacaré de aquí ahora mismo.

Sus ojos azules recorren los míos y solo quiero acercarme más para susurrarle que a mí no me importa en lo más mínimo nada, que Ian es perfecto tal como es, que…

Me obligo a volver a la realidad.

—No, yo no tengo problema con nada —desvío la mirada hacia la directora—. Creo que el niño está en todo su derecho si quiere hacer amigos o no, es su vida y nosotros no vamos a mandar en ella, así que, con todo respeto, directora, el hecho de que no hable no le resta en nada en su educación.

Ella pasa la mirada de él a mí sin saber qué decir por un rato, hasta que al final asiente, y cuando se pone de pie suelto la mano de Hunter removiéndome en la silla.

—De acuerdo —camina—. Esto no era un reclamo, señor Meyer, solo quiero el bienestar de los niños en este colegio, y si necesitan ayuda con algo, este plantel cuenta con medidas de ayuda de todo tipo.

Hunter se pone de pie asintiendo.

—No lo dudo, pero con todo respeto, de mi hijo y de su bienestar me encargo yo, ¿queda claro?

—Sí.

No sé por qué piensa que la reunión se da por terminada, pero abre la puerta y espera a que yo salga primero que él. Quiero buscar una excusa para quedarme más tiempo dentro y que se marche él primero, pero no la tengo, entonces veo a Matt salir de uno de los salones; un rayo de esperanza.

Apresuro el paso, lo veo colgarse la mochila al hombro y...

Me toman de la cintura llevándome por el siguiente pasillo sin soltarme. Es Hunter, no dice nada, yo trato de hablar, pero estoy tan absorta que no pronuncio palabra. Baja los escalones conmigo, me abre la puerta de la camioneta esperando que suba, pero no me muevo.

—Me voy, gracias por asistir a la reunión, señor Meyer —le digo dándome la vuelta, pero me toma de la muñeca llevándome contra su pecho—. Suéltame, me tengo que ir.

Es más alto que yo, no mucho, pero lo es, y el que sus ojos me miren como lo hacen solo me aumenta todo lo que aún no puedo explicar.

—Te llevo a tu casa —dice.

Niego.

—No, gracias, voy a otro lado, tengo cosas que hacer.

Me aprieta más fuerte contra él.

—Ah, ¿sí? ¿Con quién? ¿Con el estúpido pelirrojo? —increpa con rabia.

No puedo creer lo que está diciendo.

—¿Acaso te importa? —devuelvo—. Suéltame, Hunter. Te dije que me dejaras en paz.

—Súbete y hablamos dentro. No me voy a mover de aquí hasta que no entres —sentencia, y no sé por qué, pero le creo.

No protesto más y entro dejando que sea él quien cierre la puerta, mientras rodea la parte delantera del auto para subir por el otro lado. Lleva solo una camisa negra y un pantalón de mezclilla, se puede decir que se ve informal, pero la verdad es que se ve jodidamente sexy.

La camioneta arranca y yo coloco mi mochila sobre mi regazo sin ganas de decir nada. Me miro las uñas, después entrelazo mis manos y las cambio de posición sin encontrar comodidad.

De repente tengo unas ganas enormes de vomitar, pero sé perfectamente que son los nervios que él me provoca. No debería de estar aquí.

—¿Cómo estás? —pregunta luego de un rato.

No respondo, porque temo no poder tragarme el nudo que tengo en la garganta. Solo miro por la ventanilla sin decir nada.

Le pedí que se alejara, eso es lo que tiene que hacer.

—Sé que no quieres verme, pero…

Lo interrumpo.

—Solo quiero que me lleves a casa, por favor, y que me dejes en paz.

Cierro los ojos cuando siento una punzada en mi cabeza y me masajeo la sien tratando de detener el dolor. No dice nada más y lo agradezco porque no me estoy sintiendo nada bien.

Y es por su culpa.

El colegio no está tan distante de mi departamento, así que no tarda mucho la camioneta en estacionarse frente a este. Me bajo sin decir nada y camino rápido subiendo los escalones.

Cierro los ojos al sentir otra punzada, mi mano viaja al filo de la puerta para empujarla, pero el mareo que me abarca me lleva al suelo, donde me quedo viendo el cielo nublado hasta que mis ojos se vuelven a cerrar sumiéndome en una oscuridad.

***

Escucho ruido a lo lejos.

Mis oídos zumban, no logro alinear las voces que oigo, solo son murmullos sin sentido. Siento la boca seca, los párpados pesados y mi mano busca rascarse la comezón que siento en la oreja izquierda, pero no puedo.

Me remuevo en la cama en la que estoy, no es la mía, pero es demasiado cómoda, tengo una almohada tan suave debajo de mi nuca que solo busco moverme un poco para acomodarme mejor.

Tengo sueño.

De repente siento cómo alguien me aparta el cabello que tengo a un lado de la cara provocando que abra los ojos. Parpadeo un par de veces hasta aclarar mi vista, encontrando la mirada azul de Ian frente a mí.

¿Qué…?

Sigue acariciando mi cabeza como si fuera lo más normal del mundo. Me sonríe un poco y acerca sus labios a mi frente dejando un beso en ella. Paseo la vista por la habitación, no es difícil deducir dónde estoy y con quién estaba antes de bajar de la camioneta.

Estoy en casa de Hunter.

Me incorporo un poco, Ian se apresura a tomar una de las almohadas que están en los pies y me la coloca atrás haciéndome una señal para que me apoye en ella. Tengo una vía conectada en mi brazo izquierdo, también hay un monitor que al parecer se encarga de leer mis latidos.

—¿Quieres agua o jugo? —me pregunta él llamando mi atención—. Papá dijo que si despertabas te ofreciera algo de beber.

No tengo idea de por qué, pero los ojos se me humedecen con lo lindo que es. Acaricio su mejilla mientras asiento.

—Agua, cariño —contesto.

Se baja de la cama rápido caminando hacia una pequeña mesa donde hay una jarra de agua, sirve un poco en un vaso de vidrio y me lo trae.

—Gracias —susurro dándole un trago—. ¿Dónde está tu padre?

—Regresa en diez minutos —responde—. Mi tío Max le pidió que saliera.

El trago de agua me revuelve el estómago y decido ya no beber más, por lo que dejo el vaso a un lado en el buró. La habitación es grande, tiene un balcón, las cortinas color caoba están recogidas, las sábanas de la cama son grises y hay otra puerta, la cual supongo es el baño.

—Ven —le pido extendiendo mi mano. Me hace caso subiéndose a la cama—. ¿Me viste llegar aquí?

—Sí, papá te trajo en brazos, un doctor llegó y te sacó sangre —explica—. La abuela Esmeralda también estuvo aquí y el tío Enzo esperó afuera.

Vaya, llamé la atención de toda una familia.

—Estoy bien, tranquilo.

Eso espero.

Él se encarga de encender la enorme televisión que está colgada de la pared, busca algo que ver y deja una película que no entiendo porque ya va a la mitad.

Tengo que irme, pero no tengo el valor de quitarme la vía. La sangre me causa cierta incomodidad. Pienso en llevarme la bolsa de suero, pero seguro voy a parecer una loca por la calle con una bolsa colgando.

La puerta se abre dejando ver a Hunter. Su mirada va directo a su hijo, quien está a mi lado, y se acerca rodeando la cama.

—¿Cómo te sientes? —pregunta tomando mi mano—. ¿Te duele algo?

—No, estoy bien —respondo en un susurro—. ¿Por qué me trajiste aquí?

Se sienta.

—Te desmayaste en la puerta de tu edificio, no pensarás que te iba a dejar tirada —murmura—. El médico dijo que enviaría los resultados de los exámenes mañana, pero todo parecía indicar que no habías comido, ¿es cierto?

Suelto un suspiro.

—Anoche no cené y hoy no probé bocado en todo el día, pero me siento bien, ya me puedo ir a casa —digo—. Solo quítame esto —señalo la vía.

Se levanta sin responder nada, sale dejándome con Ian y no tarda en volver.

—No te vas a ir de aquí hasta que no comas algo.

Niego.

—No tengo hambre, comeré algo en casa —hablo—. Quítame esto, por favor, necesito ir al baño.

Duda, pero al final revisa la bolsa, solo le resta un poco de líquido, aparto la mirada cuando toma un algodón. Sus dedos fríos rozan mi piel, hasta que siento la aguja afuera.

Cierro el brazo haciendo presión donde estaba el punto y me pongo de pie. Camino al baño, trato de cerrar la puerta, pero el pie que veo me dice que no lo voy a lograr. Me detengo frente al espejo, tengo la cola mal hecha, así que me la hago de nuevo peinando con mis dedos las hebras rebeldes. Cuando estiro los brazos siento una punzada debajo del ombligo que me encoge, pero se me pasa rápido, así que la ignoro.

Me lavo la cara, las manos y me seco con una de las toallas que encuentro en la repisa. Salgo encontrando a Hunter a un lado de la puerta.

—¿Qué quieres comer? —inquiere—. Te dejaré ir si comes algo.

Sus ojos, al igual que el color del cielo azul, me llevan a pensar un millón de cosas, pero la que me importa ahora es: *Se preocupa por mí.*

¿Por qué? No lo sé.

Aparto esos pensamientos que solo me hacen ilusiones con algo que no pasará.

—Lo que sea —lo miro—. Que sea poco, no tengo mucha hambre.

—De acuerdo —asiente levantando la mano hasta tocar mi cabello.

Evito a toda costa su mirada.

—¿Dónde están mis cosas? Quiero mi teléfono —hago una mueca al sentir de nuevo la punzada.

Hunter me toma de la cintura y su mano viaja a mis mejillas, las cuales toca causando escalofríos en mi cuerpo.

—Tienes fiebre —comenta—. ¿Qué te duele?

Me remuevo cerrando los ojos un momento. Su brazo me sostiene y no quiero abrir la boca porque siento que voy a vomitar. Aspiro profundo tratando de ahuyentar las ganas.

—Estoy…

La oleada de vómito que me llega no me deja responder, porque me muevo hacia el baño rápido sacando todo. Hunter me sostiene rodeando mi estómago y yo expulso más cuando la punzada que sentía debajo del ombligo se pasa hacia el costado derecho del vientre.

—De acuerdo, es todo, nos vamos al hospital —ordena tomándome en brazos cuando termino de vomitar.

Tengo medio borrosa la vista; logro escuchar que le dice algo a Ian y el dolor que me recorre el estómago me saca un grito.

¿Qué me está pasando?

Estoy sudando, siento el cuerpo caliente y el vómito me vuelve a alcanzar provocando que rápidamente voltee la cabeza. Hunter se percata de lo que voy a hacer, me baja con cuidado y yo dejo salir los jugos gástricos que me queman la garganta.

—¡Fabio, quiero una camioneta ya! —escucho que ordena—. Tranquila. ¡Rápido!

El auto se estaciona, él sube junto conmigo y yo solo cierro los ojos cuando el dolor se vuelve más intenso. Quiero que pare.

Mis pensamientos van y vienen, el dolor no cesa y las náuseas aumentan en el camino. No sé exactamente cuánto tardamos en llegar al hospital, pero Hunter me baja en brazos, discute con alguien hasta que me dejan en una camilla.

Pataleo presa del ardor, alguien toma mi brazo izquierdo donde tenía la vía antes y conecta una nueva.

El dolor no me deja concentrarme y solo escucho palabras distorsionadas.

Dolor.

Infección.

Urgente.

Cirugía.

Los ojos se me vuelven a cerrar dejando mi mente en blanco.

***

La luz en el techo me ciega por un momento, hay silencio a mi alrededor. Parpadeo tres veces, e intento aclarar la vista paseando la mirada por el cuarto donde estoy.

Es blanco con café. Hay una pequeña televisión, un sofá para dos personas, una ventana con las persianas levantadas (afuera ya es de noche), del lado izquierdo está una silla y en ella observo a Hunter, quien tiene la vista en su celular.

Trato de moverme, pero el dolor en el mismo lugar que hace rato me tumba.

—Ey, no te muevas —el hombre que tengo al lado se pone de pie tomando mi mano—. ¿Cómo te sientes?

Arrugo las cejas.

—Cansada —paso saliva—. ¿Dónde estoy? ¿Qué me pasó?

Apoya una mano al lado de mi cara, hundiendo el puño en la almohada.

—Estás en el hospital, te realizaron una cirugía de urgencia.

¿Qué…?

—¿Cirugía? ¿Por qué? —inquiero.

—Apéndice.

Ay, Dios.

Cierro los ojos un momento, para después tratar de levantar la bata y comprobar por mí misma que es verdad. Tengo una venda en el estómago, no llevo ropa interior debajo, así que rápido me cubro.

—Danielle debe estar preocupada, necesito avisarle, ella vendrá y tú te podrás ir —digo—. ¿Me puedes prestar tu celular?

Lo saca de su bolsa y me lo entrega.

—No me voy a ir, puedes decirle a Danielle que venga, pero aun así no me iré —sentencia.

Y le creo, sin embargo quiero avisarle a mi amiga, quien debe estar preguntándose dónde rayos estoy.

Responde al tercer timbrazo.

—¿Hola? —duda al hablar.

—Soy Nathalie…

Suelta un grito.

—¡Estaba preocupada por ti! ¡No llegaste a la hora de siempre! ¿Qué te pasó? —inquiere preocupada.

Suelto un suspiro.

—Es una larga historia, pero estoy bien —la tranquilizo—. Estoy en el hospital, me… me realizaron una cirugía.

—¿Qué? ¿Cómo? —exclama—. Voy para allá. ¿Fuiste tú sola al hospital?

Miro de reojo a Hunter, quien ahora echa una mirada por la ventana con una de sus manos hundida en su pantalón de mezclilla.

—No exactamente, no —me muerdo la uña del dedo pulgar—. Hunter me… él, habló conmigo en la escuela y… me trajo aquí.

Otro grito.

—¿Ya volvieron? ¡Qué bueno, porque ya les estaba formando el ship! —exclama—. Yo supongo que estás en buenas manos, pero si quieres que vaya para allá, voy, ¿de acuerdo?

—No, no es necesario, Dani —niego—. Supongo que me darán de alta mañana y me iré a casa…

Hunter me arrebata el teléfono en un dos por tres sin permitirme decir algo más.

—¿Danielle? —habla pegándose el aparato en la oreja—. Soy Hunter, sí… Ajá, sí, ella está en buenas manos —se ríe. *¡Se está riendo con Danielle!*—. Claro, puedes pasar a verla mañana en mi casa —asiente—. Claro, no te preocupes, adiós.

Cuelga y yo lo fulmino con la mirada.

—¿Qué te pasa? ¿Por qué me lo quitas? —estoy molesta y no sé por qué—. Mañana me iré a mi departamento, no a tu casa.

Se guarda el teléfono en la bolsa del pantalón acercándose.

—¿Quieres comer algo? —mira la hora en su reloj—. Son casi las diez. ¿Tal vez una gelatina?

Cómo se nota que nunca ha tenido una cirugía.

—¿Por qué haces esto? —lo interrumpo mirándolo a los ojos—. ¿Qué ganas con ser amable con alguien si al final todo termina antes de empezar? Te dije que me dejaras en paz, ¿no puedes hacer eso?

Mi pregunta lo deja desconcertado un momento. Da un paso atrás pasándose la mano por la cabeza y no me responde.

—Quiero dormir, ¿puedes bajar la luz? —le pido cerrando los ojos cuando una punzada me llega a la herida—. Quédate si quieres, pero no te voy a detener si te quieres marchar.

No dice nada y ya estoy comenzando a acostumbrarme a su silencio. Así que me muevo lo poco que puedo en la camilla rogando que el sueño me venza pronto.

28

Hunter Meyer

Sigue dormida cuando una enfermera llega a revisarle la herida por la mañana. Es pequeña, pero al menos debe tener una semana de reposo absoluto, tomar los medicamentos y descansar.

Tiene la vía conectada en el brazo izquierdo, se remueve levantando la mano, pero soy rápido a la hora de detenerla evitando que se lastime. Sus dedos están fríos, tiene el barniz de uñas color negro y sonrío al ver que la mitad está en blanco.

Me hace imaginarla nerviosa horas antes de mi llegada al colegio.

Me recargo en la silla extendiendo las piernas. No sé qué carajos me está pasando, pero mi cabeza no para de pensar en ella, las preguntas que hace en serio tienen una respuesta, pero no me atrevo a decirla.

Al menos no por ahora.

Poco a poco va despertando, aclara su vista y cuando me mira cierra los ojos un momento.

—¿Cómo te sientes? —me levanto apartándole los mechones que tiene a un lado de la cara. Se relame los labios gruesos soltando un suspiro—. ¿Necesitas algo?

—Estoy bien —responde, baja la mirada a nuestras manos, pero no la aparta—. Tengo hambre.

—Ahora mismo pido que te traigan algo, el doctor me dio una dieta que tienes que seguir al pie de la letra y Grace se hará cargo de ella.

Frunce el ceño.

—¿Grace? ¿Quién es Grace? —inquiere con cierto tono que me gusta.

Reprimo la sonrisa.

—La cocinera de la mansión.

—Ah.

Se mira la vía, hace una mueca y yo me encargo de pedirle a una de las enfermeras que le prepare algo de comer.

—Necesito ir al baño —dice mirando la puerta—. ¿Me ayudas?

Le quito la sábana que le cubre las piernas, bajo la bata que se le había subido, tomo la bolsa con el suero y le paso un brazo por la espalda sosteniendo su peso al ponerse de pie.

Los pasos son lentos, se apoya en mí y no la dejo sola, la ayudo a sostener la tela cuando se sienta en el retrete.

—Cierra los ojos, me da pena —susurra avergonzada.

Suelto una risa al notar lo ridículo que suena eso después de todo lo que hemos pasado. Pero aun así le hago caso esperando que termine de orinar, hasta que de nuevo se apoya en mí. Se sienta en la orilla de la cama y me arrodillo frente a ella para quitarle las pantuflas y cuando me levanto quedo cerca de su rostro.

Sus labios son tan malditamente llamativos que no quiero perder la oportunidad de probarlos de nuevo, pero…

—Tengo hambre —repite apartando la mirada.

—Claro, seguro no tardan en traerte algo —digo ayudándola para que se recueste—. Tienes que llamar al colegio y decirles que no podrás dar clases hasta el próximo lunes o hasta que te quiten los puntos.

Niega.

—No puedo dejar tanto tiempo sin clases a los niños —protesta haciéndome soltar un bufido.

—Ah, ¿sí? ¿Y cómo piensas ir? No puedes subirte en un taxi, no puedes hacer esfuerzos, no me obligues a atarte a la pata de la cama, porque lo voy a hacer.

Me enoja su terquedad.

—¿Quién te crees, Hunter? Soy dueña de mis propias decisiones, puedo cuidarme sola.

Sacudo la cabeza.

—¿Y con cuidarte te refieres a ir a dar clases dentro de dos días? ¿Así te cuidas? —exclamo. —Vaya manera de hacerlo.

—No me puedes…

Se calla cuando la puerta se abre dejando entrar a una enfermera, quien trae la bandeja con la comida, y después entra el doctor.

—Buenos días, señora Meyer, ¿cómo se siente? —le pregunta y creo que no es eso lo que la vuelve pálida, sino el nombre que usó para referirse a ella—. Déjeme echarle un vistazo a esa herida.

Asiente dejando que el médico la examine, me paro al lado observando sus movimientos y cuando termina la enfermera le acerca el plato con lo que puede comer.

—La herida está bien, no hay puntos saltados ni parece que haya enrojecimiento, así que la dejaremos en observación un par de horas, y si todo marcha bien, procederemos a darla de alta —la mira—. Cualquier cosa que sienta, avise a una de las enfermeras.

Asiente y sin decir nada más el médico se marcha dejándonos a solas. Ella come en silencio, me siento en el sofá al lado con el teléfono en mano mientras termina de comer.

Recibo noticias de Isabella, quien me informa que Jordan no ha salido de Rusia; Thiago volvió a su país natal, pero eso aún me tiene inquieto. Estoy seguro de que Jordan está detrás de los viajes de su hermano.

No quiero sorpresas, por ese motivo la seguridad sigue igual, Ian tiene a Abel y a Fabio cuidándolo 24/7 y Hayley aceptó redoblar a sus hombres cuando retirara los míos.

Eso me deja más tranquilo.

Me pongo de pie acercándome a la ventana cuando me entra una llamada de Alessandro Bramson.

—Tengo malas noticias —dice en cuanto descuelgo—. Perdimos Chicago.

El enojo me asalta.

—¿Cómo pasó eso? —pregunto apoyando una mano en la pared—. Se supone que se tenía cubierto ya.

—Lo sé, pero hubo traidores y el territorio está invadido de rusos —suelta una maldición—. Podemos recuperarlo, pero sabes qué significa una guerra, tanto para la Mafia Roja como para el Gobierno.

Salgo de la habitación porque no puedo decir nada aquí adentro. Me apresuro al pasillo que está desierto para volver a hablar.

—Claro que lo vamos a recuperar, a mí nadie me va a quitar nada, los Ivanovich no van a ser los primeros —dejo claro—. Quiero una reunión con todos los clanes que estén dispuestos a ayudarnos, vamos a recuperar lo que nos pertenece y vamos a adueñarnos del suyo.

—Rusia es el foco —murmura—. Si Jordan está ahí…

—No estoy hablando de Rusia, hablo de Polonia. Entre más cerca tengamos al enemigo, mejor —digo—. Hay algo que no me cuadra sobre Thiago y Jordan, pero lo voy a averiguar.

—Los clanes polacos no nos van a ceder el lugar…

Sonrío.

—¿Y quién dijo que se los íbamos a pedir? —digo—. Vamos a demostrar una vez más quién manda y quién tiene el poder de destruir cuando se le pegue la gana.

—Está bien, sabes que estoy a tus órdenes —cede—. Convocaré la reunión, ¿donde siempre?

—No, tiene que ser aquí en Nueva York —aviso—. No puedo salir de la ciudad ahora.

—De acuerdo.

Cuelgo y guardo el teléfono en el pantalón. Vuelvo a la habitación, donde encuentro a Nathalie limpiando su boca con la servilleta que tiene cerca.

Me encamino para quitarle el carro con la bandeja encima; no me dice nada, solo me mira, y el silencio es estúpido cuando ya hemos hablado antes.

Me siento un idiota adolescente que espera el perdón de su novia. Soy un hombre hecho y derecho que un montón de veces ha lidiado con situaciones peores que esta, pero por alguna razón con ella se me complica todo.

Se acomoda en la cama, sube el brazo en una de las almohadas y pierde la mirada en la ventana. Afuera está lloviendo y el clima empeora al pasar los días.

—¿Necesitas algo? —vuelvo a preguntar.

Niega y no sé por qué, pero me enoja su actitud.

¿Así es con el estúpido pelirrojo?

—Pareces una niña —la acuso.

Pone los ojos en blanco.

—Y tú eres un empalagoso —devuelve—. Te dije que me dejaras en paz. ¿Qué haces aquí? ¿Qué pretendes?, ¿que te abra las piernas de nuevo?

Río sin gracia.

—No hables de lo que no sabes y mejor descansa.

No tarda en quedarse dormida. Las siguientes horas las paso enviando mensajes a Maxwell, quien me mantiene informado sobre los movimientos en Chicago. Jordan sabe que es una ciudad esencial para mí, como lo es Nueva York, y si llega aquí no voy a parar hasta verlo muerto, en esta guerra se gana y se pierde, pero a mí no me gusta perder.

Debió haber muerto hace mucho tiempo. Ella nunca debió fijarse en alguien como él; ella sabía la mitad de las cosas, tanto de él como mías, y al final eso terminó matándola.

Creo firmemente que fue él quien asesinó a la madre de mi hijo y es algo que no le voy a perdonar. Aurora desapareció la noche que fue a buscarlo, dos meses después de dar a luz a Ian.

***

El alta de la maestra llega antes de las siete de la noche. Ordeno a Fabio que le traiga ropa nueva, quien llega con las bolsas y ella escoge la que se quiere poner.

La ayudo en todo, rechaza la silla de ruedas, por lo que termino cargándola hasta la camioneta. Hace una mueca cuando la dejo sobre el asiento, pero sigue sin decirme nada.

Si supiera que, si hablo, no le gustará lo que digo.

Esmeralda me observa desde el balcón de su habitación cuando bajo con Nathalie en brazos, pero la ignoro porque no estoy para sermones ahora. Subo hasta el segundo piso llevándola directo a mi alcoba.

Dormirá conmigo.

Ian toca la puerta cuando estoy dejándola en la cama y ella sonríe de oreja a oreja en cuanto lo ve.

—Ey, ven aquí —lo llama.

Él corre, pero lo detengo antes de que se deje caer sobre el colchón.

—Con cuidado, está lastimada —le digo en el oído—. Vigílala por mí, ¿sí?

—Sí —responde.

Los dejo a solas en el cuarto. Camino al despacho, donde ya me están esperando.

Esmeralda está sentada en el sofá de cuero negro con un cigarrillo entre sus dedos, Maxwell a un lado de ella con un trago en la mano, Enzo de pie y mi hermano en una de las sillas frente al escritorio.

—El asunto de la maestra es mío, no quiero preguntas sobre eso, no quiero caras ni nada por el estilo —dejo claro—. Mis decisiones nadie las cuestiona y mucho menos mi vida personal, ¿queda claro?

Nadie responde, lo que para mí es la respuesta perfecta. Me siento en mi lugar antes de hablar de nuevo.

—Perdimos Chicago, pero no nos vamos a quedar con los brazos cruzados. Jordan sabe el enemigo que tiene encima, sabe perfectamente que la Mafia Negra no se queda sentada esperando la caída —apoyo los brazos sobre la mesa—. El sábado nos reuniremos con la cabeza de los clanes, los Russo —miro a Maxwell—, los Calvers, los Bramson y el resto de los Meyer.

Esmeralda se pone de pie.

—Perfecto —habla—. No fuimos los primeros en meternos en territorio ajeno, pero sí seremos los primeros en dejar claro cómo funcionan las cosas —se coloca a mi derecha—. Un Meyer no agacha la cabeza, un Meyer no baja la mirada y un miembro de la Mafia Negra no se deja vencer ante nada.

Los tres se ponen de pie.

—Enzo, haz un recuento de armas y de hombres para el jueves —ordeno—. Maxwell, quiero veinte millones sobre la mesa para cualquier información que nos puedan dar sobre Thiago Ivanovich, y Leonardo, encárgate de la seguridad, no quiero sorpresas.

—Cuenta con ello.

Salen dejándome con mi madre, quien por un rato se mantiene callada, pero sé lo que quiere decir, y ese algo tiene que ver con la persona que duerme en mi cama ahora mismo.

—No voy a cuestionar tus decisiones —comienza—. Pero sabes muy bien lo que significa si alguien se entera de la mujer que tienes al lado. El enemigo tiene ojos en todas partes, como los tenemos nosotros, y esto…

Me rasco la barbilla.

—Lo sé.

Se pone frente a mí.

—Un paso a la vez, siempre ha sido así, pero ahora parece que das cinco en lugar de uno y eso solo te traerá problemas —murmura—. Problemas que como madre estoy dispuesta a ayudarte a resolver o ponerles fin, cualquier decisión que tomes, me tienes aquí para darte mi apoyo.

Me pongo de pie rodeando el escritorio.

—Mi palabra se sostiene, el único miembro que debemos mantener con vida es Ian —digo—. La prioridad es él, siempre ha sido él y siempre será él. El heredero del imperio y el apellido debe mantenerse por ese niño, al cual le voy a quitar las piedras del camino hasta que no quede ninguna.

Me toma de la nuca obligándome a que la vea a los ojos.

—Y la prioridad para mí son ustedes cuatro, Hayley, Leonardo, Ian y tú —suspira—. Daría mi vida por cualquiera, le pondría el pecho a una bala si eso impide perderlos. Son mi sangre y me duelen —besa mi mejilla—. Un Meyer nunca abandona a otro Meyer, recuerda eso.

—Lo sé perfectamente.

Antes de salir del despacho me mira.

—Ella me cae bien.

Sale del despacho dejándome a solas.

Esmeralda jamás me había dicho algo así, ni siquiera cuando traje a Aurora a casa por primera vez, y esto solo hace que las decisiones que debo tomar se vuelvan más difíciles de lo que ya son.

Termino lo que tengo pendiente en menos de una hora, paso por la cocina para comer algo y regreso a la habitación, donde me detengo al escuchar la voz de Nathalie.

—¿Cómo? ¿Quieres ser un león con alas? —pregunta con cierto tono de felicidad.

—Me gustan los leones, pero también los halcones, quiero una combinación de ambos —responde mi hijo sacándome una sonrisa de lado.

Ella ríe.

—Estoy segura de que podemos resolver eso.

Espero un par de segundos antes de entrar. Ella me mira, pero no dice nada. La televisión está encendida; tiene una bandeja con el resto de la cena, lo cual me indica que la cocinera siguió mis instrucciones.

Me quito la chamarra, desabrocho los botones de mi camisa y me saco los zapatos quedando en calcetines.

—¿Ya cenaste? —veo a Ian, quien niega—. Seguro tu abuela te está esperando, ve con ella.

—Sí —asiente.

Nathalie le besa la cabeza antes de que se baje de la cama. Sale del cuarto sin correr y yo prosigo a quitarme la camisa quedando desnudo de la cintura para arriba.

—Quiero darme un baño; creo que puedo hacerlo sola, solo necesito ropa, ¿puedes prestarme algo? —inquiere con la voz baja.

Tomo el teléfono.

—Sí, para mañana mismo te consigo todo lo que necesites. ¿Qué talla eres? —la miro.

—Mediana —responde—. Pero no es necesario, yo tengo ropa en mi departamento, le puedo pedir a Danielle que me traiga algo…

—Sí es necesario.

Envío un mensaje de texto a Fabio.

> Necesito ropa de mujer, talla M,
> de todas las marcas reconocidas, al igual que zapatos,
> pijamas y de todo.

—Ahora te presto algo mío, mañana tendrás todo —digo caminando al armario.

—En serio no es necesario, le puedo pedir a Danielle que me traiga algo cuando venga —insiste de nuevo.

Sacudo la cabeza mientras saco un pantalón de pijama, una camiseta gris y unos bóxers.

—Tendrás todo lo que necesites aquí, deja esa terquedad ya —sentencio dejando la ropa sobre la cama—. Te ayudo.

Duda, pero al final acepta que le aparte las sábanas, la tomo en brazos y camino con ella hasta el baño, donde, en cuanto abro la puerta, las luces se encienden; la bajo dejándola de pie a un lado de la regadera, mientras abro la llave dando paso al agua tibia.

—Puedo llamar ahora mismo a una enfermera que te ayude con esto si te hace sentir incómoda, solo dilo.

Estamos frente a frente, puedo escuchar el ritmo de su corazón acelerado, al igual que ella siente mis ganas de querer tomarla, besarla y hacerla mía de nuevo.

Se relame los labios mirándome a los ojos.

—No es nada que no hayas visto antes, ¿no? —susurra—. Hazlo.

Levanto con cuidado su blusa, mis dedos rozan su piel tibia, tan suave que las ganas de pasar mis labios por ella amenazan con tomarme. Evito que haga esfuerzo al levantar los brazos y termino sacándole la prenda por la cabeza.

Queda desnuda de la cintura para arriba, el cabello le cae cubriéndole los pechos y lo agradezco, ya que sería muy difícil concentrarme al tenerla cerca de esa manera.

Me agacho jalando el listón del pants azul y lo bajo junto a la ropa interior dejándola sin nada. Trago con fuerza y me concentro en ayudarla para que se ponga debajo de la regadera.

El agua cae en lluvia mojándole el pelo. La herida está cubierta con un parche especial y no afecta en nada.

—¿Está bien así el agua? —inquiero—. ¿Te gusta?

—Sí, está bien —asiente—. Te estás mojando —señala el pantalón que ahora está empapado.

—No importa.

Tomo el champú, echo un poco en la palma de mi mano y la llevo directo a su cabello, el cual le aparto de los hombros hundiendo mis dedos en él. Masajeo las hebras negras haciéndole a un lado el fleco y ella cierra los ojos para evitar que le entre jabón.

Hace la cabeza hacia atrás para que la espuma se enjuague y abre los ojos cuando ya no hay peligro. El tono azul invade mi pecho, es tan hermoso que mataría a cientos con tal de que ese color no se apague.

No se apague nunca.

Tomo jabón para el cuerpo dejando caer unas gotas sobre sus hombros y unas más sobre su espalda. Mis manos lavan su cuello, después su espalda, sigo bajando por su estómago plano hasta el vientre, donde el suspiro que suelta me endurece la hombría.

Me encargo de sus piernas hasta los pies, vuelvo a quedar a su altura estirando el brazo para tomar la regadera de mano. Enjuago su cuerpo con el agua tibia, evitando que la herida se moje mucho.

Con las yemas de los dedos acaricio su zona mojada tanto por el agua como por otra cosa. Me limito con los movimientos recordando que acaba de salir de una cirugía y no puede hacer esfuerzos. Pero la mirada que me encuentro cuando la veo a los ojos no me ayuda, mucho menos que sus manos busquen mi bragueta peleando por abrirla sin apartar la vista.

—Nathalie… —susurro ladeando la cabeza—. No puedes…

—Déjame…

Me encargo de quedar desnudo bajo el chorro de la regadera y el hecho de que sienta su mano alrededor de mi miembro me nubla el juicio.

Apoyo una mano en la pared y cierro los ojos cuando comienza a masturbarme mejor que cualquiera antes. No es comparación, es ella, es pensar en que es ella a la que tengo enfrente, la que me tiene en un nivel muy alto de las ganas que aumentan a cada segundo.

Los movimientos de su mano son precisos, lentos y a la vez rápidos, y me hace echar la cabeza hacia atrás. Escucho cómo le aumenta la respiración, mi ritmo cardiaco se acelera y el líquido tibio sale de la punta de mi miembro manchándole los dedos.

Me recompongo enjuagándome el cuerpo y me baño frente a ella rápidamente. Me enredo una toalla alrededor de la cintura, tomo una de las batas ayudándola a secarse y la saco del baño para llevarla a la habitación.

Mete las manos en la camiseta, las piernas en el bóxer y después en la pijama, la cual subo lentamente evitando que le apriete en la herida. Le cambio el parche, limpio alrededor asegurándome de que no haya enrojecimiento y cubro después de revisar los puntos.

Se recuesta en la cama, mientras yo vuelvo al baño para cambiarme, lavarme los dientes y asegurarme de que la llave esté bien cerrada.

La cama es grande, igual que la habitación. Me paso la mano por el cabello y me recuesto a su lado dejando el brazo debajo de mi cabeza. La pantalla está encendida, no sé qué es lo que pasan, pero ella me ofrece el control.

—Pon lo que quieras —me dice—. Supongo que tienes un programa favorito.

—¿Supones? —la veo de reojo—. ¿Alguna idea?

Se encoge de hombros.

—No lo sé, te veo cara de NatGeo...

Frunzo el ceño apoyando la cabeza en la almohada, quedando a su altura cuando voltea su rostro para verme.

Es preciosa.

—¿NatGeo? ¿En serio? —levanto una ceja—. Mmm... no estás cerca.

—Ah, ¿no? —se rasca la nariz—. Dame una pista, soy buena adivinando...

Finjo pensar un par de segundos, cosa que le saca una sonrisa divina, la cual arruga sus mejillas y achica sus ojos.

—Comienza con P.

Pone los ojos en blanco.

—¿Y termina con una O? ¡Qué puerco! —me acusa arrugando los labios.

Me río.

—¿Esa es la imagen que tienes de mí? Qué mala, maestra. La creía diferente.

Entrecierra los ojos.

—Sorpréndame, señor Meyer.

Espera ansiosa mi respuesta.

—Paleontología.

Se me queda viendo, queriendo reír, pero no puede y se agarra el estómago formando una mueca en medio de una sonrisa.

—¿Te gustan los dinosaurios?

Asiento.

—Sí. ¿A quién no? —frunzo el ceño—. Son los putos animales más fantásticos del mundo, bueno, eran.

Sonríe.

—Ya... —mueve la cabeza—. Supongo que fuiste al parque temático de Jurassic World.

—No, cómo crees.

—Obvio no, cómo podría creer eso, un hombre de negocios como tú no lo haría, ¿cierto?

Niego y me quita el control para buscar el título de una película en específico.

—Ahora me dio curiosidad, creo que un maratón de Jurassic World no nos vendría mal, ¿o sí? —me mira.

Me encojo de hombros.

—Si insistes.

Sus ojos se pierden en los míos por un momento, y es que cada que la veo, no importa cómo, cuándo o dónde, la quiero besar, la quiero besar como lo quiero hacer ahora.

Levanto mi mano guardando un mechón de su cabello detrás de su oreja, bajo uno de mis dedos por su mejilla volviendo a subir hasta su nuca.

—¿Recuerdas lo que te dije antes de salir de Nueva York? —pregunto rozando mi nariz con la de ella—. Trato de ser considerado, trato de alejarme, pero es tan difícil, es algo que no quiero hacer…

Pasa saliva.

—Lo recuerdo y lo mío sigue, no temo averiguarlo, solo necesitas dejarme hacerlo. Hunter, no tienes que dar un paso adelante si vas a retroceder tres —habla sobre mis labios—. Solo tienes que dejarme verte, solo eso, quiero conocerte…

Cierro los ojos ante su caricia en mi mejilla.

—Me vas a odiar…

—No, no podría hacerlo, aunque quisiera —susurra—. ¿Por qué lo haría? ¿Qué es eso que ocultas?

Una mierda.

—Nathalie…

—No tienes que decirme nada ahora, pero cuando quieras hacerlo yo estaré aquí, ¿de acuerdo? Solo necesito creer que un día hablarás conmigo…

Medio sonrío.

—¿Quieres continuar con esto? —le pregunto.

Di que sí, necesito que digas que sí…

—Sí, sí quiero. ¿Tú lo quieres?

Me acerco a ella besándole la frente, bajando a sus mejillas y después a su nariz.

—Carajo, claro que sí —respondo provocando que sonría.

Evito que haga un movimiento que la pueda lastimar y soy yo quien se acerca hasta tocar su boca. Sus labios me reciben con las mismas ganas que sentía yo hace apenas un par de segundos.

—Te extrañé —confiesa en medio del beso.

Le acaricio la mejilla dejando que se recueste sin saber cómo responder a eso, ya que esas dos palabras me provocan tantas cosas que no sé cómo explicar, me enoja no poder aclarar los sentimientos que comienzan a surgir.

Sentimientos que jamás había tenido.

29

Nathalie Parson

No sé cuánto tiempo llevo despierta, pero el sol aún no sale, la televisión sigue encendida y el hombre que tengo al lado duerme boca abajo en un sueño profundo.

Tiene el cabello revuelto, la mejilla contra la almohada, su mano está tocando mi muslo por encima de la sábana y la otra extendida hacia arriba. No me canso de verlo y cada día le temo más a todo lo que estoy comenzando a sentir por él.

No está listo para hablar y por más vueltas que le doy en mi cabeza siento que está exagerando. ¿Qué es lo que me puede estar ocultando? Si tan solo dejara el miedo de lado, las cosas serían mucho más fáciles.

Solo espero que cuando al final se decida no sea demasiado tarde.

Mi teléfono está en buró al lado de la cama, y sin moverme mucho lo tomo volviendo la vista para comprobar que no se ha despertado. Quiero una fotografía de él en mi galería, suena tonto, pero quiero tener algo que ver cuando no lo tenga cerca.

Abro la cámara trasera, me trago el leve dolor que me recorre el vientre y poso mi mano sobre su cabello capturando la foto, después la quito y vuelvo a tomar otra.

Sonrío mirándolas y coloco una de fondo de pantalla, me arrepiento al minuto siguiente, porque no sabría qué explicación darle a Zaydaly si me pregunta quién es…

Estoy a punto de quitarla cuando…

—¿Tan mal me veo? —su voz ronca me eriza la piel.

Cancelo lo que hago dejando el teléfono sobre mi estómago para verlo a él.

—Sí, la verdad es que no me convences como dueño de mi fondo de pantalla —lo molesto—. Seguiré teniendo a Andrew Garfield.

Arruga las cejas.

—Bueno, yo seguiré teniendo a Sandra Bullock —contraataca.

Hago una mueca con los labios.

—Bueno, ella es una diosa, no me molestaría para nada —miento (*porque sí me molesta, lo cual es estúpido*).

Ríe por la nariz ocultando su cara en la almohada, permanece unos segundos en esa posición hasta que se mueve para acariciar mi mejilla.

—¿Cómo te sientes? —pregunta bajando la mano por mi estómago—. ¿Te duele mucho?

Niego con la cabeza.

—No, cuando desperté me tomé el medicamento que me tocaba, pero todo bien.

—De acuerdo —se inclina hacia adelante con una sonrisa torcida en la boca—. Ahora quiero darte los buenos días.

Sonrío sin poder evitarlo y lo tomo del mentón acercándolo a mí. Su mano izquierda se pierde en mi cabello y con la derecha apoya el peso de su cuerpo para evitar caer sobre mí. Sus labios son tan suaves, pequeños, pero tan apetitosos, que solo quiero besarlo cada vez que lo tengo cerca. Lo atraigo más a mí queriendo profundizar, pero es él quien lo para.

—No quiero lastimarte —susurra dejando otro sobre mis labios—. El doctor dijo que puedes levantarte y caminar unos minutos, pero evita bajar las escaleras, ¿de acuerdo?

—Sí, lo sé, no te preocupes.

Se levanta no sin antes repartir besos en mi rostro hasta terminar en mi boca y un minuto después lo observo caminar hasta la puerta que da al armario, en donde la mayoría de sus prendas son trajes completos, ropa negra y blanca, entre otras.

Le eché un vistazo cuando pasé al baño y la puerta estaba abierta.

Se saca la camiseta dándome una vista espectacular de su espalda tonificada; tiene un par de cicatrices, parecen cortes, pero evito preguntar, ya que sospecho que no me va a responder.

Con cuidado me subo un poco más colocando una almohada en mi espalda y me peino el cabello con los dedos frente a la pantalla del teléfono, la cual se enciende con una videollamada de Zay.

Dudo responder o no, pero tengo casi dos días sin hablar con ella, así que lo mejor es contestarle para que no se preocupe.

—Ey, sé que es temprano, pero quería agarrarte antes de que partieras al colegio —habla. Tiene una bata de seda rosa puesta y lleva el cabello en un chongo—. ¿Cómo estás? ¿Estás desayunando?

Paso saliva mirando cómo Hunter entra en el baño, no hablo hasta que escucho que cierra la puerta.

—No, no exactamente… —me paso un mechón de pelo tras la oreja—. No estoy en el departamento… Yo… conocí a alguien, él, estoy con él ahora.

Entrecierra los ojos dejando el celular a un lado mientras mezcla las leches de Rose.

No dice nada por un rato sin quitar el ceño fruncido.

—¿Pasaste la noche con él? ¿Lo conoces hace mucho? —indaga con cierto tono curioso en su voz—. No te voy a juzgar ni nada, ¿de acuerdo? Solo te digo que te asegures de que es un chico confiable.

Suelto un suspiro. No debí de hacerlo, ya que tal acto me arrebata un gemido de dolor.

—No, él es una buena persona —asiento—. Lo conozco hace tiempo, él… es el padre de uno de mis alumnos —suelto en voz baja—. Se llama Hunter.

Ella sonríe agitando la mamila.

—Se llama Hunter, sonaste como adolescente a la cual le gusta su maestro de química —se ríe y yo desvío la mirada a la puerta del baño para comprobar que no venga—. ¿Y se pasaron de copas anoche o qué?

—Estoy… estaba enojada con él, por ciertas cosas, pero total, una cosa llevó a la otra hasta que terminé viéndolo de nuevo en la escuela —explico—. Me desmayé cuando me llevaba de vuelta al departamento, me trajo a su casa y después me volví a sentir mal, hasta que desperté en el hospital con la noticia de que me habían sacado el apéndice.

—¿Qué? ¡Por qué no me avisaste, Nath! —exclama preocupada—. ¡Soy tu hermana! Pude haber ido a verte, de hecho, creo que iré a verte hoy mismo, sí, le pediré a Antony que cuide de Rose…

La interrumpo.

—Estoy bien, todo salió bien y ya te dije que estoy en su casa —la calmo—. En serio todo está bien, él me cuida y me siento cómoda aquí… En serio.

Se queda quieta pasándose las manos por la cabeza. No somos muy parecidas, ella tiene el rostro perfilado y yo un poco más redondo. Nuestros ojos son de diferente color, los míos azules y los de ella un poco más claros.

—*¿Me lo juras?* —levanta el meñique.

Sonrío.

—Te lo juro —prometo—. ¿Cómo está Rose?

—Ella está… súper bien —sonríe orgullosa—. No tienes idea de cuánto la amo, es una niña preciosa. Estoy segura de que esos ojos verdes serán la perdición de alguien en un futuro.

—No lo dudo.

El llanto de la nombrada se escucha y ella suelta un suspiro haciendo un puchero.

—Pero ahora tengo que ayudarla a crecer —dice—. Te llamo luego, cuídate, te amo.

—Yo también te amo —le lanzo un beso.

Cuelgo bajando el teléfono para buscar el número de la dirección del colegio. Tengo que enviar un mensaje, no, mejor enviaré un correo y adjuntaré la receta médica del hospital.

Hunter sale del baño cuando voy a la mitad del escrito y el que se cambie delante mío no les ayuda a mis pensamientos ni mucho menos a mi estado, ya que no puedo hacer un movimiento sin que el dolor recaiga en la herida.

Trato de concentrarme en redactar el final, pero se está anudando la corbata frente al enorme espejo que tiene a un lado de las puertas del balcón. Termina con ello y toma uno de los sacos que quita de un gancho dejándolo sobre la cama mientras se acerca al otro lado para tomar su celular.

—¿Todo bien? —pregunta sin levantar la vista.

—Mjum.

Con dificultad, pero logro terminar el correo, el cual envío con todo lo que se necesita y dejo el teléfono a un lado.

—¿Por qué nunca hay una botella de Chardonnay que me reciba en la puerta? —grita alguien afuera—. ¡Mi nieto me va a escuchar ahora mismo!

Frunzo el ceño mirando a Hunter.

—¿Qué pasa?

Él cierra los ojos moviendo la cabeza, y cuando se mueve para ir a la puerta, esta se abre de un golpe que me sobresalta.

—Aquí estás. ¿Dónde está mi botella de Chardonnay? ¡¿Dónde?! —exclama el hombre de mayor edad que se planta en el marco de la puerta, con un aspecto entre enojado y feliz.

—Alex, supongo que no puedo decir nada hasta que no tengas tu Chardonnay, ¿no? —Hunter camina hacia él.

El señor me mira esquivando a Hunter y viene hacia mí con paso decidido. Es bastante alto, robusto, lleva traje negro con un suéter de cuello de tortuga debajo y un reloj de oro resalta en su muñeca derecha.

Su cabello es en su totalidad blanco, tiene arrugas en la cara, pero aun así puedo notar la belleza que se deterioró con los años, no tanto, porque para su edad, tiene ese aire llamativo. Sus ojos azules resaltan demasiado bajo los párpados arrugados.

—Dime tu nombre, querida —pide cuando llega a mi lado.

Miro a Hunter, quien se pasa una mano por el cabello soltando un suspiro.

—Nathalie Parson, señor —me presento—. Yo… qué vergüenza que me encuentre en cama, pero…

El hombre detrás de él se acerca.

—Acaba de tener una cirugía, Alex —interviene Hunter—. Vamos a conversar fuera de aquí.

Ignora de nuevo a su nieto.

—Alex Meyer —se presenta—. Así que eres la novia de mi nieto, mira que para aguantar a este pedazo de idiota… bueno, supongo que sabes lo que significa…

Sonrío al ver el enojo de Hunter por lo que acaba de decir su abuelo.

—Es suficiente, ella tiene que descansar —lo corta—. Vámonos, que tenemos que hablar.

Alex se voltea para ver al hombre de pie, a quien le susurra algo en el oído y se separa.

—No estoy de acuerdo con lo que dices, pero lo respeto —le dice volviendo su atención a mí—. Entonces, linda, ¿a qué te dedicas?

No sé por qué, pero me cae bien y siento que es esa persona con la que te pondrías a charlar por horas sin aburrirte.

—Soy maestra, de hecho, soy la maestra de Ian, su bisnieto —informo—. ¿Y usted?

Se sienta a un lado de la cama ignorando las miradas que le lanza Hunter.

—Yo me dedico a lo mismo que ese niño que miras ahí —señala con la barbilla a su nieto, provocando que yo sonría y él ponga los ojos en blanco.

—¿Empresario? —inquiero.

—Sí, se pudiera decir que sí —se encoge de hombros—. Negocios, tratados, e incluso a veces podemos estar en peligro.

Asiento comprendiendo lo que dice.

—Sí, eso lo sé —me acomodo un poco hacia arriba—. Hace unas semanas Hunter y yo tuvimos un atentado —suelto un suspiro recordando—. Fue horrible, nos dispararon, agradezco que Ian no estuviera con nosotros.

Él me mira atento.

—Bueno, estoy seguro de que mi nieto no se quedó de brazos cruzados, ¿o me equivoco? —ladea la cabeza.

Niego.

—No, él cuidó de mí.

—Claro, como todos los hombres de esta familia —comenta—. Bueno, ¿y dónde está el hombrecito de la casa?

Imagino que se refiere a Ian, quien para estas horas debería de ir camino al colegio. Cuando estoy por responderle, el pequeño entra empujando la puerta y con paso apresurado se aproxima hasta donde estoy.

Su abuela entra detrás de él y alcanzo a ver a Enzo antes de desviar mi atención a Ian.

—Ey, ¿qué pasó? —pregunto cuando se para al lado—. ¿No deberías estar de camino a la escuela ahora?

Esmeralda se acerca.

—Dice que no quiere ir y tiene ojeras, por lo cual supongo que tuvo pesadillas.

—¿De nuevo? —miro a Hunter cuando intenta que no me abrace—. Déjalo.

Sus manos están temblando como el otro día, tiene los ojos llorosos y le abro los brazos dejando que estrelle su cuerpo contra el mío. Me trago el dolor que me provoca tal golpe y no lo suelto.

—Te va a lastimar —protesta Hunter.

—Shhh, estoy bien —susurro—. Sube a la cama, vamos.

Su padre se encarga de quitarle los zapatos y el bisabuelo se quita haciéndole espacio, mientras yo le acomodo las sábanas como puedo dejando que busque apoyar su cabeza contra mi pecho.

Su cuerpo está pesado, pero no me importa, quiero que se calme, ya que está temblando.

—No puede ir al colegio así —dirijo mi atención a Hunter—. Déjalo, necesita descansar. Estoy bien —digo en voz baja y asiente no muy convencido.

Esmeralda es la primera en salir, después Alex, quien me guiña un ojo y al final Hunter, quien se lleva a Enzo. Bajo la mirada comprobando que tiene los ojos abiertos, tiene un brazo sobre mi estómago y no parece querer soltarme.

—¿Qué pasa, cariño? ¿Soñaste algo malo? —le acaricio la mejilla—. ¿Quieres hablarlo o prefieres escribirlo?

Se toma su tiempo para responder, pero no me suelta.

—No le tengo miedo al sueño, fue una pesadilla —murmura—. Es una mujer, atada y con un palo de madera en la boca, creo que ella estaba sufriendo…

Junto las cejas procesando lo que dijo.

—Entiendo… ¿Conoces a esa mujer?

Niega.

—No, pero la veo perfectamente —cuenta—. Tiene el cabello largo, negro y sus ojos son oscuros —un escalofrío le recorre el cuerpo—. Gritaba mucho, está sufriendo.

—¿Cada cuánto tienes estos sueños? —busco su mano besando el dorso de ella.

Se encoge de hombros.

—Seguido.

Nos quedamos en silencio un rato, hasta que él se pega más a mí dejando que bese lo alto de su cabeza.

—Cariño… —hablo despacio—. Existen personas, profesionales, con las que puedes hablar y contarles estos… estos sueños, yo te puedo acompañar…

—No, no quiero hablar con nadie, quiero hablar contigo —dice rápidamente.

—De acuerdo, sí, entonces hablarás conmigo todo el tiempo que quieras, ¿sale?

Asiente.

—¿Puedo dormir aquí?

—Claro que sí.

Lo cubro con la cobija hasta los hombros y acaricio su cabello hasta que se queda dormido, yo junto con él, ya que el sueño me vence al segundo después.

***

Cuando despierto aún tengo a Ian a mi lado, solo que ya no está sobre mi cuerpo. Las cortinas del balcón están recogidas y las puertas cerradas. Con cuidado de no despertarlo me levanto despacio, me muerdo el labio cuando me llega una punzada de dolor en el costado, pero me aseguro de cubrir a Ian para evitar que tenga frío.

Camino al baño dando pasos pequeños, no quiero aferrarme a la cama. Caminar es bueno, eso mismo decía la receta médica. Me adentro cuando las luces se encienden hasta llegar al espejo frente al lavabo.

Respiro hondo antes de abrir la llave y lavar mi cara, después los dientes hasta terminar tomando una toalla para secarme. Levanto mi blusa, me bajo un poco el pantalón de la pijama y quito el parche con unas pocas gotas de sangre.

—Diablos.

No hay ningún punto saltado, pero el esfuerzo que hice con Ian me lastimó y me sacó sangre, así que me armo de valor para quitarme el resto del parche y buscar el botiquín que está en una de las repisas.

Saco otro parche, algodón y alcohol.

Cuando mojo el algodón la puerta del baño se abre sobresaltándome, pero me tranquilizo al ver a Esmeralda Meyer entrar con un cigarrillo en la mano.

Lo apaga cuando me mira, se lava las manos con jabón y me quita lo que tengo en las mías.

—Estoy bien —siento la necesidad de aclararlo—. Ian no me lastimó.

Pasa con cuidado el algodón por el borde de la herida sin tocar los puntos, después seca con una gasa limpia y abre el parche.

—Sí lo hizo… —dice seria.

—Pero no fue su intención —me apresuro a decir—. Necesitaba descansar.

—No, claro que no fue su intención —habla también—. Pero valoro el hecho de que no te muestres débil frente a él para no hacerlo sentir mal.

Termina de cubrir la herida y yo me bajo la camiseta sin problema. Ella se lava las manos y después espera a que salga yo primero.

—No le comente a su hijo sobre esto, quiero tener a Ian aquí —digo mirando al niño sobre la cama—. Me preocupan las pesadillas que tiene.

No me responde, solo asiente.

Tocan la puerta y es ella quien permite el paso. Me quedo estancada en mi lugar cuando veo entrar a más de cinco hombres guiados por Fabio, quienes cargan cinco bolsas cada uno dejándolas todas al pie de la cama.

—Señora, señorita —nos saluda el escolta—. El señor me pidió que dejara esto aquí, es para usted —me mira.

Los sellos se ven en las bolsas.

Dolce & Gabbana.

Gucci.

Balenciaga.

Nike.

Prada.

Chanel.

Dior.

Armani.

¿Qué…?

—No, creo que se equivocaron de habitación… ¿Son de usted? —miro a Esmeralda, quien niega con una sonrisa de lado—. Esto…

Ellos se retiran cuando la mujer que tengo al lado se los ordena y yo aún no puedo moverme de la impresión.

Estas marcas, esto es… muy costoso.

—Necesito hablar con Hunter y decirle…

—¿Decirle que le estás rechazando el regalo? —inquiere Esmeralda con cierto tono—. Si ahora están saliendo, porque supongo que es así, tienes que acostumbrarte a esto… Mi hijo no es de cosas pequeñas ni mucho menos baratas.

Vaya cosas.

—Es solo que…

—Acostúmbrate, Nathalie, créeme que se te hará la vida más fácil.

Sale de la habitación dejándome con más de treinta bolsas. Suelto un suspiro y me acerco a una de ellas, la cual tomo con cuidado, ya que no está tan liviana como creía, y la dejo sobre la cama.

Es Gucci.

Y cuando la abro trae dentro una blusa de dos colores, negro y blanco, de manga tres cuartos y con un escote en V. También un pantalón de mezclilla hasta la cintura, rasgado.

En las demás hay conjuntos de sudadera con pants, jersey, camisetas, pijamas, ropa interior, lentes, zapatos, pantuflas, tenis, pantalones, perfumes, y en una que tomo al final hay una cadena de oro con mi inicial en ella.

Me siento con cuidado en la cama, observándola.

Esto es más de un detalle, creo que no es solo eso, es él, es pensar en él pidiendo todo esto para mí. Lo dije antes y lo recalco ahora, sea lo que sea que él esconda, quiero saber, quiero… quiero que se abra para mí sin miedo.

Cuando lo conocí nunca pensé llegar a esto y ahora no puedo imaginar que las cosas puedan avanzar más lejos. Pero algo sí tengo claro, y es que me gusta, él me gusta.

Hunter Meyer me gusta.

Creo que eso es bastante obvio, aparte de que es un hombre atractivo (bastante, para ser honesta), me gusta su agarre en mi mano, su forma de verme, de cuidarme, de hablarme. Verlo con Ian aumenta todo eso y mentiría si dijera que no quiero averiguar lo que sigue.

Quiero seguir con esto, quiero seguir descubriendo cosas de él.

Tocan la puerta de nuevo sacándome de mis pensamientos, digo que pasen en voz alta y es una mujer con el cabello atado en una trenza, se ve mucho mayor que Esmeralda y trae con ella una bandeja de comida.

—Buenos días, señorita —saluda pasando de largo hasta dejar la bandeja en la mesita que tengo al lado de la cama—. Le traigo el desayuno; si no le apetece esto, me dice y le preparo algo más, aunque el señor Hunter me pidió que siguiera las indicaciones de su médico.

Guardo el collar en su estuche para desviar toda mi atención a ella.

—Sí, no se preocupe —me pongo de pie con cuidado—. Lo que sea está bien, gracias.

Asiente mirando la ropa sobre la cama y las bolsas en el piso.

—¿Le gustaría que le ayude con eso? —señala las prendas.

—No, no quiero molestar… yo puedo…

Ella me interrumpe.

—No se preocupe, que yo sé cuidar la ropa de marca… —se apresura a decir.

Niego rápidamente.

—No, no es eso —me pongo de pie con cuidado—. Créame que a mí la marca de la ropa no me parece importante, pero bueno, no hay que negar que es bonita y…

Ella sonríe.

—Exacto, por eso es mejor tenerla guardada en el clóset que tirada en la cama. ¿Me permite? —vuelve a mirar de la ropa hacia mí.

—Okey.

Ella abre la puerta que da al armario y se adentra sacando un par de ganchos negros, en los cuales cuelga prenda por prenda.

—Con cuidado, mire —me toma del brazo para ayudarme a caminar hacia el clóset—. En su mayoría está lleno de ropa del señor, pero puedo recorrerla y acomodar la de usted, solo dígame qué lado prefiere y el orden.

Es literalmente mi cuarto dentro de otro, es demasiado espacioso. Hay un enorme espejo en medio, un sofá en forma de círculo, el suelo tiene alfombra gris. Del lado izquierdo hay en su mayoría cajones de cristal, que permiten ver las corbatas, los relojes y cinturones dentro.

Las puertas de otro armario están abiertas y dejan ver las prendas: los abrigos, los chalecos y la ropa casual en otra área, y debo admitir que tiene un gran gusto por ese lado.

—¿Señorita? —la mujer llama mi atención.

Tengo que apoyarme en la pared y tocarme la cara para comprobar que no estoy soñando.

—Sí, sí… ah, ¿sabe? Cualquier lado está bien, yo no me quedaré mucho tiempo y esta ropa se quedará aquí, así que cualquier lado está perfecto —digo pasando saliva—. ¿Cuál es su nombre?

—Grace —sonríe—. Usted vaya a desayunar, yo me encargo de todo esto.

Asiento saliendo del armario y me acerco a la cama del lado donde está la bandeja con la fruta, el pan tostado y el jugo de naranja. Ian se remueve a mi lado y me volteo con cuidado para comprobar que esté bien, solo se movió de lugar y continúa dormido.

Desayuno mientras observo a Grace organizar las prendas, colgarlas en los ganchos, llevar perfumes, doblar lo demás y me muestra lo que quiero ponerme hoy.

—Me quedo eso —señalo unos pants color celeste y una sudadera del mismo color—. Muchas gracias.

—De nada, señorita.

Tarda unos momentos más en terminar de acomodar todo y yo me acabo el desayuno para después tomarme el medicamento que me toca.

—Cocina muy rico —le digo—. ¿Desde hace cuánto trabaja con los Meyer?

Ella toma la bandeja para después mirarme.

—Hábleme de tú, no tiene por qué hablarme de usted —dice—. Trabajo con ellos desde que Esmeralda se casó con el padre de Hunter.

Asiento.

—Oh, entiendo —acomodo una de las almohadas detrás de Ian—. Y pues si quieres que ya no te hable de usted, tú tampoco lo hagas, ¿de acuerdo? Soy Nathalie, solo Nathalie.

Duda, pero termina moviendo la cabeza en una señal de asentimiento que me hace sonreír.

—Me retiro, cualquier cosa, llámeme —comenta y yo la miro con los ojos entrecerrados—. Llámame —se corrige.

Sale de la habitación dejándome con Ian durmiendo y con el collar que vuelvo a tomar dudosa. Necesito hablar con Hunter y saber qué significa todo esto.

Ya puedo moverme un poco más, pues los analgésicos me calman el dolor y no quiero estar esperando en cama siempre. Así que tomo la ropa y me levanto de la cama para caminar al armario a paso lento. Me quedo quieta mirando la maravilla de clóset que dejó Grace en menos de una hora. La mitad tiene ropa de Hunter y en la otra mitad está la ropa que se supone es mía.

Me paseo por los cajones, abriendo uno despacio, donde encuentro conjuntos de ropa interior, van desde bragas cómodas hasta tangas de hilo y de encaje. Los brasieres son de colores opacos y unos cuantos son de un azul rey demasiado hermosos.

Los perfumes están en una repisa, el calzado en otra, organizado primero los tenis, después los tacones, botas, zapatos…

Esto es demasiado.

Tomo un par de bragas y un sostén, ya que, si sigo aquí dentro, lo único que haré será seguir pensando en que no debo aceptarlo.

Y es que ¿por qué debería? Nosotros solo… solo nos estamos conociendo.

Voy directo al baño, el cual también es más que un simple baño, ya que hay una regadera de mano, el agua cae en forma de lluvia, la división es de cristal, en medio está el retrete, un lavabo de mármol y del lado izquierdo un enorme jacuzzi donde fácilmente caben tres personas.

Me quito las pantuflas para comenzar a deshacerme de la ropa. Se me complica un poquito, pero logro hacerlo quedando desnuda y con el parche puesto, el cual evita que le entre agua a la herida.

Giro la llave dejando que el calor llene la habitación y me meto debajo del chorro empapándome el cabello primero. Cierro los ojos disfrutando de la calidez del agua tibia.

Alguien toca suavemente la puerta.

—Nathalie, soy yo. ¿Está todo bien?

Es Hunter.

—Sí, solo estoy tomando un baño. Estoy bien —contesto.

Se queda callado un momento sin decir nada.

—¿No necesitas ayuda? —vuelve a preguntar.

Reprimo una sonrisa, termino de enjuagarme el cabello y lo dejo sobre mi espalda para después lavarme la cara y el resto del cuerpo, me pongo la bata de baño y salgo de la regadera.

Sé que no se irá de la puerta, así que hablo:

—Pasa.

No tarda ni un segundo en entrar. Cierra la puerta tras de sí y se queda apoyado en ella mientras me observa.

—Eres hermosa —se cruza de brazos rascando su barbilla—. Demasiado hermosa, y no sabes las veces que te he imaginado...

La humedad en mi entrepierna no tarda en aparecer con solo imaginarme a él entre mis piernas regalándome el placer que me da cada que lo tengo cerca.

—Hunter...

—Nathalie...

Va tan impecable que no quiero que se arruine, así que me seco un poco el cabello y lo dejo suelto.

—¿Qué significan todas esas cosas? La ropa, los perfumes, todo —voy directo al grano.

Se encoge de hombros.

—Es un regalo —responde con simpleza.

—Lo sé, pero... es demasiado, no tenías por qué hacerlo.

—No voy a dar explicaciones de eso, lo hice y ya está —sentencia—. Lo importante es saber si te gustó.

Sonrío dando un paso hacia él con la bata alrededor del cuerpo. Mi mano queda en su pecho mientras lo miro a los ojos.

—Claro que me gustó —inclino la cabeza esperando que baje un poco para poder besarlo—. Gracias.

Deja que lo bese más de dos veces hasta que soy yo quien se aparta porque el cabello está escurriendo.

—Sal, me voy a cambiar.

Pone los ojos en blanco.

—Como si no la conociera ya, maestra —me besa la frente—. Si necesitas algo llámame, Ian sigue dormido.

—Sí, lo haré —asiento—. Déjalo dormir.

Sale dejándome con la vista clavada en la puerta por un par segundos preguntándome una sola cosa.

Y eso es…

¿A dónde va todo esto? ¿Llegaremos muy lejos?

Suelto un suspiro y me concentro en cambiarme. Dejo flojo el elástico del pantalón porque no quiero que me moleste con la herida. Me desenredo el cabello y lo dejo suelto sobre mi espalda con el fleco en mi frente.

Cuando termino abandono el baño; encuentro a Ian despierto y con el control de la televisión en la mano.

—Hola —lo saludo—. ¿Cómo estás? ¿Descansaste?

—Sí, un poco.

Me siento con cuidado en la cama y me acerco a él; tiene la espalda apoyada en el respaldo, le acaricio la mejilla apartando los mechones de cabello sobre su frente. Sé que es un niño demasiado callado y por eso lo comprendo muchísimo, porque no quiero que todo el avance que hemos tenido se vaya a la basura simplemente por un impulso mío.

—¿Te parece si vemos algo en la televisión? —le pregunto—. Pero antes tienes que comer algo; déjame ir afuera para ver si está Abel.

Camino hacia la puerta, la cual abro con cuidado, y sí, en un lado está el guardaespaldas, quien al parecer se toma muy en serio su papel.

—Hola, Abel —lo saludo—. ¿Crees que puedas pedirle a Grace que prepare algo de comer para Ian? Ya despertó.

—Sí, señorita.

—Nathalie, soy solo Nathalie.

No dice nada, solo asiente y apresura el paso hasta las escaleras que están alejadas de la puerta. El pasillo es grande y espacioso, rodea gran parte del lado derecho, donde se ve una entrada que no sé lo que sea, pero me causa curiosidad.

Le echo un vistazo a Ian, quien está entretenido viendo la televisión, y dejo la puerta abierta para escucharlo si me habla.

No se escucha ningún ruido, a excepción del que hago con mi respiración. Camino tan lentamente como puedo pasando por más de cinco puertas cerradas hasta encontrar la entrada, es ancha y hay otro pequeño pasillo.

Echo un vistazo hacia atrás antes de adentrarme. Las paredes están pintadas de gris, escucho música y puedo reconocer que es "Radioactive" de Imagine Dragons.

No está tan alta, pero sí lo suficiente como para que mis pasos no se escuchen. Me adentro más y me doy cuenta de que es un gimnasio. Hay máquinas profesionales del lado derecho, también área de pesas, y conforme mi vista va cambiando me encuentro a un hombre de espaldas, con un short deportivo, sin camiseta y golpeando un saco de boxeo.

Es Enzo.

Siento que estoy viendo algo que no debería, así que mi intención es irme, pero la música se detiene y él se voltea.

No soy de las personas que niegan el atractivo de un hombre o mujer, nunca lo hago. Y él es guapo, al parecer todos los hombres de esta familia lo son.

—Ey, ¿cómo sigue esa herida? —pregunta como si nos conociéramos de toda la vida.

Está siendo amable, Nathalie.

Me regaña mi subconsciente.

—Bien, todo marcha muy bien —evito su mirada desviando la atención al ventanal que muestra la parte trasera de la casa. El día está nublado—. Perdón, no quería interrumpir, solo estaba…

—Buscando a Hunter, supongo —dice mientras se quita los guantes—. Tranquila, no interrumpes, ya terminé.

—Muy bien, de todas formas me voy, Ian está solo en la habitación.

Pienso que no hablará más, pero termina sorprendiéndome cuando lo hace.

—Se nota que se te dan muy bien los niños. ¿Desde siempre habías pensado en estudiar para maestra? —inquiere con interés.

Sonrío ante su pregunta moviéndome hacia la ventana.

—La verdad es que sí, tuve maestros muy buenos conmigo y siempre me dije que yo quería ser igual —respondo—. Es un trabajo que adoro.

Se acerca a mí mientras se quita las vendas de las manos.

—Tienes suerte, no todos adoran su trabajo.

—Lo sé, imagino que lo dices porque no es fácil el mundo de los negocios —curioseo y él sacude la cabeza—. ¿Trabajas con Hunter?

Se queda callado un momento dándome la espalda y en esa misma posición habla.

—Lo siento, me tengo que ir.

Asiento con el ceño fruncido.

—Claro, nos vemos después.

Qué repentino cambio de actitud. ¿Dije algo malo?

Cuando regreso a la habitación Abel está con Ian, quien come dándole la mitad de todo al guardaespaldas, el cual se pone de pie cuando me mira.

—No tienes que hacer eso, Abel —aclaro—. Yo no tengo problema con que estés aquí, recuerda que esta no es mi casa.

—Claro, señorita —fija su atención en Ian—. Nos vemos más tarde en la clase, hombrecito.

—¿Qué clase? —inquiero con curiosidad.

—Estoy aprendiendo arquería.

—Oh, eso es genial.

Abel se marcha dejándonos a solas y yo me acomodo en la cama para descansar. Cuando tomo el teléfono tengo un mensaje de Danielle.

No puedo ir hoy, pero mañana me tienes ahí.

Se va a morir cuando le muestre el clóset y cuando conozca a los hombres de esta casa, incluyendo a Alex Meyer.

30

Nathalie Parson

Ian está a mi lado cuando despierto, su padre, al contrario, ya no está en la cama. Son casi las seis de la mañana, me gustaría que fuera al colegio, ya que anoche durmió bien, y si no va la directora pensará que tiene razón en lo que dijo el otro día.

Lo toco suavemente logrando que se remueva, pero quiere dormir más.

—Buenos días —lo saludo cuando me mira.

Sus ojos azules, iguales a los de su padre, me miran parpadeando un par de veces hasta extender sus brazos soltando un bostezo.

—Tienes que ir al colegio —acaricio su cabeza—. No puedes faltar otro día.

Asiente. Es un niño muy obediente y jamás lo he visto faltarle el respeto a su padre o a su abuela.

—¿Nathalie? —me llama.

Nunca me había llamado por mi nombre.

—¿Sí? —lo veo.

—No le digas a papá sobre mis sueños, no quiero que vea que soy débil.

Se sienta junto a mí y yo extiendo mi brazo para acariciarle la mejilla.

—Tu padre no pensaría eso jamás, pero tranquilo, que no le diré nada.

Me sonríe y viene a mí para abrazarme. Lo recibo con ganas y le lleno la cara de besos.

—¿Puedo preguntar algo? —inquiere cuando se separa.

—Claro.

—¿Cuál es tu animal favorito?

Sonrío por la pregunta y finjo pensar durante un par de segundos.

—Las mariposas.

—¿En serio? —asiento—. ¿Qué color?

—Todas, pero mis favoritas son las azules.

Asiente repetidas veces y cuando está a punto de decir algo su padre entra seguido de su abuela. Hunter va de ropa casual, unos jeans negros, camiseta de cuello en *v* gris y la barba rasurada.

Esmeralda rodea la cama indicándole a Ian que se mueva y me despido de él agitando la mano cuando sale con su abuela.

—¿Cómo estás hoy? —pregunta tomándose el tiempo para levantar mi blusa y ver él mismo la herida—. Te van a quitar los puntos en unos días.

—Lo sé, todo va bien —dejo que siga con lo que hace, hasta que termina dejando un beso sobre mi boca—. ¿Vas a salir?

Asiente dando un paso atrás para buscar algo en el cajón de al lado. Reparo en su rostro, tiene una expresión confundida, como si estuviera pensando en algo que no recuerda. El cuello de la playera es delgado y deja ver las líneas del tatuaje que tiene en el pecho, el cual, por las pocas veces que lo he mirado, me lleva a pensar que hay un significado muy grande detrás de él.

—Si necesitas algo pídeselo a Grace o a uno de los hombres que veas por el pasillo —comenta—. Todos trabajan para mí, así que pide lo que quieras.

Asiento subiéndome hasta apoyar bien la espalda en el respaldo.

—Solo necesito saber si Danielle puede venir, me dijo que vendría hoy, pero tengo que enviarle la dirección y no sé…

—Puede venir, pero dile que alguien pasará por ella, es mejor para que no se pierda —explica. —La propiedad está alejada de la ciudad y es complicado encontrarla.

—De acuerdo.

Encuentra lo que estaba buscando, no logro ver bien lo que es, ya que está en una pequeña caja, pero se acerca a buscar un abrigo para después venir de nuevo a mi lado.

—Te veo en la noche —se despide besándome de nuevo antes de irse.

Al verlo salir solo me pone a pensar en algo y es en que ese *"Te veo en la noche"* sonó como si yo fuera su mujer y él mi marido.

Sacudo la cabeza quitando esas ideas de mi mente y me pongo de pie despacio. La herida me duele, pero no es un dolor fuerte, puedo soportarlo. Así que entro al baño, hago mis necesidades, me lavo la cara, cepillo mi cabello dejándolo suelto, me acomodo el fleco y me veo una última vez en el espejo antes de salir.

La habitación es enorme, ya lo había dicho antes, tiene una pequeña sala con tres sofás de cuero negro, la puerta que da al armario, la cama es bastante ancha, las paredes están pintadas de negro y las puertas del balcón siguen cerradas.

Son casi las siete cuando veo el teléfono, no tengo mensajes ni llamadas. Al ver la hora me digo que tengo tiempo para despedirme de Ian, así que salgo de la alcoba. Recuerdo dónde está su cuarto y cuando llego a la puerta esta se abre dejando ver a Alex con un palillo entre los dientes vestido con una pijama a cuadros rojos.

—Buenos días —lo saludo con una sonrisa.

Él también corresponde con una sonrisa sin dejar caer el palillo.

—Buenos días, maestra —asiente—. Disculpe las fachas, pero sin mi Chardonnay no funcionó bien —se acerca al barandal que está a unos metros y se asoma hacia abajo—. ¡Grace, quiero mi copa en mi habitación! —grita y se vuelve hacia mí como si no pasara nada—. ¿Cómo amaneció?

—Muy bien, gracias, ¿y usted? —inquiero mirando por momentos la puerta de Ian.

Se encoge de hombros.

—Mmm… más o menos. Llámame Alex, casi somos de la misma edad —eso hace que sonría con ganas—. Estoy acostumbrado a despertar con dos chicas al lado y que por la mañana YA TENGA MI CHARDONNAY —lo último lo dice más alto, supongo, con la intención de que Grace escuche—. Pero bueno, se vienen tiempos peores.

Frunzo el ceño.

—¿A qué se refiere? ¿Tienen problemas en los negocios? —pregunto dudosa.

La verdad es que ni Hunter me ha confirmado de qué se trata la empresa donde trabaja, tal vez es socio o algo más.

—No, es algo peor, pero no hablaremos de eso ahora —le resta importancia dando un aplauso—. No te quito más el tiempo, ¿vienes a ver al hombrecito? Casi se va a la escuela.

—Sí, un momento.

Asiente.

—Nos vemos más tarde, Nathalie —se marcha directo a una de las puertas, por la que unos segundos después veo entrar a Grace.

Empujo la puerta de la habitación de Ian, donde encuentro al guardaespaldas esperando a un lado y a él metiendo cosas en la mochila. Lleva puestas unas botas negras con el uniforme y una sudadera con la capucha sobre su cabeza. Me acerco a paso lento llamando su atención.

—Cuando llegues comeremos juntos, ¿sí? —le acaricio el cabello—. Solo son un par de días en los que no iré, pero en cuanto me recupere te veré en clase, ¿de acuerdo?

—No tardes mucho.

Niego.

—Por supuesto que no —le beso la frente entregándole la mochila a Abel—. Cuídalo mucho.

—Claro que sí, señorita —asiente.

Salen ambos de la alcoba y yo trato de estirar la sábana que está arrugada sobre la cama. Doblo una de las toallas dejándola sobre el sofá, y cuando estoy por agacharme unos golpes en la puerta evitan que lo haga.

—No debes agacharte —me recuerda Esmeralda—. Se te puede saltar un punto.

—Lo sé, solo estaba… —señalo la nada—. En fin, buenos días.

Asiente pasando hasta ver las fotografías que tiene Ian sobre uno de los muebles. Toma una y camina con ella hacia mí.

—Aquí era un bebé, tenía solo una semana de nacido —habla mostrándome la foto, donde está un bebé precioso con los ojos azules muy abiertos—. Pesó tres kilos con ochocientos gramos, el doctor dijo que sería un niño muy sano, y sí, lo es.

Sonríe mirando junto conmigo la imagen de su nieto, y tiene razón, Ian es un niño precioso.

—Es muy inteligente y un buen niño —digo.

Vuelve a dejarla en su lugar, se voltea y apoya su trasero en el mueble mientras se cruza de brazos. Es una mujer con autoridad, se le nota de lejos, no es necesario cruzar palabra con ella para saberlo, y el porte que tiene es una mezcla entre elegante y rudo.

Tiene los ojos cafés, el cabello le cae en ondas por encima de los hombros, no tiene una sola arruga, excepto cuando sonríe. Siempre lleva trajes o pantalones acampanados de vestir que le dan ese toque de mujer de negocios.

La he visto vestir así los días que he estado aquí.

—¿Lo quieres? —pregunta de repente.

Parpadeo un par de veces.

—¿Cómo?

Menea la cabeza descruzando los brazos y apoyándolos en el borde.

—Sí, te estoy preguntando si quieres a Ian.

Me muevo hasta llegar a su lado, donde están las fotografías del pequeño de la familia. Tomo una en donde está con su padre, admirándolos a los dos.

—Sí, mentiría si dijera que no —la miro—. No sé qué me pasó con él, pero lo quiero mucho y espero que… si pasa algo entre Hunter y yo, no afecte mi relación con Ian.

—Es al primer Meyer que quieres… *por ahora* —susurra—. Pero lo único que tengo que decirte es que cuando se quiere a un Meyer, se quiere para siempre, sea como sea, es una atadura.

Sea como sea.

Creo que entiendo a lo que se refiere.

—¿Puedo hacerle una pregunta? —dudo, pero quiero hacerlo. Asiente—. Usted ya amó a un Meyer, ¿no? Imagino que al padre de Hunter.

Sé que es una pregunta muy personal y posiblemente no me responda, pero quiero estar segura de que esto no se vuelva malo en un futuro.

—Mi relación con mi difunto marido fue muy… complicada —contesta—. Pero me estás preguntando que si lo amé, sí, a mi manera lo hice.

—¿Nunca tuvo dudas?

Saca un estuche donde tiene tres cigarrillos apilados, toma uno y lo coloca entre sus labios acercando el mechero con el que lo enciende.

—Las tuve, es normal. Pero me casé por un montón de razones que en su momento espero decirte —aclara—. Yo tuve razones fuertes, pero no me arrepiento de ninguna de ellas, porque así como perdí, también gané.

También gané.

—No lo entiendo.

—Ya lo harás.

Fuma a mi lado durante un rato hasta que uno de los hombres viene por ella y se va sin decirme nada más. Yo salgo de la habitación regresando a la de Hunter, donde tomo el medicamento que me toca y me recuesto en la cama con la intención de dormir otro rato.

Quiero descansar un poco antes de que llegue Danielle, conociéndola estoy segura de que andará de aquí para allá revisando el cuarto.

***

Cuando estoy por terminar de peinarme el fleco escucho cómo se abre la puerta, y me encuentro con mi mejor amiga, quien trae unos lentes sobre la cabeza, una botella de champaña y un montón de papas fritas que lanza a la cama.

—¡Holaaa! —exclama viniendo hacia mí. Me quejo cuando me aprieta fuerte—. Perdón, perdón, es que en serio te extrañé.

Le sonrío cuando me alejo.

—Yo también te extrañé, Dani —dejo que me abrace de nuevo, pero ahora tiene más cuidado—. ¿Cómo estás?

Camino a la cama, donde ella se deja caer primero quitándose los zapatos y arrojando los lentes lejos. Me acomodo sobre el colchón procurando una posición cómoda y extiendo la mano para tomar la bolsa de papas fritas.

—Estoy muy bien —suspira quitándome la bolsa—. Mi padre me trae de allá para acá con la fundación, Damon me está ignorando al igual que yo a él, Nicholas se fue del país a no sé dónde y Andre se hace cargo de muchas cosas que últimamente hasta se le cae el cabello.

Pobre del señor seriedad.

—Vaya, son muchas cosas en poco tiempo —digo recibiendo de nuevo la bolsa—. Hablemos de Damon y tú, ¿qué pasa ahí? ¿Por qué se ignoran?

Se encoge de hombros.

—Estaba tan… ansiosa por tener sexo con él que creo que ya no siento lo mismo, no lo sé, Nath —se mete una papa en la boca—. Ahora es distinto para ambos —desvía la mirada a las puertas del balcón—. Supongo que la magia se acabó.

—Decías que lo querías…

—Creo que decir que lo quería solo era para disfrazar las ganas que tenía de acostarme con él… —me mira—. Estoy confundida, lo único que tengo claro es que en serio me gustan las chicas, y mucho, por ahora no quiero saber nada de hombres.

Sonríe.

—Bueno, tú sabes que eso no tiene nada de malo, así que solo busca ser feliz, Danielle —extiendo una mano para que la tome—. Yo voy a estar aquí siempre.

—Lo mismo digo —entrelaza nuestros dedos—. De acuerdo, ahora me voy a beber esta botella mientras me cuentas lo que está pasando aquí —mira a su alrededor—. ¡Estás en casa de tu novio!

Río un poco por la expresión que tiene.

—No es mi novio, es… también es complicado —recargo la cabeza en la almohada.

Bufa.

—Puf, lo mío es complicado, lo tuyo es sencillo —destapa la champaña—. Eres su novia, le importas, y si no fuera así no te tendría aquí, bajo su techo, en su cama, no te cuidaría…

—Y no solo eso… —susurro tratando de ocultar una sonrisa.

—¿Qué pasa? —entrecierra los ojos—. ¿Me estás ocultando algo? ¡Nathalie Parson!

Me relamo los labios.

—Esa puerta de ahí es un armario, echa un vistazo a la ropa que hay dentro.

Se levanta en menos de un segundo, abre la puerta y entra dejando salir un grito que me hace reír.

—¡Maldita perra! —exclama señalándome—. ¡No pude conseguir esta bolsa porque estaba agotada y tú la tienes! —me la muestra.

—No tengo idea de qué bolsa es —digo—. Él en serio se pasó con todo esto, Danielle. No sé qué está pasando y qué es lo que yo…

Se acerca volviendo a la cama.

—¿Lo que estás sintiendo?

Asiento soltando un suspiro.

—Es que todo esto está pasando en muy poco tiempo, Dani —miro mis manos—. Él y yo, no sé, tal vez no somos iguales, unas veces lo veo y pienso que sí, pero otras que no y… —desvío la mirada a la mesita de al lado, donde aún tengo la caja con el collar.

—¿Y qué? —inquiere la rubia.

—Y siento que sí puede funcionar, nosotros podemos funcionar —termino—. Solo necesitamos conocernos más, además…

La puerta de la habitación se abre de golpe dejando entrar a Ian, quien arroja su mochila, se detiene un momento al ver a Danielle, pero sigue rodeando la cama para abrazarme.

—Ey, ¿acabas de llegar del colegio? —le pregunto acariciando su cabello—. ¿Cómo te fue?

Mira a mi amiga sin querer responder y ella le sonríe.

—Ella es Danielle, mi mejor amiga, puedes confiar en ella —la señalo—. ¿Por qué no la saludas?

—Abel decía en el camino que quería una novia, ella es bonita —comenta haciéndome reír.

Danielle se lleva una mano al pecho en un modo exagerado.

—Ah, ¿sí? ¿Y dónde está ese Abel? —le sigue el juego—. Preséntamelo.

Me río.

—Danielle —la reprendo—. Abel es el guardaespaldas de este hombrecito, pero él no será cupido. ¿Verdad que no, cariño?

Niega cuando le hago una señal con la cabeza. Le beso la frente y le aparto los mechones.

—¿Ya comiste? —interrogo—. Busca a Abel para que te lleve a la cocina, debes tener hambre.

Asiente y con una señal me pide permiso para decirme algo en la oreja.

—¿Puedo dormir aquí otra vez?

—Sí.

Sonríe dejando que lo vuelva a besar y sale corriendo sin cerrar la puerta. No puedo borrar la sonrisa del rostro, porque ese niño me hace muy feliz.

—Te queda bien…

—¿Qué?

—El papel de mamá —suspira—. En su momento serás una gran mamá.

Sacudo la cabeza.

—Es que ese niño me roba el corazón cada día.

—Y el padre también —mueve los hombros—. Nathalie, disfruta tu vida, si te sientes bien queriendo tener algo con Hunter, adelante, nadie puede decirte que hagas lo contrario.

Tiene razón.

Me siento bien a su lado, con ellos, incluso con la mezcla de seriedad y felicidad que tiene Esmeralda, y ahora con Alex, quien es un hombre muy amable.

Las cosas duran hasta el momento en que las cuides, en cuanto las quieras, y la verdad es que no me molestaría estar al lado de Ian y Hunter. El iris azul de ambos se está volviendo parte de mi día a día.

Y quiero que siga así.

31

Nathalie Parson

Grace se ofreció a traernos comida a la habitación, le pregunté por Ian y dijo que estaba comiendo con Abel en la cocina, ya que Esmeralda había salido y los demás igual.

En esta familia todos trabajan.

—¿Sabes? —Danielle picotea la lechuga—. Esta casa es enorme, vas a necesitar más de una empleada para que te ayude a decorar y cosas así.

—¿De qué hablas? —me hace reír—. No me quedaré aquí para siempre, voy a volver al departamento en un par de días.

Frunce el ceño.

—Bueno, mira que si no quieres volver buscaré una nueva compañera que no me cambie por un guapetón que tiene un hijo súper lindo.

Le lanzo una papa.

—Hazlo y les diré a todos lo que pasó en Manhattan —amenazo.

Me enseña el dedo medio.

—Ese tema está cerrado —advierte—. En fin, me gustaría recorrer la propiedad, pero como solo soy una visita y tú estás en cama —hace una mueca.

—Lo sé, lo siento —sonrío de lado—. Pero prometo llevarte a comer después, ¿sí?

—Sí, sí, no te preocupes.

Tocan la puerta a mitad de nuestra conversación y es Alex, quien entra con una botella de lo que parece ser Chardonnay.

—No sabía que tenías visita, Nathalie —se disculpa en cuanto entra—. Alex Meyer.

Danielle se pone de pie limpiando su boca con el dorso de su mano y extiende la otra.

—Danielle Prince —se presenta ella.

Él se queda viéndola durante un rato, en silencio, tanto que mi amiga me mira en busca de ayuda.

—¿Eres algo de Ava Prince?

Danielle asiente.

—Sí, era mi madre —responde dejando su mano a un costado—. ¿Usted la conoció?

Hasta yo tengo curiosidad, y es que no es ninguna sorpresa que Danielle se parezca muchísimo a la señora Prince, ya que he visto fotografías y son iguales. Pero ¿un miembro de esta familia la conoció?

—Por televisión; fue una gran mujer, la fundación que ella misma creó ha ayudado a mucha gente —comenta—. En su momento yo también doné algo de dinero.

—Oh, entiendo —la rubia vuelve a sentarse—. Ahora se supone que la que tiene que sacar adelante la fundación soy yo, solo espero ser tan buena como mamá.

Alex le da un trago a su botella y la mira atento.

—Tengo entendido que es una fundación de familia, y si tu madre pudo, tú también, estoy seguro de que ella te heredó esa inteligencia y esa bondad que la caracterizaban.

Danielle suelta un suspiro.

—Sí, bueno, mi madre era especial —habla—. Ella lo podía todo y deseo que un día pueda hacer las cosas como ella.

Extiendo mi mano para que la tome, lo hace permitiendo que la apriete dándole mi apoyo.

—Tú ya lo puedes todo —le digo.

Ella ríe.

—No todo, recuerda que aún no sé jugar ajedrez —me señala soltándose a reír.

Alex nos mira atento y le sonríe.

—Yo te enseño, rubia —deja su botella en uno de los sillones—. Soy experto en jugar ajedrez y debes aprenderlo porque un… —se calla de golpe—. Porque una mujer inteligente debe saberlo.

Danielle asiente poniéndose de pie.

—Acepto. ¿Cada cuánto serán las clases? —lo mira entusiasmada.

Él aplaude.

—Ahora mismo empezamos una si quieres —la anima—. ¿Qué dices?

—Digo que acepto, señor Meyer.

—Dime Alex.

Vaya.

—Alex.

La puerta se abre de nuevo y esta vez es Hunter, quien me hace fruncir el ceño, ya que me dijo que volvería en la noche y aún no es de noche.

—Danielle, supongo —mira a mi amiga—. Soy Hunter.

—Bueno, ya sabes mi nombre, así que están por demás las presentaciones —arruga la nariz y se acerca a darle un abrazo—. Linda casa y te luciste con ese guardarropa, los vestidos no son de mis favoritos, pero lo son para esa castaña.

Muevo la cabeza con una sonrisa.

Hunter le guiña un ojo cuando se separan.

—Seguí unos consejos —mira a su abuelo—. ¿De qué estaban hablando?

—Alex me dará clases para aprender a jugar ajedrez.

Hunter parece sorprendido por lo que la rubia le comenta.

—Ah, ¿sí? Vaya, Alex, ni a mí me quisiste enseñar, tuve que aprender solo jugando partidas falsas con Enzo —reclama—. Tenle su botella de Chardonnay cerca o se va a irritar el viejo.

Danielle ríe tomando el brazo que le ofrece Alex.

—Gracias por el consejo —le responde ella—. Nos vemos en un rato —se despide.

—Sí, ve.

No sé qué es lo que Alex le dice, pero ella se echa a reír y la escucho hasta que Hunter cierra la puerta.

—Creí que volverías en la noche —le digo mirándolo—. ¿Está todo bien?

—Sí, terminé temprano y volví —contesta quitándose el abrigo—. ¿Cómo te sientes?

—Bien, ya no me duele tanto.

Asiente atento, mientras se saca la camisa y la vista que me regala solo me aumenta la respiración, lo que no es buena señal, ya que el cuerpo me impide hacer los movimientos que mi mente quiere hacer.

—Eres hermosa —susurra cuando lo tengo cerca mío. Su mano izquierda busca el dobladillo de mi blusa—. Nathalie, no puedo verte aquí a diario y no querer…

—Hunter…

Comienza besándome el abdomen, a un lado de donde tengo el parche con la herida, después sube al vendaje en mi brazo hasta ocultar su cabeza dentro de la camiseta quedándose ahí durante un rato; me hace reír con las cosquillas que me causa su respiración.

—Sal de ahí —lo atraigo a mi lado—. Yo también quiero que se pasen rápido los días, quiero volver a clases.

Frunce el ceño.

—Vaya, creí que era porque querías tener sexo conmigo —se enoja—. Pero ya veo que quieres volver a ese colegio con el estúpido pelirrojo.

Se levanta y me deja con la boca abierta por lo que acaba de decir.

—Ey, ¿es en serio? Estás celoso de Matt —me pongo de pie con cuidado—. No le digas estúpido, es una falta de respeto hacia una persona que no conoces —lo molesto más.

No responde, sacude la camisa y se la vuelve a poner peleando con los botones que no entran en el ojal. Me acerco para que me dé la cara, mientras reprimo una sonrisa.

—Oye, te estoy hablando.

Se queda quieto cuando soy yo quien toma la tela buscando abotonar la camisa. Se pasa una mano por el cabello y su mirada me dice que sí está enojado.

—Yo no estoy celoso de un estúpido maestro, que, además, es pelirrojo. Odio a los pelirrojos —contesta—. ¿Por qué lo estaría?

—Exacto, ¿por qué lo estarías? —me acerca y beso su tórax, justo donde tiene el tatuaje—. Si yo ahora mismo estoy aquí contigo.

—Y él no es tan guapo como yo, ¿cierto? —me pega con cuidado más a él y yo niego—. ¿Qué pensarías si te digo que no me gusta que tengas contacto con ese tal Matt?

Frunzo el ceño.

—Pensaría que no debes prohibirme esas cosas, tampoco debes de estar celoso, él y yo solo somos amigos.

—Confío en ti, pero en ese tipo no —susurra—. ¿Te gusta?

Suelto una risa.

—Ni un poco.

—¿Segura?

Asiento mientras sus manos buscan levantar mi camiseta y lo dejo, mis mejillas enrojecen y solo su tacto contra mi piel me estremece el cuerpo entero.

—Solo necesito tocarte…

Asiento permitiendo que me quite la blusa, baje los tirantes del sostén y deje al descubierto mis pechos, los cuales mira durante un momento, hasta que comienza a tocarlos lentamente primero, después lleva mi pezón izquierdo a su boca, el cual magrea durante un rato provocando que eche la cabeza hacia atrás.

No entiendo la fascinación de los hombres por los pechos.

—Bésame —le pido en medio de un jadeo.

No tarda en hacerlo, me pega a su boca con cuidado de no lastimarme y ahora es cuando lamento no poder hacer movimientos bruscos, porque deseo rodear sus caderas con mis piernas y que me lleve a la cama.

Vuelve a bajar por mi cuello y sé que quiere satisfacerse, así que dejo que me tome en brazos y me recueste sobre el colchón, donde se quita el pantalón, se vuelve a recostar a mi lado y se deja la camisa abierta mostrando su pecho.

Lanzo el sostén a un lado y guío mi mano por su pecho hasta el resorte de su bóxer, queriendo liberar lo que ansío tocar. Sonríe percatándose de lo que quiero y me lo facilita dejando que mi mano se cierre alrededor de su miembro erecto, el cual con una caricia de mi parte se vuelve más duro y grande.

Subo y bajo a un ritmo que me permite disfrutar de la sensación en lo que él se prende de mis pechos mientras que cierro los ojos imaginando cosas que no son decentes.

Continúo acercándome para besarlo de nuevo hasta que siento cómo se tensa buscando más placer, el cual obtiene cuando acelero el ritmo de los movimientos de mi mano hasta que se libera sobre mis dedos echando la cabeza hacia atrás.

—¿Lo hice bien? —pregunto apoyando la cabeza en la almohada.

—Perfectamente —me besa—. Ahora me toca a mí.

Se pone el bóxer, deja la camisa abierta y busca el resorte de mi pantalón de pijama quitando el nudo.

—No harás ningún esfuerzo y no te muevas mucho —dice—. Solo relájate.

—Hunter…

—La puerta tiene seguro —calma mi duda—. Solo relájese, maestra.

Levanto un poco el trasero para que me quite el pantalón junto con las bragas y no sé por qué ahora me siento demasiado expuesta y avergonzada, si antes ya me había visto desnuda.

¡Incluso me bañó!

Trato de no moverme, pero sentir su boca sobre mi muslo derecho y cómo me va recorriendo la piel con besos no me lo vuelve fácil. Suelto un jadeo cuando se acerca a mi parte más sensible, donde sin necesidad de nada más me tiene lo bastante mojada como para penetrarme sin problema.

No abro mucho las piernas ya que la herida no me permite hacer ese movimiento, pero no parece problema para él, porque se acomoda de tal modo que logro verlo a los ojos cuando levanta la cabeza.

Besa, lame y muerde mis labios mientras se abre paso regalándome un enorme placer.

—Hunter…

Estiro el brazo hasta tomar el borde la sábana y la atraigo a mi cara en busca de morder algo para no soltar un grito.

¡Estoy en su casa! y alguien puede estar escuchando del otro lado de la puerta.

La sensación que ya conozco crece dentro de mí a tal punto que me hace apretar la sábana contra mi cara y bajar mi mano buscando tocar su cabeza. Siento su cabello bajo la palma y hundo mis dedos dándole señales de que no se detenga.

Cuento mentalmente los segundos que me faltan para alcanzar el orgasmo.

Uno…

Dos...
Tres...

Exploto mientras él sigue, sube dejando besos en mi estómago, mis pechos, y me aparta las sábanas de la cara dejando al descubierto mi rostro sonrojado.

Aleja un mechón de cabello de mi rostro y me besa la boca permitiendo que su lengua juegue con la mía durante un par de segundos en los que no quiero separarme, pero tengo la necesidad de respirar.

—Eso fue increíble —le digo cuando me cubre con la sábana—. Gracias.

—Nunca tienes que agradecer por nada, cariño.

Vuelve a guiñarme un ojo y se pone de pie. Lo observo con una estúpida sonrisa en el rostro, y es que nunca me había dicho cariño. Es la primera vez.

Para él soy Nathalie o maestra, pero cariño, eso suena bien. Me hace sentir bien. Se pone los pantalones y yo me incorporo con cuidado tomando las bragas y después el pantalón de la pijama junto a la blusa.

—¿Qué fue eso? —pregunto, queriendo saber por qué me llamó así—. Hunter.

—Tengo que atender unos asuntos en el despacho, pero te veo en un rato, ¿de acuerdo? —desvía el tema—. La habitación de Alex está a dos puertas de aquí, por si quieres buscar a Danielle.

—Está bien, pero, Hunter...

Me da un beso en la frente y sale sin más, dejándome con la duda.

Cariño.

***

Danielle no ha vuelto a la habitación y según ella venía a verme a mí. Quedó encantada con Alex y ya no la dejó volver. Me até el cabello en una trenza, tuve tiempo para darme un baño, cambiar el parche de la herida y responder mensajes de Zay junto con uno de Nicholas, quien está fuera de la ciudad, al parecer tiene una exposición en Alemania que no puede esperar.

La última vez Danielle y yo fuimos a una de sus exposiciones y la verdad es que son grandiosas, él es muy bueno en lo que hace. Me dijo que tiene una aquí en Nueva York para fin de año y quiero asistir.

Salgo de la habitación buscando la tercera puerta del lado derecho, que es donde me indicó Hunter; también está al lado de la de Ian.

Antes de tocar escucho pasos provenientes de las escaleras y cuando volteo veo que es Enzo, quien trae un maletín en la mano.

—Nathalie —sonríe—. Hola.

Sonrío de vuelta.

—Hola, ¿cómo estás? —pregunto amable.

Me cae muy bien.

—Bien, trabajando —levanta el maletín—. ¿Tú cómo estás?

—Muy bien, en unos días se irán los puntos —informo—. ¿Esta es la habitación de Alex?

—Esa, justo esa —señala la que tengo detrás—. Te dejo, nos vemos después.

Asiento observando cómo se marcha.

Sacudo la cabeza volteando para tocar la puerta de Alex, el cual grita del otro lado que pase, y cuando lo hago los encuentro sentados uno frente a otro con el tablero de ajedrez en medio de ambos, dos copas y unos aperitivos al lado.

—Parece que se la están pasando muy bien —comento en cuanto entro—. ¿Qué tal lo está haciendo? —dirijo mi atención a Alex.

—La rubia ya se está convirtiendo en toda una profesional —responde gustoso—. Nooo…

—¡Sí! ¡Gané de nuevo! —Danielle levanta los brazos y arroja las piezas fuera para subir a la mesa—. ¡Soy toda una profesional!

Trato de no reírme mucho, pero es imposible con todo lo que hace. Baila encima moviendo los pies y la mesa es lo suficientemente grande para que Alex se suba.

Y lo hace.

—Mueve esas caderas oxidadas, Alex —lo palmea—. Vamos.

—Amo mucho a esta chica, iremos de fiesta juntos —me dice y yo levanto los pulgares.

No lo conozco para nada, no sé cómo sea su actitud en realidad, pero conectó a la primera con Danielle desde que le dijo que su madre era Ava Prince. Supongo que como le ayudó con la fundación, fueron amigos y ella se la recuerda.

Pero, aun así, tengo dudas, ya que ahora mismo la abraza mientras ríe y la mira como si fuera parte de su familia.

—Ya le conté que tengo un bar y quiere que vayamos juntos —ella baja de la mesa y él la ayuda—. Iremos cuando estés recuperada, puedes invitar a Hunter.

—Claro.

Alex bebe de su copa y mira su reloj.

—Vaya, el tiempo pasa volando.

Danielle también comprueba la hora en su teléfono haciendo una mueca.

—Tengo que volver al departamento, papá pasará por mí para llevarme a cenar y no puedo llegar tarde.

—Está bien, cuídate mucho —la abrazo—. Por favor no discutas con tu padre y no le hagas caso a Kendra, sabes cómo es.

—Sí, una perra trepadora.

—Danielle…

—Es la verdad, en fin —sacude la cabeza—. Te enviaré un mensaje y a ti también —mira a Alex—. Gracias por esas partidas.

—De nada, rubia.

La acompaño a las escaleras y cuando está por bajar, Alex la llama.

—Yo te llevaré, es tarde y la propiedad está lejos —se ofrece—. Vuelvo en un rato.

—Sí, gracias.

Le lanzo un beso a Danielle y ambos bajan las escaleras hasta llegar al primer piso. Cuando estoy por darme la vuelta escucho risas, y no son en el piso de arriba, así que miro hacia abajo, donde veo a Ian montado en los hombros de su tío.

Leonardo sube con él y se topa conmigo.

—Hola, Nathalie —me mira—. ¿Cómo estás?

—Bien, ¿y tú?

Baja a su sobrino, quien viene a mi lado para abrazarme.

—Muy bien, con trabajo. Últimamente hay mucho trabajo.

—En la empresa, supongo.

Se queda en silencio un momento y después asiente.

—Sí, claro —sacude los hombros—. Bueno, nos vemos después —mira a Ian—. Te veo luego, hombrecito.

Vuelve a bajar y yo me quedo con Ian, quien toma mi mano para guiarme a su habitación. Las luces se encienden, tiene un estilo único en cada cosa que veo y me agrada que se sienta cómodo trayéndome aquí.

—¿Ya cenaste? —inquiero cuando me siento en el borde del colchón.

—Sí.

—¿Qué pasa? —lo veo cuando toma su cuaderno negro—. ¿Qué tienes ahí?

—¿Te puedo enseñar algo? —pregunta—. Pero no le digas a nadie.

—Claro.

Abre el cuaderno con la pasta negra, pasa un par de páginas y después me muestra un dibujo. Es una mujer con el cabello negro, los ojos igual, lleva una trenza, tiene lo que parece ser un vestido rojo y el fondo es bastante detallado.

Unas escaleras, con la estructura tan bien planteada que más que un dibujo parece una fotografía.

—¿Quién es ella, pequeño?

Suspira.

—Es la mujer con la que sueño, es muy bonita —responde mirando de nuevo el dibujo—. No entiendo mis sueños, pero ella aparece y me dice que todo estará bien.

—Entiendo…

Miro de nuevo el cuaderno, detallando todo, y es que sí es muy bonita, pero lo que más me sorprende es que Ian la haya dibujado a la perfección, no hay errores, no hay garabatos, es un dibujo precioso.

—Es bonita, ¿verdad?

Lo miro acariciando su mejilla.

—Sí, mucho.

Sonríe de lado quitándome el cuaderno, lo observa durante un par de segundos y después lo guarda sin decir nada más.

No tiene televisión en su cuarto y al preguntarle me dice que no le llama mucho la atención, le gusta más dibujar, leer o escuchar música. Así que juntos pasamos el tiempo leyendo y escuchando música en el tocadiscos, hasta que se queda dormido.

Lo cubro con el edredón y beso su frente admirando lo hermoso que es.

Me levanto con cuidado de no despertarlo, y cuando estoy guardando el libro en el librero la puerta se abre dejando ver a Hunter, quien también se acerca a la cama para darle un beso antes de venir a mi lado.

—Cárgalo y llévalo a la habitación, en la tarde me pidió dormir a mi lado —le pido—. No quiero que por la mañana piense que no quise hacerlo o tenga una pesadilla en la noche y no estemos cerca de él.

—Está bien.

Me hace caso. Ambos caminamos de nuevo a la alcoba y en lo que él deja a Ian sobre la cama, yo busco el baño. Ya es noche, más de las diez, creo. Busco mi cepillo de dientes, pongo un poco de pasta en él y me paro frente al lavabo para lavarme.

Él también entra haciendo exactamente lo mismo, quedando detrás de mí. Es más alto, tiene el cabello un poco largo; coloca una mano en mi cintura cuando se inclina hacia adelante para escupir la pasta. Se lava y sale.

Quiero preguntarle sobre su exmujer.

Sobre la madre de Ian.

Es ella la que viene a mi mente cuando veo el dibujo que él hizo. ¿Quién más puede ser? Es obvio que sueña a su madre y los dibujos son muy detallados como para que sea alguien más.

Él ya está en la cama, con el teléfono en la mano, me quito el suéter dejándome solo la blusa y me siento sobre el colchón poco a poco hasta recostarme. Ian queda en medio de ambos, profundamente dormido.

—¿Te pasa algo? —inquiere cuando dejo caer mi cabeza en la almohada. Volteo para verlo—. No has dicho nada en un rato.

Lo miro a los ojos.

—Quiero dejar algo claro, Hunter.

Me mira fijamente.

—De acuerdo.

Espera paciente a que continúe.

—Si algo malo llega a pasar entre los dos, quiero que tengas claro que quiero a Ian y siempre lo voy a querer.

—Eso lo sé, no tienes que aclararlo, ¿por qué lo dices?

Suelto un suspiro acariciando el cabello color carbón del pequeño que duerme entre ambos.

—Porque sé que hay muchas cosas que no sabemos el uno del otro y no tenemos idea de si eso va a afectar esto que estamos formando ahora.

Se queda callado un momento y asiente.

—Supongo que hay algo más.

Me armo de valor antes de hablar.

—¿Qué le pasó a la madre de Ian? —pregunto en un susurro.

Deja de verme. Coloca un brazo debajo de su cabeza y se queda sin decir nada un buen rato.

Tal vez no debí preguntar.

—Ella no está, se marchó…

—¿Murió?

Suspira pesadamente.

—Sí —susurra—. No me gusta hablar de eso, mi hijo me tiene a mí y eso es suficiente.

Ya no digo más, porque está claro que no quiere hablar y yo no lo voy a forzar. Cierro los ojos buscando el sueño, el cual no llega al instante, ya que en mi mente se formula una sola pregunta.

¿La amaba?

32

Alessandro Bramson es el primero en llegar a la propiedad de los Meyer, bajando de su camioneta junto con sus dos hermanos y su propia seguridad. Tira el puro al suelo y observa el lugar a su alrededor, donde tenía más de un año sin poner un pie. Es un hombre que no le teme a nada, pero sí a ver a la mujer de quien estaba enamorado paseando con otro.

Hayley Meyer.

Los siguientes en ingresar a la mansión Meyer son los Russo; el líder del clan, Gregorio Russo, padre de Maxwell Russo, a quien acompañan sus hermanos, Issac y Jaime Russo.

El líder del clan Bramson lo reconoce al instante y camina hacia él extendiendo la mano.

—Gregorio, los años te están pasando factura —lo molesta—. Encantado de verte, viejo.

El italiano recibe el medio abrazo que le da.

—Alessandro, creí que llegarías con tu larga fila de mujeres, pero ya veo que me equivoqué.

—Soy un hombre renovado.

Ambos hermanos Russo se acercan.

—Pues yo no celebro eso —comenta Jaime—. Parece que esta reunión será aburrida sin mujeres por aquí, pero ya que andamos en Nueva York debemos de pasarnos por los mejores bares de la ciudad.

—Deja de pensar en coños y concéntrate, animal —Issac le da un zape—. ¿Qué tal, Alessandro?

Este le da la mano y asiente en respuesta.

Todos entran a la casa, donde ya están Enzo Meyer y Alex Meyer, quienes los reciben como los amigos y aliados de la Mafia Negra. Más tarde llegan los Calvers.

Isabella Calvers, la hija mayor, baja de una de las camionetas, luciendo un vestido negro ajustado, el cual le deja al descubierto la pierna derecha, donde se logra ver un arma atada al muslo, resaltando su belleza.

Ella nunca va sin una.

Después de Isabella sigue Reyan, quien es la hija del medio, y luego la más pequeña de las tres, Arely. Su padre las engendró en diferentes vientres, pero todas portan su sangre. Cada una tiene una madre distinta, pero tienen el mismo padre que les enseñó de todo para sobrevivir y siempre obtener lo que quieran, sin necesidad de pedirlo.

Su seguridad son puras mujeres, arqueras, francotiradoras, estrategas y hackers que le facilitan el trabajo a la Mafia Negra de vez en cuando.

Tanto a ellos como a los demás clanes.

Mientras todos entraban a la sala principal donde sería la reunión, se saludaban y pedían un par de tragos…

***

En México, cinco horas antes, Hayley toma una de las armas que tiene en su despacho, cuando los disparos afuera de la casa se hacen presentes. El corazón se le acelera sin saber a dónde mirar, revisa el cargador, toma un par de balas metiéndolas en su bolsillo y su único propósito es buscar a su esposo, el cual había salido para llevarle una taza de café a la oficina.

La balacera no termina y no puede quedarse todo el tiempo sin hacer nada. Así que respira hondo, abre la puerta y con el arma en mano sale comprobando que no haya nadie en el pasillo.

Los disparos se siguen escuchando afuera. Ellos estaban solos en casa, pues es sábado y les habían dado el día libre a los empleados quedando solo con la seguridad que ella misma contrató, así que no tenía idea de lo que estaba pasando.

—¡Protejan a la señorita Meyer! —grita alguien cuando la puerta principal se abre dejando escuchar el sonido de las balas más cerca.

Tiene que bajar, así que no lo piensa más y corre por las escaleras en busca de la cocina, pero alguien la toma por detrás y la oculta debajo de las escaleras cuando tres hombres entran.

Al ver quién es, se relaja. Es uno de los hombres de seguridad.

—Señorita, tiene que salir de aquí —le pide—. Hay una moto detrás de la casa, siga el camino y la llevará lejos, después tome un vuelo a Nueva York, su hermano la protegerá.

—No me voy a ir de aquí sin mi esposo —sentencia ella—. Está en la cocina, tenemos que ir por él.

El hombre la empuja cuando las balas caen cerca y él se encarga de tumbar al tipo que las descargó. Le limpia el camino para que llegue a la cocina, donde Landon está oculto detrás de la barra de mármol.

Hayley corre hacia él y lo toma de la cara mirándolo a los ojos.

—¿Estás bien? ¿Estás herido? —pregunta desesperada.

—No, estoy bien, ¿y tú?

—Yo estoy bien, pero tenemos que salir de aquí —mira a la puerta, donde las sombras que observa le ponen todos los sentidos alerta—. Vamos, corre.

Se levantan abriendo una de las puertas donde guardan la comida y se meten dentro. Le pide que haga silencio con una señal y ella logra ver por una abertura cómo un hombre entra. Viste de negro, pero lleva un listón rojo en el brazo izquierdo. Por más que ruega estar equivocada, sabe que no es así. Cierra los ojos pensando en algo, pero la única opción es huir y buscar ayuda con la persona que los puede proteger.

Su hermano.

Aprieta el arma en la mano, mira de nuevo por la abertura y cuenta mentalmente hasta tres antes de salir. Se va contra el hombre escalando por su pecho, sube sus piernas a sus hombros provocando que él la estampe contra la pared, pero no antes de atravesarle la cabeza con un balazo.

Landon se queda estático por lo que acaba de ver, pero ella no le da tiempo a que lo procese, simplemente lo empuja dentro cuando otro hombre entra y ella se oculta tras la puerta, la cual deja pasar las balas y la obliga a retroceder un momento. Saca la mitad del cuerpo metiéndole dos tiros al sujeto y observa cómo cae al piso, pero sabe que no hay tiempo que perder. Rápido busca comprobar lo que ya sabe, descubre el pecho de uno de ellos y da con el tatuaje que su hermano le había descrito días antes.

Una cruz envuelta en púas del lado derecho. Comprueba si el otro hombre también tiene el mismo y sí, lo tiene.

Les toma una fotografía guardando de nuevo el celular en el bolsillo de su pantalón y se voltea para tomar una de las armas que ellos traían. Son nuevas y no parecen de las que fabrica su hermano, ni los Russo, sino más letales.

—¿Qué está pasando? —London le exige una respuesta—. ¿Cómo es que sabes disparar un arma, Hayley?

—Amor, ahora no hay tiempo de explicarte nada, hay que irnos.

—¿A dónde? ¡Esta es nuestra casa! ¡Hay que llamar a la policía! —se altera.

Ella niega desesperada.

—¡No, London! ¡La policía no puede con ellos! —lo toma del cuello—. Hay que salir de aquí, te lo explicaré todo luego, pero vámonos. Confía en mí.

Él la besa y asiente tomando su mano. Hayley abre la puerta que da al patio de al lado, pero se detiene al ver a dos hombres esperándola afuera. Uno de ellos lleva una máscara que solo deja ver un par de mechones rojizos. Rápido la cierra y retrocede lista para disparar.

—La puerta no durará mucho, vamos —le dice ella—. Vámonos.

Corren fuera de la cocina, buscando las demás salidas, pero están rodeados, la única opción es hacerles frente, pero son ellos dos contra más de treinta y ya no tienen seguridad de su parte.

—Vete —el moreno la mira—. Tienes que irte, amor.

—No, no me voy a ir. No te voy a dejar.

Niega con lágrimas en los ojos, sin soltar el arma.

—Hayley, escúchame, no sé qué es lo que quieren, pero es contigo y no voy a dejar que te toquen un pelo —le acaricia el cabello—. Vete, yo los voy a detener aquí, pero vete.

Vuelve a negar.

—¡No! ¡No te voy a abandonar! No me pidas eso, por favor, London… —se aferra a él.

Su esposo la acerca a él besándola. La ama demasiado; el futuro que tenía planeado junto a ella era el futuro perfecto en la vida de

319

cualquier hombre. Quería un hogar, hijos, ver a su esposa en casa, llevarla de viaje, pero eso parece estar muy lejos ahora.

Hayley quería lo mismo. Estar con él el resto de su vida, pero cuando el hombre al que juró amar y proteger la empuja fuera de la puerta de cristal y la cierra con seguro, le comprueba lo maldita que es la vida al arrebatarle al amor que tenía y al que probablemente nunca volverá a recuperar.

—¡ABRE ESA MALDITA PUERTA, LONDON! —le grita golpeando el cristal blindado—. ¡NO ME HAGAS ESTO, ABRE!

No se percató del momento en que le quitó el arma larga, pero ahora la tiene él y ella tiene la corta, la cual no duda en utilizar descargando el cargador contra el cristal, que no se rompe.

Te amo.

Le susurra él antes de tomar torpemente la pistola, y supone que con solo poner el dedo en el gatillo será suficiente para defenderse, pero no quiere que ella lo vea morir.

No quiere que ese sea su último recuerdo de él.

Sin embargo, no logra ponerse fuera de su vista, ya que el mismo hombre de la máscara se acerca a él. London dispara, pero no atina y el otro le tumba el arma sin esfuerzo alguno. Hayley da un paso atrás buscando el valor que ahora mismo parece no tener, lo único que la abarca es el dolor que siente y el cual se va a multiplicar en un par de segundos, ya que observa cómo toman a London, lo ponen de rodillas y el hombre de la máscara, mirándola a los ojos, le truena el cuello dejando caer el cuerpo sin vida de su esposo.

Murió.

Las lágrimas le nublan la vista, el corazón le duele, le arde, y parece que se lo están arrancando pedazo por pedazo, pero no le va a dar el gusto de matarla a ella.

No, no lo hará, no después de que él dio su vida por ella.

Corre recordando lo que le dijo el hombre de seguridad, encuentra la moto, se sube en ella y sale dejando atrás el hogar donde se suponía que tendría toda una vida por delante.

Ahora solo tiene un objetivo.

Buscar a su gente, buscar venganza, buscar apoyo.

Buscar a su familia.

***

Nathalie recibe la comida que Grace le da, junto con la de Ian, quien al parecer no tiene ánimos de salir de la cama, así que juntos cambian de canal y disfrutan de ver televisión.

—¿Está bien ahí? —le pregunta ella cuando la película comienza.

—Sí.

Hunter no estaba cuando ella se despertó, pero cuando se asomó al balcón había un par de camionetas y hombres de traje entrando y saliendo de la casa. Se dijo que tal vez eran personas de seguridad o trabajo, pero aun así las dudas crecían, desde anoche cuando se quedó con ganas de saber más sobre la madre del pequeño que tiene al lado.

Se repetía una y otra vez que a ella no le incumbía ese tema, no por ahora al menos, pero su preocupación por Ian la rebasa y no le gusta que el pequeño tenga pesadillas por una mujer que al parecer él no conoce.

Sacude la cabeza para concentrarse en lo que pasa en la habitación. Por más que quiere comprender la película, no puede y deja de verla desviando la vista al balcón que tiene las puertas abiertas.

Necesita hablar con Hunter y comentarle su preocupación por Ian.

***

Mientras la maestra se debatía entre si hablar con Hunter o no, él se sentaba en la cabecera de la mesa. A su lado derecho estaba Maxwell Russo y a su izquierda Alex Meyer, el mayor de la familia.

—Como todos sabemos, hemos perdido Chicago —comienza—, pero solo temporalmente, porque lo vamos a recuperar, la Mafia Roja no se va a apoderar de nuestros territorios —apoya los brazos sobre la madera—. Aquí se adueña quien puede, no quien quiere, y ellos no pueden contra nosotros. Esto es una guerra y se vienen tiempos peores, porque sabemos que si atacamos, ellos atacarán, así que no quiero cobardes, quiero personas dispuestas a dejar en alto el apellido que los representa.

Se pone de pie.

—Sabemos que el que está en Chicago no es Jordan, sino Thiago, y él será el mensaje que le enviaremos a su hermano por haberse metido en territorio ajeno —se ajusta las mangas del traje—. Necesito saber con quién cuento para continuar con esta reunión, o si no…

La puerta del salón se abre dejando ver a una Hayley llena de sangre, con el cabello vuelto un desastre y temblando. Alessandro es el primero de todos en ponerse de pie, al igual que el resto de la familia Meyer. Esmeralda se apresura a llegar con ella, pero la esquiva yendo directo con su hermano.

—Yo me uno —habla—. No me metí con nadie, pero el apellido es una atadura, una que llevo y nunca me voy a poder quitar. Pertenezco a la Mafia Negra y quiero lo mismo que cualquier miembro, quiero un lugar que me dé entrada para vengar la muerte de mi esposo —lanza el teléfono sobre la mesa, el cual toma Hunter—. ¡Quiero la cabeza de quien mató a mi marido! —grita—. Quiero venganza, quiero sangre, quiero romperle el cuello a cada miembro de esa organización, hasta que no quede ninguno.

Aparta las lágrimas con firmeza de sus mejillas, no puede rendirse; sin embargo, ahora siente que necesita más de un respiro para aclarar lo que tiene que hacer. Su hermano mayor observa la fotografía, el pecho de los hombres con el símbolo que días antes había visto. Una cruz envuelta en púas.

El mayor de los Bramson camina hasta llegar al lado de la menor de los Meyer, mira también la fotografía y deja el teléfono cuando observa de reojo cómo Hayley está a punto de caer.

Se desmaya.

—La tengo, la tengo —se apresura a decir—. Déjame llevarla a su habitación.

Hunter asiente y Esmeralda los sigue de cerca. El líder de la Mafia Negra le lanza el aparato a Isabella Calvers, quien lo detiene en su lugar.

—Quiero saber si cuento contigo —la mira—. La guerra comenzó.

Las tres hermanas se ponen de pie.

—Cuenta con el apellido Calvers en tu mesa.

Gregorio y sus hijos también se ponen de pie.

—Cuenta con el apellido Russo.

Le siguen los hermanos de Alessandro.

—Cuenta con el apellido Bramson.

Asiente agradecido.

—Lo primero es que Isabella encuentre el origen de esa organización; es nueva, antes estaba el tatuaje de la Bratva, no ese —señala el aparato—. Necesito saber todo sobre ello, no quiero sorpresas.

—Claro, mis chicas se pondrán a la tarea —responde el padre de las hermanas.

—También te quiero a ti al frente.

—Así será.

Observa al padre de Max.

—Gregorio, necesito a tu gente aquí, necesito asegurar Estados Unidos, y si es necesario tomar de los huevos al mismísimo presidente, lo voy a hacer.

—Claro que sí, muchacho. Cuenta con ello.

Se pasa las manos por la cabeza.

—Necesito al clan Bramson rodeando Chicago, cualquier movimiento me lo informan, y si necesitan alianzas, las van a tener —los señala—. Leonardo se hará cargo de llevar a la gente que se necesite para hacer un ataque pequeño, pero con indicios de que se viene uno más grande. Se metieron con mi familia y no nos vamos a quedar con los brazos cruzados.

Abandona el salón, todos salen directo a donde cada uno tiene su tarea y Hunter sube las escaleras a toda prisa en busca de la habitación de su hermana. Abre la puerta y la encuentra en cama, con Alessandro a su lado, Esmeralda de pie y Alex, quien llega al mismo tiempo que él.

—¿Cómo está? —inquiere—. ¿Está herida?

—No, la sangre no es de ella —responde Esmeralda.

Alex la observa de brazos cruzados.

—Si se apresuró a llegar aquí, es porque la venían siguiendo, así que hay que redoblar la seguridad.

—No creo, no hubiera venido si así fuera, ella jamás atraería a alguien aquí sabiendo de Ian —interfiere Esmeralda—. Sea lo que sea que haya pasado, lo sabremos cuando despierte.

—Aun así, es necesario, no sabemos si...

Esmeralda se pone de pie encarando a Alex.

—¿Si qué? —da un paso al frente—. Termina lo que ibas a decir —Alex continúa callado—. No vas a venir aquí a poner en duda la lealtad de mi hija, primero desconfío de ti y de tu palabra antes que de la de ella. Y por favor vete, no finjas que te preocupas por ella, porque ambos sabemos que nunca la has querido.

Alessandro acerca una de las sillas, mientras Esmeralda ordena que busquen un médico y Alex sale de la habitación.

—No me voy a mover de aquí y lo sabes —informa al líder—. Ella me importa y no me voy a ir hasta que no me cuente todo, porque la voy a ayudar en lo que sea.

—Nadie te va a pedir que te vayas, Alessandro.

Asiente dejando que Hunter le dé una palmada en el hombro antes de abandonar la alcoba.

***

En Chicago, un helicóptero aterriza en la cima del edificio Patter, de donde baja Thiago Ivanovich, y a su lado se encuentran dos hombres más, quienes le abren la puerta para entrar en el *penthouse*.

—Quiero suficientes hombres en las entradas y salidas, quiero informes sobre cualquier movimiento alrededor de Illinois, ¿está claro? —los mira—. ¡Ni una palabra a mi hermano!

—Sí, señor.

Deja caer la máscara, sonríe recordando la imagen de Hayley Meyer mientras le torcía el cuello a su maridito. Si su hermano no lo hace, lo hará él, pero nadie que lleve el apellido Meyer quedará con vida sobre la faz de la tierra. Nadie. Ya acabó con uno, la siguiente es ella, la pequeña de los Meyer.

—Bueno, ya estoy aquí.

Thiago se voltea cuando su primo entra en la habitación. El pelirrojo lanza la mochila sobre el sofá y le da un medio abrazo a su familiar.

—Qué gusto verte. ¿Qué tal la vida en Nueva York? —interroga—. ¿Te pagan bien en ese colegio de mierda?

—Lo suficiente para mantener el perfil bajo —responde el profesor—. ¿Te ayudó en algo la información que te di?

Thiago asiente y camina hacia el pizarrón donde tiene las fotografías de cada uno de los miembros de la Mafia Negra. Desde el más pequeño hasta el más grande.

—Sí, ella escapó —señala a Hayley—, pero no por mucho. Si tanto le dolió la muerte de su maridito, va a buscar venganza, y estaré encantado de no dársela.

Matt Ivanovich brinda con él, a la vez que observa la fotografía del líder de la mafia.

Hunter Meyer.

El padre de Ian Meyer, el cual está a su alcance. Si la primera vez se escapó con ayuda de Nathalie, no habrá una segunda, ya que desde adentro las cosas son más fáciles, y él lo sabe.

—Necesito que te muevas con el niño, y si esa maestra se interpone de nuevo, mátala —deja claro—. No quiero otra falla, Matt, aquí las fallas quitan puntos, no importa si eres familia.

—No es tan fácil, ella no ha ido al colegio en una semana y el niño trae el doble de seguridad —contesta—. Si intento algo, moriré antes de poner un pie fuera de la ciudad, no olvides que Nueva York es territorio de Hunter.

—Y tú no olvides que a veces tenemos que hacer sacrificios.

Chista la lengua mirando al frente.

Las fotos de Alex, Hunter, Esmeralda, Hayley, Leonardo, Maxwell, Enzo e Ian están detalladas. Con una sonrisa en el rostro, dibuja una cruz sobre la fotografía de la boda de Hayley y London.

—Uno menos.

Bebe de su vaso jurando tachar todos, así como Bruno Meyer le arrebató la vida a su madre sin pensar en los hijos que dejaba a cargo de un padre al que no le importaba otra cosa que no fuera la riqueza que lo rodeaba.

Así él le va a arrebatar a Hunter el imperio que se ha creado y el hijo que decidió tener.

***

En Italia la noticia de que la Mafia Roja entró a Chicago llega tarde, pero no tanto como para que Azael Icarhov no pueda aprovecharse de la situación e intentar mover sus cartas de nuevo.

Deja la copa de vino tinto sobre la mesilla antes de dar un par de pasos hacia la mujer de cabello negro, el cual lo trae atado en una cola alta. Lleva una blusa de tirantes, dejando al descubierto la piel blanca de sus hombros.

—Tu momento ha llegado otra vez —le acaricia el brazo—. Abordarás un avión e irás a Nueva York.

—Creí que nuestro objetivo estaba en Rusia.

Él niega subiendo y bajando la caricia.

—No, ya no. Vas a volver a intentar ir por Hunter Meyer, quiero que lo vigiles y que esperes mis instrucciones.

La pelinegra toma la foto entre sus dedos, observando al hombre en ella. Lo ha estudiado, es el líder de la Mafia Negra, el tipo al que tiene que dejar en el suelo, para que la persona que tiene atrás junto con toda su familia suban hasta el último escalón.

—¿Y Jordan Ivanovich? —se voltea.

Azael da un paso atrás hundiendo las manos en su pantalón de vestir.

—De él nos vamos a encargar después —contesta—. Una cosa a la vez, Aurora.

Ella camina abriendo un armario lleno de armas, comenzando por su preferida: una Glock 19, la cual enfunda y ata a su muslo, le siguen dos navajas debajo del pantalón aseguradas en su tobillo, otras dos armas que ata a su cintura y se coloca el abrigo sacando su cola de caballo mientras se acomoda el cuello.

—No necesitas recordarme nada, yo mato para la mafia italiana y ya está —da un paso al frente—. Nos vemos, saluda a Joseph de mi parte.

El hermano del líder de la mafia italiana tiene clara una sola cosa y es que cuando hay oportunidades, no se pueden desperdiciar; hasta ahora Hunter Meyer no es su enemigo, pero no descarta que en un futuro pueda llegar a serlo, sin embargo, si puede intentar acabar con él, lo hará.

***

Nathalie se pone de pie, Ian se quedó dormido al terminar la película y ella se encarga de recoger la bandeja con el resto de la comida. No ha visto a Hunter ni a nadie de la familia en todo el día y ya está por anochecer.

Deja la bandeja sobre un mueble al lado de la puerta y la abre echando un vistazo al pasillo. Escucha voces, después ve a Alex entrar a una de las habitaciones y cuando la puerta se cierra, ella sale.

Enzo está subiendo las escaleras a toda prisa.

—Oye, ¿pasa algo? —le pregunta—. ¿Has visto a Hunter?

Él se detiene observándola.

—No, creo que está resolviendo unos asuntos. ¿Estás bien? ¿Necesitas algo?

Ella niega con una mano sobre el estómago.

—No, estoy bien, tranquilo —le sonríe—. Si ves a Hunter le dices por favor que lo estoy buscando.

—Sí, no te preocupes —responde—. Vuelve con Ian.

Ella siente que la conversación que han tenido fue muy apresurada y eso la lleva a pensar en que algo no está bien.

¿Qué está pasando?

Algo dentro de ella le dice que lo que pasa no es bueno.

Suelta un suspiro adentrándose en la habitación, toma el control remoto y cambia a las noticias, en donde están pasando una entrevista a Harry Prince.

—¿Qué se sabe sobre la muerte del gobernador, señor alcalde? —le preguntan.

—Se está trabajando en ello, se siguen los hilos, pero no es fácil ya que vivimos en una ciudad donde el crimen se ha multiplicado y queremos justicia para todos —responde—. La familia del gobernador está bajo protección y lo seguirá estando hasta encontrar al culpable; esté donde esté, no se saldrá con la suya.

Nathalie apaga la televisión, ya que pensar en Melissa también le duele. Perdió a su padre a una edad muy temprana y también imagina lo difícil que ha de ser para su madre sacarlos adelante.

La noche llega, no hay señales de Hunter aún. Se mete al baño para darse un baño, cambia el parche de la herida, la cual ya no duele tanto, pero aún tiene los puntos. Se pone ropa limpia e Ian está absorto en su cuaderno sin ganas de hablar.

Grace entra con una bandeja nueva, pero esta vez es de la cena.

—Grace, ¿has visto a Hunter? No he sabido de él en todo el día.

—No, señorita.

Asiente sin ánimos de probar bocado, pero picotea la comida para que Ian se termine todo su plato. El pequeño de ojos azules termina de cenar y vuelve su atención al cuaderno.

La maestra toma su teléfono para enviarle un mensaje al dueño de la habitación.

> Hola, ¿está todo bien? No te he visto en todo el día.

Espera la respuesta durante un par de minutos, pero no llega.

> Hunter, me estoy comenzando a preocupar,
> solo dime si estás bien.

Tampoco obtiene nada, así que deja el teléfono de lado y se mete bajo las sábanas mirando a Ian, quien dibuja en el cuaderno durante un rato más, antes de meterse también bajo el edredón y buscar el calor de Nathalie, quien lo abraza y le besa su frente antes de que ambos se queden profundamente dormidos.

***

Hunter se termina la botella de vodka y busca una más, pero Max lo detiene cuando sabe sus intenciones.

—Bebiendo no vas a resolver nada —le dice—. Vete a dormir, mañana tenemos mucho por hacer.

—Ya di mis órdenes, cualquiera que esté detrás de esa nueva organización la va a pagar…

Russo asiente.

—Sí, pero ahora debes tener la cabeza libre de alcohol para afrontar lo que se viene.

—Solo necesito un momento, jodieron a Hayley, Maxwell —se suelta del agarre—. Mataron a London delante de ella, ¿con qué cara la veo? Este apellido solo le ha traído desgracias, si ella…

—A ella no le pasó nada y no vamos a permitir que le pase nada —deja claro el mayor de los Russo—. Tienes que pensar con la cabeza fría.

No, no era posible eso que él le pedía, porque por su cabeza solo corría la amenaza. La amenaza que obtiene cualquier persona cercana a su apellido.

Y esa amenaza estaba cada vez más cerca.

Hunter camina fuera del despacho, se quita el saco antes de abrir la puerta de su habitación, donde encuentra a su hijo y a la maestra profundamente dormidos.

Se acerca despacio hasta donde está ella. Nathalie siente su mano sobre su rostro y despierta. Lo mira, después a Ian y se levanta llevándolo al baño para que su conversación no despierte al pequeño.

—¿Qué pasa? —ella lo ayuda a que se apoye contra el lavabo—. ¿Estuviste bebiendo?

Niega.

—Apenas y me tomé una botella, estoy bien —contesta él.

—No pareces bien, dime qué pasa —lo toma de las mejillas—. Hunter, soy yo…

Apoya su frente contra la suya respirando hondo. Son tantas cosas las que le gustaría decirle, pero teme que la forma en que lo mira ahora cambie.

—¿Te gusta estar aquí? —sube su mano por su cintura—. Si te dijera algo malo sobre mí, ¿te irías? Quiero que seas honesta.

La maestra se queda en silencio y es que sabe a lo que se refiere, le está preguntando si lo que sea que salga de su boca, ella lo aceptará. ¿Podría aceptarlo? Así sea algo muy malo, ¿podría con ello?

El nudo en el estómago de Nathalie se hace presente, mientras detalla el rostro del hombre que tiene enfrente, y es que le gusta estar con él, no quiere volver a sentir lo que sintió cuando él la dejó en el hospital aquel día o cuando no llegó por ella aquel miércoles cuando lo estuvo esperando durante horas.

No quiere sentir esa decepción de nuevo.

Solo una cosa sí tiene claro y es que está comenzando a sentir algo por él, algo que al pasar los días se vuelve más fuerte y al final será muy difícil dejarlo atrás, será muy difícil borrarlo.

—No puedo saber eso, pero no necesitas ocultarme nada, sea lo que sea, es mejor decirlo a tiempo o si no será tarde, así que dímelo, Hunter…

—¿Y si al decirlo te pongo en riesgo? —le aparta el fleco hundiendo su mirada en la de ella. Ese par de ojos azul electrizante le está comenzando a afectar muchísimo—. No quiero que estés en riesgo, no me lo perdonaría.

—Entonces con mayor razón debes de decirlo, para que sea yo la que decida si corro el riesgo o no.

Roza su nariz con la de ella, cerrando los ojos, repitiendo en su cabeza una y otra vez lo que acaba de decir.

No la quiere dejar ir.

Eso es lo único que tiene claro, no quiere volver a alejarla de su lado, no quiere verla llorar de nuevo, no quiere nada que la pueda afectar, pero…

¿Si es él quien puede causarle todo eso y mucho más? ¿Si por él ella ahora es un blanco para sus enemigos?

¿Cómo se va a perdonar?

¿Cómo?

33

Nathalie Parson

Dos semanas más tarde

—Ya está listo tu desayuno de regreso a clases —avisa Danielle asomando la cabeza por la puerta—. Apúrate.

—Ya voy.

Por fin regreso al colegio. La herida está completamente curada, no me duele nada, claro, tengo que seguirme cuidando, pero al pasar los días ya sería menos.

Me quitaron los puntos hace tres días y le pedí a Hunter que me trajera al departamento, ya no me apetecía dejar más tiempo sola a Danielle. Al principio no quería, pero al final aceptó, con la condición de que lo llamara todos los días y le respondiera los mensajes.

Me informó que Hayley estaba de visita, la quise saludar, pero no la alcancé porque salió con un hombre que no era London; supongo que vino sola, ya que a él no lo vi y Hunter evitó el tema.

Termino de peinarme el fleco, tomo la mochila y salgo del cuarto directo a la cocina, donde ya me espera un exquisito desayuno, el cual consiste en huevos revueltos, jamón a un lado y jugo de naranja.

Se ve delicioso.

—Se ve muy rico, Danielle —me siento—. Gracias.

Ella hace una reverencia exagerada provocando que ría.

—De nada, trato de ser buena en todo —contesta tomando asiento también—. ¿Quieres que te lleve?

—¿Tienes tiempo? ¿No llegas tarde a la fundación? —frunzo el ceño picando el jamón.

Sacude la cabeza.

—No, bueno, si llego tarde solo será un reclamo más de papá, lo cual no es nada —le resta importancia—. Me encanta hacerlo enojar.

—¿Verás a Damon?

Baja la mirada soltando un bufido.

—No lo sé, él y yo seguimos sin dirigirnos la palabra —se encoge de hombros—. Siento que últimamente no está de humor.

—Si no estás cómoda con esa situación, déjala de lado, ¿okey? No dejes que nada te estrese, disfruta tu vida como a ti te gusta.

—Sí, lo sé… Hablando de eso —se le ilumina la mirada—, ¿qué tal si vamos de fiesta?

Vuelvo a reír.

—Apenas regresé a clases, Danielle…

—¿Y eso qué? No vas a dar clases todo el día, vamos, cúmpleله ese deseo a tu mejor amiga porque estuviste con tu novio muchos días.

Sonrío.

—Hunter no es mi novio, solo somos…

Ella pone los ojos en blanco.

—No digas que amigos, porque los amigos no se ven como lo hacen ustedes —bebe de su jugo—. Guillermo del 5B de primaria, él era mi amigo y no creo que ahora me lleve a su casa, me cuide y me compre un guardarropa completo, dah —saca la lengua.

Me hace reír.

Ella siempre me hace reír.

—Sí, bueno. Lo que sea que seamos, espero que dé un buen resultado —suspiro—. Me gusta estar con él.

—Oh, hablas de… —forma un círculo sobre su panza.

—¿Qué? ¡No, eso no! —niego—. Me refiero a que las cosas sean buenas para nosotros.

—Sí, claro…

Salimos del departamento juntas y nos dirigimos a las escaleras.

—En serio, o sea, es que él… me está ocultando algo —digo—. No sé qué sea, pero piensa que no lo aceptaré…

Me abre la puerta para salir.

—Puede que esté exagerando y lo que te esté ocultando sea que es estéril o algo así.

—*No creo.*

Él ya tiene un hijo, que es Ian, y yo lo amo demasiado.

Bajamos los escalones y Danielle me detiene antes de cruzar la calle.

—Mira mi bebé —dice señalando al frente—. Mi padre me dijo: "Compórtate como una Prince", y los Prince se compran un auto nuevo a cada rato, así que va a estar orgulloso cuando vea el descuento en su tarjeta de más de cincuenta mil dólares.

Es blanco, con una franja en color negro.

—¿Este auto te costó eso? —pregunto boquiabierta.

—Nooo… costó más, pero yo puse el resto, ya que no quise ser tan mala con papá —se encoge de hombros—. Es un BMW M4, ¿crees que es barato?

No, no lo creo.

—¿Lo elegiste porque te gustó o por el precio? —la miro con una ceja en alto.

—¿Qué más da? Me estoy comportando como una Prince y si no fuera así, también gastaría el dinero, porque así era mi madre, así serán mis hijos, los hijos de Andre… —presiona el control de la llave y el auto emite una alarma para desbloquear las puertas—. Así serán los hijos de Nick, todos los que llevamos la sangre de Harry y Ava Prince.

No puedo evitar imaginarme a mi sobrina disfrutando de todo esto. Los Prince no solo le deben su fortuna a la política, sino también al montón de empresas y petroleras que tienen y donde invierten. Es una fortuna grande, a la que, si un día se sabe la verdad, Rose tendrá derecho.

Rose Prince.

En el momento en que Harry Prince, Andre, Danielle y Nicholas se enteren de que ella lleva su sangre, la vida de mi sobrina va a cambiar, pero también conozco el alcance de su poder.

Nick le puede guardar rencor a Zaydaly por no decirle y tratar de quitársela. No se lo voy a permitir, haría hasta lo imposible por que Rose no se separe de Zay, quien da su vida por ella sin dudarlo, e imagino que tiene sus razones para ocultar la verdad.

—Ya veo —digo abrochando mi cinturón.

Todo por dentro es completamente nuevo y me recuerda a cuando me subí al auto de Nick, quien no dudo que traiga otro diferente cuando lo vuelva a ver.

—Pero, así como gastamos, también ayudamos, Nath, y lo sabes —arranca el motor—. Lo pensé y pondré mucho más de mi parte para ayudar en la fundación, parte de las ganancias del bar se irán al fondo de la fundación y estoy abriendo una cuenta separada para alguien…

Frunzo el ceño.

—¿Puedo saber para quién?

—Melissa Castrell —contesta—. Es tan linda esa niña, muy inteligente, estuve platicando con ella cuando fuimos al funeral del gobernador y tiene un futuro muy brillante.

Sí que lo tiene.

—Eso es muy lindo de tu parte, Danielle.

Se detiene en un semáforo soltando un suspiro.

—El gobernador no era de mis personas favoritas, más de una vez se escuchó el rumor de que golpeaba a su esposa, pero en cualquier reunión que llevaba a sus hijos, los trataba muy bien —cuenta—. Creo que si les hubiera hecho daño a ellos, su madre se los hubiera llevado lejos. Yo discuto mucho con papá; él a veces fue malo con mamá, pero conmigo nunca fue así, lo amo como no tienes una idea, Nathalie. Es mi padre y lo quiero porque siempre ha estado ahí para mí y sé que siempre lo estará.

—Lo entiendo, Danielle, Melissa es una niña ahora, pero con el tiempo ira extrañando más a su padre, solo espero que cuando crezca no se llene de odio —suspiro—. Lo asesinaron, los periódicos y las noticias no van a ser borrados y si no encuentran al asesino, puede que ella y su hermano no estén tranquilos nunca.

—Tengo fe en papá, se está moviendo con eso —estaciona frente al colegio—. Tiene a Ethan, el amigo de Andre, en esa investigación, junto a todo el departamento de policía.

—Esperemos que lo encuentren —me desabrocho el cinturón—. Nos vemos más tarde.

—Sí, cuídate.

Me despido con un beso en la mejilla y bajo del auto levantando mi mano un momento en lo que observo cómo se adentra al tráfico. El guardia me pide el gafete para poder entrar y me da el pase cuando comprueba que soy maestra de este plantel.

Subo la correa de la mochila en mi hombro mientras camino hacia los escalones, sigo de largo encontrando alumnos ir y venir, a excepción de los pequeños, los cuales aún no llegan. Entro en el salón de clases y dejo mis cosas sobre el escritorio. Debo admitir que sí extrañé esto, me gusta mucho estar aquí y disfrutar de mi tiempo con los niños.

—Hola —hablan en la puerta, me volteo y veo que es Matt—. Volviste, me alegra que estés mejor.

Le sonrío acercándome para recibir el abrazo que me da.

—Sí, ya estoy mejor —respondo—. Me alegra volver, ya extrañaba a los niños.

Sonríe.

—Sí, me imagino —asiente—. De hecho, ya vienen, nos vemos después.

—Sí, claro.

Se marcha y yo me concentro en poner la fecha en el pizarrón cuando el último niño entra al salón. Todos están sentados, Ian está junto a Melissa, la cual trae el cabello suelto y lleva un mechón pintado de azul.

Frunzo el ceño, ya que nunca la había visto con ese mechón.

—Buenos días —saludo.

Melissa levanta la mano.

—Maestra, ¿por qué no había venido a clases? —pregunta—. ¿Se aburrió de nosotros?

Me río.

—No, linda —niego con la cabeza—. Estaba enferma, pero ya estoy aquí y todo volverá a la normalidad.

—Ok.

Ian levanta un poco la mano y yo también lo hago antes de que la baje. Él continuó viniendo a clases los días que yo no vine, pero según lo que me contó, la maestra sustituta que me cubrió durante este tiempo le pedía que participara y él no quería.

Solo espero que las quejas no hayan llegado a los oídos de la directora, porque eso llamaría más su atención.

Comienzo la clase, respondo preguntas, resuelvo dudas, doy opinión sobre el color de margen que Melissa quiere poner y me río con las ocurrencias de Esteban al querer ser como su abuelo, ya que, según me cuenta, solo bebe chocolate y ve televisión.

Realmente extrañé estar aquí.

Es mi segundo hogar, el primero está afuera, con las personas que son parte de mi vida.

Las horas pasan, me quedo en el salón durante el almuerzo para revisar las notas, y cuando vuelven los alumnos, las clases continúan hasta que el timbre de salida suena y todos se levantan para marcharse.

Ian es el último, como siempre, le digo adiós con la mano y sale. Yo hago lo mismo colgando la mochila en mi hombro y, cuando estoy por atravesar la puerta, Matt me alcanza.

—Ey, ¿quieres que vayamos a tomar un café? —pregunta sonriendo.

—Ay, me asustaste —me llevo una mano al pecho.

—Discúlpame…

Se sonroja. Es muy amable.

—No pasa nada, tranquilo —le resto importancia caminando fuera del salón—. ¿Conoces algún lugar?

—Sí, de hecho, sí. En la avenida Queens hay un lugar muy bueno, está algo retirado, pero vale la pena.

Me abre la puerta y salgo primero bajando los escalones con él a mi lado.

—Matt, yo no quiero que tú…

—No, descuida. Solo busco una amistad, Nathalie, nada más —aclara.

La verdad es que eso me alegra, porque no quisiera que malinterpretara lo amable que soy con él.

—Bueno, pues entonces si quieres…

Su sonrisa se desvanece cuando ve por encima de mi hombro, logrando que yo también me voltee y vea a Hunter caminar hacia mí, con Abel y Fabio detrás de él.

Sé que no debería de sonreír como lo estoy haciendo ahora, pero es que se ve demasiado atractivo, con los lentes negros ocultando sus ojos azules, su pantalón de mezclilla y su playera gris con un abrigo encima.

Realmente se ve guapo.

—Hola —saluda dirigiendo su mirada a mí—. ¿Me permite un momento, maestra? —pregunta ignorando por completo a Matt.

—Yo...

Me volteo para sonreírle apenada al pelirrojo, pero él simplemente asiente y se va directo a su auto. Me dejo llevar por el hombre que me toma de la mano y me guía hasta la camioneta, donde me subo viendo a Ian con su cuaderno en las manos.

—Hola —lo saludo.

Me sonríe volviendo la vista al cuaderno. Hunter entra por el otro lado y ve su teléfono, escribe algo y lo guarda para después mirarme.

—¿Qué fue eso? —le pregunto en voz baja, ya que los guardaespaldas están enfrente—. Ni siquiera saludaste a Matt...

—No tenía tiempo —contesta tajante—. ¿Cómo estás?

Se inclina hacia mí para darme un beso en la boca que trata de profundizar, pero no lo permito, ya que Ian está entre nosotros. Me sonríe antes de volver la vista al aparato y no sé qué es lo que lo hace fruncir el ceño a cada rato, pero me gustaría saberlo.

—¿A dónde me llevas? —inquiero jugando con las correas de mi mochila—. Sea que lo que sea que tengamos...

—Te quiero enseñar un lugar —se adelanta—. Y sí, sé que no tengo por qué interrumpir tus planes, pero en serio no soporto a ese tipo, te juro que no lo hago.

Me hace sonreír ante su argumento.

—Bueno, está bien —busco su mano—. Olvidémonos de eso y llévame a donde tengas que llevarme.

Besa el dorso de mi mano y no me suelta durante todo el camino. Ian está concentrado dibujando un paisaje, yo veo por la ventanilla a ratos y observo que nos estamos adentrando al oeste de Manhattan.

Justo a West Village. Nunca había venido aquí, pero sí había visto fotografías sobre el barrio, donde los edificios en su mayoría son antiguos y con fachadas hermosas de color caoba o ladrillo. La camioneta se adentra en una calle donde los autos están estacionados a los lados, los árboles comienzan a mudar las hojas y el silencio se perpetúa nada más se apaga el ruido del motor.

—¿Qué hacemos aquí? —mi mirada viaja de la ventanilla a su cara—. ¿Visitamos a alguien?

—No exactamente —niega—. Abel, lleva a Ian a casa; Fabio, te quedas con nosotros —ordena dándole un beso al pequeño.

—Sí, señor.

Baja del auto, yo me despido de Ian con un beso en su cabeza y tomo la mochila cuando Hunter me abre la puerta esperando que salga. No me había dado cuenta de que una camioneta más nos seguía, ya que es a donde Fabio sube.

Su seguridad me sorprende, creo que no me acostumbraré a ella, pero siempre ha dicho que no se detiene cuando de proteger a su familia se trata, y después de lo que nos pasó hace unas semanas, no dudo de eso.

Me toma de la mano invitándome a subir los escalones. Las viviendas están pegadas, pero es un buen lugar para vivir. Los edificios son todos de tres pisos, o sea, tres departamentos; en algunos casos todo el edificio es del mismo dueño y lo remodela a su gusto, convirtiéndolo en una residencia.

Abre la puerta para dejarme entrar primero, él lo hace después y cierra tras de sí, y lo primero que observo es un pasillo, las paredes están pintadas de un amarillo ocre, no hay nada colgando en ellas y nuestros pasos siguen hasta subir las escaleras.

—¿Es tuyo? —no puedo evitar preguntar, ya que la curiosidad de qué es lo que hacemos aquí me carcome—. Hunter…

Me desespera que no me responda, pero no insisto más y sigo con él hasta el segundo piso, donde hay dos pasillos de no más de dos metros cada uno, con dos puertas en cada lado, y las escaleras al tercero se ven al comienzo de las primeras, justo por la misma línea.

Las paredes están pintadas del mismo color de arriba a excepción de las puertas, ya que son de madera. Me guía por una de ellas y llegamos a la recamara principal, tiene una cama matrimonial, una ventana que da al frente, un armario, un buró y un mueble para colocar alguna televisión.

Me saca de ahí llevándome a la siguiente, es más pequeña, tiene una cama individual, un armario, un par de repisas a un lado de la ventana y esta misma da una salida hacia las escaleras de incendios.

La que continúa es un cuarto pequeño, hay armarios con puertas de acordeón, las cuales están abiertas ya que detrás no ocultan nada. La última es un baño más sencillo que el que tiene en la mansión donde vive.

Es por eso que dudo que este lugar sea de él o de su familia.

No me suelta cuando me muestra todo y su agarre se vuelve más fuerte cuando subimos al tercer piso, donde encuentro un recibidor grande, un par de sillones y el ventanal tiene vista a un pequeño patio trasero en el que un árbol de jacaranda está tirando sus flores.

—¿Qué imaginas al ver este lugar? —habla sacando un par de llaves de su bolsillo—. ¿Qué viene a tu cabeza?

No sé qué responder a eso con exactitud.

—No entiendo, ¿de qué hablas? —muevo la cabeza dejando caer la mochila por mi hombro.

—¿Puedes imaginarte viviendo aquí? Vivir como una persona normal, ¿sueñas con una vida normal como las demás personas?

Asiento un poco confundida.

—No lo sé, creo que sí —me encojo de hombros—. ¿Qué sucede?

Se pasa las manos por el cabello como si le costara mucho hablar.

—Pasa que yo no puedo darte esa vida, Nathalie —señala—. Y si no puedo, tengo que dejarte ir, aunque sea algo que no deseo.

Me da la espalda caminando hacia la ventana.

—¿Por qué no podríamos tener esa vida? —indago—. ¿Lo dices porque no estás acostumbrado a vivir así?

Niega.

—¿Entonces por qué lo dices? ¿Es por eso que no te atreves a contarme? Solo dime, hazlo —pido—. Estás actuando muy raro y en serio quiero que me expliques por qué, Hunter… Solo tienes que decirlo y ya.

—No es tan fácil.

—Sí lo es, solo dilo.

Se voltea dando tres pasos hasta tomarme de la nuca estampando sus labios contra los míos. Sus manos se hunden en la tela de mi suéter atrayéndome más a su pecho, donde su calor me recibe, su cercanía me calma y me hace latir el corazón a un ritmo que no puedo controlar.

—Me gustas, me gustas demasiado, Nathalie… —pega su frente a la mía—. Estoy comenzando a sentir cosas que nunca creí sentir, cosas, sensaciones, que para mí son distracciones, pero estoy dispuesto a aceptarlas porque se tratan de ti y cada cosa que viene de ti me vuelve loco desde que te conocí…

—Hunter… —susurro.

—Déjame terminar —pide. Asiento—. Tengo miedo, lo cual es absurdo porque le temo a algo que físicamente no me daña, no le temo a otra cosa que no sea a lo que ahora mismo pasa por mi cabeza, es por eso que te pido que confíes en mí —su mirada se clava en la mía—. ¿Puedes hacer eso? Solo tienes que confiar, no importa qué suceda, debes tener clara una cosa y es que, pase lo que pase, siempre me vas a tener detrás de ti para cuidarte, protegerte y buscarte, ¿de acuerdo?

Asiento repetidas veces atrayéndolo a mi boca, besándolo con el peso de todo eso que acaba de decir, ya que no es el único que se siente así, no es el único que siente eso.

Me levanta dejando que enrede mis piernas en su cintura mientras camina al sofá, donde toma asiento conmigo sobre su regazo. Apoyo mi mano sobre su pecho y lo vuelvo a ver a los ojos.

—Lo sé, lo sé porque yo también estoy sintiendo lo mismo —confieso—. Tal vez ahora no somos capaces de ponerle nombre a ese sentimiento, pero lo importante es que está ahí, vivo, latiendo dentro de nuestro ser y sentirlo contigo es la cosa más bonita que me puede pasar, pero…

Me atrae de nuevo hacia su boca evitando que diga algo más y sellando lo que hemos dicho con un beso. Ese beso cargado con ese sentimiento que espero poder decir en voz alta pronto.

Sus manos me quitan el suéter que cae al suelo, y mientras desabrocha los primeros botones de mi camiseta, yo sigo besando su boca queriendo más de él. Nos miramos una vez más a los ojos antes de sacarme la prenda por la cabeza dejándola a un lado. Vuelvo a pegar mi frente a la suya mientras que el aumento de la respiración de ambos no se hace esperar.

Sus dedos buscan el broche de mi sostén y logran soltarlo dejando caer los tirantes por mis hombros hasta que la prenda sale y quedo desnuda de la cintura para arriba.

Sus brazos me rodean, me levanta, gira conmigo y me recuesta sobre la alfombra del suelo, mientras espero hasta que se quite la camisa, luego los pantalones, y yo me encargo del resto de mi ropa, ya que estoy ansiosa por sentirlo cerca de nuevo.

Siempre lo quiero cerca.

Lo tomo del cuello atrayéndolo a mi pecho, mis manos se concentran en su espalda y abro las piernas haciendo espacio para que se ubique entre ellas. Hunde sus dedos en la carne de mi muslo, levanta mi pierna provocando que cierre los ojos y me penetra de golpe.

El ritmo es rápido, los jadeos son de parte de ambos y me cuelgo de su cuello buscando su boca. Nuestros pechos chocan, el calor aumenta, me giro para quedar encima de él y no paro de besarlo, no paro de pasar mis manos sobre su pecho, sentir su corazón acelerado al compás del mío. El orgasmo está tocándome la piel y logra que me arquee cuando me toma junto con él, quien hunde sus dedos en mis caderas.

Cansada me recuesto sobre su pecho y siento cómo sus dedos recorren la piel de mi espalda.

—Confío en ti, Hunter —digo—. Lo hice desde que tus brazos me sostuvieron aquel día en el que no tenía idea de lo que hacía.

—Desde ese día yo te confíe la vida de mi hijo sin que tú lo supieras, Nathalie.

Beso su pecho acariciando el halcón que se extiende sobre su tórax y cierro los ojos deseando que este momento no se termine, no quiero volver afuera donde paso horas sin sentir su calor.

Cuando estoy a punto de besarlo de nuevo, el sonido que emite el reloj en su mano me interrumpe, él lo mira y el color de su cara cambia con lo que ve.

—¿Qué pasa? —pregunto cuando se pone de pie.

—Es Ian.

Solo eso es suficiente para que el cuerpo me comience a temblar y rápidamente me visto corriendo escaleras abajo, donde ya está la camioneta con las puertas abiertas, esperándonos.

El miedo que me recorre al pensar en mi pequeño de ojos azules es un miedo que no había sentido antes y no me gusta para nada, pero todo empeora al ver la cara de Enzo y los escoltas de Hunter, quienes se acercan a él rápidamente.

Es grave, muy grave.

Esta obra se terminó de imprimir
en el mes de enero de 2025,
en los talleres de Grafimex Impresores S.A. de C.V.,
Ciudad de México.